# Š**IGOR** SENTJURC

# VATERS LAND

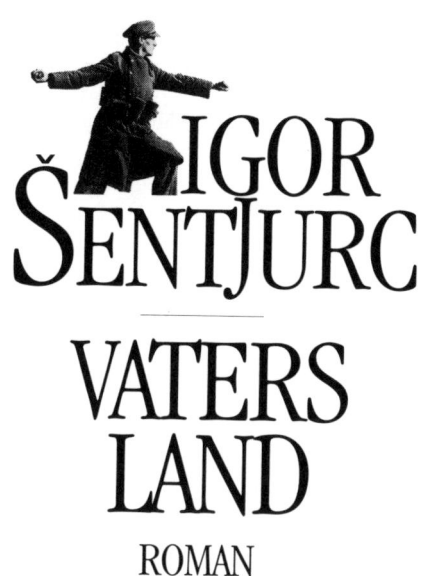

# IGOR ŠENTJURC

## VATERS LAND

ROMAN

LANGEN MÜLLER

Der Autor konnte nur die ersten beiden Teile des Romans vollenden. Ab Seite 257 wurde das Buch nach dem Konzept des Autors und unter Mitarbeit von Rolf Ulrici zu Ende geführt von Eva-Marianne Šentjurc.

© 1997 by Langen Müller
in der F. A. Herbig Verlagsbuchhandlung GmbH, München
Alle Rechte vorbehalten
Schutzumschlag: Atelier Höpfner-Thoma, München, unter Verwendung
eines Motivs von Hubert Höpfner-Thoma
Satz: Filmsatz Schröter, München
Gesetzt aus 10,7/12 Baskerville MT auf Macintosh in QuarkXPress
Druck: Jos. C. Huber KG, Dießen
Binden: R. Oldenbourg, München
Printed in Germany
ISBN 3-7844-2573-9

# Inhalt

TEIL I

—————— MAMA ——————

1. KAPITEL

*Bericht über Milans Herkunft
und die geheimnisvollen Zeichen,
die seine Geburt begleiten*

Seite 13

2. KAPITEL

*Von Milchbergen und einem gewissen,
»Kleiner Ritter« genannten Körperteil*

Seite 18

3. KAPITEL

*Von Milans Geburtshaus, dessen Bewohnern
und den Kandidaten
für die Stelle des Ersatzvaters*

Seite 22

4. KAPITEL

*Milan ertrotzt von Mama ein Zugeständnis
und versucht mehr
über seinen unbekannten Vater zu erfahren*

Seite 28

5. KAPITEL

*Milan bekommt einen Hauslehrer*
*und erweitert seinen Wortschatz*
*auch in weniger geläufigen Fächern*

Seite 34


6. KAPITEL

*Berichtet über Milans weitere Schulung,*
*die Abschlußprüfung und*
*seine Erfahrungen mit Geburt und Tod*

Seite 39


7. KAPITEL

*Von Milans Eigenschaften und Fähigkeiten, Mamas Sorgen*
*und Ansichten, dem Philosophen Kant*
*und den unerwarteten Folgen von Fahrraddiebstählen*

Seite 48


8. KAPITEL

*Das unverhoffte Glück des Klaus von Stockhausen,*
*Mamas unglückliche Liebe*
*und der jähe Absturz in bitterste Armut*

Seite 58


9. KAPITEL

*Milans erste Begegnung mit dem geheimnisvollen*
*Fürsten der schwarzen Berge*

Seite 65

10. KAPITEL

*Nach dem Sturz in die Armut
ein unverhofftes Wiedersehen*

Seite 75


11. KAPITEL

*Die Geschichte vom Glück und Ende
des Privatlehrers
Klaus von Stockhausen, erster Teil*

Seite 79


12. KAPITEL

*Klaus von Stockhausens Freunde
und der Geschichte
von seinem Glück und Ende zweiter Teil*

Seite 94


13. KAPITEL

*Der Schatz im Geheimfach*

Seite 105


14. KAPITEL

*Überstürzte Flucht führt Milan
zunächst zu einer
Dame der Gesellschaft*

Seite 119

15. KAPITEL

*Korbflechter Toniu und Maria führen Milan*
*den Widerspruch*
*zwischen Sein und Schein vor*

Seite 125


16. KAPITEL

*Nicht ganz freiwillig tritt Milan die weite Reise*
*in ein fernes Land an*

Seite 130


TEIL II

————————GWENDOLYN————————


17. KAPITEL

*Wie in Spanien der Bürgerkrieg ausbricht und Milan in die Hände*
*eines Säufers fällt, der ihm in kürzester Zeit das Einmaleins*
*des Kriegshandwerks beibringen soll*

Seite 141


18. KAPITEL

*Milan bekommt in der vergessenen Brigade einen Vorgeschmack*
*von der Front, wird bei Madame Rosa einquartiert,*
*findet einen neuen Freund und besteht seine Feuertaufe*

Seite 151


19. KAPITEL

*Milan meistert den Frontalltag*
*und wird zum richtigen Soldaten*

Seite 163

20. KAPITEL

*Dank Mamas Weitsicht und seiner Sprachkenntnisse wird Milan*
*als Dolmetscher ins Hinterland geschickt, bekommt eine*
*Uniform und lernt an einem Zauberbrunnen Gwendolyn kennen*

Seite 176

21. KAPITEL

*Milan soll in die Partei aufgenommen und ein Kader werden,*
*als er Marussjas Brief mit einer schlimmen*
*Nachricht bekommt und erfährt, daß er einer Lüge*
*aufgesessen ist*

Seite 185

22. KAPITEL

*Von den Vorbereitungen, Absichten und Zielen der republikanischen*
*Großoffensive bei Brunete, Kampfesmut und Siegszuversicht*
*sowie von einer unerwarteten Begegnung auf dem Weg*
*in die Schlacht*

Seite 196

23. KAPITEL

*In der Schlacht von Brunete wird heißer gegessen als gekocht,*
*bekommt Milan Instruktionen in der Handhabung*
*eines Mademoiselle genannten Maschinengewehrs und gerät*
*mit seinem Zug in einen Moro-Hinterhalt*

Seite 209

24. KAPITEL

*Zu spät riecht Papin die Gefahr, Moros greifen an, Milan flieht,*
*wird verwundet, trifft Janko Petrič und Gwendolyn,*
*von der er nicht weiß, ob er sie nur träumt*
*oder ob sie wirklich ist*

Seite 225

25. KAPITEL

*Der Blitzkrieg wird erfunden und ausprobiert,
Milans unbekannter Vater kommt nach Spanien,
während Milan ein Wunder widerfährt,
ein folgenreiches Gespräch führt
und als Drückeberger an die Front geschickt wird*

Seite 236


26. KAPITEL

*Lebendig begraben, gibt Milan nicht auf,
bekommt unerwartete Hilfe
und beschließt eigene Wege zu gehen*

Seite 247


TEIL III

————— VATERS LAND —————

27.–36. KAPITEL

Seite 257

# TEIL I

# MAMA

## 1. Kapitel

*Bericht über Milans Herkunft*
*und die geheimnisvollen Zeichen,*
*die seine Geburt begleiten*

Nach dem freimütigen Eingeständnis seiner Mutter Ilona, geborene Andreesi, verwitwete Draganescu, wurde Milan in der Nacht vom 17. auf den 18. Februar 1918 von einem deutschen Kavallerieoffizier gezeugt. Bereits am Morgen des nächsten Tages verließ dieser die rumänische, von deutschen Truppen besetzte Hauptstadt Bukarest. Als Kommandeur einer berittenen Sondereinheit wurde er im Rußlandfeldzug des Jahres 1918 eingesetzt. Ilona sah ihn nie wieder. Auch wollte sie seinen Namen nie preisgeben.

In Bukarest bewohnte Ilona Draganescu eine Villa nahe dem vornehmen – jedenfalls damals vornehmen – Dambovitsa Kai. Die Villa gehörte zu der Hinterlassenschaft ihres verstorbenen Mannes Kosta Draganescu, eines reichen Großmühlenbesitzers. Er war nach dem deutschen Einmarsch in Rumänien im Jahre 1916 den »Tod eines Patrioten« gestorben, nämlich an gebrochenem Herzen infolge der schmählichen rumänischen Niederlage gegen die zahlenmäßig unterlegenen, doch entschieden schlagkräftigeren deutsch-bulgarischen Streitkräfte des Feldmarschalls von Mackensen und Generals von Falkenhayn. So stand es in den von der jungen Witwe aufbewahrten Zeitungsausschnitten über sein plötzliches Ableben sowie auf einem auf Hochglanzpapier gedruckten, vor den Beerdigungsfeierlichkeiten an die Trauergäste verteilten Nekrolog zu lesen. Kaum glaubwürdiger, dafür jedoch lebensnaher war eine andere Version, die damals in der bekannt frivolen Bukarester Gesellschaft kursierte. Danach habe der jähe Tod den schwergewichtigen, an Bluthochdruck leidenden Mann wegen der übermäßigen Anstrengung im Bett seiner heißblütigen, um dreißig Jahre jüngeren Frau ereilt. Darüber, ob in dieser Version zumindest ein Körnchen Wahrheit stecken könnte, schwieg sich die junge Witwe verständlicherweise aus.

Die Abbildung auf dem Nekrolog des so plötzlich und unerwartet

Verstorbenen zeigte einen imposanten Mann mit gewaltigem Schnurrbart und einem vierkantigen Schädel, der direkt auf den Schultern und einem Körper von beträchtlichem Umfang zu sitzen schien. Die hellen Augen unter den dachartig vorstehenden Augenbrauen blickten den Betrachter streng, um nicht zu sagen drohend an. Wann immer Milan seine Bilder betrachtete, darunter ein großes Gemälde in der Halle, stets war er erleichtert, daß nicht dieser ungeschlachte Mann sein Vater war, sondern ein anderer, dessen Züge er sich zwar nicht vorstellen konnte, der aber bestimmt edler aussah, feinsinniger – mit diesem Mann jedenfalls nicht zu vergleichen.

Im Frühsommer 1918, als Ilona Draganescu den gesegneten Zustand ihres Leibes auch unter weit geschnittenen Kleidern und Umhängen nicht mehr verbergen konnte, zog sie in ihr Landhaus in der Kleinen Walachei, nahe der Stadt Craiova. Dort brachte sie Milan zur Welt. Den Namen seines leiblichen Vaters wollte sie, wie bereits erwähnt, auch auf dem Standesamt nicht angeben; in der entsprechenden Spalte des Geburtsscheines ließ sie den Vermerk *unbekannt, Mutter verweigert die Auskunft* eintragen.

Geboren wurde Milan in den Morgenstunden des 26. November, nachdem die Sonne aus dem Sternzeichen des Skorpion in das des Schützen getreten war. Der Herr über seine Geburt war Jupiter, Fortuna maior oder das große Glück der alten Astrologen, »ein Leitbild für Fülle, Weisheit, Gesetz, Ruhm, Ehre und Reichtum. Sein Element ist Feuer, das schöpferische Trigon oder das feurige Dreieck, das die positive Tat symbolisiert und aus den Sternzeichen Widder, Löwe und Schütze gebildet wird.« Dies stand in dem Horoskop, das Ilona Draganescu beim Stadtbibliothekar von Craiova, einem Siebenbürger-Deutschen namens Gottlieb, bestellt hatte. Der Bibliothekar kannte sich mit Sternen, Sternbildern und Konstellationen aus und verdiente sich mit Erstellen von Horoskopen ein Zubrot zu seinem kärglichen Salär. Allerdings durfte man die auch diesem Neugeborenen zugesprochenen Eigenschaften und ihn künftighin begleitenden sowie beeinflussenden Leitbilder für »Fülle, Weisheit, Ruhm, Ehre und Reichtum« keine allzu große Bedeutung zumessen. Je besser ein Geburtshoroskop ausfiel und je günstiger die Ruhm, Ehre, Glück, Reichtum und Gesundheit verheißenden Sternkonstellationen waren, um so höher fiel die freiwillige Dreingabe der glücklichen Eltern auf das vereinbarte Honorar aus. Mit dieser üblichen Draufgabe von Ilona Draganescu durfte der Bibliothekar und Sterndeuter Gottlieb mehr als zufrieden gewesen sein; sie war zwar eine sparsame, doch gelegentlich auch großzügige Frau, der namentlich für Milan nichts zu teuer war.

Obwohl das Neugeborene ein kräftiges, gut entwickeltes Kind von acht Pfund war, ging die Niederkunft leicht und schnell vonstatten. Nach der Geburt will man sieben Schwäne einen Kreis über das Landhaus ziehen und wieder südwärts fliegen gesehen haben. Das seien sieben *Vilen* gewesen, behauptete Ilonas russische Zofe Marussja, eine vierzigjährige, in solchen ungewöhnlichen oder gar übernatürlichen Dingen bewanderte Frau. *Vile Rodjenice*, Geburts- oder Schicksalsfeen, die sich eingefunden hätten, dem Neugeborenen die Zukunft zu bestimmen und den Lebensweg aufzuzeichnen. Vilen würden am liebsten die Gestalt von Schwänen oder Falken, nachts auch die von Eulen annehmen, wenn sie Menschen ihre Anwesenheit offenbaren wollten, erzählte Marussja. Daß sie sich nach Milans Geburt diese Mühe machten, dazu noch sieben an der Zahl wie in nur ganz seltenen Ausnahmen, allein das zeuge davon, welch große Bedeutung sie diesem Neugeborenen zumaßen. Davon hätten aber auch noch andere seltsame Ereignisse Zeugnis abgelegt. In der Nacht nach Milans Geburt habe Perun, der Donnergott, ein Gewitter aufziehen lassen und mit einem Blitz die große Esche auf dem Hügel hinter dem Haus gespalten. Eines natürlichen Ursprungs konnte dieses Unwetter nicht gewesen sein, meinte Marussja; wer hätte schon je von einem Gewitter mit Blitz und Donner zu dieser Jahreszeit gehört? Nach diesem nächtlichen Gewitter, das stürmische Zeiten und große Gefahren für Milans Leib und Leben ansagte, habe jedoch Sonnengott Svarog, der bekanntlich auch über das Herdfeuer gebiete, die Wolken vertrieben und mit seinem Zeigefinger in Gestalt eines Sonnenstrahls des Kindes Stirn berührt, damit anzeigend, daß sich schließlich alles zum Guten wenden würde, wie auch als Zeichen seiner Zuneigung.

»Ich stand daneben und habe es genau gesehen, das kann ich beschwören«, behauptete Marussja. Auch habe sie gesehen, wie in diesem Sonnenstrahl, der in Wahrheit Svarogs Finger war, sieben goldene Haare aufleuchteten und über der Wiege davonschwebten. Das seien die Haare der *Vile Rojenice* gewesen, hundertmal feiner als das feinste Frauenhaar, so fein wie die goldenen Fäden, die in der Herbstsonne über Waldlichtungen schweben. Sieben Haare, jedes Haar für eine der Vilen, die sich nachts an Milans Wiege versammelt hätten, um seine Zukunft zu bestimmen. Doch was sie ihm geweissagt hatten – wer kann es wissen?

So blieb am Ende, trotz Schicksalsfeen und deren goldenen, über die Wiege davontreibenden Haaren, dem nächtlichen Gewitter, der von einem Blitz gespaltenen Esche, trotz Perun und Svarog und - Marussjas Deutungen und Vermutungen über Milans Zukunft, doch alles wieder offen. Sicher war nur, daß er in eine sehr unsichere Zeit am Ende des großen Krieges von 1914–1918 geboren worden war.

Dieser Krieg, der Entwicklungen in Gang gesetzt hatte, unter deren Folgen alle nachfolgenden Generationen bis auf den heutigen Tag zu leiden hatten, war zunächst das bis dahin größte und umfassendste Völkermorden in der Geschichte der Menschheit. Er zählte über 10 Millionen Tote und 20 Millionen Verwundete, besiegelte den Untergang Deutschlands, Österreich-Ungarns, Rußlands und des osmanischen Reiches, bedeckte Europa mit einem Fleckerlteppich neuer Nationalstaaten (einer davon war auch Rumänien in den Grenzen von 1919) und löste kein einziges der Probleme und Konflikte, derentwegen er ausgebrochen war. In seinem Gefolge brachen in ganz Mittel- und Osteuropa die scheinbar für Jahrhunderte festgefügten Herrschaftssysteme wie Kartenhäuser zusammen, sein Erbe war ein zerrissener, von Nachkriegswehen, Revolten und Revolutionen, Bürgerkriegen, Hunger und Seuchen gepeinigter Kontinent. Europa trat in eine Periode innerer Unrast ein, politischer und sozialer Unruhen, Unsicherheit und gesellschaftlicher Labilität. In eine Zeit auch, als der ohnehin übersteigerte Nationalismus, der den großen Krieg ausgelöst hatte, noch extremere und fanatischere Formen anzunehmen begann, als Ideologien zu Diktaturen und totalitären Systemen pervertierten – es brachen an die Jahre des Terrors, die Jahre der Menschenverachtung, die Jahre der Angst.

Wahrhaftig, eine unsichere Zeit, in die Milan, dessen Geschichte wir erzählen wollen, hineingeboren wurde! Insofern war also die Wahrscheinlichkeit groß, daß sich Marussjas Voraussagen über die Gefahren für Leib und Leben des Neugeborenen auch ohne das nächtliche Gewitter eingestellt hätten, das sie angekündigt haben soll. Zu hoffen war nur, daß auch jene zutreffen würden, die Svaruns Zeigefinger in Form eines Sonnenstrahls auf Milans Stirn verhieß, wonach sich schließlich alles zu einem guten Ende wenden würde.

## 2. KAPITEL

### Von Milchbergen
### und einem gewissen, »kleiner Ritter«
### genannten Körperteil

Die frühesten, von Klein-Milan bewußt aufgenommenen und in seiner Erinnerung festgezeichneten Bilder vermittelten ihm stets ein Gefühl von Harmonie, körperlicher Wärme, Geborgenheit – und das eines überwältigenden Vergnügens, das man beim Stillen des Hungers empfindet.

Ilona Draganescu, seine Mutter, war der vernünftigen Meinung, Muttermilch sei nicht nur die beste, zuträglichste, allen möglichen Krankheiten und Leiden vorbeugende, sondern auch die am einfachsten und schnellsten darzureichende Säuglingsnahrung. Im Gegensatz zu den Damen der feinen Gesellschaft in Craiova, Kronstadt, Temesvar und erst recht in Bukarest, die kaum einen Gedanken darauf verschwendeten, ihre Kinder selbst zu stillen, war sie entschlossen, Milan die Brust zu geben, solange der Vorrat reichte. Die nahrhafte Quelle sprudelte auch reichhaltig, bis es zu schmerzhaften Entzündungen der Brustwarzen kam, die es ihr schließlich unmöglich machten, das Kind weiter anzulegen. Glücklicherweise war ihre Küchenmagd Joana zwei Wochen vor ihr mit einem Mädchen niedergekommen. Joana wurde Milans Amme. Sie stillte Ilka, ihre eigene Tochter, und Milan, den stets hungrigen Sohn ihrer Herrin. Doch soviel Appetit er auch entwickelte, sooft er auch ungestüm und lautstark nach Nahrung verlangte, es reichte für beide, es gab davon mehr als genug, es gab so viel, daß an Joanas gewaltigen Brüsten ein halbes Dutzend Kinder satt geworden wären.

Neben dem milchspendenden, mächtigen Fleischberg Joana wirkte selbst Milans über den Durchschnitt groß gewachsene, wohlgebaute, keineswegs schmächtige Mama fast klein und so zierlich wie ein Nymphenburger Porzellanfigürchen neben einer jener weiblichen Tonfiguren, die uns Steinzeitmenschen hinterlassen haben, etwa die berühmte *Venus von Willendorf* aus Niederösterreich. Und so kam es zu

den erwähnten ersten, in seinem Gedächtnis unauslöschlich einge-
prägten Bildern aus der frühesten Kindheit. Er sah sich unter einem
kolossalen weißen, schön gerundeten Milchberg liegen, an mundfül-
lenden rosigbraunen Brustwarzen saugen, er fühlte mit behaglicher
Wollust, wie es daraus warm, süß und vollmundig lief, er saugte und
saugte, schluckte und schluckte, bis sein Hunger gestillt war, worauf
er mit einem zufriedenen Schnalzer die Milchquelle losließ. Danach
sah er sich im engen Tal zwischen zwei nachgiebigen, nach Frauen-
wärme, Milch, Kernseife, Lavendel und ein wenig nach Schweiß duf-
tenden Brüsten festgehalten, die Nase in die seidige Haut gedrückt,
während eine Hand seinen Rücken klopfte und streichelte und eine
zärtliche Frauenstimme zu ihm sprach, bis sich ein gewaltiger Rülpser
aus seinem Magen hocharbeitete, entlud, ihm die Hand einen abschließenden Klaps gab und die dazugehörende Stimme lachend rief:
»Ein Bäuerchen! Und was für eins! Wahrhaftig, ein Tausend-Joch-
Gutsbesitzer!«
Milan und Ilka wurden noch gestillt, als sie bereits mit den Erwach-
senen hätten essen können. Um Zeit zu sparen und wohl auch zu
ihrem eigenen Vergnügen legte sie Joana manchmal gleichzeitig an
ihre Brust. Dann saß Ilka trinkend auf Joanas linkem Knie, Milan
auf dem rechten, Ilka schaute ihn mit ihren schwarzen und er sie
mit seinen blauen Augen an, sie lächelten sich mit den Augen und
den milchnassen Mundwinkeln zu, sie saugten, schluckten, saugten,
saugten, schluckten, schluckten, bis von oben Joanas Stimme er-
tönte: »Schluß jetzt! Euch zwei hat niemand anders als Fürst Dracul
geschickt, um mich auszusaugen, bis ich aussehe wie eine leere, zum
Trocknen aufgehängte Schweinsblase.«

Ach, welch süße Erinnerungen. Welch eine Wonne, in jener
Schlucht zwischen den Milchbergen zu liegen, Joanas Herzschlag
in den unergründlichen Tiefen darunter, und dem zärtlichen Klang
ihrer Stimme von oben zu lauschen, die ihn murmelnd, summend,
singend in einen seligen Schlummer begleitete! Ist es also nicht ver-
ständlich und Milan nachzufühlen, wenn er, von derart beglückenden Kindheitserinnerungen geprägt, auch später, als Jüngling und
erwachsener Mann, die Landschaft mit den zwei Hügeln als den
allerschönsten Ort auf Erden betrachten wird? Welch eine Lust,
darin auf Erkundungen zu gehen, Neues im Vertrauten zu ent-

decken, sich dort und in den Regionen nördlich und südlich davon liebkosend und liebkost zu ergehen, darauf nach leidenschaftlichen Umarmungen erschöpft und wie einst von Joanas Milch nunmehr der Liebe satt auszuruhen! Mochten andere vom Geruch nach Eisen, Waffenöl und Pulverdampf schwärmen, von Marschgesang und Schlachtenlärm, von Mannesmut und Heldentod, für Milan gab es nie einen schöneren Duft als jenen nach warmer Frauenhaut, den er als Kind eingeatmet hatte und seitdem nie wieder missen mochte, kein sinnbetörenderes Geräusch als eine zärtlich raunende Frauenstimme, kein erregenderes und erhebenderes Gefühl, als sich von diesem vielbeschworenen Ewigweiblichen umfangen zu lassen, darin einzutauchen, zu vergehen, davon verschlungen zu werden, hundert Tode zu sterben, sich hundertmal aus der wollüstigen Umklammerung zu lösen, dankbar die Stätte des rauschhaften Vergnügens zu verlassen, um sich alsbald wieder einzufinden und erneut den unstillbaren Hunger zu stillen suchen.

Wenn es nach Milan gegangen wäre, hätte diese Art von Nahrungsaufnahme beliebig lange fortgesetzt werden können, auch dann noch, als seine Milchschwester Ilka fast über Nacht damit aufgehört hatte und das Gesicht angeekelt verzog, wenn es ihn an Joanas Brust drängte. Meist nur mit einem Hemdchen bekleidet, saugte und lutschte er noch als vierjähriges Kind an Joanas Brust, bis sie eines Tages merkte, wie sich dabei unter seinem Hemd etwas regte, größer wurde und sich hart und steif aufrichtete.

»Hoppla, mein Herr, was ist denn jetzt passiert? Was haben wir denn da? Was macht er denn, unser kleiner Ritter?« fragte sie, schnippte mit dem Zeigefinger dorthin, wo sich Milans Hemd aufbauschte, machte mit gespitzten Lippen scheinbar entrüstet »tss, tss, tss«, schüttelte den Kopf und lachte mit einer Stimme... Also, diese unbeschreibliche Stimme glaubte Milan noch zu hören, als er längst erwachsen war, und allein die Erinnerung an sie und an ihren heiseren, scheinbar direkt aus Joanas Bauch oder noch tiefer, aus ihrem Schoß kommenden Klang konnte später den gleichen Vorgang auslösen, der ihn damals endgültig um die geliebte Milchquelle gebracht hatte. Denn Joana entzog ihm mit dem bereits erwähnten schnalzenden Schmatz die Brust, stopfte sie unter das Hemd, knöpfte es zu und sprach: »So. Ende. Damit ist jetzt Schluß!«

Fortan blieb Milan diese Quelle des täglichen Vergnügens für immer verschlossen. Den betreffenden Körperteil aber, der dies verschuldet hatte, nannte er, Joanas Beispiel folgend, von nun an »kleiner Ritter« oder auch »mein kleiner Ritter«.

## 3. KAPITEL

*Von Milans Geburtshaus, dessen Bewohnern
und den Kandidaten
für die Stelle des Ersatzvaters*

*Villa Ilona* hieß das Haus, wo Milan den Großteil seiner Kindheit und Jugend verbrachte. Es stand am äußeren Rand eine Villenvorortes, ein paar Steinwürfe abseits der Straße, die von Craiova nordwärts über die Transsilvanischen Alpen nach Siebenbürgen führte. *Villa Ilona*, so lautete die Postanschrift und so stand es auch in kunstvoll geschmiedeten und vergoldeten Buchstaben bogenförmig über der Toreinfahrt in den geräumigen, fast schon parkartig anmutenden Vorgarten.

Die Namensgebung ging auf Kosta Draganescu zurück, der das Haus einige Jahre vor dem Weltkrieg 1914–1918 gekauft und als zukünftiges Heim für seine junge Frau Ilona und ihre gemeinsamen Kinder umgebaut und erheblich erweitert hatte. Der Wunsch nach den Kindern war ihm, wie schon in seiner ersten Ehe (er war seit einem knappen Jahr Witwer, als er Ilona kennengelernt und schon nach wenigen Tagen um sie angehalten hatte), versagt geblieben. Auch wenn er es selbst nie hatte wahrhaben wollen, der Grund dafür war wohl bei ihm zu suchen; an seiner jungen, ihm treu ergebenen Frau hatte es jedenfalls nicht gelegen, wie Milans spätere Existenz ja augenscheinlich bewies.

In diesem Haus war Kosta Draganescu auch den plötzlichen Herztod gestorben; man hatte ihn tot an einem Turmfenster gefunden, von wo er im November 1916 mit Fernglas den eher einer chaotischen Flucht gleichenden Rückzug der rumänischen und den Vormarsch der deutschen Truppen beobachtet hatte, als diese über den Surduk- und Vulcanpaß in die Kleine Walachei eingebrochen waren. Ein Augenblick, der ihm, einem glühenden rumänischen Patrioten und Anhänger des schmählich unterlegenen Königs Ferdinand I. das Herz gebrochen haben soll.

*Villa Ilona* hatte sich als Name des Hauses nie richtig durchgesetzt. Die Leute aus der Umgebung nannten es *Kostas Burg*. Tatsächlich machte es mit seinen zinnenbewehrten Türmen und Brüstungen, von gotischen Säulchen geteilten Bogenfenstern, Wetterfähnchen auf den Dächern und einer pompösen, von steinerner Balustrade gesäumten Freitreppe den Eindruck einer Spielzeugburg; in der zweiten Hälfte des vorigen Jahrhunderts und noch nach der Jahrhundertwende baute, wer sich's leisten konnte, gern solche als romantische Ritterburgen kaschierten Häuser.

So verwinkelt, wie es von außen aussah, war Kostas Burg auch im Innern. Treppen und Treppchen, Gänge, Korridore und Galerien führten zu einer Vielzahl von Wohn-, Schlaf-, Gäste-, Gesinde-, Wirtschafts- und Nebenräumen; wie viele es genau waren, konnte auf Anhieb nicht einmal Marussja sagen, die sonst alles um das Haus und von dessen Bewohnern wußte.

Hinter dem Haus, angrenzend an das offene Land, das sich bis hin zum Fluß Jiu erstreckte, befand sich der große Obst- und Gemüsegarten. Wie Joana in der Küche, hatte hier die Bulgarin Loisa das Sagen. Sie lebte mit ihrem Sohn Luis in dem kleinen, unter einem gewaltigen Nußbaum liegenden Gartenhäuschen und war eine mürrische, wortkarge Frau mit einem Gesicht, das wie aus Holz geschnitzt und mit dunkel gegerbtem Leder überzogen aussah. Das Unglück, einen mit Korbwaren handelnden Mann aus der unteren Donaugegend kennengelert, ihm vertraut und ihre Jungfräulichkeit geopfert zu haben, hätte das Gemüt des einst so fröhlichen wie hübschen Mädchens verdüstert und es frühzeitig altern lassen, erzählte man; denn der süßholzraspelnde Taugenichts mit den feurigen Zigeuneraugen, samtweicher Stimme und flinker Zunge hatte sich nie wieder sehen lassen, nachdem ihm Loisa gesagt hatte, daß ihr Verhältnis nicht ohne Folgen geblieben war. Fortan wollte sie von Menschen und erst recht von Männern nichts mehr wissen, konzentrierte ihre ganze Liebesfähigkeit auf Pflanzen, und diese dankten es ihr überreichlich. Loisas Garten war weit und breit der prächtigste. Nirgends gab es buntere Blumen vom Frühjahr bis in den späten Herbst, nirgends größere Tomaten, Paprikaschoten, Gurken, Honig- und Wassermelonen, zartere Radieschen, Kohlrabi, Bohnen und Erbsen, schöneren Blumenkohl, festere Salatköpfe, nirgends konnte man Kirschen zeitiger pflücken, waren die Aprikosen, Pfirsiche, Zwetschgen und Pflaumen süßer, Birnen und Äpfel saftiger. Was im Haushalt selbst nicht verbraucht wurde, verkaufte Loisa auf dem Markt in Craiova, wo sie einen eigenen Stand und eine Reihe von Stammkunden hatte.

Drei oder vier Jahre älter als Milan, wurde Loisas Sohn Luis seinem nichtsnutzigen Vater immer ähnlicher. Ein hübscher, kräftig gebauter, dunkelhaariger Bursche mit feurigen Zigeuneraugen und einer schnellen Zunge. Wie Milan kannte er seinen Vater nicht und hatte – wie Milan – von ihm eine nur undeutliche Vorstellung, da sich Loisa weigerte, über ihn zu sprechen, ja seinen Namen auch nur zu erwähnen. Dies schuf zwischen den zwei unehelichen und vaterlos aufwachsenden Kindern von vornherein eine gewisse Gemeinsamkeit und machte sie zu Verbündeten. Luis wurde zu Milans Begleiter und Beschützer, eine Art Leibwächter und Mentor zugleich, und er gab dem Jüngeren Nachhilfeunterricht in Fächern, die in keiner Schule und auch nicht zu Hause gelehrt werden.

An Kosta Draganescus vornehmes Stadthaus in Bukarest hatte Milan nur eine verschwommene Erinnerung. Während der anhaltenden Wirtschaftskrise Anfang der zwanziger Jahre hatte Mama das Haus verkauft. Die Trennung davon war ihr leichtgefallen. Hing das damit zusammen, daß sie gerade dieses Haus doch zu sehr an Milans Vater und an ihren folgenreichen »Fehltritt« erinnerte?

Damals hatte man sich darauf geeinigt, daß dieser deutsche Offizier, wer es auch gewesen sein mochte, kurz vor der Hochzeit mit der jungen Witwe an die Front kommandiert worden sei (was der Wahrheit entsprach) und dort den Tod gefunden habe (die offizielle, von Marussja in die Welt gesetzte Version). »Er mußte über Nacht weg und blieb in Rußland für immer. Leicht sei ihm die fremde Erde! Ein Mann wie er hätte meine arme Herrin nie in Schande zurückgelassen! Er war ein Ehrenmann, ein wirklich und wahrhaftig feiner, nobler Herr!«

Der Makel, der damals noch illegitimen Kindern anhaftete, belastete Milan nicht. Als er einmal von einem Mitschüler in der ersten Klasse »deutscher Bankert« genannt wurde, erzählte er es Luis, und dieser, gleichfalls ein Bankert, knüpfte sich den Lästerer so nachdrücklich vor, daß seitdem niemand mehr wagte, Milan auch nur andeutungsweise an seine uneheliche Herkunft zu erinnern.

Wichtiger als die Frage nach seiner Herkunft war zunächst auch für Milan die nach einem Ersatzvater. Nach dem großen Krieg gab es viele Kinder, die ohne Väter aufwachsen, viele Mütter, die für ihre

Kinder allein sorgen mußten. Die meisten von ihnen hielten vergeblich Ausschau nach einem heiratsfähigen und arbeitswilligen Mann, der bereit gewesen wäre, eine Kriegerwitwe mit unversorgten Kindern zu nehmen; davon gab es zu wenige, und die Konkurrenz war zu groß.

Wie dachte Milans Mama darüber?

Ilona Draganescu war eine junge, schöne, dazu wohlhabende Frau, der man den Schönheitsfleck mit dem unehelichen Kind großzügig nachsah. Sie brauchte keine Konkurrenz zu fürchten, eher mußte sie sich der vielen Verehrer erwehren, die um ihre Gunst buhlten. Für Milan waren sie allesamt überflüssig. Warum sollte Mama wieder heiraten? Dafür gab es seiner Meinung nach keinen stichhaltigen Grund.

Unter den Männern, die sich um Mama bemühten, gab es welche, die von vornherein ungefährlich erschienen. Sie tauchten auf, tranken in Mamas gastfreundlichem Salon Tee, türkischen Kaffee oder von Loisa gebrauten Aprikosen- und Kräuterlikör, knabberten dazu an Joanas Plätzchen und rauchten Mamas ägyptische Zigaretten (die mit dem goldenen Mundstück). Der eine oder andere durfte schon mal zum Mittagessen kommen oder zum Abendessen bleiben, doch dann rückten sie allesamt wieder in den Hintergrund, verschwanden womöglich für immer, wurden nach Mamas Darstellung »versetzt« oder »abkommandiert«, wenn es um einen der schneidigen und in der Regel blendend aussehenden Offiziere der Craiover Garnison ging, Kavallerie bevorzugt.

Als mögliche Kandidaten für die Stelle eines Ersatzvaters gefährlicher – falls es sich Mama doch anders überlegen sollte – waren andere, wie zum Beispiel der stets elegant gekleidete und ungemein gebildete Dr. Minescu, Professor der Mathematik am Craiover Gymnasium; dessen Wohlwollen hatte es Milan zu verdanken, daß er in der Obertertia nicht sitzenblieb. Oder Mamas Betriebsleiter, ein österreichischer Diplomingenieur namens Hans Schreyögg, der schon vor dem Krieg für Kosta Draganescu gearbeitet hatte und die Mühle so gut und erfolgreich führte, daß sich nach dessen Tod die Witwe um nichts kümmern mußte. Er liebte Mama. Das konnte man ihm deutlich ansehen, es stand geradezu in seinem Gesicht geschrieben, wenn er sich, sonst energisch und respektgebietend, zu seinen Leuten nicht selten übertrieben streng, in einen schüchternen, um Worte verlegenen Jüngling mit angegrautem Kaiser-Franz-Joseph-Bart zu verwandeln schien, sobald er in Mamas Nähe kam. Auf eine stille, unauffällige, doch unbeirrbar beharrliche Art bemühte er sich schon seit Jahren um sie. Mag sein, daß er sein Ziel energischer und auch erfolgreicher verfolgt hätte, wenn Ilona Draganescu nicht seine Arbeitgeberin und so vermögend gewesen wäre. Ihr Reichtum war sein Unglück; denn er, ein Mann von Ehre und durch und durch Kavalier, wollte um nichts in der Welt in den Ruf eines Mitgiftjägers geraten.

Dies wiederum schien Dr. Petru Ghiata ganz und gar gleichgültig zu sein. Er war Notar und Rechtsanwalt und hörte nicht ungern, wenn man ihn auf französische Art *Maître* Ghiata nannte. So wie schon ihren verstorbenen Mann Kosta Draganescu beriet Maître Ghiata Mama in allen Vermögens- und Rechtsfragen. Milan mochte ihn nicht, ja er fürchtete ihn. Von diesem großen, schwerleibigen Mann mit Fischaugen hinter dem schief sitzenden, golden umrandeten Kneifer und einem feucht glänzenden Karpfenmaul über dem fliehenden Doppelkinn ging etwas Bösartiges aus, mochte er stets auch übertrieben freundlich tun. Milan bereitete es geradezu körperliche Pein, wenn sich der gewaltig aufragende Mann zu ihm beugte, ihn nach Kölnisch Wasser und kaltem Zigarrenrauch riechend in die Wange kniff und mit ausdruckslos blickenden Fischaugen immer das gleiche fragte: »Na, junger Mann, wie geht's uns heute? Was macht das werte Befinden?«

Mama teilte Milans Abneigung gegen Maître Ghiata anscheinend nicht. Manchmal schien es sogar, als würden sie besonders vertraulich und auf eine gewisse Weise zärtlich miteinander umgehen. Wenn der Maître zum Beispiel bei der Begrüßung seine dicken, zu kurz geratenen Arme ausstreckte, als wolle er Mama umarmen, und dabei ausrief: »Ach, ach, meine Gnädigste! Wie ich mich freue, Sie nach dieser langen, eh, viel, viel zu langen Zeit wiedersehen zu dürfen! Ma chère Madame – Sie sehen bezaubernd aus! Schön wie immer! Nein, nein, ich bitte um Nachsicht! Schöner! Von Tag zu Tag schöner!« Dann beugte er seinen spärlich behaarten Kopf über Mamas Hand, und sein Karpfenmaul schien sich an ihrem Handrücken festzusaugen. Milan war's, als hörte er es schmatzen, auch wenn er die alberne Szene aus größerer Entfernung und gut versteckt beobachtete, schon um den verhaßten Maître nicht mit einem erzwungenen »meine ergebenste Hochachtung« begrüßen und die üblichen Worte hören zu müssen: »Na, junger Mann, wie geht's uns heute? Was macht das werte Befinden?«

»Ich glaube fast, wir werden bald Hochzeit feiern«, meinte Joana eines Tages, als sich Milan, damals zehn Jahre alt, in der Küche ein Butterbrot holte. Nicht sonderlich interessiert fragte er daraufhin, ob *sie* denn heiraten wolle?

»Ich? Dummkopf! Wer soll mich denn heiraten? Nein, ich bestimmt nicht.«

»Wer dann?«

»Vielleicht ich!« rief Ilka, die groß und dick und von Jahr zu Jahr ihrer Mutter Joana ähnlicher, mit einem Armvoll Brennholz in die Küche trat. Kichernd ließ sie das Holz in die Kiste am Herd fallen, richtete sich auf und blinzelte Milan zu. »Ich heirate dich, Zwergerl. Wär das nichts? Ach, lieber nicht, du bist mir doch noch zu klein.«

»Dumme Gans!« rief Joana lachend.

»Freust du dich denn gar nicht?« fragte Ilka.

»Warum soll ich mich freuen?« Milan wurde es langsam unbehaglich.

»Daß du einen Papa bekommst. Besonders schön ist er ja nicht und macht immer so –«, Ilka spitzte die Lippen zu einem schmatzenden Karpfenmaul, » – aber besser als gar keiner… Oder nein! Lieber gar keiner als so einer!«

»Halt deinen vorlauten Schnabel!« rief Joana. »Der Herr Notar Doktor Ghiata ist ein respektabler, angesehener Mann!«

»Und unsere Herrin hat ein respektables Haus und viel Geld und außerdem…« Weiter kam Ilka nicht. Joana holte aus, und es hätte eine Ohrfeige gegeben, wenn Ilka dieser nicht blitzschnell ausgewichen wäre. Sie huschte zur Tür, drehte sich dort noch einmal um, streckte die Zunge heraus und rief: »Vielleicht heirate ich dich doch noch, mein kleiner Milan! Machen wir eine Doppelhochzeit? Du und ich und deine Mama und dieser Herr mit…« Sie schmatzte mit gespitzten Lippen und verschwand.

»Du lieber Himmel, was soll das noch werden? Gerade erst zehn Jahre alt und nichts als Unsinn im Kopf«, seufzte Joana.

Milan aber beschloß, sich möglichst umgehend Gewißheit zu verschaffen.

# 4. Kapitel

*Milan ertrotzt von Mama ein Zugeständnis*
*und versucht mehr über*
*seinen unbekannten Vater zu erfahren*

Die Gelegenheit, den Entschluß in die Tat umzusetzen, ergab sich schon wenige Tage nach diesem Gespräch in der Küche der Villa Ilona. Mama war mit dem verhaßten Maître Ghiata »in der Stadt« gewesen, hatte mit ihm soupiert (es gab irgend etwas zu feiern) und kam erst spätabends wieder nach Hause. Milan lag schon im Bett, schlief aber noch nicht. Er hörte Maître Ghiatas Auto vor- und nach einigen Minuten wieder wegfahren, dann kam Mama ins Haus, klapperte mit ihren hochhackigen Schuhen durch die Halle und die Treppe herauf, stolperte, rief »hoppla«, kicherte, stöckelte, den damals in Mode gekommenen Foxtrott »Rote Lippen« trällernd, über die Galerie und den Gang entlang: »Ich würde alles geben / für einen Kuß von dir. / Dann könnte sich's... « Sie verstummte, verharrte sekundenlang vor Milans Tür, stöckelte trällernd weiter: »... ergeben, / daß du gehörst zu mir.« Mit »mir« ging die Tür ihres Boudoirs auf und wieder zu. Es wurde still.
Milan wartete etwas, stieg dann aus dem Bett und ging Mama nach. Dies tat er öfter, so daß sie gar nicht überrascht war, als er anklopfte und in das neben ihrem Schlafzimmer liegende Boudoir trat.
Mama saß schon im Negligé vor dem mit Dosen, Döschen, Schachteln, Schächtelchen, Schalen und Schälchen, Flaschen und Fläschchen, Flakons, Puderquasten, Kämmen, Bürsten, Handspiegeln und anderem Krimskrams vollgestellten Toilettentisch, bürstete ihr Haar, sah im Spiegel Milan eintreten und lächelte seinem Spiegelbild zu.
»Oh, und ich dachte, du schläfst schon«, sagte sie, ohne sich umzusehen. »Bist du denn gar nicht müde?«
»Ich habe gelesen, und dann habe ich dich kommen gehört.« Milan trat näher und blieb hinter ihr stehen. Schnuppernd sog er den unverwechselbaren Duft nach Mama ein – wie gut und vertraut sie roch! Er nahm ihr die Bürste aus der Hand und begann ihr Haar zu

bürsten. Auch das tat er öfter, so daß sie es wortlos und, wie er wußte, nicht ungern geschehen ließ. Ihr dunkelblondes Haar fiel ihr wie ein schimmernder Vorhang über die nackten Schultern und den Rücken, und es knisterte, wenn er mit der Bürste darüber fuhr.

»Soll ich mir einen Bubikopf schneiden lassen?« fragte sie. »Du weißt schon, die Haare kurz und so.« Sie fuhr mit dem Zeigefinger an der linken Wange hoch, im rechten Winkel quer über die Stirn und auf der anderen Seite wieder hinunter.

»Warum?« fragte Milan.

»Alle tragen Bubikopf. Es ist modern.«

»Dann«, Milan suchte nach einem Vergleich, »dann siehst du aus wie Ilka.«

Mama lachte. »Und das soll ich lieber nicht? Na gut. Was liest du?«

»›Old Surehand‹.«

»Auf deutsch?«

Milan nickte.

»Gefällt es dir?«

»›Winnetou‹« hat mir besser gefallen.« Milan kräuselte die Nase. »Du riechst nach Zigarren.«

»Magst du das nicht?«

»Ich mag *diese* Zigarren nicht. Sie stinken.«

Mama wußte auf Anhieb, welche Zigarren er meinte, und auch, was er damit sagen wollte. Sie lächelte seinem Spiegelbild zu, schüttelte den Kopf, zuckte mit den Schultern … Noch nach Jahren stand das Bild frisch und lebendig vor ihm, wenn er sich an dieses Gespräch mit Mama in ihrem Boudoir erinnerte: ihr sanft beleuchtetes, dreieckiges Gesicht mit den klaren Bögen der Augenbrauen, den schräg geschnittenen dunklen Augen, den Schatten unter den hoch angesetzten Wangenknochen, den vollen Lippen und dem weich abgerundeten Kinn – ach, wie schön sie war! Sie sah fast genauso aus wie das Bild der unglücklichen tatarischen Prinzessin in einem Buch mit der Geschichte vom russischen Räuber Stenka Rasin, fast noch schöner. Und dahinter, kaum zu sehen in der Dämmerung des Zimmers, sein eigenes, kindliches, Mama recht ähnliches Gesicht, nur mit hellen Augen und Haaren und einer unverhältnismäßig langen, zu langen Nase.

»Warst du mit ihm weg?« fragte er.

»Wen meinst du?«

»Du weißt schon, wen ich meine! Den Zigarrenmann, den Zwicker-
mann, den karpfenmäuligen Fischaugenmann!« rief Milan zornig.
»Immer, immer gehst du mit ihm weg!« Ihm war plötzlich nach
Weinen zumute.

»Wir haben einen für unseren Betrieb wichtigen Vertrag mit dem
Armee-Versorgungsamt unter Dach und Fach gebracht. Maître
Ghiata hat mir dabei geholfen. Der Vertrag wurde unterschrieben,
und wir haben das ein bißchen gefeiert. Darf ich das nicht?«

»Dazu brauchst du ihn nicht. Solche Verträge kannst du selber machen. Oder Schreyögg macht sie.«

»Herr Schreyögg«, verbesserte ihn Mama.

»Und überhaupt geht es diesem Maître nicht um Verträge und so
was, er will etwas ganz anderes. Aber du denkst... «, Milan verlor
den Faden, er wußte nicht, wie er das, was er empfand und sagen
wollte, ausdrücken sollte.

Mama verstand ihn auch so. Sie sagte: »Ich werde es dir erklären.
Maître Ghiata ist ein angesehener, rechtskundiger Mann. Ich kenne
mich mit diesem ganzen Kram nicht aus und brauche seine Hilfe.
Ob er dabei Hintergedanken hat, weiß ich nicht. Vielleicht hat er
sie, na ja, wahrscheinlich. Aber das darf mich nicht stören. Es ist
nämlich so...«, sie wendete das Gesicht Milan zu, zwischen ihren
Augenbrauen erschien eine steile Falte, wie stets, wenn sie nachdenken mußte, »die Menschen, mit denen ich zu tun habe, sind immer
nur auf ihren eigenen Vorteil bedacht. Um es geradeheraus zu sagen: Die meisten versuchen dich übers Ohr zu hauen. Man muß
höllisch aufpassen. Eine Frau, die allein ist, hat es ganz besonders
schwer, bestimmte Dinge durchzusetzen, und das erst recht, wenn es
um das Geschäftliche geht oder wenn man mit einer Behörde verhandeln muß. Man traut einer Frau nicht viel zu. Frauen haben kein
Hirn für so was, sagt man. Stell dir vor! Deshalb brauche ich jemanden, der gewisse Dinge für mich erledigt oder durchsetzt. Vielleicht könnte ich es auch selber, aber das würde mich viel Zeit und
unnötige Mühe kosten. Warum soll ich mich damit abplagen, wenn
ich jemanden habe, der darauf wartet, daß er mir zu Gefallen ist?
Du verstehst schon. Verstehst du das? Außerdem haben wir noch
ein Problem.«

»Sag es. Was für ein Problem?«

»Das Problem heißt Nicolae. Onkel Nicolae. Er ist ja nicht dein

richtiger Onkel, sondern nur ein um zwanzig Jahre jüngerer Halbbruder meines vertorbenen Mannes Kosta – leicht sei ihm die hei-
matliche Erde! Nicolae ist ein Nichtsnutz. Nichtsnützig und auch
noch bösartig. Eine gefährliche Mischung. Er versucht immer auf
fremde Kosten zu leben. Mein Kosta, ach, der war ganz, ganz anders! Daß Nicolae bösartig ist, hat mir schon Kosta erzählt, ich
hab's zuerst gar nicht glauben wollen. Jetzt weiß ich's. Dieser Nicolae versucht also schon seit Jahren, mir Kostas Erbe streitig zu
machen – und damit auch dir. Oder vor allem dir. Das Ganze ist
eine sehr komplizierte Rechtssache, und Maître Ghiata kennt sich
in solchen Dingen am besten aus. Wenn ich ihn nicht hätte, müßte
ich einen anderen Anwalt nehmen und ihn sehr teuer bezahlen,
und er wäre bestimmt nicht so gut, wie der Maître. Verstehst du es
jetzt?«
»Willst du ihn heiraten?« fragte Milan.
Mama antwortete nicht. Sie wendete sich wieder ihrem Spiegelbild
zu, holte mit den Fingerspitzen Nachtcreme aus einem Tiegelchen
und begann, sie auf ihrem Gesicht zu verteilen.
»Sag, willst du ihn heiraten?« rief Milan ungeduldig.
»Nein.« Mamas Blick traf sich mit dem des Sohnes im Spiegel, ihre
Hand verharrte auf der zur Hälfte mit weißer Creme bedeckten
Wange. »Ich werde ihn nicht heiraten«, sprach sie, ihr Blick irrte
wieder ab und konzentrierte sich auf ihr Spiegelbild und auf die
Hand, die ihre kreisende Bewegung erneut aufnahm.
Milan glaubte es ihr. Hin und wieder nahm es Mama mit der Wahrheit zwar nicht ganz genau und sagte oft Dinge, ohne zu überlegen,
ob das, was sie so schnell und leichthin von sich gab, auch der Wahrheit entsprach. Doch konnte sich Milan nicht entsinnen, daß sie je
bewußt gelogen hätte. Mama war eben eine großherzige und
großzügige Frau, was sich in gewisser Weise auch auf ihre Sicht auf
die Wahrheit oder was man dafür hielt auswirkte; denn meine
Wahrheit muß nicht die deine sein, was man in diesem Tal für die
reinste Wahrheit hält, kann hinter dem Berg schon eine Lüge
heißen. Die absolute Wahrheit aber ist ein Buch mit sieben Siegeln,
um sie weiß nicht einmal der Pope in der Kirche, sondern nur der
liebe Gott. Bei all ihrer Großzügigkeit in dieser Hinsicht wußte
Mama jedoch sehr gut, wann es darauf ankam und wann von ihr
verlangt wurde, es damit genau zu nehmen. So wie jetzt.

Doch Milan war noch immer nicht zufrieden. »Du wirst ihn *wirklich* nicht heiraten?« fragte er.

»Nein.«

»Warum sagst du ihm das nicht?«

»Er hat mich noch gar nicht gefragt, ob ich ihn heiraten will.«

»Und wenn er dich fragt?«

»Wenn er mich fragt, werde ich es ihm sagen.«

»Wird er dann wegbleiben?«

»Ich hoffe nicht.« Nun lächelte Mama wieder. »Ich habe es dir eben erklärt – einen Mann wie Maître Ghiata brauche ich. Er ist vertrauenswürdig, zuverlässig, eben ein Advokat und Notar. Es ist immer gut, wenn man einen Advokaten zum Freund hat. Aber heiraten? Nein.«

»Wirst du überhaupt wieder heiraten?«

»Soll ich das?«

»Ich weiß es nicht. Ich meine… « Milan war ratlos. Einerseits wäre es ganz schön, einen Vater zu haben, wie die meisten von seinen Freunden, andererseits hatten nicht wenige unter ihnen gerade mit ihren Vätern allerhand Ungemach zu ertragen, wie zum Beispiel grün und blau geschlagene Rücken und Hinterteile. Es könnte durchaus sein, daß auch er an einen solchen geriete. Abgesehen davon, keiner von ihnen, auch nicht der beste und vollkommenste, käme gegen das Bild an, das sich Milan von seinem unbekannten, ihm so fernen, doch zugleich tief in seinem Herzen nistenden Vater machte.

»Also, was meinst du?« fragte Mama.

»Lieber nicht.«

Mamas anmutig kreisende, die Creme in die Haut einmassierende und mit den Fingerspitzen die Wange abklopfende Hand stand wieder still, sie schaute Milans Spiegelbild an, lächelte ihm zu. Und dann war es, als blickte sie nicht mehr *ihn* an, als lächelte sie nicht mehr *ihm* zu, während sie mit einem traumverlorenen Ausdruck in den Augen sprach: »Wenn ich wirklich einmal heirate, dann nur … Dann müßte das ein Mann sein, wie... Na, jedenfalls nicht wie Maître Ghiata.«

»Wie sonst?«

Nun schien sich das bestimmte Bild in Mamas Erinnerung wieder zu verflüchtigen, ihre Augen funkelten Milan belustigt an. »Also, wie du jetzt dastehst…, genauso, ja, genauso wie du jetzt, stand einmal dein Papa hinter mir und schaute mich über die Schulter im Spiegel an. Zwar nicht hier, in diesem Haus, sondern in Bukarest, am Dambovitsa Kai – erinnerst du dich noch an das Haus? Mit den gleichen Augen wie du schaute er mich an, und ja, die Nase«, sie lachte, »diese Nase! Er hatte die gleiche lange Nase.«

»Mein richtiger Papa?«

Mama nickte und begann nun die Creme auf ihrer linken Wange zu verteilen.

»Wer war mein richtiger Papa?« fragte Milan.

»Ein – wie soll ich ihn beschreiben? Jedenfalls ein sehr gut aussehender Mann, trotz seiner langen Nase.«

»Wer war er?«

»Ein richtiger Herr. Und ein wirklicher Mann.«

»Ist er in Rußland gefallen?«

Mama antwortete nicht.

»Marussja sagt, daß er in Rußland gefallen ist. Stimmt das?«

»Wir wissen es nicht bestimmt… Vielleicht.«

»Sag, Mama, wer war er? Woher kam er? Du mußt es mir sagen!«

Doch Mama antwortete wieder nicht, ihr Lächeln war erloschen. Milan fühlte, wie der Zorn in ihm hochstieg – ihm wurde heiß vor Zorn, er stampfte mit dem Fuß auf den Boden und schrie, seiner Stimme kaum mächtig, Mama an: »Sag es! Du mußt es sagen! Ich will es wissen!«

»Mäßige dich, du benimmst dich schlecht!« Mamas Stimme klang nun kalt und abweisend. »Ich werde es dir erzählen, wenn und wann ich es für richtig halte. Nicht jetzt. Und schon gar nicht, wenn du wie ein störrischer Esel mit den Füßen auf den Boden stampfst. Wenn die Zeit gekommen ist, wirst du alles erfahren. Und jetzt gib mir einen Gutenachtkuß und geh schlafen.«

Milan tat wie geheißen. Und während er in sein Zimmer ging, ins Bett kroch, die Nachttischlampe ausschaltete und einzuschlafen versuchte, stellte er sich genau vor, wie er in Vaters Land reisen, dort nach ihm suchen, ihn finden, vor ihn hintreten und sagen, zum Beispiel sagen würde: »Ich bin dein Sohn Milan. Und ich wollte sehen, ob du wirklich eine so lange Nase hast, wie Mama erzählte.«

## 5. KAPITEL

*Milan bekommt einen Hauslehrer und erweitert*
*seinen Wortschatz auch*
*in weniger geläufigen Fächern*

Milan war kaum vier Jahre alt und Joanas gewaltigen Brüsten gerade
erst entwöhnt, als Mama einen Hauslehrer engagierte, der ihm
Deutsch beibringen sollte. Ein perfektes Deutsch, verlangte sie,
Schriftdeutsch, Hochdeutsch, die Sprache Goethes und Schillers.
Zwar hatte sie weder von Goethe noch von Schiller je etwas gelesen,
doch verband sie mit diesen Namen die absoluten Gipfel des deutschen Geistes, deutscher Kultur, ja der Kultur überhaupt. Sie äußerte
sich nie darüber, weshalb Milan ausgerechnet diese Sprache zuerst
und vor allen anderen erlernen sollte. Als er es später erfuhr, war er
von Mamas Weit- und Umsicht beeindruckt. Auch hätte er ihr nie so
viel zielstrebige Beharrlichkeit zugetraut, wie sie es in der Frage seiner
Deutschstunden bewiesen hatte, war sie doch sonst in allen Angelegenheiten, die seine Bildung und die Schule betrafen, eher nachlässig.
Der Hauslehrer hieß Klaus von Stockhausen, stammte aus Siebenbürgen und war als »einjährig Freiwilliger« Leutnant in der Kaiserlich und Königlich Österreichisch-Ungarischen Armee gewesen,
zuletzt eingesetzt in Serbien. Vor dem Krieg habe er in Wien
Deutsch und Geschichte, in Prag die Rechte, in Frankfurt am Main
Philosophie studiert und in »all diesen Städten, diesen prächtigen
Metropolen des Geistes, auch und vornehmlich das Leben in all seinen bunt schillernden Facetten«, wie er oft und gern mit dem ihm
eigenen Überschwang erzählte. »Ach, welch herrliche, unbe-
schwerte, manchmal verrückte Zeiten! Und jetzt? Was tue ich
jetzt?« – Jetzt mußte er sich, in Craiova hängengeblieben, als Gele-
genheitsjournalist und Hauslehrer durchs Leben schlagen.
Klaus von Stockhausen war ein junger Mann von angenehmem
Äußeren, tadellosen, etwas affektiert wirkenden Manieren, gezier-
ten Bewegungen und einem sanften Gemüt. Wenn er Milan aus der
Sammlung deutscher Balladen vorlas, etwa Liliencrons traurige Geschichte vom heimatlosen Handwerksburschen, der sich, am Leben

verzweifelt, im Wald erhängt, worauf er namenlos auf freiem Feld eingescharrt wird, füllten sich seine blauen Kinderaugen mit Tränen, drohte seine Stimme zu versagen, er hüstelte, räusperte und schneuzte sich zwischen den Strophen, und es dauerte seine Zeit, bis er bei der letzten, unbeantwortet gebliebenen Frage ankam:

> »Da niemand zuvor den Toten gesehen,
> Erhält er die Nummer dreihundertundzehn.
> Dreihundertundneun schon liegen im Sand;
> Wer hat sie geliebt, wer hat sie gekannt?«

Nach dem leise hingehauchten »Wer – hat – sie — gekan-n-n-t?«, das so klang, als hätte man ihn selbst im Sande eingegraben oder als erwarte er ein ähnlich trauriges Schicksal zu erleiden, wendete er sich regelmäßig mit seitlich gesenktem Kopf ab, legte die Hand über die Augen und schwieg, schwieg und schwieg, vor Ergriffenheit nicht fähig, mit dem Unterricht fortzufahren.

Seiner eigenen, wiederholt geäußerten Aussage nach wollte Klaus von Stockhausen nur vorübergehend in Craiova bleiben und »bis sich ein besserer findet« Milans Unterricht übernehmen. Danach würde er für immer ins Reich ziehen – er sprach stets nur vom »Reich«, wenn er Deutschland meinte –, um dort seine Studien wieder aufzunehmen und zum Abschluß zu bringen. Doch waren im Deutschen Reich jener »golden« genannten zwanziger Jahre, nach einer Inflation, wie es in der Geschichte noch nie eine gegeben hatte, und während der darauf folgenden Wirtschaftskrise, die Aussichten für einen Habenichts wie Klaus von Stockhausen denkbar ungünstig. In Rumänien hingegen fand er bei vermögenden bürgerlichen Familien, die sich einen deutschen Adeligen, dazu noch ehemaligen Offizier als Privatlehrer leisten konnten, sein bescheidenes Auskommen. Gelegentliche Beiträge in Feuilletons der Lokalzeitungen brachten ihm auch einiges ein, in seinem Umfeld war er wohlgelitten und im übrigen jedem Abenteuer mit unsicherem Ausgang abgeneigt. Also blieb er lieber, wo er war.

Als Milan ins Gymnasium kam, engagierte Mama Klaus von Stockhausen auch als Nachhilfelehrer für alle anderen Fächer. Er kam jeden Nachmittag in die Villa Ilona und blieb mehrere Stunden, oft bis in den Abend hinein. Hier habe er endlich so etwas wie ein neues

Zuhause gefunden, rief er des öfteren auf seine überströmende Art aus, ergriff dabei Mamas Hände, küßte die eine, küßte die andere. »Ach, Madame, wie soll ich Ihnen nur sagen, wie glücklich, wie unermeßlich glücklich ich darüber bin?! Endlich, endlich ein Haus, wo man sich wohl fühlt! Endlich, endlich bei Menschen, die meinem Herzen nahe stehen!«

Zu nahe, fand Milan in jenem Alter, als er in jedem Mann einen Bewerber um Mamas Gunst und Hand sah, an den sie ein freundliches Wort richtete. Natürlich mißtraute er auch Klaus von Stockhausen und hielt ihn jeder möglichen Hinterlist für fähig. Das tat er erst recht, nachdem er eines Tages beobachtete, wie Mama dem Hauslehrer liebevoll, ja zärtlich eine blonde, ihm ständig in die Stirn fallende Haarsträhne zurückstrich, worauf dieser (wieder einmal!) ihre Hände ergriff und inbrünstig küßte. Was wollte er von ihr? Sie am Ende heiraten? Dieser Todel (das Wort »Todel« hatte er von ihm gelernt) sollte etwa sein angeheirateter Vater werden? Allein der Gedanke an eine solche Möglichkeit ließ Milan erschauern.

Doch als er von seinem Verdacht andeutungsweise zu Luis sprach, winkte dieser ab. Wenn es um Frauen ginge, sei der Hauslehrer völlig ungefährlich, meinte er.

»Wieso weißt du das?« fragte Milan.

»Wenn ich's dir sage! Er ist ein Busi.«

»Was ist ein Busi?«

»Weißt du das nicht? Ein Busarant natürlich.«

»Und was ist ein Busarant?«

»Einer, der nur Männer…« Luis schlug vielsagend grinsend mit der rechten Handfläche dreimal auf die Innenseite der linken Faust.

»Ach so«, sagte Milan, als wüßte er nun, was Luis meinte. Dabei verstand er nach wie vor nichts. Das heißt – was das Klatschen der rechten Handfläche auf die Innenseite der linken Faust bedeutete, wußte er wohl, hielt allerdings die damit umschriebene Tätigkeit nur auf den Umgang zwischen Männern und Frauen beschränkt und ausschließlich zwischen ihnen möglich.

Doch daß Luis nicht unrecht hatte, erfuhr er schon wenige Wochen nach diesem Gespräch, als er nämlich Klaus von Stockhausen beobachtete, wie er es mit dem Stallburschen Iwan trieb.

Kosta Draganescu hatte einst hinter seiner Villa einen geräumigen Stall bauen lassen, in dem zu seiner Zeit ein Dutzend oder mehr

Pferde gestanden hatten. Nun waren bis auf zwei, manchmal drei Boxen alle anderen leer, und Kutschen, Kaleschen, Landauer, der leichte Cab und der fast neue, vornehme Hansom, auf den Kosta Draganescu besonders stolz gewesen war, verstaubten ungenutzt in der angrenzenden Wagenremise.

Auf dem Heuboden über den Boxen hatte sich Milan ein verstecktes Plätzchen eingerichtet, wohin er sich zurückziehen und ungestört lesen konnte. Von hier aus hatte er eine gute Sicht nach unten, womit die Hauptforderung erfüllt war, die man an ein Versteck stellte: möglichst viel zu sehen, ohne selbst gesehen zu werden. Hier hielt er sich auch schon seit einer oder zwei Stunden an jenem Tag auf, als Klaus von Stockhausen und der Stallbursche Iwan nacheinander in den Stall kamen, sich vorsichtig umsahen und in die leere Box schräg unter Milan schlüpften. Über die Brüstung konnten sie den Stall mit dem Eingang überblicken, während von ihnen selbst nur die Köpfe zu sehen waren. Wenn jemand in den Stall gekommen wäre, hätten sie ihn rechtzeitig bemerkt, und Iwan wäre in die Nachbarbox mit der Stute Irma geschlüpft und hätte sich mit ihr zu schaffen gemacht. Doch um es gleich zu sagen – niemand kam, niemand störte die geschäftige Zweisamkeit.

Durch einen Spalt zwischen den Bodenbrettern beobachtete Milan das Treiben unten; nun sah er in der Praxis, was ehedem reine Theorie war. Nachdem Klaus von Stockhausen und Iwan eine Weile murmelnd, seufzend und immer schwerer atmend mit offensichtlich wachsender Erregung einander berührt hatten, ließen sie die Hosen fallen, manipulierten weiter, bis sich Iwan schließlich vorbeugte, die Ellenbogen auf die Futterkrippe aufstützte und seinen nackten Hintern dem Gespielen entgegenstreckte. Dieser tat nun das von Luis mit den Handflächen Umschriebene. Dabei stöhnten, keuchten und grunzten sie so, daß sich Milan verwundert fragte, weshalb sie denn dies taten, wenn es ihnen Schmerzen zu bereiten schien. Auch wunderte er sich über die erstickten Ausrufe des Hauslehrers, der Iwan mit den bemerkenswertesten Namen bedachte, wie »Ach, du mein lieber Schlingel, du süßer Teufel mit dem Engelsarsch, du Ungeheuer, du mein Aller-Aller-Allerliebster« und so weiter, obwohl er, ein adeliger Mann, gebildet und von hoher Kultur, ein Offizier zumal, sonst von Domestiken und sonstigen niederen Chargen nicht viel zu halten schien. Nun aber dies! »Geliebter Iwan! Ach, mein Iwanuschka, ach, ach, ach, du Satansbraten, auf-auf-aufspießen muß ich dich – am Spieß wirst du gebraten – mit dem Saft des Lebens begossen – mein I-I-Iwanuschka, mein ein und alles!« Und weiter so und alles in Deutsch, obwohl Iwan doch kein Wort Deutsch verstand.

Nach einem letzten Aufstöhnen des Hauslehrers wurde es unten ruhig, die beiden ließen voneinander, zogen ihre Hosen hoch, und schweigend verließen sie die Pferdebox. Draußen trennten sie sich ohne Gruß, ohne Abschiedsblick; der Hauslehrer ging nach links, Iwan nach rechts, Milan aber blieb noch eine ganze Weile in seinem Versteck, um über das Gesehene nachzudenken.

## 6. Kapitel

*Berichtet über Milans weitere Schulung,*
*die Abschlußprüfung und*
*seine Erfahrungen mit Geburt und Tod*

Nach der Erfahrung im Pferdestall hielt sich Milan für aufgeklärt. Nun, mit zwölf Jahren, glaubte er alles zu wissen; denn was zwischen Frauen und Männern geschah, war ihm längst bekannt. Seine Lehrmeister und Informanten waren Luis, der auf diesem, für heranwachsende und herangewachsene junge Menschen wichtigsten Gebiet, sozusagen dem Gebiet aller Gebiete, bereits gewisse Erfahrungen haben wollte, ferner die Mitschüler, die Dorfburschen und die Milchschwester Ilka. Diese wies ihn bei fröhlichen, kindlich harmlosen Spielen in die Geheimnisse der weiblichen Anatomie ein. So legte sie sich zum Beispiel mit hochgeschürzten Röckchen auf den Rücken, spreizte die Beine, hob den Popo und pinkelte einen fröhlich plätschernen Bogen in die Luft. Dies nannten sie »Fontäne spielen«, wobei eine gewisse Steigerung möglich war, indem sich Ilkas und Milans Fontänen rechtwinkelig kreuzten. Im Treffpunkt spritzte es golden funkelnd im Sonnenlicht auf alle Seiten, was ihnen besondere Freude machte.

Die Kleine Walachei war ein Bauernland und Craiova eine bäuerliche Großstadt. Das Villenviertel, an dessen äußerem Rand die Villa Ilona stand, ging übergangslos ins Ackerland über; gleich hinter Loisas Garten erstreckten sich Getreide- und Maisfelder mit dicken, im Herbst gelb glühenden Kürbissen an den Feldrainen.

Schon das nächste, jenseits eines Kastanienwäldchens gelegene, zwischen Obstbäumen eingebettete und um die kleine, zwiebeltürmige Kirche gruppierte Dorf sah mit seinen geduckten, strohgedeckten Häusern aus, als gäbe es die nahe Großstadt nicht. Hier schien sich seit Hunderten von Jahren nichts verändert zu haben. In diesem und in den meisten anderen Dörfern des sanft nordwärts ansteigenden Hügellandes bis hin zu den dunklen Höhen der Karpaten floß das Leben jahraus, jahrein seinen gemächlichen, von althergebrachten Bräuchen und Gewohnheiten bestimmten Gang.

Dazu gehörte auch, daß man zu natürlichen Bedürfnissen und Trieben, denen Menschen wie Tiere unterworfen waren und sie mit Macht zu bestimmten Handlungen zwangen, ein verhältnismäßig entspanntes Verhältnis hatte.

Wenn eine Stute rossig wurde, führte man sie zum Hengst, der sie mir nichts, dir nichts bestieg, damit sie übers Jahr ein Fohlen warf. Das gleiche geschah mit Kühen, Schafen, Ziegen, Schweinen. Die läufige Rassehündin des fischäugigen und karpfenmäuligen Rechtsanwalts und Notars Maître Ghiata hatte nicht die geringsten Bedenken, ihrem Naturtrieb vor der Villa Ilona in aller Öffentlichkeit mit einem dahergelaufenen Straßenköter nachzugeben. Ein guter Hahn sprang alle Augenblicke auf seine Hennen und wurde deshalb »nie fett«, welche Redewendung man gern auch auf magere junge Männer anwendete. Über deren Anatomie, ihre Eigentümlichkeiten und Maße gewisser Körperteile sowie ihre Leistungsfähigkeit und Ausdauer in der Kammer, auf dem Heuboden oder im Maisfeld, unterhielten sich gern junge Frauen, wenn sie unter sich waren.

Worum es dabei ging und wie dieses Treiben beschaffen war, wußte Milan schon bald. Kaum sechs oder sieben Jahre alt, spähte er durch das Schlüsselloch einer Kammer, wo sich das Zimmermädchen Sofija von dem Gendarm Laszlo verführen ließ. Sehen konnte er nur die untere Hälfte des Bettes, auf dem sich das Geschehen abspielte, aber diese war ohnehin die interessantere. Er schaute den beiden öfter zu und wunderte sich immer, weshalb sich Sofija so lange zierte, bevor sie Laszlos ungestümem Drängen nachgab. Dabei konnte sie es doch kaum erwarten, wovon ihre Blicke und Gesten deutlich Zeugnis ablegten. Noch wußte Milan nicht, daß der Anstand und die jungen Frauen abverlangte Schamhaftigkeit dieses Verhalten forderten, ihnen unter Umständen sogar untersagten zu tun, wonach es sie mit aller Macht ihrer Sinne gelüstete.

Diese amüsanten und lehrreichen Beobachtungen durch das Schlüsselloch fanden ein Ende, als Sofija schwanger geworden war und mit rotgeweinten, verquollenen Augen sowie einem bereits sichtbar vorspringenden Bauch die Reise in ihr Heimatdorf antreten mußte. Sofija und ihr Gendarm waren nicht die einzigen, die noch ledigen Standes und des Risikos ungeachtet dem übermächtigen Drang ihrer Triebe nachgaben. In der Walachei sind die Sommer heiß und die Nächte mild, der Widerstand schmilzt dahin wie Schnee in der Märzsonne, und die jungen, aber auch weniger jungen Leute trieb es, ob verheiratet oder nicht, wie durch einen geheimen Zauber in verborgene Winkel, wo sie ihrem Verlangen nachgeben konnten. Unter Luis' Führung bekamen Milan und Ilka heraus, wo sich diese Winkel befanden, lauerten den Pärchen auf und beobachteten sie bei ihrem heimlichen Tun. Das dauerte so lange, bis Luis vierzehn wurde und selbst begann, gleichaltrige Mädchen in die ihm wohlbekannten oder neu ausgekundschafteten Verstecke zu locken.

Ungefähr in diesem Alter oder ein Jahr älter war Luis auch, als er Milan und Ilka vorführte, wie das mit dem männlichen Samen funktionierte. Zu dritt saßen sie in den Ästen einer gewaltigen Eiche am Waldrand, als Luis seinen zu dieser Zeit schon beachtlichen kleinen Ritter aus der Hose holte. Mit hohler Hand fuhr er daran auf und ab, der kleine Ritter wuchs dadurch noch mehr an und wurde knüppelhart; Milan und Ilka durften ihn befühlen. Danach rieb und werkte Luis schneller und schneller, verzog dabei das Gesicht zu seltsamen Grimassen, fletschte die Zähne, biß sich auf die Zunge, begann zu grunzen und zu stöhnen, und plötzlich spuckte der Ritter milchig weiße Flüssigkeit in mehreren, schnell hintereinander folgenden Schüben.

»Au, ist das toll! Mach's noch mal!« forderte ihn Ilka mit glitzernden Augen auf, und ihre kleine rosige Zunge züngelte dabei über die feuchten Lippen.

Doch Luis wollte nicht. Er tupfte seinen schlaff gewordenen, zusammengefallenen Ritter mit einer Handvoll Eichenblätter ab, verstaute ihn wieder in der Hose und vermied dabei, die beiden anderen anzuschauen, als schämte er sich plötzlich seines Tuns.

Daraufhin stupste Ilka ihren Milchbruder Milan an. »Dann mach's du!«

Aber Milan wollte nicht. Noch hatte er kein Bedürfnis danach. Außerdem schämte er sich plötzlich für seinen noch knabenhaft kleinen Ritter.

»Wenn du nicht magst, dann laß es mich machen«, schlug Ilka vor, doch lehnte Milan auch dies ab.

Nach einigen Jahren, als er dagegen nichts mehr einzuwenden gehabt hätte, machte ihm Ilka diesen Vorschlag nicht mehr; sie traf sich regelmäßig mit einem Korporal der Craiover Garnison unten am Fluß und hatte für »Kinder und Kindereien« keine Zeit übrig. Nur zwei, vielleicht auch drei Jahre nach der Demonstration auf der Eiche (eine Wiederholung gab es nicht) war Luis tot. Eines Tages klagte er über Kopfschmerzen, legte sich mit hohem Fieber ins Bett, kam anderntags ins Craiover Krankenhaus und starb zwei Tage danach an Genickstarre. Nach Luis' Tod sprach seine ohnehin wortkarge Mutter Loisa so gut wie kein Wort mehr, jedenfalls nicht mit Menschen, und selbst auf dem Marktplatz ließ sie sich nur ungern herab, die Preise für ihr Gemüse zu nennen. Meist zeigte sie mit den Fingern an, was es kostete. Reden hörte man sie nur in ihrem Garten, wenn sie meinte, daß ihr niemand zuhörte. Sie unterhielt sich mit den Gemüsepflanzen, Blumen und Bäumen, redete ihnen gut zu, beschimpfte sie auch, erzählte ihnen Neuigkeiten aus der Stadt, und Marussja behauptete, den Pflanzen würde man es ansehen, daß sie ihr dabei zuhörten. »Aber wer weiß? Vielleicht antworten sie ihr auch in einer Sprache, die nur Loisa versteht; wundern würde ich mich darüber nicht.«

Der Bericht über Milans theoretische, gegebenenfalls durch heimlichen Anschauungsunterricht unterstützte Schulung in Liebesdingen wäre ohne Schilderung seiner Abschlußprüfung unvollständig; diese erfolgte, als er, sechzehnjährig, in den Sommerferien zu Klaus von Stockhausens weitläufigen Verwandten nach Siebenbürgen geschickt wurde, um dort seine Deutschkenntnisse in der Praxis anzuwenden und zu vervollkommnen. Ein Vetter dritten Grades, den Klaus von Stockhausen allerdings nur einmal im Leben gesehen hatte, sollte in der Gegend von Kronstadt ein Rittergut besitzen, das in Wahrheit freilich nur ein einfacher, wenn auch ansehnlicher Bauernhof war, mit dreißig Joch* Acker- und Grünland und doppelt soviel Wald.

Für Milan am bemerkenswertesten an diesem Hof war die Haustochter Theresia, kurz Resi genannt. Sie war einundzwanzig Jahre alt, hübsch, blond, mit einem stämmigen, wohlproportionierten Körper, und sie bewegte sich mit einer aufreizenden, Männerblicke

---

\* Joch, altes ländliches Flächenmaß von 5755 qm, noch heute auf dem Gebiet der altösterreichischen Donaumonarchie gebräuchlich.

herausfordernden Grazie. Nachdem sie Milan ausgiebig gemustert hatte, stand für sie fest, daß sie diesen hübschen Stadtjungen verführen wollte.

Resis Vorhaben kam Milans eigenen, noch unklaren, deshalb jedoch nicht minder heftigen Wünschen entgegen, so daß es ihr nicht schwerfiel, es in die Tat umzusetzen. Es geschah fast überfallartig schon am dritten Abend nach Milans Ankunft, im Heu. Eine drängende Umarmung, feuchte, heiß saugende Lippen, dann streifte Resi Milan die Hose ab, sank nach hinten, zog ihn mit sich, umschlang ihn mit den Beinen, wies dem steifgewordenen kleinen Ritter die Richtung, half etwas nach, und schon war er in ihr und schon war es passiert.

Das alles geschah so überraschend und ging so schnell vorbei, daß Milan schon kurz darauf nicht wußte, ob er das Ganze nicht doch nur geträumt hätte.

Am nächsten Tag wollte er es genauer wissen, ergriff die Initiative und lockte Resi während der Mittagszeit ins Kukuruzfeld, wo sie sich auf ein eilig improvisiertes Lager aus Kürbisblättern niederließen. Zunächst brachte ihm Resi das richtige Küssen bei, was er sogleich begriff. Küssend knöpfte sie ihm die Hose auf, streifte sie ihm und dann ihre eigene ab und begann sich zärtlich mit seinem kleinen Ritter zu beschäftigen, als draußen, vor dem Kukuruzfeld, plötzlich der Jungknecht Hans nach ihr zu rufen begann.

Milan erstarrte vor Schreck, doch Resi flüsterte, er solle sich nicht darum kümmern. »Laß ihn rufen, solang er will. Wenn er mich nicht findet, wird er schon gehen.«

»Und wenn er hierher ins Kukuruz kommt?« flüsterte Milan, bereits zwischen ihren geöffneten Beinen liegend, in ihre kleine, rosige, von goldenen, leicht verschwitzten Löckchen umgebene Ohrmuschel.

»Hier findet er uns nie«, hörte er an seinem eigenen Ohr ihre atemlose Stimme, fühlte, von einer nie gekannten Glückseligkeit berauscht, wie sie den kleinen Ritter zärtlich reibend an die richtige Stelle führte, ihm mit dem Unterleib entgegenkam und dabei seine Hüften an sich drückte. »Jetzt, jetzt«, flüsterte sie, »jetzt bist du richtig, stoß zu. Stoß zu!«

Milan tat es. Gleich darauf merkte die in diesen Dingen bereits einigermaßen erfahrene Resi, daß es ihm sogleich kommen würde, und beschwor ihn, nicht aufzuhören, sondern weiterzumachen.

Doch er mußte kommen, mußte aufhören, machte allerdings danach gleich weiter, was bei Resi zunächst Verwunderung, dann Bewunderung hervorrief und schließlich volles Einverständnis auslöste.

Während also draußen am Feldrain der Jungknecht Hans auf und abging und mit sehnsuchtsvoll anklagender Stimme »Reeeesi – Reesiii – Reeeesi-ii-i« rief, machten sie weiter, ein zweites und auch noch ein drittes Mal.

»Warum ruft er denn? Kann er damit nicht aufhören?« fragte Milan zwischendurch flüsternd.

»Er liebt mich halt«, flüsterte Resi zurück.

»Schon lange?«

»Schon immer.«

»Ich liebe dich auch.«

»Ja, ja ...« Sie lachte lautlos, ihr Bauch hüpfte dabei auf und ab, dann drängte sie sich wieder gegen ihn, rieb sich sachte mit dem Becken kreisend an ihm, und ihre Stimme sprach mit heißem Atem an seiner Wange: »Schon immer. Ja. Und immer weiter und immer neu. Wieder! Wieder! Jetzt auch immer. Ja! Ja! Immer weiter!«

»Immer weiter«, flüsterte er.

Also machten sie weiter und hörten gar nicht mehr, daß sich des unglücklichen Jungknechts Hans rufende Stimme langsam entfernte und schließlich verstummte.

Nachts kam Resi in Milans im Hintergebäude liegende, für bessere Gäste bestimmte Kammer und blieb bis zum Morgengrauen. Nach diesem vorgegebenen Muster vergingen auch die nächsten Tage und Nächte. Milans Frage, ob er denn nicht aufpassen müßte und sie nicht fürchte, ein Kind zu bekommen, verneinte sie. Nein, aufpassen und sich selbst und auch sie des richtig vollendeten Vergnügens berauben, müßte er nicht. »Es gibt Kräuter, meine Tante Otti kennt sie alle ... Und ich weiß Bescheid.«

Nach vier Wochen Siebenbürgen war Milan zaundürr geworden, ganz dem Spruch vom guten Hahn entsprechend. Als ihn Mama nach der Rückkehr aus Craiova auf dem Bahnsteig, wo sie mit Marussja auf ihn wartete, umarmte und an sich drückte, spürte sie seine Rippen durch die Kleider hindurch. Sie schob ihn von sich, fuhr mit den Fingerrücken über seine hohle Wange, schaute ihn prüfend an, schaute ihn so an, daß er seinen Blick senken mußte, kniff die Lippen etwas verärgert oder auch bekümmert zusammen, schaute dann Marussja an, nickte wieder, und ihr Mund entspannte sich zu einem leichten, wenn auch noch immer besorgten Lächeln. »Du hast abgenommen. Gütiger Gott, richtig dürr bist du geworden!« sprach sie. »Und sonst? Geht es dir sonst gut? Bist du gesund?«

»Aber ja«, sagte Milan.

»Na, schaut er vielleicht krank aus?« fragte Marussja, und auch sie sah Milan mit diesem wissenden Blick an.

Beide, Mama wie Marussja wußten oder ahnten zumindest, was mit ihrem Milan in Siebenbürgen geschehen war und wie dort seine deutschen Sprachübungen ausgesehen hatten. Zu früh, viel zu früh, dürfte sich in diesem Augenblicken Mama gesagt haben, und vielleicht machte sie sich auch Vorwürfe, daß sie ihn allein hatte dorthin reisen lassen. Doch andererseits hatte es irgendwann ja doch geschehen müssen, etwas früher, etwas später – was machte das schon aus? Es war wohl am besten, so zu tun, als wäre nichts geschehen.

So natürlich wie das Verhältnis zur Zeugung war auf dem Land auch das zu Geburt und Tod. Da wurde zum Beispiel die Amme Joana dicker und dicker, ihr schon immer vorgewölbter Bauch wölbte sich noch weiter vor, eines Tages verschwand sie, blieb drei Tage verschwunden, und als sie wiederkam, hatte sie ein winziges Bündel Mensch auf dem Arm, ihr drittes Kind. Dieses durfte nun an den riesigen, prall gefüllten Brüsten trinken und gedieh dabei prächtig, was bei Milan, obwohl schon acht Jahre alt, ein Gefühl von Neid erweckte,

Oder die andere Küchenmagd Meta, die während der Arbeit im Garten plötzlich die Hacke weglegte, sich vor Schmerz krümmend an den Bauch faßte, Loisa mit dünner Stimme zurief, es sei soweit, ins Gewächshaus lief und dort einen gesunden Sohn zur Welt brachte. Loisa stand ihr während der Niederkunft bei. Drei Tage später nahm Meta ihre Arbeit wieder auf, mit der Hacke, die noch immer am Baum lehnte, wo sie sie hingestellt hatte.

Und der Tod?

»Die Welt ist, wie sie ist. Sie gibt und nimmt. Sterben und geboren werden ist das stete Tun auf Erden«, pflegte Marussja zu sagen, wenn vom Tode eines Bekannten berichtet wurde. »Der eine kommt, der andere geht. Sterben muß jeder, der Kaiser und der Papst wie der letzte Bettler. Was aber kann einem Menschen Besseres passieren, als von den Seinen umgeben den Abschied von dieser Welt zu nehmen?«

Das bezog sich auf Metas Großvater, der vor zehn Jahren, wenige Wochen nach der Geburt seines Urenkels im Gewächshaus, auf den Tod erkrankte. Seine Zeit war abgelaufen. Und so versammelten sich Kinder und Kindeskinder und auch entferntere Verwandte sowie die Nachbarn in der großen Stube, wo man das Sterbebett aufgestellt hatte. Kleinere Kinder, die überall im Wege standen und mit ihrem Geschrei die Anwesenden störten, scheuchte man hinaus, doch einige von ihnen wichen auf den Ofen aus, unter ihnen auch der sechsjährige Milan und seine Milchschwester Ilka. Meta hatte sie mitgenommen, wie auch sonst häufig, wenn sie ihr Heimatdorf besuchte, zwei Wegstunden nördlich von Craiova, am Flüßchen Amaradia gelegen.

Auf dem Ofen hatte Milan einen Logenplatz gleich neben zwei irdenen Töpfen mit saurem Rübenkraut. Von hier oben konnte er alles genau übersehen: den Popen, dessen monotoner Singsang sich mit den murmelnden Stimmen der Anverwandten und Neugierigen mischte, die brennenden Kerzen am Fußende des Sterbebettes und deren flackernde Flämmchen als Widerschein in den aufgerissenen, rastlos umherirrenden Augen des Sterbenden, die Klageweiber mit schwarzen, Kopf und Schultern verhüllenden Tüchern im Hintergrund, ihre Gebete murmelnd, auf ihren Einsatz wartend.

Der Alte war ein zäher Mann. Der Reihe nach und ihrem Rang und der Stellung entsprechend nahm er von den Familienangehörigen und sonstigen Verwandten Abschied. Danach dauerte es noch eine ganze Stunde, bis er sich schwer atmend ein letztesmal aufbäumte, einen letzten rasselnden Atemzug tat, sich nach einem letzten heftigen Zittern streckte, in sich zusammensank und erschlaffend starb.

Das einzige, was Milan dabei seltsam und fast unheimlich berührte, war dieses letzte aufbäumende Zittern des alten, vom schweren Leben und der Krankheit ausgemergelten Greisenkörpers — und des Sterbenden linkes Auge. Während nämlich das rechte, eingesunken in die dunkel beschattete Augenhöhle, fast geschlossen schien, stierte das linke weit offen, mit einem wie darin festgefrorenen Ausdruck des Entsetzens ins Leere – doch nein! Nicht ins Leere! Es schien ihn, Milan, direkt anzustarren, als wollte ihm der Tote noch etwas ganz Bestimmtes sagen, ihm ein furchterregendes Geheimnis mitteilen.

Dieses Auge konnte Milan, lange nicht vergessen. Das Gefühl allerdings, der Sterbende hätte nur ihn allein angeschaut, teilte er mit den anderen, so auch mit Ilka. Jahre später fragte sie ihn, ob er sich an Metas sterbenden Großvater und an dessen grausigen letzten Blick erinnerte: »Er hat mich dabei direkt angeschaut. Ob er schon im Himmel war? Oder in der Hölle? Bestimmt in der Hölle, so wie er geschaut hat! Ich möchte wirklich wissen, was er mir von dort sagen wollte.«

## 7. Kapitel

*Von Milans Eigenschaften und Fähigkeiten,*
*Mamas Sorgen und Ansichten, dem Philosophen Kant*
*und den unerwarteten Folgen von Fahrraddiebstählen*

Ein Kind wird geboren, wächst heran, beginnt zu krabbeln, zu laufen, zu sprechen, die Eltern beobachten es mit leuchtenden Augen und vor Liebe rosig verschleierten Blicken, entdecken jeden Tag etwas Neues. Plötzlich braucht es keine Windeln mehr, spricht den ersten zusammenhängenden Satz, weigert sich, gefüttert zu werden, und löffelt sein Tellerchen eigenhändig leer. Es macht die ersten Ausflüge außer Haus, bringt neue, meist unpassende Ausdrücke heim, die es irgendwo aufgeschnappt hat, und es entwickelt Eigenschaften und manchmal Eigenheiten, die überraschen, beglücken oder auch ängstigen.

»Also, eine Phantasie hat dieses Kind!« rief Mama in Milans frühen Jahren zuweilen aus, wenn ihr Milan atemlos von seinen soeben überstandenen Abenteuern berichtete, wiewohl er nur mit Holzklötzchen gespielt oder ganz ruhig in einer Ecke sitzend scheinbar ins Leere gestarrt hatte. Oder wenn sie ihn beobachtete, wie er sich mit jemandem, den nur er selber sah, auf das Angeregteste unterhielt. (Das änderte sich später, zumindest nach außen hin, als er größer wurde, erwachsener, als er sich selber Fesseln anlegte, um nicht allzusehr aus dem Rahmen des Üblichen zu fallen und andere denken zu lassen, bei ihm sei ein Schräubchen locker; denn es war keineswegs üblich, Zwiegespräche mit Personen oder gar Phantasiewesen zu halten, die es zum Beispiel in Marussjas und Joanas Geschichten über die alten Götter, Feen und Elfen, Wald-, Feld- und Hausgeister, Riesen, Zwerge, Zauberer und Hexen, Werwölfe und Vampire gab, oder mit anderen, in eigener Phantasie gewachsenen Fabelwesen, mochten sie einem selbst noch so wirklich und leibhaftig vorkommen.) »Woher der Junge das nur hat?« fragte Mama dann – und gab sich sogleich selbst die Antwort: »Bestimmt von meiner Mutter. Sie hat mir aus dem Stegreif die schönsten Geschichten erzählt, jeden Abend eine neue und manchmal auch längere in Fortsetzungen.« Was sie nicht aussprach, wohl aber dachte, war dies: Natürlich hat er es auch von seinem redseligen Vater, dem Rittmeister, in dem man eher einen professionellen Märchenerzähler vermuten konnte als einen preußischen Kavallerieoffizier.

Weniger erheiternd als Milans blühende, zuzeiten wundersame Kapriolen schlagende Phantasie fand Mama seine Gutgläubigkeit. Er sah die Welt in den hellsten, allerfreundlichsten Farben und nahm in kindlicher Einfalt von jedem, dem er begegnete, nur das Beste, zumindest aber nichts Übles an. Allerdings konnte das nicht weiter verwundern; in seiner wohlbehüteten Kindheit mußte Milan nichts Böses erfahren, dem lebhaften, liebenswerten Jungen war alle Welt zugetan – oder sie tat zumindest so.

»Wohin soll das nur führen?« fragte Mama dann besorgt, wenn ihr das wieder einmal besonders auffiel. »Er nimmt von allen nur das Beste an und glaubt jedem aufs Wort. Welche Enttäuschungen wird dieses gutwillige und so schrecklich leichtgläubige Kind erleben müssen. Mir wird angst und bange, wenn ich daran nur denke.« Worauf Marussja, die stets Milans Partei ergriff, entgegnete: »Mach dir nichts draus, Barinja«, was auf russisch soviel wie Herrin bedeutet, »die Welt ist voll von mißtrauischen Menschen. Sie erwarten von allen anderen zuallererst Übles, weil sie selbst bereit sind, Übles zu tun. Unser Milan dagegen... Ach, das Herz geht einem auf, wenn man ihn ansieht! Laß ihn, wie er ist, Barinja. Das Leben wird ihn früh genug lehren, wie hart und ungerecht es ist, und daß es auf der Welt nicht nur gutwillige Menschen gibt, Gott sei's geklagt.« Mit welchen Worten Marussja, wenn schon nicht prophetische Gaben, so doch einen realistischen Sinn für die Wechselfälle des Lebens bewies.

Ansonsten deutete bei Milan nichts auf besondere geistige Fähigkeiten oder Gaben und seinen späteren mehr als nur ungewöhnlichen Lebensweg hin. Seine Entwicklung gestaltete sich, wie man so sagt, normal. In der Volks- oder Grundschule war er zwar unter den Besten (wozu nicht viel gehörte), rutschte jedoch im Gymnasium trotz Klaus von Stockhausens Nachhilfe ins Mittelfeld, wo er sich bis zuletzt ohne großen Einsatz behaupten konnte. Er las gern und viel, lernte schnell, leicht, behielt auch das nur nebenbei Erlernte oder im Vorübergehen Aufgeschnappte auf Dauer, doch es mangelte ihm am nötigen Ehrgeiz, den Klassenbesten nachzueifern oder gar seinen Mitschüler und Banknachbarn, den ewigen Klassenprimus, zu überflügeln. Dieser, ein dicker, blondgelockter und sommerprossiger Junge namens Erich Sonnenschein, Sohn eines aus Galizien eingewanderten Juden, der es in Craiova mit Handel zu Vermögen und Ansehen gebracht hatte, glänzte in allen Fächern mit Bestnoten und ließ an seinem Wissen – etwa bei Schularbeiten – großzügigerweise auch Milan partizipieren.

Im Sportunterricht leistete Milan allerdings Überdurchschnittliches, spielte Fußball, Volleyball, dank Mamas Insistieren auch Tennis, betrieb Leichtathletik, glänzte im Turn- und Sportverein als bester Schwimmer seiner Altersklasse. Kraft, Ausdauer, Zähigkeit, Bewegungsdrang, Körperbeherrschung und lustvolle Freude am Spiel seiner in Entwicklung begriffenen Muskulatur zeichneten ihn aus, waren ihm gleichsam in die Wiege gelegt – als hätten ihm *Vile Rodjenice* das nötige Rüstzeug für die Anstrengungen, Fährnisse und leidvollen Prüfungen, denen er ausgesetzt sein würde, mitgeben wollen. So entwickelte sich Milan zu einem wohlgestalten Jüngling und – wie man es auch damals nannte – sportlichen jungen Mann mit dem schmalen, sehnigen Körper, den blauen Augen und der etwas zu lang geratenen Nase seines unbekannten Vaters, den anmutig geschmeidigen Bewegungen seiner schönen Mutter, der er auch sonst recht ähnlich sah.

Wenn es vorhin hieß, daß Milan – außer im Sport – über keinerlei besondere Fähigkeiten verfügte, dann trifft das nicht ganz zu. Er war überdurchschnittlich musikalisch und hatte ein glänzendes Gehör. In Verbindung mit seinem guten Gedächtnis fiel es ihm daher leicht, Sprachen zu erlernen und somit Mamas Forderung entgegenzukommen, er müsse mindestens drei perfekt beherrschen und weitere drei so weit, daß man »dich nicht auf dem erstbesten Markt verkaufen kann«.

Mamas Mutter war eine Slowenin aus der Gegend von Görz, slowenisch Gorica, gewesen. Den Lehrer Anatol Andreesi, Mamas Vater, hatte sie in Siebenbürgen kennengelernt, wie Slowenien zu jener Zeit ein Land innerhalb der weitläufigen Österreichisch-Ungarischen Monarchie. Nach Siebenbürgen war sie, selbst Lehrerin, an die sogenannte »Bürgerschule« von Hermannstadt versetzt worden, wo sie Mathematik und Zeichnen unterrichtet hatte. Milan hatte weder sie noch den Großvater Andreesi kennengelernt; beide waren schon vor dem großen Krieg von 1914–1918 gestorben. Von ihrer Mutter hatte Mama eine ganze Reihe von meist slowenischen Aussprüchen, Sentenzen und Sprichwörtern gelernt. *Vec jezikov znas, vec ljudi veljas* lautete eines davon, was sinngemäß bedeutet, daß jede Fremdsprache für einen Menschen steht; je mehr davon man spricht, um so »mehr Menschen zählt man«. Diesem Ausspruch gemäß hatte Milans Großmutter versucht, Mama mehrsprachig aufwachsen zu lassen; zumindest sollte Mama neben Rumänisch, der Sprache ihres Vaters, schon als Kind Slowenisch und Deutsch lernen, daneben noch Kroatisch und ein wenig Ungarisch. Später würden andere Fremdsprachen dazukommen, natürlich auch die unumgänglichen »Weltsprachen« wie Französisch, Englisch, Russisch.

Die Großmutter war zu früh gestorben, um ihr ehrgeiziges Programm zu verwirklichen. Doch eingedenk ihrer ständigen Ermahnungen, daß sie um so mehr Menschen zähle, je mehr Sprachen sie beherrsche, versuchte Mama ihre in der Kindheit erworbenen Sprachkenntnisse weiter zu pflegen und so gut wie möglich in Übung zu bleiben; daher das drollige Mischmasch aus Rumänisch, Slowenisch, Deutsch, Ungarisch, in dem sie meistens sprach, mit eingestreuten russischen, kroatischen und französischen Brocken. Außer vielleicht Rumänisch beherrschte sie keine von diesen Sprachen fließend. Immerhin wurde schon dadurch Milans Gehör für Fremdsprachen seit frühester Kindheit geschärft, was sich später als nützlich, wichtig und, wie wir sehen werden, sogar lebensrettend erweisen würde.

Während in der Schule und zu Hause durch das tägliche Leben und Treiben Milans Ausbildung erweitert und vervollständigt wurde, versäumte es Mama nicht, ihm auf ihre Art und nach ihren Möglichkeiten das beizubringen, was sie slowenisch *srcna kultura* nannte, auf deutsch »Kultur des Herzens«. Was damit gemeint war, erklärte sie nie genau, aber mit der Zeit verstand Milan sie auch so. Diese *srcna kultura* beinhaltete gewisse Eigenschaften, Verhaltensweisen und sittliche Normen, die nach ihrem Dafürhalten unerläßlich für das menschliche Nebeneinander waren und, noch einen Schritt weiter, um dieses Nebeneinander erträglich und im Rahmen des Möglichen auch angenehm zu gestalten. Darin bestärkt und unterstützt wurde sie durch Klaus von Stockhausen, des weiteren durch den einen oder anderen Lehrer des Gymnasiums und selbst durch den fischäugigen und karpfenmäuligen Maître Ghiata; dieser dachte allerdings nie daran, sich selbst an die von ihm verkündeten Maximen eines sittlichen Verhaltens zu halten.

Der in ein Kinderherz gesetzte Same schlägt Wurzeln, die nie wieder ausgerissen werden können, mag das daraus wachsende Pflänzchen unter den harten, der »Kultur des Herzens« entgegengesetzten und widersprechenden Schlägen des Lebens auch verkümmern, verdorren, eingehen, wie das einst Milan widerfahren wird. Doch mochte geschehen, was da wollte, stets waren in ihm auch Mamas Worte gegenwärtig, die gelegentlich aufseufzte: »Ach, wenn diese ungebildeten Menschen doch mehr Anstand hätten! Wenn sie mehr Einsicht und Verständnis füreinander zeigen, Toleranz üben, eben mehr *srcna kultura* aufbringen würden!« Um dann triumphierend hinzuzufügen: »Aber sie lernen es noch, bestimmt! Den Fortschritt kann niemand aufhalten, *ne bog, ne vrag, pa tud' ne turk* – kein Gott, kein Teufel, nicht einmal ein Türke!«

Der Mensch sei von Natur aus gut, behauptete auch der spitzbärtige Professor Petrascu, Milans Geschichtslehrer im Gymnasium. Der Mensch, von Gott nach seinem Ebenbild erschaffen! Das einzige vernunftbegabte Wesen des Universums! Voller Irrtümer, voller Widersprüche, doch absolut einzigartig in seiner Suche nach Wahrheit, in seinem Streben nach Vollkommenheit! Ein Tier folge blind seinen Instinkten und Trieben, der Mensch jedoch dem Licht des Geistes und der Vernunft! Es ist wahr, hundertmal wahr: Nicht nur edel *sei* der Mensch, hilfreich und gut, er *ist* es auch, zumindest in seinem Kern! Das allein unterscheide ihn von allen Wesen, die wir kennen! Sagt der große Goethe! Und meint sein Zeitgenosse Schiller: »Mensch! Herrliche, hohe Erscheinung! Schönster von allen Gedanken des Schöpfers! *Apollo selbst gestand, es sei entzückend, Mensch unter Menschen sein.*« Natürlich sei auch ein Mensch dem anderen Wolf, der Mensch dem Menschen Fluch und Verderben. Doch um dieses zu überwinden, schwinge sich eben dieser Mensch zur Humanität auf, zur Menschlichkeit! Diese habe gewiß immer wieder Rückschläge erleiden müssen, wie zum Beispiel in dem großen Krieg von 1914–1918, führte Professor Petrascu aus. Zehn Millionen tote Soldaten! Zwanzig Millionen Verwundete, viele davon für immer Invaliden! Doch andererseits … Hätte andererseits nicht gerade dieser furchtbare Krieg den Völkern Europas die so lange ersehnte Freiheit gebracht, so auch den zuvor unter ungarischer und russischer Knechtschaft darbenden Rumänen? Fortan aber, meinte Professor Petrascu, würde es keine Kriege mehr geben. Der Völkerbund würde dafür Sorge tragen. Nun würde endlich, endlich die Epoche anbrechen, die so viele große Geister angekündigt hätten, unter ihnen als einer der allergrößten der deutsche Philosoph Immanuel Kant.

Kam Professor Petrascu in seinem Vortrag vor den Schülern der Obersekunda an diese Stelle, holte er mit einer feierlichen Gebärde ein abgegriffenes Büchlein mit der rumänischen Übersetzung von Kants »Populären Schriften« aus der Aktentasche, schlug es auf und las:

*Allmählich wird der Gewalttätigkeit von seiten der Mächtigen weniger, der Folgsamkeit in Ansehung der Gesetze mehr werden. Es wird etwa mehr Wohltätigkeit, weniger Zank in Prozessen, mehr Zuverlässigkeit im Worthalten usw. teils aus Ehrliebe, teils aus wohlverstandenem eigenem Vorteil im gemeinen Wesen entspringen und sich endlich dies auch auf die Völker im äußeren Verhältnis gegeneinander bis zur weltbürgerlichen Gesellschaft erstrecken.*

Der große Kant wußte, was er schrieb! Es lohne doch, daran zu glauben! Wäre denn nicht schon die Geschichte der engeren Heimat, der Walachei, das beste Beispiel für diesen von Kant und anderen Dichtern und Denkern angekündigten Fortschritt zum Besseren? Des Landes, das einst einen Fürsten Vlad Dracul, *Tepes* oder *Pfähler* genannt, hervorgebracht hatte?

»Dieser Vlad Dracul war wahrhaftig ein Teufel, ein Ungeheuer!« rief Professor Petrascu aus. »Seinen Gefangenen ließ er die Haut von den Füßen schneiden, die Wunden mit Salz einreiben und Ziegen daran lecken. Gesandten des türkischen Sultans, dessen Vasall er eigentlich und ihm somit untertan war, ließ er die Turbane an die Köpfe nageln, weil sie sich geweigert hatten, sie in seiner Anwesenheit abzunehmen. Er ließ Menschen zu Dutzenden schlachten, zerteilen, kochen und zwang andere, davon zu essen. Einen Mönch, der ihm auf einem schmalen Weg nicht schnell genug auswich, ließ er samt dessen Reitesel an Ort und Stelle pfählen. Seine größten und beliebtesten Feste waren Massenhinrichtungen. Er ließ Menschen verbrennen, vierteilen, ihnen nach und nach die Gliedmaßen abhacken, doch am liebsten ließ er sie pfählen, weshalb man ihn auch den *Pfähler* nannte. Und während die Unglücklichen unter entsetzlichsten Qualen eines langsamen Todes starben, mußte ihm aufgetragen werden, und er speiste mit großem Appetit mitten unter ihnen.«

Die Empörung, die Professor Petrascu beim Aufzählen und bei der Beschreibung dieser Untaten, zeigte, war tief empfunden, seine Abscheu echt. Doch ließ er diese sogleich vermissen, wenn er von Vlad Draculs Heldentaten im Kampf gegen die verhaßten Osmanen berichtete. Dann verwandelte sich Dracul der Pfähler, der Teufel, das blutrünstige Ungeheuer in einen Freiheitshelden. Hatte er sich doch gegen den kaum weniger blutrünstigen Sultan Mohammed II. empört, war mit einem wilden Haufen von Kriegern über die Donau südwärts gezogen, hatte weite Teile des Osmanenreiches verwüstet und deren Bewohner abgeschlachtet. Die gefangenen Türken ließ er kurzerhand pfählen, angeblich zwanzigtausend an der Zahl. »Aber das ist vermutlich zu hoch gegriffen, zehn- oder zwölftausend werden es eher gewesen sein.«

Bei diesen Worten schwang in der Stimme des Professor Petrascu eine gewisse Genugtuung mit, waren die Gepfählten doch nur Türken gewesen, die unter den Christen ähnlich erbarmungslos hausten und in ihren Grausamkeiten dem Fürsten Vlad Dracul wenig nachstanden. Nun hätte man natürlich einwenden können, daß ein langsam gerösteter, gevierteilter oder gepfählter Türke genauso schreckliche Qualen erleidet wie ein gleichermaßen drangsalierter Christ und daß die von Professor Petrascu kurz zuvor gepriesene Humanität eigentlich für die einen wie für die anderen gelten müßte. Doch kamen solche Spitzfindigkeiten weder Milan noch sonst einem der Schüler in den Sinn, die mit glänzenden Augen und roten Ohren den Ausführungen des Professors vom Heldenmut der eigenen Freiheitskämpfer und den massenweise niedergemachten Osmanen lauschten.

Doch alles in allem, die Zeiten hätten sich glücklicherweise geändert, führte der Professor weiter aus. Heutzutage sei ein Vlad Dracul nicht mehr denkbar, auch nicht ein Sultan Suleiman II., genannt der Prächtige, der zum Beispiel im Jahre 1526 bei Mohacs viertausend Gefangene niedermetzeln und zweitausend abgeschlagene

Köpfe als Siegeszeichen vor seinem Zelt auf Lanzen aufspießen ließ. Die Epoche der Aufklärung habe das finstere Mittelalter endgültig aus den Herzen der Menschen verjagt, das Licht der Vernunft sei immer heller geworden und würde schon bald auch die finstersten Winkel der Erde erhellen. Natürlich gäbe es immer wieder Rückschläge, so zum Beispiel in Rußland, wo seit der Revolution der Antichrist sein Unwesen treibe und die Kommunisten fast so übel hausten wie einst ein Vlad Dracul. Doch wäre auch ihre Zeit nur kurz bemessen, der Fortschritt des menschlichen Geistes ließe sich nicht aufhalten, und eine Epoche des allgemeinen Wohlstandes sowie des endgültigen Sieges der höchsten sittlichen und moralischen Werte stünde der Welt und allen Völkern bevor, so auch den Völkern in den finstersten und abgelegensten Winkeln des Balkans.»In den Karpaten, Beskiden oder den Transsilvanischen Alpen, wo früher Raubritter hausten und Räuberbanden ihr Unwesen trieben, wo kein Reisender seines Lebens sicher war, kann man heute frohgemut wandern, ohne Gefahr zu laufen, ausgeraubt und erschlagen zu werden. Mord, Totschlag und sogar Diebstahl werden verschwinden, die Zeit ist abzusehen, da die Menschen die Bedeutung dieser Worte und Begriffe gar nicht mehr kennen werden. Noch haben wir schwer an den Folgen und Lasten der blutigen Vergangenheit unter der osmanischen Despotie zu leiden. Vergessen wir nicht, daß es erst seit einem Menschenalter ein freies Rumänien gibt! Die Zeit ist auch nicht mehr weit, in der wir auch die bei uns heute noch verriegelten und verschlossenen Türen offenhalten werden, und kein Dieb, kein Zigeuner wird das Haus betreten. Man wird, wie zum Beispiel in Holland schon jetzt, ein Fahrrad irgendwo stehenlassen können und es nach Tagen genau dort vorfinden, wo man es hingestellt hat. Niemand wird es einem stehlen, niemand!«

Das Beispiel mit dem Fahrrad brachte Professor Petrascu, wann immer er über die leuchtende Zukunft der Menschheit und den endgültigen Sieg der Sittlichkeit und Moral über die niederen Triebe sowie durch diese den Menschen diktierten Handlungen sprach. Dabei bekam seine Stimme einen anklagenden Beiton; denn obwohl die Rumänen ein altes Kulturvolk seien, als solche auch die einzig legitimen Nachfolger und Erben des Römischen Reiches in diesem Teil der Welt und hoch über den barbarischen

Zuzüglern im Norden und Süden stehend (womit die Ungarn und Slawen gemeint waren), hatte man Professor Petrascu nämlich schon zwei Fahrräder gestohlen. Vergeblich hatte er sie – des verderblichen Türkenerbes auch hierzulande eingedenk – nach dem Abstellen sorgfältig abgeschlossen und mit einer schweren Kette zusätzlich gesichert. Sie waren verschwunden und nie wieder aufgetaucht. Zwei Fahrräder, die er sich von seinem kargen Professorengehalt, sozusagen vom Munde, abgespart hatte! Der einzige, wenn auch schwache Trost war ihm der Gedanke, daß der Dieb ein vagabundierender Bulgare oder Serbe hätte sein können. Oder ein Zigeuner – bestimmt war es ein Zigeuner gewesen! Zigeunern war alles zuzutrauen! Was nicht niet- und nagelfest war, stahlen sie, selbst verschlossene und mit Ketten zusätzlich gesicherte Fahrräder. Sie waren unbelehrbar. Diebstahl lag ihnen im Blut. In einer leuchtenden, von Kant so einmalig beschriebenen und geschilderten Zukunft durfte es keine Zigeuner geben, wenn die Menschen vor Dieben sicher sein wollten.

Es ist durchaus möglich, daß der Verlust seiner zwei Fahrräder Professor Petrascu die Entscheidung treffen ließ, den Reihen der *Eisernen Garde* beizutreten. Diese wurde von Conducatorul oder Führer Codreanu nach dem Muster der faschistischen Squadra d'azione in Italien, der deutschen Sturm-Abteilungen, kurz SA genannt, der spanischen Falangisten, ungarischen Pfeilkreuzler, kroatischen Ustaschas gebildet. Vielleicht, ließ Professor Petrascu unter den Freunden und mehr oder weniger deutlich auch im Unterricht verlauten, wird Codreanu in Rumänien gelingen, was in Italien Mussolini und, noch erfolgreicher, in Deutschland ein Mann wie Adolf Hitler in wenigen Jahren fertiggebracht hatte: Ordnung schaffen, dem Volk Arbeit und Brot und den Glauben an eine lichte Zukunft geben und, nicht zuletzt, Juden und Zigeuner in ihre Schranken weisen.

Zu der Zeit, als Professor Petrascu vor Milans Klasse seinen Vortrag über den Fortschritt der Menschheit in eine befriedete Zukunft hielt, waren die Italiener gerade dabei, Abessinien zu erobern, und fielen die Japaner in China ein. Ein halbes Jahr später begann der spanische Bürgerkrieg. In diesen Jahren 1936 und 1937 geschah aber auch sonst einiges, wenn auch im kleinen Rahmen, was Mamas und Milans Glauben an Immanuel Kants und Professor Petrascus Voraussagen über den unaufhaltsamen Fortschritt der Menschheit zum Besseren und vornehmlich »weniger Zank in Prozessen und mehr Zuverlässigkeit im Worthalten« nachhaltig erschüttern sollte.

## 8. KAPITEL

*Das unverhoffte Glück des Klaus von Stockhausen,*
*Mamas unglückliche Liebe*
*und der jähe Absturz in bitterste Armut*

Zunächst, noch im Herbst 1935, erschien Klaus von Stockhausen eines Tages zum Unterricht in seinem Sonntagsgewand und mit einem großen Strauß gelber Rosen für Mama im Arm. Dies sei sein vorläufig letzter Besuch in der Villa Ilona, sprach er mit leuchtenden Augen, er sei gekommen, um sich zu verabschieden. Man möge es ihm bitte, bitte nachsehen, daß er davon bis jetzt nichts hätte verlauten lassen, doch habe sich das Ganze auch für ihn so überraschend ergeben, noch am Vortag sei er völlig ahnungslos gewesen, doch heute, am Vormittag …

Er habe vor einiger Zeit einen sehr reichen Großgrundbesitzer kennengelernt, einen waschechten Magnaten, der die meiste Zeit in Deutschland, dort vornehmlich in Baden-Baden, in der Schweiz am Luganer See und an der französischen Riviera verbringe, berichtete Klaus von Stockhausen, nachdem er sich etwas gefaßt und Mama die Rosen in eine Vase gestellt hatte. Baron Arthur von Bongös, so hieß der reiche Mann, habe ihm am gestrigen Abend so etwas wie einen Lotteriegewinn offeriert. »Denkt nur, er bot mir die Stelle seines Privatsekretärs an, und er drängt auf eine schnelle Entscheidung, buchstäblich von heute auf morgen. Und wie ihr seht, ich habe heute morgen zugesagt«, sprudelte es aus Klaus von Stockhausen mit atemloser, vor freudiger Erregung noch immer zitternder Stimme. »Mein Salär ist zwar nicht berauschend hoch, doch habe ich dafür alles andere frei. Kost, Logis, sogar eine entsprechende, meiner neuen Stellung angemessene Kleidung, etcetera, etcetera. Nun stellen Sie sich vor, ma chère Madame, und Sie, Milan, mein junger Freund, schon morgen geht es auf die große Reise! Mir, ja mir, dem Habenichts Klaus von Stockhausen, wird es vergönnt sein, eine ganze Reihe von Ländern und Städten zu sehen, Metropolen der Welt, von denen ich bisher nicht einmal zu träumen wagte. Und dazu als Begleiter und Privatsekretär eines Mannes wie

Herr von Bongös, eines wahrhaftig noblen Mannes und großzügigen Charakters! Welch ein Glück, Madame, welch ein unverhofftes Glück!«

Auf diese überschwengliche Art redete er noch lange auf Mutter und Sohn ein, schwärmte von seinem neuen Arbeitgeber, bezeichnete sich als Günstling des Schicksals, als ewiger Pechvogel, dem endlich, endlich die Glücksgöttin Fortuna zugelächelt habe.
»Dabei weiß ich sehr wohl, Madame, daß Fortuna eine gar launische Göttin ist. Milan, erinnern Sie sich an den Sinnspruch?

*Fortuna lächelt, doch sie mag*
*Nur ungern voll beglücken:*
*Schenkt sie uns einen Sommertag,*
*So schenkt sie uns auch Mücken.*

Die Mücken stechen, ja, ja, ich weiß es sehr wohl, doch sollen sie nur! Noch denke ich nicht daran, und stechen sie wirklich einmal, ich werde es gern ertragen. Was bedeuten schon einige Mückenstiche gegen dieses große, unverhoffte Glück!«
Doch zunächst schien alles in bester Ordnung zu sein, und nichts trübte sein großes Glück an der Seite des Baron Arthur von Bongös, dieses feinen Mannes und edlen Charakters und, nach Luis' Meinung, »allergeilsten Busaranten, vor dem kein Junge auf der Welt sicher ist«. In den folgenden Monaten schickte Klaus von Stockhausen einige Ansichtskarten aus Budapest, Prag, Karlsbad, München, Baden-Baden, Lugano, Locarno, aus Biarritz und Monte Carlo. Die letzte, mit der Abbildung kolossaler nackter Athleten aus Marmor, vielleicht aber auch Granit, vor dem neuen Olympiastadion, kam aus Berlin kurz vor Beginn der Olympischen Spiele von 1936. In seiner zierlich akkuraten Schrift schwärmte Klaus von Stockhausen von diesem grandiosen Fest des Sportes, der Schönheit und der Jugend der Welt zu Beginn einer neuen Ära in der Geschichte der Menschheit und dem großen Glück, dabeisein zu dürfen, »wenn auch nur als begeisterter, zutiefst beeindruckter und andächtig staunender Zuschauer«.
Danach kam nichts mehr. Doch fragten sich Mutter Ilona und Sohn Milan nur selten, was aus Privatsekretär Klaus von Stockhausen geworden sei und wo er inzwischen wohl weilen mochte; sie hatten in

diesem Herbst und Winter 1936/1937 mit ihren eigenen Angelegenheiten mehr als genug zu tun.

Die Ereignisse, die wie eine verheerende Lawine über Ilona Draganescu und Milan hereinbrachen und sie aus *Kostas Burg* in eine
feucht-düstere Mietwohnung des Craiover Armenviertels verschlu-
gen, hatten eine lange Vorgeschichte. Sie begann gleich nach dem
jähen Tod des Großmühlenbesitzers Kosta Draganescu, der kein
ordentliches, von Zeugen beglaubigtes Testament hinterlassen
hatte.

Kostas Halbbruder Nicolae hatte sich in vielen Berufen, darunter
als Viehhändler, Vertreter für Damenwäsche, Filmvorführer,
Grundstücksmakler, Börsenspekulant, Versicherungsagent versucht
und es in keinem zu etwas gebracht. Er war von Kosta nach dem
Tode ihres gemeinsamen Vaters mit dem Pflichtanteil aus dessen
Erbe abgegolten und ausbezahlt worden. Nachdem Kosta gestorben war, erbte dessen junge Frau Ilona das gesamte Vermögen, worauf Nicolae sogleich begonnen hatte, das Erbe anzufechten, zunächst wohl mehr, um die junge Witwe zu ärgern. Mit Hilfe eines
gerissenen, in allen juristischen Tricks und Finten bewanderten
Bukarester Winkeladvokaten versuchte er fortan unter schäbigsten
Vorwänden und Behauptungen Kostas Testament – ein formloses,
wohl als Testamententwurf für Maître Ghiata gedachtes Schreiben,
worin Ilona als alleinige und ausschließliche Erbin genannt worden
war – für null und nichtig erklären zu lassen und als Alleinerbe bestimmt zu werden. Auch setzte er das Gerücht in die Welt, wonach
Ilona und deren russische Zofe Marussja, eine »Hexe und Gift-
mischerin«, den armen Kosta willenlos gemacht und ihn nach und
nach vergiftet haben sollten, um sich in den Besitz seines Vermögens
zu bringen.

Nach Ilonas Meinung dürfte kein vernünftiger Mensch solche
Gerüchte ernst nehmen, so daß sie zunächst nichts unternommen
hatte, um Nicolae den Mund zu stopfen. Doch ist Vernunft unter
Menschen bekanntlich nicht allzu häufig anzutreffen. Die von Nicolae über Ilona und Marussja in die Welt gesetzten Gerüchte hielten
sich über Jahre hartnäckig, wucherten weiter und fanden immer
mehr Leichtgläubige, die sie für bare Münze nahmen, dies um so
mehr, als Nicolae ein respektabel aussehender Mann war, der mit

Überzeugungskraft das Blaue vom Himmel zu lügen verstand. Es war ihm sogar gelungen, die Bukarester Kriminalpolizei einzuschalten. Ilona wurde vernommen, Kostas Leiche ausgegraben und nach Giftspuren untersucht. Natürlich hatte man nichts gefunden. Doch dürfte dies niemanden verwundern, behauptete Nicolae, sein armer Bruder Kosta sei an einem nur Hexen bekannten, besonders heimtückischen Pilzgift gestorben, das keinerlei Spuren hinterlasse.

Auf Maîtres Ghiatas Insistieren vor Gericht zitiert und wegen übler Nachrede zu einer empfindlichen Geldstrafe verurteilt, hatte Nicolae das Geld nicht auftreiben können und mußte die Strafe absitzen; dies schürte seinen Haß um so mehr. Fortan ging es ihm nicht mehr nur um Ilonas Hab und Gut; er schwor »dieser deutschen Hure und ihrem Bankert« Rache, Tod und Verderben.

Die entscheidende Wende in Nicolaes Leben setzte ein, nachdem er der *Eisernen Garde* des Führers oder Conducatoruls Codreanu beigetreten war und schon bald einer ihrer Unterführer wurde. Den Gefängnisaufenthalt wegen übler Nachrede münzte er geschickt um, machte sich zum politischen Märtyrer der »von Juden und ihren plutokratischen Helfershelfern verseuchten Regierung«, reiste dann als Politiker durch das Land, organisierte Versammlungen, Umzüge, Saal- und Straßenschlachten, sprach vor jubelnden Anhängern und Sympathisanten, kurzum – ein Mann von Gewicht, Bedeutung und wachsendem Einfluß, ein Mann mit Zukunft.

Mit Hilfe des fischäugigen und karpfenmäuligen Maître Ghiata, der kaum weniger gerissen war als Bukarester Winkeladvokaten, war es Ilona gelungen, alle Angriffe des Schwagers abzuwehren. Das änderte sich allerdings, als sie in der Hauptstadt einen deutschen Diplomaten kennenlernte und sich Hals über Kopf in ihn verliebte.

»Was würdest du sagen, wenn ich doch wieder heirate?« fragte sie Milan eines Tages im Sommer 1936. Dabei lag sie sanft schaukelnd in ihrer Hängematte im Garten, trank Limonade durch einen Strohhalm und blinzelte verträumt in die schattenspendende Krone des Nußbaumes.

»Heiraten? Wen?« Milan schaute irritiert von seinem Buch auf.

»Sag erst, was du dazu meinst.«

»Wer ist es denn?«

Sie sagte es ihm. Den Auserwählten habe sie bei einer Soiree kennengelernt, zu der sie mit ihrer alten Freundin Mathilda gegangen war. Er sei ein großgewachsener, blonder, sehr deutsch aussehender Mann, kultiviert, witzig, charmant, und er habe, wie man das schon bald sehen konnte, sehr viel *srcna kultura*.

»So, hat er das?« fragte Milan nicht sehr überzeugt. »Und was wird Maître Ghiata dazu sagen?«

»Der? Ich weiß es nicht.«

»Aber ich weiß es. Er wird ziemlich ungehalten sein. Oder was Schlimmeres.«

»Na und? Damit wird er sich abfinden müssen. Ich habe ihm nie Hoffnungen gemacht.«

»Hoffnungen hat er sich immer selbst gemacht. Und jetzt schwimmen ihm alle Felle davon. Das gibt ein Erdbeben, Mama.«

»Erdbeben?« Mama lachte. »Solang uns das Haus nicht über dem Kopf zusammenfällt, werden wir es überstehen. Ach, Milan, *mili moj* Milan, freust du dich denn gar nicht? Du wirst Gerhard bestimmt gern mögen. Er ist ein großartiger Mann, das wirst du gleich merken, wenn du ihn kennenlernst.«

Doch so weit sollte es nicht kommen. Einige Tage nach diesem Gespräch fuhr Mama nach Bukarest. Was dort geschah, erfuhr Milan erst auf Umwegen; Mama selbst ließ darüber nie auch nur ein Sterbenswörtchen verlauten. Doch er kannte ihren Jähzorn, der, einmal geweckt, biblische Ausmaße annehmen konnte. So fiel es ihm nicht schwer, sich ein recht genaues Bild jener Ereignisse zu machen, die umgehend nicht nur in Bukarest, sondern auch in Craiova zum Stadtgespräch wurden.

Der fischäugige und karpfenmäulige Maître Ghiata hatte Lunte gerochen, reiste Mama nach Bukarest nach, erwischte sie dort in ihrer Stadtwohnung in flagranti mit dem deutschen Diplomaten, stellte sie außer sich vor Wut zur Rede, wurde sogar handgreiflich,worauf ihn der große, kräftige Deutsche die Treppe hinunterwarf. Der bedauernswerte Maître Ghiata brach sich dabei zwei Rippen und den rechten Mittelfinger.

Während sich der Maître unten an der Treppe langsam aufrappelte, stand Mama Ilona oben auf dem Treppenabsatz und ließ ihrem Zorn freien Lauf. Im ganzen Haus deutlich vernehmbar, bedachte sie den Wehklagenden mit Beschimpfungen, deren Wortschatz sich mit dem eines Fuhrmannes aus der Walachai hätte messen können, den sie auch noch mit serbischen, russischen und ungarischen Ausdrücken anreicherte; dabei ließ sie die von ihr so oft beschworene *srcna kultura* gänzlich außer acht. Erst als ihr die Luft ausging, zog sie sich in ihre Wohnung zurück und überließ den lädierten Maître Ghiata seinem Schicksal und dem schadenfrohen Gelächter der Hausbewohner.

Um eine Frau vergeblich zu werben ist sicherlich bitter, doch nicht unerträglich. Man kann zumindest hoffen, daß sie sich eines Tages doch noch erweichen lassen würde. Sie an einen anderen zu verlieren, ist doppelt schlimm; doch hoffnungslos ist auch dieser Fall nicht: Es könnte ja sein, daß sie sich, vom Nebenbuhler enttäuscht, doch wieder und endgültig für den bislang vergeblich Werbenden entscheidet. Alles hatte Maître Ghiata ertragen können: Ilonas beständige Weigerung, seine Anträge anzunehmen, die möglicherweise gar nicht so ernst und endgültig gemeint waren, ihre heimlichen Eskapaden mit dem einen oder anderen der gut aussehenden Offiziere der Craiover Garnison oder des Bukarester Generalstabes, ja selbst die Affäre mit diesem deutschen Diplomaten (allerdings mit dem Hintergedanken, es ihr dann, wenn sie ihn doch noch erhören würde, hundertfach heimzuzahlen). Was sie ihm jedoch oben auf dem Treppenabsatz stehend, die geballten Fäuste in die Hüften gestemmt, entgegenschleuderte, das konnte er nicht auf sich sitzen lassen, auch wenn man in Betracht zog, daß ihr der mit dem Deutschen genossene Champagner die Zunge gelöst und alle Hemmungen beiseite gespült hatte. Beschimpfungen, die in der Behauptung gipfelten, daß er sich mit seinem Mäusezipfel bei jeder Frau lächerlich machen würde, den er, wie unter allen Huren der Balkanhalbinsel von Wien bis Istanbul bekannt, noch nicht einmal hochkriege, das war zuviel! Damit hatte sie seine Würde verletzt, seine Selbstachtung mit Füßen getreten, seinen geheimen Kummer bloßgelegt, ihn in aller Öffentlichkeit lächerlich gemacht. Maître Ghiatas hartnäckige Liebestollheit verwandelte sich in Haß und Rachsucht.

So kam es, daß der fischäugige und karpfenmäulige Maître Ghiata sein Mandat niederlegte, alle geschäftlichen Beziehungen zu Ilona Draganescu abbrach und die Vertretung ihres Schwagers Nicolae übernahm. Dieser neuerdings einflußreiche, Regierungskreisen und den kaum weniger mächtigen Oppositionsführern nahestehende Mann (dies hatte sich auch nach der Auflösung und Verbot der *Eisernen Garde* nicht geändert), erreichte mit Maître Ghiatas Rechtsbeistand die Wiederaufnahme des Erbschaftsprozesses; das endgültige Urteil sollte im Winter 1936/37 gesprochen werden.

Um Ilonas Angelegenheiten stand es diesmal nicht besonders gut – es stand sogar ausgesprochen schlecht. Doch sonst trotz ihrer scheinbaren Sorglosigkeit stets hellwach und auf die Wahrung ihrer Interessen bedacht, tat sie jetzt, als ginge sie das alles nichts an. Sie hatte Liebeskummer, der ihr schwer zu schaffen machte und sie kaum einen klaren Gedanken fassen ließ. Ihren deutschen Diplomaten hatte sie nach dem Zwischenfall mit Maître Ghiata und ihrer verbalen, unter Champagnereinfluß erfolgten Entgleisung auf dem Treppenabsatz nie wieder zu Gesicht bekommen. Er war Hals über Kopf nach Berlin gereist und hatte sich nach Norwegen oder Kanada versetzen lassen, jedenfalls sehr weit weg.

Von einer möglichen Heirat war in der Villa Ilona nicht mehr die Rede. Ilona Draganescu wurde trübsinnig, sprach kaum noch ein Wort, magerte zusehends ab, saß meistens in ihrem Zimmer, auf den Knien ein Buch, in dem sie nicht las, oder eine Handarbeit, an der sie nicht arbeitete. Milan und Marussja fürchteten bereits um ihren Verstand, als im Spätherbst 1936 gewisse Ereignisse etwas Abwechslung brachten und Mamas ungeteilte Aufmerksamkeit erzwangen, so daß sie zeitweise ihren Liebeskummer vergaß und schließlich auch überwand.

## 9. Kapitel

*Milans erste Begegnung*
*mit dem geheimnisvollen*
*Fürsten der Schwarzen Berge*

An einem vorwinterlich kalten, regnerischen Abend läutete an der Haustür ein später Gast. Marussja öffnete und führte gleich darauf einen jungen Mann ins Kaminzimmer, wo sich Mama und Milan nach dem Abendessen aufhielten – er lesend, sie in ihrem Lehnstuhl sitzend und, wie in diesen Wochen üblich, teilnahmslos ins Kaminfeuer starrend.

Der Mann hieß Cornelius Kveder und war bis vor einem Jahr ein oft und gern gesehener Gast in der Villa Ilona gewesen, hier eingeführt von Klaus von Stockhausen. Sein Interesse hatte damals wohl mehr der Mutter Ilona gegolten (es gab Gerüchte, wonach der junge Student der Medizin einer ihrer Liebhaber gewesen sein sollte), doch hatte er sich auch mit Milan angefreundet. Dieser hatte dem großen, schon etwas fettleibig wirkenden Cornelius jene schwärmerische Bewunderung entgegengebracht, wie sie bei heranwachsenden, nach Vorbildern suchenden Jungen oft zu finden ist. Die Zuneigung des vier- oder fünfundzwanzigjährigen Cornelius war dagegen nicht nur ideeller Art; er schien bei Milan gewisse Absichten zu verfolgen, wenn er ihn in lange Gespräche verwickelte, zu Ausflügen mit seinem Motorrad oder zu Kahnfahrten auf dem Fluß Jiu einlud.

Wie damals wegen harter, häufig lebensbedrohender Repressalien üblich, hatte Cornelius Kveder sehr vorsichtig und behutsam versucht, Milan in die Ideenwelt und das Programm der verbotenen Kommunistischen Partei einzuführen. Bei dem arglosen, romantisch veranlagten, für alles Neue offenen und erst recht für das messianisch Kämpferische, mit dem Nimbus des Geheimnisses und der Gefahr Umgebene empfänglichen Jungen fand Cornelius offene Ohren. Doch hatten damals die Gespräche über den revolutionären Kampf des Proletariats unter der Führung der Kommunistischen Partei für eine bessere Zukunft Rumäniens im speziellen

Fall und der Menschheit insgesamt ein abruptes Ende gefunden: Die illegale kommunistische Parteizelle der Bukarester Universität hatte man bei einer nächtlichen Razzia ausgehoben und die meisten ihrer Mitglieder verhaftet, unter ihnen auch Cornelius. Seitdem hatte man von ihm nichts mehr gehört. Unter der Hand erzählte man in der Nachbarschaft nur, daß die königliche Sicherheitspolizei mit ihm sehr hart umgegangen sei, daß man ihn brutal mißhandelt habe und er wohl auf Jahre hinaus in Haft bleiben würde, falls er überhaupt mit dem Leben davonkommen sollte. Doch jetzt stand er leibhaftig vor ihnen, ziemlich blaß und etwas abgemagert, sonst aber gesund und unversehrt wirkend. Auch machte er nach wie vor den Eindruck eines Mannes, den nichts aus seiner gelassenen, nachgerade träge und phlegmatisch wirkenden Ruhe bringen konnte.

»Es ist schön, Sie zu sehen, gnädige Frau«, begrüßte er Mama, küßte zuerst ihre Hand, umarmte sie dann und küßte sie auf beide Wangen. Sie ließ es geschehen, ohne aufzustehen, ohne auch nur die geringste Regung der Wiedersehensfreude zu zeigen. Danach umarmte er Milan, drückte ihn kräftig an sich, bat Marussja, Tee zu kochen, »viel und heiß, und du weißt schon, doppelt stark«, setzte sich an den Kamin, streckte die Hände gegen das Feuer, um sie zu wärmen, sprach ein paar Worte über das Wetter und bat um Verzeihung, daß er noch so spät am Abend und unangemeldet ins Haus geschneit sei.

»Aber nein, wir freuen uns, wir freuen uns wirklich, dich wiederzusehen!« rief Milan, als Mama noch immer hartnäckig schwieg. »Stimmt doch, Mama, nicht wahr?«

»Aber ja«, sagte Mama.

»Wo kommst du her? Aus Bukarest?« fragte Milan.

»Nicht direkt.« Cornelius schaute Milan mit einem flüchtigen Lächeln auf den blassen, verschwommen wirkenden Zügen des großflächigen Gesichtes an und machte eine unbestimmte Handbewegung. »Aus dem …, na ja, Süden. Süden oder Südwesten, so könnte man es nennen. Es ist wichtig, weshalb ich … Sehr wichtig. Und ich habe leider nicht viel Zeit. Genaugenommen – ich habe gar keine Zeit.«

»Es ist wichtig, und du hast keine Zeit, natürlich«, ließ sich Mama nun doch vernehmen, wobei sie Cornelius mit gehobenen Augenbrauen und spöttisch verzogenen Mundwinkeln musterte. Doch ließ sich dieser durch ihre abweisende Miene nicht beeindrucken. Wichtig, lebenswichtig und keine Zeit, bekräftigte er. Unten, im Auto, warte ein Mann, der dringend versorgt werden müsse und danach Ruhe brauche. Bettruhe. Er, Cornelius, würde dringendst bitten, diesen Mann aufzunehmen, eine andere Möglichkeit sähe er im Augenblick nicht. »Das Haus meiner Eltern wird ständig kontrolliert, das ist bekannt, wahrscheinlich sogar rund um die Uhr überwacht. Auch die Wohnungen alter Freunde, die dafür in Frage kämen – viele gibt es sowieso nicht mehr, vielleicht drei oder vier … Und um es gleich zu sagen – zu allem Überfluß werden wir auch noch verfolgt.«

»Verfolgt? Wer verfolgt euch? Die Polizei?« fragte Mama, noch immer nicht sonderlich interessiert.

»Politische Polizei.«

»Ach, die … Was habt ihr denn angestellt?«

»Angestellt?«

»Schon gut. Ich hätte es mir ja denken können. Wer ist dieser Mann, der draußen im Auto wartet?«

»Ein Freund. Ein sehr wichtiger Mann. Er ist unser, also, wie soll ich …«

»Behalte es lieber für dich. Was fehlt ihm?«

»Er ist verletzt.«

»Schwer?«

»Eine Schußverletzung. Ob schwer? Ich weiß es noch nicht. Jedenfalls hat er ziemlich viel Blut verloren. Aber um etwas sagen zu können, müßte ich ihn erst untersuchen.«

»Du? Kannst du denn das?«

»Ich denke schon,« sagte Cornelius.

In diesem Augenblick bewunderte ihn Milan mehr denn je. Wie ruhig, wie kaltblütig und gelassen er in dieser für ihn sicher sehr gefahrvollen Situation blieb! Von den Häschern der politischen Polizei gejagt, die, wie man wußte, kein Pardon kannten, auf der Suche nach einer Zuflucht für den schwer verletzten Freund, der unten im Auto vielleicht schon im Sterben lag … Und er – er saß da, wärmte die Hände am Feuer, wartete auf seinen Tee, ohne Anzeichen von Nervosität oder gar Angst zu zeigen, bis auf ein gelegentliches Zucken des linken Mundwinkels – wahrhaftig bewundernswert!

»Warum kommst du ausgerechnet zu mir?« fragte Mama.
»Ich sagte es schon – ich wüßte sonst nicht, wohin. Das, gnädige Frau … Es ist eine Frage des Vertrauens. Jawohl. Ich vertraue Ihnen. Euch allen. Außerdem wird hier …« Cornelius ließ seinen Blick durch den hohen, holzgetäfelten Raum mit dunklen, alten Möbeln und einer mit Stuckornamenten verzierten Decke wandern, »hier wird kaum jemand nach ihm suchen. Auch ist das Haus groß, verwinkelt, es gibt bestimmt eine Kammer, wo er sich ein paar Tage aufhalten könnte, einen abgelegenen Raum, hinten auf der Gartenseite, dachte ich …«

Marussja kam mit einer dampfenden Teekanne herein, stellte sie ab, servierte Tassen, Zuckerdose, eine Kristallschüssel mit Keksen. Dabei warf sie Cornelius mit herabgezogenen Mundwinkeln mißbilligende Blicke zu. Sie mochte ihn nicht besonders. Das hatte allerdings nicht viel zu sagen; Marussja mochte kaum einen der jungen Männer, die der Herrin ihrer Meinung nach zu nahe traten oder dies in der Vergangenheit getan hatten.

»Wir bekommen einen Gast für die Turmkammer«, sagte Mama.
»Den da?« Marussja deutete mit dem Kinn auf Cornelius.
»Nein, nicht den. Die Kammer im Zwischenstock, du weißt schon. Mach bitte ein Bett fertig.«
»Kann das nicht Meta machen?«
»Nein, du. Sonst darf möglichst niemand wissen, daß wir einen Gast haben. Stimmt das?«
Cornelius nickte.
»Auch das noch! Mit diesen Leuten gibt es nichts als Ärger und Verdruß«, sagte Marussja und ging hinaus.

Der geheimnisvolle Besucher war ein sehr großer, hagerer Mann mit schwarzen, schon etwas grau durchsetzten Haaren und einem kühnen Raubvogelgesicht; man konnte es nicht anders als »kühn« bezeichnen, auch wenn es im Augenblick fahl und erschöpft wirkte; wahrscheinlich lag das an dem aufmerksamen, sehr wachen Blick der dunklen Augen, mit dem er in der dämmrigen Eingangshalle seine Umgebung und die unfreiwilligen Gastgeber Ilona Draganescu, Milan und die mürrische Marussja musterte. Er hatte eine Winterjacke mit Pelzkragen an, deren linker Ärmel leer an seiner Seite herabbaumelte, den Arm trug er in einer schmutzigen, von

Blut befleckten Schlinge, und er mußte von seinem Begleiter gestützt werden. Dieser war ein kleiner, vierschrötiger Mann mit pockennarbigem Gesicht und einem mächtigen, schwarzen Schnauzbart, der Milan an jemanden erinnerte. Erst Wochen später, als er in einer illustrierten Zeitschrift das Bild des sowjetischen Diktators Stalin sah, fiel ihm die Ähnlichkeit zwischen diesem und dem vierschrötigen Fremden wieder ein. Verwandt werden sie wohl kaum gewesen sein – vermutlich lag es an dem grobschlächtigen Gesicht, der Haartracht und dem Schnauzbart.

»Ich danke Ihnen für die mir erwiesene Gastfreundschaft, Madame Draganescu«, sagte der Fremde in einem absolut perfekten Französisch und der Andeutung einer Verbeugung. »Und ich danke Ihnen auch für die zugesagte Diskretion. Ich werde mich bemühen, Ihnen keine Ungelegenheiten zu bereiten.« Wieder eine kurze Verbeugung, ein prüfender Blick zu Milan, dann ein befehlendes Kopfnicken zu seinen Begleitern. Diese gehorchten mit unterwürfiger Eilfertigkeit und geleiteten ihn hinter der widerwillig vorausgehenden Marussja in den hinteren Teil des Hauses.

Marussja und zunehmend auch Mama kümmerten sich um den geheimnisvollen Gast in der Turmkammer, wie man einen verliesartigen, doch behaglich eingerichteten Raum im rückwärtigen Teil des Hauses nannte; Kosta Draganescu hatte ihn sich einst so einrichten lassen, für den Fall, daß er allein und ungestört sein wollte – der allerdings so gut wie nie eingetreten war. Den anderen Frauen im Haushalt wurde gesagt, daß man dort einen entfernten Verwandten untergebracht hätte, der nach einem schweren Nervenzusammenbruch äußerster Schonung bedürfe und niemanden außer Marussja sehen wolle. Am besten, man würde so tun, als sei niemand da und auch untereinander nicht darüber sprechen.

Entgegen der weitverbreiteten Meinung, daß die von Natur aus schwatzhaften Frauen kein Geheimnis für sich behalten könnten, sind diese bei ihnen weit besser aufgehoben als bei Männern – wenn sie denn wirklich entschlossen sind zu schweigen. Auch die Frauen der Villa Ilona blieben verschwiegen, als die politische Polizei ihre Schnüffler in der Umgebung nach »flüchtigen Verbrechern« forschen ließ, die sich möglicherweise noch immer »irgendwo in diesem Viertel« aufhalten würden. – In einem Land, wo es schon immer Männer aus dem Volk gegeben hatte, die sich vor Mächtigen verstecken mußten und aufs grausamste mißhandelt und schließlich getötet wurden, wenn man sie faßte, wußten die Frauen um den Zwang der Geheimhaltung. Wer augenblicklich auch an der Regierung sein mochte, jeder war ein Feind des einfachen Volkes, und Polizisten und Gendarmen betrachtete man als Häscher und Bluthunde, von denen nichts Gutes zu erwarten war.

Mama, die den Fremden zunächst nur aufgesucht hatte, weil ihr dies die Gebote der Gastfreundschaft diktierten, ging dann doch jeden Tag in die Turmkammer, schließlich zweimal täglich. Auch hielt sie sich dort immer länger auf. Der bedauernswerte Mann habe zwei Schußverletzungen, erzählte sie Milan, einen Oberarmdurchschuß und einen Streifschuß an der Seite, oberhalb der Hüfte. Er müsse viel Blut verloren haben, und es sei überhaupt ein Wunder, daß er es hatte stundenlang aushalten können, bevor man ihn richtig versorgt habe. Dies hätte Cornelius fachgerecht bewerkstelligt.

»Ehrlich gesagt, ich hätte es ihm nicht zugetraut. Aber er behandelte die Verletzungen wie ein richtiger Arzt. Ob er so was schon öfter gemacht hat? Dieser Montenegriner ist allerdings nicht zum erstenmal verwundet worden. Eine Narbe da, eine dort, eine ganz lange hier herüber«, Mama faßte sich an die rechte Schulter, an die linke, ans Bein, an die linke Seite, »Narben überall. Ich hab's gesehen, als ich Cornelius half, ihn zu verbinden.«

»Wie war das – ein Montenegriner?«

»Als ich ihn fragte, woher er kommen würde, sagte er: Aus Montenegro, aber das ist schon lange her. Mehr wollte er nicht verraten, und ich fragte auch nicht weiter. Es ist manchmal besser, so wenig wie möglich und am besten gar nichts zu wissen.«

In diesen Tagen spitzte sich auch die Situation im Erbschaftsstreit so zu, daß Mama öfter den Anwalt aufsuchen mußte, den sie nach Maître Ghiatas Verrat – sie sprach immer nur von »Verrat« – mit der Wahrnehmung ihrer Interessen betraut hatte. Eines Tages kam sie von einer dieser Unterredungen ganz blaß vor Zorn nach Hause, stürmte in die Bibliothek, wo Milan über seinen Büchern saß, und schleuderte ihre Handschuhe wütend vor ihn hin.

»Was habe ich dir immer gesagt? *Politika je svinja* – Politik ist ein Schwein!« Ihr Rechtsanwalt Dr. Miceanu möge sich zwar mit Paragraphen gut auskennen, erzählte sie vor Empörung zitternd, doch ansonsten sei er ein Waschlappen, ein Schuhsohlenlecker, ein obrigkeitshöriger, rückgratloser Arschkriecher, ein unwürdiger Nichts und Niemand! »Gesetz hin oder her, Recht bekommt immer nur, wer an der Seite der Mächtigen steht, wagt er mir zu sagen! Und ganz bestimmt bekommt er es, wenn er selbst einer von denen ist, die Macht besitzen. Wen hat er damit gemeint? Was glaubst du? Los, sag schon! Also wen?«

»Keine Ahnung«, sagte Milan, obwohl er sich denken konnte, wen Mama meinte.

»Schwager Nicolae natürlich! Er steht nicht nur den Mächtigen nahe, er ist selber einer, sagt Dr. Miceanu. Dieser Betrüger, Bankrotteur, Verleumder, dieser Taugenichts, dieses arbeitsscheue Subjekt – eine ganze Reihe anständiger Leute hat er um ihr Hab und Gut gebracht und sie ins Unglück gestürzt, dieser stinkende Aasgeier. Ein Mann von Bedeutung, ein Mann mit Einfluß! Ein Mächtiger! Und wie ist er das geworden? Durch die Politik!«

Während Mama sprach, wich nach und nach die Spannung von ihr. Sie setzte sich aufseufzend hin. Mit den vorgebeugten Schultern, dem blassen Gesicht und scharfen Falten zwischen den Augenbrauen und beiderseits des verkniffenen Mundes wirkte sie um Jahre gealtert und gar nicht mehr so zuversichtlich wie bisher immer.

»Gut ist die Politik nur für Menschen wie Nicolae. Jedenfalls die Politik, wie sie hier gemacht wird. Bei den alten Griechen war's vielleicht anders, aber sehr viel anders bestimmt nicht. Einer, der sonst zu nichts taugt, wird Politiker, und wenn er es geschickt anstellt, sogar Minister. Wetten, daß es Nicolae eines Tages zum Minister bringt? Und das Volk? Was sagt das Volk? Das Volk sagt, daß einer, der es als Minister in einem, höchstens zwei Jahren nicht zu Haus, Hof und Vermögen gebracht hat, ein Dummkopf sei – und was ist schon ein Dummkopf als Minister wert? Sie reden von Verantwortung, von Pflichterfüllung und aufopfernder Arbeit für das Volk – und stopfen sich nur die eigenen Taschen voll. Politik machen, heißt heucheln; wer das nicht fertigbringt, erleidet Schiffbruch. Wer aber wirklich an seine Ideale glaubt und rechtschaffen für sie kämpfen will, wird ...« Mama machte die unter allen Völkern bekannte Geste des Halsabschneidens. Dann deutete sie mit dem Daumen über die Schulter in Richtung Turmkammer. »Der da hinten scheint auch so ein Traumtänzer zu sein. Zu Hause war er eine bedeutende Persönlichkeit und könnte es noch immer sein. Aber er hat seine

Ideale, für die er kämpft. Ein Idealist! Keine Kompromisse! Ein Vojvoda sei er, erzählte Cornelius, ein Knez, stell dir vor – ein Fürst! So sieht er auch aus. Fürst der Schwarzen Berge – hört sich das nicht schön an?«

Jetzt wirkte Mama plötzlich nicht mehr alt und müde, ihre Schultern strafften sich, die Falten zwischen den Augenbrauen verschwanden, ihre eben noch matten Augen begannen zu glänzen.

»Ich frage ihn ja nicht aus, natürlich nicht. Er braucht jemanden, mit dem er reden kann – und ich höre nur zu. Er muß viel herumgekommen sein. Wien, Paris, Petersburg, Berlin, Rom ... Auf Petersburg kommt er immer wieder zurück. Einmal erzählte er so nebenher von einer Tante Ljuba am Zarenhof in Carskoje Selo. Ob sie dort eine Hofdame war?«

»Vielleicht arbeitete sie in der Küche«, sagte Milan.

»Unsinn! Sie war mit einem Grafen Bagranow oder so verheiratet. Und siehst du, einer wie er, der wirklich etwas bedeutet, ein hochgebildeter Mann – er liegt bei uns in der Turmkammer, und keiner darf es wissen. Ein Gejagter, Gehetzter, mit allen Wassern gewaschen. Nur so kann er überleben. Ihm kann man nicht ein X für ein U vormachen, man kann ihn nicht hinters Licht führen, dafür ist er zu gescheit und zu mißtrauisch. Und seltsam, er wird trotzdem immer wieder hinters Licht geführt. Seine Ideale tun es, sie machen ihn blind und taub für die Wirklichkeit. Ideale, mein Sohn – *mein Sohn* sagte Mama nur, wenn sie Milan etwas sehr Bedeutungsvolles mitteilen wollte –, diese Ideale verwandeln die klügsten Menschen in Dummköpfe. Sie führen auch ihn so hinters Licht, daß er ihretwegen dieses Schicksal auf sich nimmt. Und ich frage mich, was ist das für ein Leben, immer in Angst, immer auf der Flucht? Irgendwann wird ihn eine tödliche Kugel treffen. Oder er wird, wenn er wieder einmal schwer verwundet ist, kein Haus wie dieses finden, wo man ihn versteckt und gesund pflegt. Dann wird er in irgendeiner Ecke elend sterben. Oder sie werden ihn fangen und einkerkern, und dann Gnade ihm Gott! Leute wie er werden eingekerkert, gefoltert, gemordet ... Ein Kommunist. Und siehst du, mein Sohn, selbst wenn seine Partei siegen würde und einmal doch an die Regierung käme – es würde ihm überhaupt nichts nützen. Weil Menschen mit Idealen und Überzeugungen nie an der Regierung bleiben. Und schon gar nicht solche mit *srcna kultura*. Sie werden verdrängt, davongejagt. Der Klügere gibt immer nach, sagt man. Deshalb regieren die Dummen, die Bösartigen, die Skrupellosen, die Berechnenden, die sich schön nach dem Wind drehen, die, ach ... Wer soll sie alle aufzählen? Leute wie Nicolae. Männer aber wie unser Montenegriner – was wird aus ihnen? Was wird aus ihm, frage ich mich, wo wird er enden?« Mama legte den Zeigefinger auf die Lippen, zwischen ihren Augenbrauen erschien wieder die grüblerische Falte, ihr Gesicht verdüsterte sich. »Und ich frage mich, also ich frage mich, was wird aus uns, *mili moj* Milan? Wo werden wir enden, wenn – was Gott behüte! – ein Mann wie Nicolae diesen Kampf gewinnt?«

Nach vierzehn Tagen wurde, wiederum nachts, der Fremde abgeholt. Milan wachte auf, als ein Wagen vorfuhr und unten in der Halle gedämpfte Stimmen laut wurden. Eilige Schritte entfernten sich nach hinten in die Turmkammer.

Milan stand auf, huschte aus seinem Zimmer und versteckte sich auf der Galerie hinter einer Säule.

Der Fremde kam schon nach wenigen Minuten in Begleitung von Marussja, Cornelius Kveder und des vierschrötigen Stalin-Doppelgängers aus dem rückwärtigen Teil des Hauses in die Halle. Er hatte sich gut erholt, ging aufrecht und hinkte nur noch ein wenig. Mitten in der Halle blieb er stehen, sah sich um, schaute über die Schulter empor zur Galerie, als wüßte er, daß dort oben Milan stand.

Milan trat an die Brüstung, sein Blick begegnete dem des Fremden. Dieser nickte, hob die linke Hand, ballte die Faust zum Revolutionsgruß, auf seinem noch immer blassen, in der Dämmerung der Halle tief umschatteten Raubvogelgesicht erschien ein flüchtiges Lächeln. »Grüß deine Frau Mama – und alles bleibt unter uns, klar?« rief er auf deutsch, wandte sich wieder ab und verschwand hinter den anderen in der Dunkelheit der Winternacht, noch bevor Milan etwas erwidern konnte.

Gleich darauf wurde draußen ein Motor angeworfen, Scheinwerferlicht huschte über die Fenster, als der Wagen um das Rondell unter der Eingangstreppe fuhr. Dann entfernte sich das Motorengeräusch schnell, es wurde still.

Marussja kam wieder ins Haus, schloß die Tür ab, schaute hinauf, schüttelte bekümmert den Kopf, sprach mehr zu sich als zu Milan auf der Galerie: »Ich weiß nicht, ich weiß nicht, das bringt nichts Gutes. Deine Mutter hätte es nicht zulassen sollen, daß er hierher gebracht wurde. Nein, das bringt bestimmt nicht Gutes.«

## 10. KAPITEL

*Nach dem Sturz in die Armut
ein unverhofftes Wiedersehen*

Mit ihrer Voraussage, daß die Sache mit dem Fremden nichts Gutes bringen würde, behielt Marussja wieder einmal recht. Doch da, wie man weiß, ein Unglück nur selten allein kommt, fand in der zweiten Januarhälfte des Jahres 1937 zunächst der Gerichtsprozeß in der Erbschaftssache Kosta Draganescu statt.

Nicolae erschien in Zivil, begleitet von einem eifrig dienernden Maître Ghiata und zwei hühnenhaften, finster um sich blickenden Männern in Phantasieuniformen, seinen Leibwächtern; als einem hohen Funktionär der Partei »Alles für das Vaterland« und Parlamentsabgeordneten standen ihm diese zu und unterstrichen zugleich seine Bedeutung.

Nur eine halbe Stunde später verließ er das Justizgebäude wieder, nunmehr nicht nur ein bedeutender, sondern auch ein reicher Mann, alleiniger Erbe seines 1916 verstorbenen Halbbruders Kosta. Auf der Freitreppe blieb er sekundenlang stehen, breitbeinig, mit verschränkten Armen, geschürzten Augenbrauen, zusammengekniffenen Lippen, nach Art des Benito Mussolini, Adolf Hitler oder seines ermordeten Führers Condreanu (eines nicht mehr fernen Tages würde er auch dessen Erbe antreten!), herabgezogenen Mundwinkeln, den Widerschein des eben erlebten Triumphes auf dem Gesicht, den Blick in unbekannte Fernen gerichtet. Nun habe ich es erreicht, schien seine Haltung auszudrücken. Es gehört mir, was mir gehören soll! Und schon bald gehört mir auch diese Stadt.

Seine geschlagene Prozeßgegnerin Ilona Draganescu verließ das Gerichtsgebäude in Marussjas Begleitung durch einen Hinterausgang. Gegen das Urteil, das in letzter Instanz gefällt und verkündet worden war, gab es keine Berufungsmöglichkeit. Es war endgültig. Ihr war übel. Ihr war sterbenselend zumute und so übel, daß sie glaubte, sich übergeben zu müssen.

Darüber, was im Gerichtssaal vorgefallen war, über den Prozeßverlauf und die Urteilsbegründung, wollte sie nie sprechen. Auf Milans schüchtern vorgebrachte Frage, wie es denn zu diesem Urteil hatte kommen können, schaute sie ihn nur zornig an und sagte: »Das mußt du den Richter fragen, diesen speichelleckerischen Arschkriecher! Vor Angst hatte er die Hose so voll, daß es im ganzen Haus stank. Ich will darüber nicht reden. Je mehr du im Dreck rührst, desto ärger stinkt es.« Ein andermal meinte sie vor Freunden: »Nein, nein, nein, ich will wirklich nicht darüber reden! Die Justiz prahlt mit ihrer Unabhängigkeit und der hohen Berufung, nur dem Gesetz und der Gerechtigkeit zu dienen. In Wahrheit ist sie eine Hure, und sie dient immer nur den Mächtigen.«

Aber Milan erfuhr auch so, was da vorgefallen war, und es rang ihm eine bislang nicht gekannte Hochachtung vor Mama und ihrem sonst gefürchteten Jähzorn ab.

Nachdem der Richter sein Urteil verkündet, mit wenigen Sätzen begründet, ihr dann mit dem Anschein väterlicher Güte noch gesagt hatte, dies sei für sie sehr günstig ausgefallen, denn rechtens wäre es eigentlich gewesen, daß sie dem Kläger alle entgangenen Einkünfte aus dem unrechtmäßig angeeigneten Vermögen des Kosta Draganescu hätte ersetzen oder zurückerstatten müssen, schloß er mit den Worten: »Angesichts Ihrer zweifelsohne schwierigen, ich räume ein, existenzbedrohenden Lage, habe ich Gnade vor Recht ergehen lassen. Niemand soll einem rumänischen Gericht Unmenschlichkeit vorwerfen dürfen.«

Auf diese abschließenden Worte soll Mama den Richter sekundenlang angeschaut, vor ihm ausgespuckt und den Gerichtssaal mit hoch erhobenem Kopf wortlos verlassen haben. Ach, diese wunderbare, geliebte Mama! Ein stolzer, wahrhaftig dramatischer, ihr angemessener Abgang!

Ilona Draganescu, ihr Sohn Milan und die alte, treue Marussja bezogen noch während des Winters eine billige Hinterhofwohnung in Craiovas Innenstadt und möblierten sie notdürftig mit den ihnen vom Gericht zugesprochenen Möbeln. Die anderen – Köchin Joana, Gärtnerin Loisa, Magd Meta, die Dienstmädchen Kira und Carla sowie der neue Chauffeur Stanislaus – mußten nach dem Willen des neuen Herrn binnen drei Tagen das Haus verlassen; niemand durfte bleiben, der in Diensten der verhaßten Ilona gestanden hatte. Und so zerstreuten sie sich, mit Körben und Bündeln beladen, in denen sie ihre wenigen Habseligkeiten verstaut hatten, übers Land und in den Häuserschluchten der Stadt; Milan sah sie nie wieder.

Mit Hilfe ihrer zahlreichen Freunde hoffte Mama eine Arbeit zu finden, die ihr ein bescheidenes, doch sicheres Einkommen garantierte. Von ihrem Traum, Milan möge nach bestandenem Abitur studieren und ein berühmter Gelehrter, erfolgreicher Schriftsteller oder bewunderter Arzt werden, wollte sie nicht lassen; dieser Traum von einer glänzenden Zukunft ihres Sohnes mochte ihr in dieser schweren Zeit voller Enttäuschungen, Niederlagen und Entbehrungen Halt und Zuversicht geben. Nein und dreifach nein, sie durfte sich nicht unterkriegen lassen!

Doch wie in solchen Fällen üblich, war von den einst unzähligen Freunden kaum jemand bereit, ihr weiterzuhelfen. Menschen, die früher um ihre Gunst gebuhlt und sich glücklich geschätzt hatten, wenn sie ihr Haus betreten durften, waren nunmehr nicht zu erreichen, hatten plötzlich genug eigene Probleme, mit denen sie fertigwerden mußten, ließen sich verleugnen, um nicht mit ihr von Angesicht zu Angesicht sprechen zu müssen. Selbst ihr hartnäckiger Verehrer Professor Dr. Minescu ließ sich nicht mehr sehen; seine in den häufigen Briefen an sie beteuerte »ewig währende, nie versiegende Liebe« schien genauso schnell versiegt und geschwunden zu sein wie Mamas Vermögen. Der andere, Ingenieur und Betriebsleiter Hans Schreyögg, hätte sicher anders reagiert und Mama endlich einen Antrag gemacht, da ihm jetzt niemand mehr vorwerfen konnte, ein Mitgiftjäger zu sein. Doch war er schon vor Jahren in seine Heimat Österreich zurückgekehrt und hatte nie wieder von sich hören lassen.

In dieser schier verzweifelten Situation, als bitterste Not an die Tür zu klopfen begann, kam plötzlich Hilfe von einer gänzlich unerwarteten Seite. Nachdem von Klaus von Stockhausen monatelang nichts mehr zu hören war, stand er eines Abends vor der Wohnungstür, zunächst kaum zu erkennen in der nach saurem Kohl, verdreckten Windeln und der Gemeinschaftstoilette stinkenden Dämmerung des Treppenaufganges. Er sah abgemagert und sehr blaß aus, sein Haar hätte einen Friseur nötig gehabt, und sein heller, elegant geschnittener Anzug war zerknittert und angeschmuddelt, als hätte er ihn schon seit Tagen nicht mehr ausgezogen. Doch seine blauen Augen hatten noch immer den alten schwärmerischen Blick, und mit der gleichen Geste wie einst strich er die lange, ihm in die Stirn fallende Haarsträhne zurück, als er hinter Marussja, die ihm die Tür geöffnet hatte, auch Mama und seinen ehemaligen Schüler Milan entdeckte.

»Madame, ach, ma chère Madame! Endlich sehe ich Sie wieder!« rief er. »Aber wo finde ich Sie? Madame, wo nur finde ich Sie! In welch einer Umgebung!« Seine Augen füllten sich mit Tränen der Wiedersehensfreude und des Mitgefühls. Dann sank er auf ein Knie, griff nach Mamas Hand, drückte sie an die Lippen.

Der dicken Nachbarin, die barfuß, nur mit einem Hemd und Unterrock bekleidet, ein greinendes, unsäglich schmutziges Kind auf dem Arm, durch die offene Tür der Nebenwohnung die Szene beobachtete, bot sich ein ungewöhnlicher Anblick: Die neue Hausbewohnerin Ilona Draganescu, eine nicht ganz saubere Küchenschürze vorgebunden, das lange, üppige, mit grauen Strähnen durchsetzte Haar nachlässig hochgebunden, dahinter Milan, im Unterhemd, und davor, kniend, ein Mann in einem hellen, ausländisch eleganten, wenn auch zerknitterten Anzug, ihre Hand an die Lippen, an die Augen, wieder an die Lippen drückend, Unverständliches stammelnd. Dann drängte sich wieder Marussja vor, blickte die Nachbarin böse an, scheuchte sie mit einer schlenzenden Handbewegung zurück, zischte »husch, husch«, und die Nachbarin machte die Tür eilig wieder zu; schon in dieser kurzen Zeit, seit die Neuen hier wohnten, hatte sich herumgesprochen, daß mit Marussja nicht gut Kirschen essen war.

Etwas später erzählte Klaus von Stockhausen am Küchentisch sitzend und türkischen Kaffee trinkend auf seine überschwengliche Art, wie es ihm in den letzten zwei Jahren ergangen war und was er auf seiner großen Reise erlebt hatte.

## 11. Kapitel

### Die Geschichte vom Glück und Ende
### des Privatlehrers Klaus von Stockhausen,
### erster Teil

»Wie Sie wissen, ma chère Madame, und auch Sie, mein junger
Freund und ehemaliger Schüler – ach, was für eine schöne Zeit war
das doch damals! –, habe ich die Arbeit als Privatsekretär und Reise-
begleiter des Herrn von Bongös mit Begeisterung und großen Hoffnungen angetreten. Die Wirklichkeit übertraf noch meine kühnsten
Erwartungen. Der Baron war großzügig, rücksichtsvoll, einsichtig,
von gelegentlichen Ausbrüchen seines Jähzornes abgesehen ein
wirklich angenehmer Arbeitgeber. Unser damaliges Verhältnis kann
fast ideal genannt werden. Mit ihm hatte ich einen großherzigen
Freund gewonnen, ich bewunderte, ja liebte ihn wie einen älteren
Bruder, war ihm bedingungslos ergeben und stand ihm, wie sich das
für die Stellung eines Privatsekretärs ja wohl gehört, ständig zur
Verfügung, Tag und Nacht, wie man so sagt, obwohl die zu verrich-
tenden Arbeiten keineswegs sehr umfangreich waren. Es gab einige
Korrespondenz zu erledigen, Termine zu bestimmen, Vereinbarungen zu treffen, die ab und zu etwas delikater Natur waren und absolute Diskretion verlangten. Von der ersten Stunde an bemühte ich
mich um Pünktlichkeit und Zuverlässigkeit in allen mir übertra-
genen Aufgaben, selbstverständlich auch um unverbrüchliche Loyalität und Treue, und ich darf mich mit Fug und Recht rühmen, daß
ich in kürzester Zeit sein vollstes Vertrauen gewann.
Es steht mir nicht zu, etwas über die privaten Verhältnisse des Baron
von Bongös verlauten zu lassen. Doch ich verrate kein Geheimnis,
wenn ich sage, daß er sehr vermögend war, Ländereien in der
großen Walachei und Dobrudscha besaß, an der Erdölindustrie be-
teiligt war, verschiedene Fabriken und sogar eine Schiffahrtslinie auf
der Donau sein eigen nannte. Die Verwaltung des umfangreichen
Besitzes nahm allerdings nur einen geringen Teil seiner Zeit in Anspruch. Dank seiner Verwalter, Direktoren und Bevollmächtigten
lief sozusagen alles wie von selbst. Sein Interesse galt mehr den gei-

stigen, kulturellen und in einem nicht unbeträchtlichen Maße sinnlichen Genüssen; auch damit verrate ich nichts Neues. Die von ihm veranstalteten Feste in Bukarest und auf dem Stammschloß der Familie, im Karpatenbogen nördlich von Kronstadt gelegen, sorgten für Tagesgespräche, wie Sie, ma chère Madame, bestimmt noch wissen.«

Bei diesen Worten nickte Ilona Draganescu mit einem erinnerungsseligen Lächeln. O ja, sie wußte, wovon Klaus von Stockhausen sprach! Sie erinnerte sich sehr wohl an die Feste des Baron Arthur von Bongös, bei denen sie mehr als einmal zu Gast gewesen war. Sie sorgten nicht nur für Tagesgespräche, wie Klaus von Stockhausen untertreibend sagte, sondern auch für manch einen handfesten Skandal. Zum Beispiel damals in Bukarest, als der Baron zu fortgeschrittener Stunde plötzlich an der Spitze seiner »Armee« aufgekreuzt war, er selbst als General mit einem Dutzend »Soldaten«, allesamt nur mit Tschakos und hohen Reitstiefeln bekleidet und mit Säbeln umgürtet, sonst aber splitterfasernackt. Unter dem Kommando ihres Generals und zu Klängen von Marschmusik waren sie vor wild applaudierenden Gästen im Saal auf und ab paradiert, hatten Can-Can getanzt und schließlich als Höhepunkt ihrer gekonnt improvisierten Einlage unter barbarischem Geheul zum Schein einige »Sabinerinnen« geraubt und hinaus in die Dunkelheit des Gartens verschleppt. Doch hatte dies bei Ehemännern oder Freunden der scheinbar entsetzt quietschenden Damen kaum Besorgnis erregt; es war allgemein bekannt, daß sowohl der General als auch seine Armee von der »anderen Fakultät« waren, sogenannte »warme Brüder«, die mit den geraubten Schönen sicherlich nichts anzufangen wußten.

Oder jenes andere, wegen seines tragischen Ausgangs für Schlagzeilen sorgende Fest, als sich ein ungarischer Magnat vor aller Augen erschossen hatte. Während vorne, im Saal, getanzt wurde, hatte man in den hinteren Räumen der Spielleidenschaft gefrönt. Wie immer war es dabei um sehr hohe Einsätze gegangen, und der aus dem Banat stammende Ungar hatte in dieser Nacht, wie man so sagt, Haus und Hof mitsamt Frau, Kind, Pferd und Hund verspielt. Auch die letzte Partie, als es um Alles oder Nichts gegangen war, hatte er verloren, daraufhin eine Pistole Modell Derringer aus der Tasche gezogen, die Mündung in den Mund gesteckt und abgedrückt. »Der arme Kerl – aber ziemlich rücksichtslos«, soll der Kommentar des Gastgebers gelautet haben. »Die Schweinerei, die er mit seiner großkalibrigen Waffe angerichtet hat! Alles vollgespritzt, selbst die Abendroben der Damen, pfui Teufel! Er hätte wenigstens vor die Tür oder in den Garten gehen können, wenn er sich schon unbedingt erschießen wollte!«

»Nur wenige Tage nach meinem Dienstantritt begaben wir uns auf Reisen, die diesmal länger als sonst dauern und für uns alle so katastrophal enden sollten«, fuhr Klaus von Stockhausen mit seiner Geschichte fort. »Man hatte nämlich meinem Dienstherrn nahegelegt, doch für ein oder noch besser zwei Jahre außer Landes zu gehen, bis Gras über gewisse Gegebenheiten und Vorkommnisse in Verbindung mit seiner – nun, nennen wir es so – Veranlagung gewachsen sei. Wir fuhren zunächst nach Belgrad – eine lebhafte Stadt mit wechselhafter Geschichte, doch recht provinziell. Nachdem Baron von Bongös seine dortigen Geschäfte erledigt hatte und, damit in Verbindung, nach einer Privataudienz beim jugoslawischen Prinzregenten Pavel reisten wir nach Budapest weiter, dann nach Wien, Prag, von dort zum Kuraufenthalt nach Karlsbad. Für mich eröffnete sich eine neue Welt. Mit vollen Zügen genoß ich sie und die vielfältigen Eindrücke, die sie mir darbot. Doch hoffe ich, daß Sie, ma chère Madame, mir noch Gelegenheit geben werden, darüber ausführlich zu berichten, nachdem ich – wie soll ich es sagen? – meine Zelte wieder aufgeschlagen habe, hier, wo ich zu Hause bin, in meiner einst verkannten, doch nun wiedergefundenen alten Heimat.«

Bei diesen Worten beschattete Klaus von Stockhausen mit gesenktem, abgewandtem Gesicht die Augen, wie immer, wenn ihn eine Gemütsbewegung zu überwältigen drohte. Mutter Ilona und Sohn Milan vermieden taktvoll, ihn anzusprechen, wußten sie doch, daß er sich bald wieder fangen würde. So geschah es auch, und er fuhr fort:

»Die Zeit verging wie im Fluge. Mitte des Jahres 1936 reisten wir nach Berlin, wo wir uns im Hotel Adlon, Unter den Linden, einquartierten. Die Sommerolympiade stand bevor, und Baron von Bongös wollte nicht versäumen, bei diesem grandiosen Ereignis dabeizusein. Glücklicherweise hatte ich auftragsgemäß schon ein halbes Jahr zuvor eine entsprechende Suite für ihn reservieren lassen. Bei dem Andrang der illustren Gäste aus allen Ländern der Erde wäre es sonst selbst ihm, einem häufigen und spendablen Gast, nicht möglich gewesen, im Adlon auch nur eine Kammer zu bekommen.

Unter den Hotelgästen, die ich selbst gesehen und von denen ich manch einen auch gesprochen habe, waren der König von Bulgarien, der Kronprinz und die Kronprinzessin von Italien, Schweden, Griechenland, eine lange Reihe von deutschen Fürsten und englischen Herzögen, ganze Waggonladungen von amerikanischen Millionären, Mussolinis überaus reizende Kinder nicht zu vergessen.

Mich quartierte man in einer Dachkammer ein, doch beklagte ich mich keineswegs darüber. Für die eine oder andere Unbequemlichkeit, die ich in Kauf nehmen mußte, wurde ich durch die Ereignisse selbst, deren Zeuge ich sein durfte, mehr als entschädigt. Diese Olympiade, die weitaus glanzvollste von allen bisherigen, bot den Teilnehmern und Zuschauern ein unvergleichlich großartiges Schauspiel. Die deutsche Reichsregierung gab sich alle erdenkliche Mühe und stellte eine unerhört perfekte Organisation auf die Beine – perfekt bis in alle, auch die allerkleinsten Einzelheiten.

Neben sportlichen Wettkämpfen gab es ein verschwenderisches Angebot an Veranstaltungen jeder Art, um die Gäste zu unterhalten und ihnen auch die unglaublichen Leistungen vor Augen zu führen, die man in Deutschland innerhalb weniger Jahre zustande gebracht hatte. Ach, diese leuchtende Scheinwerferkuppel über dem Stadion nach der Eröffnung der Spiele – ein märchenhafter, geradezu unglaublich anmutender Lichtdom! Und dann einer der absoluten Höhepunkte – die *Italienische Nacht* auf der Pfaueninsel im Wannsee! Die Prominenz aus aller Welt gab sich hier ein Stelldichein. Über tausend Gäste! Die Crème de la crème der – das kann man ohne Übertreibung sagen – menschlichen Gesellschaft. Und ich, Klaus von Stockhausen, ich, ein armer Schlucker aus der Kleinen Walachei, ein Heimatloser, ein Nichts und Niemand, mitten darunter!

Baron von Bongös hat mit seinen Beziehungen die Einladung für sich und einen Begleiter – in diesem Falle mich – besorgt. Und so hatte ich die einmalige Gelegenheit, die Großen dieser Welt aus allernächster Nähe zu sehen, einigen von ihnen sogar die Hand zu schütteln. Und was soll ich sagen, sie alle, buchstäblich alle verblaß-

ten neben IHM, dem EINEN, rückten in den Hintergrund, wurden gleichsam zu Statisten für IHN, den deutschen Kanzler!«
Überwältigt von seiner Erinnerung sprang Klaus von Stockhausen auf, breitete die Arme aus, schloß sekundenlang die Augen, als wollte er in der Erinnerung noch einmal diese erhebenden Augenblicke auskosten.
»Wen meint er?« ließ sich in der Stille Marussja vernehmen.
»Hitler«, sagte Mama.
»Den? Der ist genauso schlimm oder noch schlimmer als Stalin!«
»Sie haben ihn gesehen? Aus der Nähe?« fragte Milan.
»Ich habe ihn gesehen, wirklich und wahrhaftig«, antwortete Klaus von Stockhausen feierlich. »Ich war ihm ganz nah. Vielleicht zehn, fünfzehn Meter von mir entfernt schritt er langsam vorbei, umgeben von seiner Garde. Wohlgestalte junge Männer in schwarzen Uniformen, fast bedrohlich anzuschauen und doch auch irgendwie erhaben. Sie alle großgewachsen, mindestens einen Kopf größer als ER, und doch schien ER sie alle um Haupteslänge zu überragen. ER war der Mittelpunkt. Ein Führer, fürwahr! Ein Herrscher und Beherrscher dieser ganzen großartigen Szenerie. Ein Mann, der sich aus den einfachsten Verhältnissen hochgearbeitet hat und zum mächtigen Führer einer großen Nation wurde, einer der größten der Welt!«
»Na ja, ich weiß nicht, mir ist er unheimlich«, warf Mama zweifelnd ein. Und Marussja sagte wieder: »Genauso schlimm oder noch schlimmer als Stalin!«
Doch Klaus von Stockhausen beachtete sie nicht. Von seinen eigenen Worten mitgerissen, sprach er weiter:
»Ein Mann mit einer Ausstrahlung – unmöglich, sie zu beschreiben! Erleben, ja, man kann sie nur erleben, um es zu verstehen – diese Begeisterung der Menschen, die ihm entgegenschlägt, wo immer er sich sehen läßt! Man muß das einfach erleben, es gesehen haben … Und ER … Der Blick dieser stahlblauen Augen! Er schien mich direkt anzuschauen, ja, ich könnte schwören, er schaute mich an, und mir war, als wüßte er alles, alles über mich! Seltsamerweise ging es auch Baron von Bongös so und jedem anderen, mit dem ich darüber sprach. In dieser Nacht hatte ich ganz deutlich das Gefühl, den absoluten Höhepunkt in meinem Leben erreicht zu haben, ich schwebte wie auf Wolken, ich war im siebten Himmel – und ich

ahnte nichts von dem Verhängnis, das in dieser Nacht, zu eben dieser Stunde die ersten Schatten auf mein Schicksal warf.

Unter den Gästen der deutschen Reichsregierung befanden sich natürlich auch Abordnungen von Sportlern; ihretwegen war schließlich diese *Italienische Nacht* auf der Pfaueninsel inszeniert worden. Einer von ihnen fiel mir besonders auf, ein Schwimmer, wie ich später erfuhr, aus Brasilien, vielleicht auch Argentinien. Ein nicht sehr groß, doch wunderschön gewachsener junger Mann von einem geradezu klassischen Ebenmaß, einem goldbraunen Teint, dunklen, etwas schräg geschnittenen Augen, und mit jenen geschmeidig fließenden Bewegungen, wie man sie gerade bei Schwimmern oft beobachten kann. Fürwahr, eine zur Gestalt gewordene Harmonie von Körper und Bewegung. Man müßte ein Meister des Wortes, ein Dichter wie Thomas Mann sein, um diesen jungen Athleten beschreiben zu können … Doch nicht nur mir fiel er auf, sondern auch Baron von Bongös. Und was soll ich euch sagen? Ausgerechnet mir übertrug er die Aufgabe, herauszufinden, wer dieser junge Mann war, und, wenn irgendwie möglich, ein Treffen mit ihm zu arrangieren. Von diesem Gedanken schien er wie besessen. Ich war besorgt, ahnte Schlimmes, doch es sollte noch viel schlimmer kommen, als ich es mir je hätte vorstellen können.«

Nun folgte wieder die bekannte Gebärde tiefster Erschütterung mit zur Seite geneigtem Gesicht und der flachen, die Augen beschattenden Hand, bis sich Klaus von Stockhausen wieder faßte, mit einer trotzigen Bewegung die blonde Haarsträhne aus der Stirn warf und fortfuhr:

»Ich tat, was von mir verlangt wurde. War ich denn nicht als Privatsekretär des Baron von Bongös engagiert worden und ihm schon daher zu absolutem Gehorsam verpflichtet? Gehört es nicht zu den Obliegenheiten eines Privatsekretärs, auch solche Aufträge zu übernehmen und sie gewohnt zuverlässig auszuführen? Ich tat also wie geheißen, nahm auf Umwegen Kontakt mit dem jungen Athleten auf – Adolfo hieß er –, holte mir oder dem Baron zunächst einen Korb, doch hatte dies nichts zu bedeuten. Ich kannte ja seine Hartnäckigkeit, seine Geduld, jene Geduld, die einen Jäger auf der Jagd auf seltenes Wild und besonders begehrte Trophäen auszeichnet, und auch die zielstrebige Gerissenheit, die er an den Tag legte, wenn er etwas erreichen wollte.

Für teures Geld mußte ich zusätzliche Eintrittskarten für Schwimmwettbewerbe besorgen, mußte den Baron auch dorthin begleiten, mir alle Vorentscheidungen ansehen, nur weil dieser junge Mann... Eine Tortur! Ich mußte Höllenqualen erleiden! Ihn so auf dem Startsockel stehen zu sehen, jung, schön wie – ich kann es ruhig sagen – schön wie Adonis, die Geschmeidigkeit seines Körpers bewundern, während er Lockerungsübungen machte oder, sich seiner Wirkung sehr wohl bewußt, auf dem Startplatz auf und ab schritt... Baron von Bongös verschlang ihn mit den Blicken.

Schwimmen konnte dieser Adolfo allerdings nicht so gut, wie er aussah. Er wurde schon bei der allerersten Ausscheidung Vorletzter und durfte also nicht weitermachen. Doch eine gewisse Schadenfreude, die ich deshalb verspürte – ich schäme mich nicht, dies zuzugeben –, währte nicht lange. Sein ruhmloses, um nicht zu sagen klägliches Ausscheiden schlug zu meinem Nachteil aus. Dadurch mußte er nämlich nicht mehr trainieren, wurde von seiner Mannschaftsführung freigestellt, durfte sich Berlin anschauen, und Baron von Bongös hatte, um es trivial auszudrücken, genügend Möglichkeiten, seine Fänge auszustrecken und sich an ihn heranzumachen. Dies tat er – wiederum mit meiner erzwungenen Hilfe! – auf seine bewährte, hundertfach erprobte Art, der dieser arglose junge Mann natürlich nicht wiederstehen konnte. Allerdings, so arglos, wie ich und wohl auch der Baron zunächst annahm, war der schöne Adolfo keineswegs. Er schien bereits gewisse Erfahrungen... Doch ersparen wir uns die Einzelheiten!

Unser Berliner Aufenthalt endete vorzeitig. Noch vor der Schlußfeier reisten wir überstürzt ab, Richtung Monte Carlo. Und der Olympionike Adolfo reiste mit, erfolglos bei sportlichen Wettkämpfen, dafür um so erfolgreicher bei meinem Dienstherrn.

Der Honigmonat des alternden Beaus – diese sarkastische Bezeichnung sei mir nach allem, was ich mitmachen mußte, erlaubt – währte nicht lange. Schon nach zwei Wochen verschwand die kleine Wasserratte mit einer großen, von Baron von Bongös ergaunerten Geldsumme und seinem Schmuck im Wert von mindestens 50000 Francs. In unserem Geld und für unsere Verhältnisse ein Vermögen, und selbst für den reichen Baron ein schmerzlicher Verlust. Doch weit, weit schlimmer als dieser schmerzte ihn die Erniedrigung; er fühlte sich aufs schmählichste hintergangen, entwürdigt, gedemütigt, verraten.

Die Polizei konnten wir natürlich nicht einschalten. Der Skandal, wenn die besondere Art der Beziehung zwischen dem Baron und dem Olympiakämpfer zur Sprache gekommen wäre! Wenn, zum Beispiel, die Boulevardpresse davon Wind bekommen hätte! Der Baron war außer sich. Was heißt außer sich?! Er raste! Vor Wut, Enttäuschung, Schmerz. Ich wagte kaum, ihm vor die Augen zu treten.

Was nun geschah, will ich so kurz wie möglich schildern. Die Erinnerung an das Vorgefallene ist zu schmerzlich. Doch es muß sein, damit ihr das Ausmaß des Unglücks begreift, das mich wie ein Blitz aus dem heiteren Himmel treffen sollte.

Nach dem schmählichen Abgang des diebischen Adonis dachte ich zunächst erleichtert, doch auch bekümmert über das Leid des Barons, dem ich ja trotz allem in unverbrüchlicher Treue nach wie vor zugetan war, daß alles wieder ins rechte Lot kommen würde, sobald sich sein Zorn gelegt hätte und die vergehende Zeit den Schmerz über den Verlust des Unwürdigen etwas gelindert haben würde. In meinem Wunsch, ihm dabei zu helfen, wagte ich eines Tages die Bemerkung, daß diese Abwasserratte – dies sagte ich wörtlich – keiner Träne wert sei. Auch bei einem hervorragenden Sportler und Olympiateilnehmer müsse der Ausspruch von einem gesunden Geist im gesunden Körper nicht unbedingt stimmen. In diesem speziellen Fall hätte sich ja herausgestellt, daß in einem vor Gesundheit strotzenden und dazu noch überaus schönen Körper ein kranker, verdorbener, diebisch betrügerischer Geist …

Weiter kam ich nicht. Ich konnte mich gerade noch rechtzeitig bücken, um nicht von einem Dolch getroffen zu werden, den der Baron nach mir schleuderte. Die schwere, äußerst gefährliche Waffe hatte er stets in seiner Reichweite, und er konnte damit sehr geschickt umgehen. Danach befahl er mir, sogleich meinen Koffer zu packen und zu verschwinden. Für immer. Ich sei entlassen. Ich kannte ihn gut genug, um zu wissen, daß er es ernst meinte. Also packte ich meine wenigen Habseligkeiten, verließ das Hotel und suchte mir ein bescheidenes Pensionszimmer in der trügerischen Hoffnung, Baron von Bongös würde es sich doch noch überlegen und mich zurückholen lassen, sobald seine Wut verraucht war.

Eine Woche, vielleicht auch zwei – das Gefühl für die Zeit ging mir gänzlich verloren – wartete ich, hoffte, verzweifelte, hoffte, wartete, zählte die Stunden, Tage und Nächte, irrte durch die Straßen und die Umgebung, stand nächtelang verborgen vor dem Spielcasino, wo Baron von Bongös beim Roulette, wie man schon bald überall hören konnte, Unsummen nicht verlor, nein, keineswegs, sondern gewann, so daß man angeblich bereits erwog, ihm den Zutritt dorthin zu verwehren. Auch sah ich ihn in der Gegend des Bahnhofs und am Hafen umherstreifen, auf der Suche nach Lustknaben – man verzeihe mir dieses freie, doch zutreffende Wort. Seine schon immer vorhandene Neigung zu eindeutigen Abenteuern mit solchen armseligen und erbarmungswürdigen, doch allzu oft bis auf den Grund ihres Wesens verdorbenen Individuen gewann nach der Enttäuschung mit dem Olympioniken wieder die Oberhand, wohl in dem vergeblichen Versuch, damit seinen Zorn und sein Leid zu bekämpfen.

Einmal versuchte ich, mich ihm zu nähern, ihn anzuflehen, mich wieder aufzunehmen. Wo meine Würde geblieben war, mein Stolz? Ein armseliger Mensch in Not wie ich damals, zutiefst verunsichert und bitter enttäuscht, arm wie eine Kirchenmaus zudem, kann sich einen Luxus wie Stolz nicht leisten. In meiner verzweifelten Lage wäre ich bereit gewesen, für den Baron alles zu tun, alles auf mich zu nehmen, auch die erniedrigendsten Dienste, wenn er mich nur wieder aufgenommen hätte! Doch er jagte mich fort, als er meiner ansichtig wurde. Ja, außer sich vor Wut, stürzte er vor dem Hotel, wo ich auf ihn gewartet hatte, auf mich zu, seinen Gehstock drohend erhoben. Wenn ich nicht schleunigst das Weite gesucht hätte, wäre er bestimmt handgreiflich geworden, hätte mich verletzt, vielleicht sogar getötet. In dem Stock verbarg sich nämlich eine schmale, nadelspitze Säbelklinge. Er hatte die Waffe – als solche konnte man den so präparierten Gehstock bezeichnen – extra für seine Streifzüge in die finsteren, übel beleumdeten Viertel anfertigen lassen, um nicht wehrlos zu sein, wenn er dort angegriffen werden sollte.

Mit dieser Waffe bedrohte er nun auch mich. Ich flüchtete, hielt in sicherer Entfernung an, dreht mich um und drohte ihm mit geballter Faust. Er bemerkte es gar nicht mehr, weil er mir bereits den Rücken zugekehrt hatte – dafür sah es aber der höhnisch grinsende

Türsteher vor dem Hotelportal. Diese Gebärde einer ohnmächtigen Wut, die ja doch wohl eher meiner Verzweiflung entsprang als dem verständlichen Zorn und die schon gar keine Drohung ausdrücken sollte – wie hätte ich, ein Nichts und Niemand, dem reichen, mächtigen, mir unerreichbar gewordenen Baron auch drohen können, welchen Sinn hätte eine so überflüssige Gebärde? – und die einseitige Aussage des Türstehers wurden kurz darauf zu meinem Verhängnis.

Zwei Tage nach der unerfreulichen Begebenheit vor dem Hotel wurde Baron von Bongös im Park hinter dem Spielcasino tot aufgefunden. Ermordet mit seiner eigenen Waffe, die aus dem Gehstock gezogen und blutverschmiert unweit der Leiche im Gebüsch lag. Der Tote wurde beraubt. Identifizieren konnte man ihn anhand der Visitenkarten, die der Raubmörder in seiner Westentasche übersehen hatte.

Schon einen Tag später wurde ich in meiner Pension verhaftet. Man führte mich ins Leichenschauhaus, wo ich bestätigen mußte, daß der Tote wirklich Baron von Bongös war. Ein Schock, der mich bis an mein Lebensende verfolgen wird! Danach brachte man mich ins Gefängnis.

Der Untersuchungsrichter schmiedete sogleich eine »lückenlose Indizienkette«, mit der ich nach seiner Meinung eindeutig als Mörder von Baron von Bongös überführt wurde. Nach seiner Darstellung handelte es sich um einen Racheakt. Verzweifelt über die fristlose Kündigung als Privatsekretär, mittellos in einem fremden Land, sollte ich dem Baron im Casinopark aufgelauert haben, in einem letzten Versuch, ihn doch noch zu versöhnen. Wie schon einmal vor dem Hotel – wie es der Türsteher ja bezeugen konnte – sei er daraufhin mit dem Gehstock auf mich losgegangen. Im Handgemenge hätte ich ihm den Stock entrissen, die darin verborgene Säbelklinge gezogen, ihn damit erstochen und die Leiche beraubt, um einen Raubmord vorzutäuschen.

Erhärtet wurde diese vom Untersuchungsrichter mit viel Phantasie und großer Beredsamkeit vorgetragene Version der nächtlichen Ereignisse durch eine Reihe von Fakten, die angeblich gegen mich sprachen. So hätte ich als ehemaliger Sekretär und Begleiter des Ermordeten um dessen Angewohnheit gewußt, nach jedem Besuch im Spielcasino einen Spaziergang durch den Park zu machen. Auch um

das Geheimnis des Gehstocks und der darin verborgenen Säbelklinge hätte nur ich, sein einstiger Vertrauter, wissen können, doch
keinesfalls ein zufälliger Räuber. Für mich besonders belastend waren aber verschiedene, von mir noch nicht ins Leihhaus getragene
Pretiosen aus dem Besitz des Barons, die man bei einer Durchsu-
chung meiner Habseligkeiten gefunden hatte. Darunter war eine
goldene Taschenuhr mit den eingravierten Initialen des Ermordeten, ein Medaillon, zwei goldene Armreifen und ein besonders kost-
barer Brillantring. Alle Beteuerungen und Schwüre, dies hätte mir
der Baron als Zeichen seines Wohlwollens und der Gunst zum Ge-
schenk gemacht, nutzten nichts. Man lachte nur höhnisch darüber.
Ein Privatsekretär, der von seinem Arbeitgeber so reich beschenkt
würde? Nicht doch! Ich sollte also die Pretiosen der Leiche abgenommen haben, um, wie schon erwähnt, einen Raubmord vorzutäuschen, hätte mich dann aber doch nicht entschließen können, sie
ins Meer zu werfen, wie ich zunächst zweifelsohne vorgehabt haben
sollte. ›Sie waren zu habgierig!‹ schrie mich der Untersuchungsrichter an. ›Das war Ihr Fehler! Die Habgier!‹

Ich sehe ihn noch vor mir, dieses höhnische Gesicht mit den stechenden Augen hinter den Brillengläsern, dann seine dicken Finger
mit lackierten Fingernägeln, mit denen er auf den vor ihm liegenden Aktendeckel klopfte, während er sprach – den Takt zu einem
Requiem vielleicht –, den schmalen Schnurrbart über dem grausa-
men Mund. Habgier! Ich und habgierig, ausgerechnet ich, der sich
nie, nie um die materiellen Dinge gekümmert hatte, ich, dem man
mit Reichtum und Geld am wenigsten imponieren konnte! Madame
– Sie wissen das am besten, Sie sind meine Zeugin! Mord aus Rache
und Habgier! Ich – ein habgieriger Mörder!«

In Erinnerung an seine Erniedrigung verbarg Klaus von Stockhausen das Gesicht in den Handflächen, ein wehes Schluchzen er-
schütterte seinen mageren Körper. Mama stand auf, beugte sich über
ihn, strich ihm zärtlich über den Kopf, zog aus dem Ärmel ein schon
etwas gebrauchtes Taschentuch, reichte es ihm, damit sich der Unglückliche das tränennasse Gesicht trocknen und die Nase putzen
konnte. Danach fand er die Fassung wieder und fuhr mit seiner Geschichte fort:

»Mein Schicksal war so gut wie besiegelt. Ob in Frankreich oder
nach einer Auslieferung nach Rumänien, hier wie dort hätte man

mir den Prozeß gemacht, dessen Ausgang abzusehen war. Schuldig des heimtückischen Mordes an Baron von Bongös, zum Tode verurteilt und hingerichtet – schon sah und hörte ich meinen Kopf in den Korb unter der Guillotine fallen.

Der Untersuchungsrichter hatte meinen Fall abgeschlossen und weitergereicht, doch zunächst geschah nichts. Tage vergingen, Wochen, Monate, bis fast ein halbes Jahr um war. Ein halbes Jahr unschuldig im Gefängnis, unter Betrügern, Dieben, Mördern. Ich glaubte bereits, daß man mich vergessen hätte, als eines Tages der Wärter kam und mich zum Untersuchungsrichter führte. Dieser eröffnete mir, daß man den wahren Mörder des Barons mehr oder weniger zufällig entdeckt und verhaftet habe, ich sei frei, könne gehen, wohin ich wolle, müßte allerdings innerhalb von sieben Tagen sowohl Monaco als auch Frankreich verlassen. Und kein Wort des Bedauerns, daß man mich, einen Unschuldigen, monatelang …

Ach, wozu soll ich mich jetzt noch aufregen?! Man händigte mir meine wenigen Habseligkeiten aus, darunter die Pretiosen, die mir der Baron einst geschenkt hatte und die als Corpus delicti für meine Verurteilung hätten dienen sollen. Dies tue man allerdings höchst ungern, ließ mich der Untersuchungsrichter wissen, man sei nach wie vor überzeugt, daß ich sie mir unrechtmäßig angeeignet habe. Doch da es keinen Kläger gebe und man mir auch keinen Diebstahl nachweisen könne, ließe man mich mitsamt dem Schmuck laufen. ›Bon voyage, Monsieur, ich sage nicht au revoir – ein Wiedersehen würde Ihnen nicht gut bekommen.‹ Damit war ich entlassen.«

Klaus von Stockhausen hielt erschöpft inne und holte aus der Westentasche eine goldene, mit Brillanten besetzte und mit den Initialen des toten Baron von Bongös versehene Taschenuhr. Ein wirlich kostbares Stück! Er ließ den Deckel auf- und zuschnappen und steckte die Uhr wieder ein.

»Von allen Schmuckstücken ist mir nur noch die Uhr geblieben. Alles andere mußte ich verkaufen, um nicht zu verhungern, und natürlich auch, um die Reise nach Hause finanzieren zu können. Doch von dieser Uhr werde ich mich nie trennen, nie, nie, nie, und wenn ich verhungern müßte!«

»Und der Mörder … wer hat den Baron umgebracht?« fragte Milan neugierig.

»Ach ja, der Mörder … Ein Strichjunge aus dem düstersten Milieu.

Ein eifersüchtiger Spießgeselle hat ihn angezeigt. Bei dem Strichjungen fand man tatsächlich noch die Brieftasche aus Krokodilleder mit den goldenen Initialen des Ermordeten. Der Bursche hat die Tat gestanden und wird sehr wahrscheinlich zum Tode verurteilt und guillotiniert werden. Mit solchen Leuten macht man auch in Frankreich nicht viel Federlesens.

So, ma chère Madame, mein junger Freund – das wäre meine Geschichte. Aus Frankreich reiste ich über Mailand, Ljubljana und Belgrad direkt nach Craiova. Doch wer beschreibt meine Bestürzung, als ich Ihnen in der Villa Ilona meine Aufwartung machen wollte und hören mußte, daß diese einen neuen Besitzer hätte! Ihre Adresse erfuhr ich in der Nachbarschaft, wo Joana eine Stelle gefunden hat. Unter Tränen erzählte sie mir von Ihrem Unglück und dem Ihnen zugefügten, zum Himmel schreienden Unrecht. Danach begab ich mich sogleich hierher. – Madame, ich hoffe, Sie vertrauen mir an, welches Ungemach sie erleiden mußten.«

Nun erzählte Mama, was in der Zwischenzeit geschehen war, machte es erheblich kürzer als Klaus von Stockhausen und erwähnte die Affäre mit dem deutschen Diplomaten, die den Stein eigentlich ins Rollen gebracht hatte, nur ganz flüchtig. Wie stets, wenn sie darüber sprach, merkte man, wie schwer ihr das Eingeständnis ihrer Niederlage gegen Schwager Nicolae und erst recht gegen den verräterischen Maître Ghiata fiel, den sie, ihre *srcna kultura* außer acht lassend, »lieber heute als morgen aufspießen und auch sonst nach den Rezepten des Fürsten Vlad Dracul behandeln« würde. Klaus von Stockhausen unterbrach sie nur selten mit einer Zwischenfrage und kurzen Ausrufen der Empörung.

Mamas Ausführungen folgte bedrücktes Schweigen, unterbrochen nur von Marussjas Seufzern aus der Ecke, dem Gekeife der Nachbarin in der Wohnung nebenan, dem unausgesetzten Geschrei ihrer Kinder und von anderen undefinierbaren Geräuschen des übervölkerten Mietshauses. Schließlich begann Klaus von Stockhausen zwar bilderreich wie gewohnt, im Tonfall aber so sachlich und nüchtern, wie ihn Milan nur selten erlebt hatte, zu sprechen:

»Madame, meine liebe, teure Gönnerin, Sie, mein junger Freund Milan, und Sie, meine gute Marussja, wir teilen also unser Schicksal. Die Göttin Fortuna, die uns so lange gewogen war, hat den Blick von uns gewendet, sturmgepeitschte Wolken haben ihr Gesicht verhüllt, unser Schiff ist untergegangen, gesunken, doch können wir von Glück sagen, daß uns das Meer nicht verschlungen, sondern als Schiffbrüchige an einen fremden Strand gespült hat. Wie einst Odysseus müssen wir nun sehen, wie wir den widrigen Umständen trotzen und uns gegen die Willkür der uns Übelwollenden behaupten können. Um es prosaisch auszudrücken: Wir müssen uns Arbeit suchen und Geld verdienen. Lassen Sie mich überlegen, es wird mir schon etwas einfallen. Glücklicherweise habe ich hier noch einige gute Bekannte, Freunde ...«

»Freunde? Sprechen Sie mir nicht von Freunden, kein Wort mehr davon!« rief Mama zornig.

»Es gibt einen kleinen Unterschied zwischen Ihren und meinen Freunden, Madame.« Klaus von Stockhausen lächelte rätselhaft.

»Nun gut, wir werden sehen ...«

Er hatte es plötzlich eilig. Die Einladung, am kärglichen Abendessen teilzunehmen (es gab Pellkartoffeln mit Magerquark) lehnte er ab, worüber Milan nicht sehr unglücklich war, versprach, demnächst wieder vorbeizukommen und verabschiedete sich ungewohnt hastig.

»Der wird sich wundern!« meinte Mama aufseufzend, nachdem Klaus von Stockhausen gegangen war. »Freunde! Wir kennen das. Die seinen werden nicht viel anders sein als unsere. Er wird eine bittere Enttäuschung erleben.«

Bevor Milan in dieser Nacht einschlief, sah er sich unter tausend geladenen Gästen auf der Pfaueninsel in Berlin. Crème de la crème der menschlichen Gesellschaft im Lichte unzähliger Kerzen, Fackeln und Lampions, Musik, Tanz, einen Reigen hauchdünn bekleideter Wassernymphen zwischen prachtvollen Blumenarrangements, Könige, Prinzen, Fürsten, Filmschauspielerinnen, eine schöner als die andere, und mitten unter schwarz uniformierten Männern seiner Garde der langsam schreitende Führer, mit stahlblauen Augen jeden einzelnen musternd. Ob auch sein Vater unter den Gästen gewesen war? Vielleicht. Wenn er noch lebte. Sicher lebte er noch. Man konnte es herausfinden. Ein Kavallerieoffizier, vielleicht schon General. Ich werde hinfahren und nach ihm suchen, und ich werde ihn finden, sagte sich Milan, schon halb im Schlaf. Ich werde irgendwann, vielleicht schon bald nach Deutschland reisen, und wenn ich zu Fuß gehen muß. Zwanzig, dreißig oder vierzig Kilometer pro Tag, immer nach Nordwesten. Zuerst über die Berge nach Ungarn, Szegedin, Budapest und weiter nach Wien, immer donauaufwärts in Vaters Land.

Er malte sich die lange Wanderung in Gedanken aus, überwand alle Grenzen und die größten Entfernungen, schlief ein und wanderte träumend weiter, weiter und immer weiter.

## 12. Kapitel

*Klaus von Stockhausens Freunde*
*und der Geschichte von*
*seinem Glück und Ende zweiter Teil*

Mama irrte, als sie gemeint hatte, zwischen ihren eigenen und den
Freunden von Klaus von Stockhausen gäbe es wohl kaum einen Unterschied. Es vergingen gerade drei oder vier Tage seit seinem über-
raschenden Besuch, als er wieder erschien – doch wie hatte er sich
verändert! Er war von Kopf bis Fuß neu ausstaffiert, mit goldener
Krawattennadel, einem kokett aus der Brusttasche des neuen An-
zugs linsenden Seidentüchlein, in der Hand einen prächtigen Blumenstrauß. So wurde er von Mama empfangen, die, errötend wie
ein junges Mädchen und ihr Gesicht im Blumenstrauß versteckend,
vor Überraschung kaum eines Wortes fähig war. Wie lange war es
her, daß sie Blumen geschenkt bekommen hatte, ach, wie lange
schon, wie lange schon!
Einer seiner Freunde, gelernter Schneider, von Beruf Couturier,
Eigentümer eines der großen Modehäuser der Stadt, ließe an Madame Draganescu seine Empfehlungen und die allerbesten Wünsche ausrichten, begann Klaus von Stockhausen. »Sie kennen ihn,
Madame, es ist Monsieur Carol. Für seine neue Haute Couture-
Abteilung, in der französische, italienische und deutsche Modell-
kleider angeboten werden, braucht er eine führende Kraft, eine
Dame von Welt, mit Esprit, Eleganz und Geschmack. Sie muß
Weltstadtformat haben und allein durch ihre Erscheinung die rei-
chen Kundinnen davon überzeugen, daß sie in Monsieur Carols
Modesalon an der richtigen Adresse sind. Kurzum, Madame, er
braucht eine Persönlichkeit wie Sie. Carol läßt Ihnen durch mich
ausrichten, daß er sich glücklich schätzen würde, wenn Sie ihn mit
einem Besuch beehren, bei dem alles Weitere besprochen werden
könnte.«
Auf Mamas etwas schüchtern vorgebrachte Frage, was Meister
Carol denn bezahlen würde, wußte Klaus von Stockhausen keine
Antwort. »Darüber müssen Sie selbst verhandeln, Madame. Die

Anforderungen, die mein guter Carol an Sie stellen wird, sind hoch. Entsprechend hoch muß auch Ihre Gehaltsforderung sein. Bleiben Sie hart, Madame, verkaufen Sie sich, um es einmal so salopp auszudrücken, nicht unter Wert! Carol ist ein Schlitzohr, dazu geizig, immer nur auf eigenen Vorteil bedacht. Ein Mann, der es nach der Devise zu Geld und Vermögen gebracht hat, möglichst hohen Gewinn bei einem möglichst geringen Einsatz zu erzielen. Um es kraß auszudrücken – ein Ausbeuter. Kommunisten nennen ihn einen kapitalistischen Blutsauger. Jedenfalls kleben sie nachts dieserart lautende Flugblätter an die Schaufenster seines Modehauses. Aber man muß es ihm lassen – er hält sich an die getroffenen Vereinbarungen und wird niemals versuchen, Sie zu betrügen.«

»Das ist schon eine Menge wert.« Mama versuchte ihrer Stimme einen sarkastischen Beiklang zu geben. »Der liebe Karl … heißt er nicht Strohheim? Ein guter Verkäufer, wie ich mich erinnere.«

»Man soll es nüchtern sehen, Madame – es ist eine Chance. Sie können in Karls Laden über die Runden kommen, Erfahrung sammeln und später vielleicht selbst einen anspruchsvollen Modesalon oder etwas ähnliches eröffnen. Eine hervorragende Eignung dazu wird Ihnen niemand absprechen wollen. Auf meinen Reisen habe ich mich in den großen Städten umgesehen, ich weiß also, wovon ich rede. – Ach ja, und nennen Sie den guten Karl Monsieur oder Meister Carol, französisch ausgesprochen, ein bißchen durch die Nase, Betonung auf der zweiten Silbe, Caról. – Ihnen tut's nicht weh, und ihn wird's freuen. Vielleicht nicht unwichtig für Ihr Gespräch mit ihm.«

Mama war von ihrem Erfolg bei Meister Carol, französisch ausgesprochen, nicht so überzeugt wie Klaus von Stockhausen. Es kostete sie auch einige Überwindung, ihn als Bittstellerin aufzusuchen, gehörte sie früher doch selbst zu seinen umschmeichelten, nicht immer leicht zufriedenzustellenden Kundinnen. Doch ihre Befürchtung, er würde sie seine Überlegenheit fühlen und sie durch Hochmut oder Arroganz für die Launen büßen lassen, die er durch sie und ihresgleichen hatte erdulden müssen, war grundlos gewesen. Monsieur Carol empfing sie herzlich, war genauso höflich wie einst, erwähnte mit keiner Silbe die demütigende Situation, in der sie sich nun als arbeitsuchende Bittstellerin befand. Nach wie vor ein Kavalier von seinem wie mit einem Lineal durch das schwarz glänzende, wie lackierte Haar gezogenen Scheitel bis zur Sohle der teuren englischen Schuhe.

Die »leitende Position« in der Haute Couture-Abteilung des Modehauses – dieses befand sich in der hervorragendsten Lage der Hauptgeschäftsstraße von Craiova – erwies sich bei näherer Betrachtung allerdings als die einer einfachen Verkäuferin, und die Abteilung selbst umfaßte ein Dutzend Kleiderständer in der hinteren Ladenecke. Wie es Klaus von Stockhausen vorausgesagt hatte, gab es einige Schwierigkeiten bei der Verhandlung über den Arbeitslohn. Monsieur Carol war offenbar der Meinung, daß ihm die Angestellten für die Ehre, in seinem Modesalon arbeiten zu dürfen, noch etwas bezahlen müßten. Doch bewies Mama hier erstaunlich viel Mut und Geschick. Obwohl in einer verzweifelten Lage und auf Arbeit angewiesen, verhandelte sie mit der gleichen Hartnäckigkeit, wie sie früher um den Preis für ein neues Kleid gefeilscht hatte. So konnte sie am Ende Monsieur Carol eine zwar bescheidene, doch für seine Verhältnisse ungewohnt gute Entlohnung abtrotzen.

Schon am nächsten Tag trat Mama ihre neue Stelle im Modesalon Carol an. Die Befürchtungen, daß ihre Bekannten von früher sie den sozialen Abstieg würden fühlen lassen, bewahrheiteten sich bis auf zwei oder drei Ausnahmen glücklicherweise nicht. Auch die von Monsieur Carol gegenüber Klaus von Stockhausen zunächst geäußerten Bedenken, ob denn eine »ehemalige Dame der guten Gesellschaft« überhaupt fähig wäre zu arbeiten, erwiesen sich als gegenstandslos. Mama stand zehn Stunden täglich in seinem Laden, bediente alte Kundinnen zu deren vollsten Zufriedenheit und lockte durch ihren Geschmack, ihr sicheres Auftreten, durch geschickt eingestreute französische, deutsche, ungarische und italienische Brocken, womit sie die Internationalität dieser Haute Couture-Abteilung unterstrich, und nicht zuletzt durch den Mut, mit dem sie ihr allgemein bekanntes Los meisterte, auch neue Kundinnen an. Monsieur Carol hatte allen Grund, mit ihr und den steigenden Umsätzen ihrer Abteilung zufrieden zu sein, so daß er schon nach kurzer Zeit erwog, diese zu vergrößern und ihr im ersten Stock des Modehauses einen eigenen, luxuriös ausgestatteten Raum einzurichten.

Nachdem sie dieserart erfolgreich die drückendsten Sorgen um die Existenz ihrer klein gewordenen Familie loswurde, begann Mama die Wiederaufnahme ihres Erbschaftsprozesses zu betreiben. Dabei stand ihr Klaus von Stockhausen zur Seite und half, wo er nur konnte. Durch ihn lernte sie den jungen Anwalt Dr. Stephani aus Bukarest kennen, der in Craiova eine Kanzlei eröffnet hatte.

Wohl auch in der Annahme, daß ein Sieg über Maître Ghiata seiner Karriere förderlicher sein und ihm mehr Klienten zuführen würde als ein Dutzend gewonnener anderer Prozesse, übernahm Dr. Stephani Mamas Fall – mit guten Aussichten auf Erfolg, wie er beteuerte. Offensichtlich sagte er dies nicht nur aus Berechnung. Sein Anwaltshonorar wäre erst nach dem erfolgreichen Abschluß fällig, erzählte Mama nach der Besprechung mit dem jungen Anwalt. »Sonst will ich keinen einzigen Lei, sagte er ... Er sieht schon ein bißchen komisch aus, mit seinen Sommersprossen, den kurzgeschorenen roten Haaren und Händen so riesig wie die von unserem Metzger Ilia.«

»So, keinen einzigen Lei will er, nicht einmal ein Bani? Bravo, bravissimo!« rief Klaus von Stockhausen. »Diese Zusicherung ist so gut wie eine Erfolgsgarantie. Glauben Sie mir, ich kenne diese habgierigen Advokaten! Sie würden ihre Großmütter meistbietend verkaufen. Unser Dr. Stephani ist keine Ausnahme. Er sieht aus, als könnte er nicht bis zehn zählen, doch in Wahrheit ist er ein außerordentlich intelligenter Mann. Ganz im Vertrauen ... Hinter ihm steht eine große Anwaltskanzlei in Bukarest. Der Junior hat die allerbesten Empfehlungen, sein Papa und dessen Partner in der Hauptstadt kennen Gott und die Welt, haben Verbindungen bis in die Hofkreise ... Maître Ghiata wird Augen machen!« Klaus von Stockhausen brach in jenes hohe, glucksende Kichern aus, das Milan zusammenfahren und mitlachen ließ, wann immer er es hörte.

»Außerdem, Madame, außerdem – die Zeiten ändern sich. Man hört, daß König Karl die Selbstherrlichkeit und den Machtanspruch der Partei Ihres Schwagers Nicolae *Alles für das Vaterland* bis obenhin satt hat. Sie soll verboten werden und mit ihr auch eine Reihe anderer. Schluß mit den ständigen Querelen! Der König will allein regieren. Ob das gut oder schlecht ist, richtig oder falsch – ich kann es nicht beurteilen. Doch eines, Madame, weiß ich bestimmt: Wenn es wieder zu einer Verhandlung kommt, wird Nicolae kaum einen Richter finden, der ihm jeden Wunsch von den Augen abliest.«

»Sagte ich es nicht immer? Politika je svinja und die Justiz eine
Hure!« hörte Milan Mamas triumphierende Stimme hinter der
dünnen Bretterwand, durch die seine winzige Schlafkammer vom
»Salon« abgetrennt war; Mama hielt an dieser hochtrabenden
Bezeichnung für das dunkle, muffig riechende Zimmer mit zwei
Fenstern zum Hinterhof eisern fest. Während im Salon also dieses Gespräch geführt wurde, saß Milan lesend in seiner Kammer und hörte unfreiwillig, doch deshalb nicht minder fasziniert
zu, wobei die nachfolgende Unterhaltung zwischen Mama und
Klaus von Stockhausen seine Sicht auf die Welt erheblich erwei-
tern und ihm unerwartete Einblicke in die menschliche Natur gewähren sollte; schon deshalb blieb sie für immer in seinem Gedächtnis haften.

Nach Mamas Ausruf, mit dem sie ihrer Verachtung für Politik und
Justiz neuerlich Ausdruck verlieh, blieb es eine Weile still. Dann
sprach sie mit einer Stimme, die Milan förmlich ihr nachdenkliches
Gesicht mit der steilen Falte zwischen den Augenbrauen sehen ließ:
»Jetzt etwas anderes, Herr von Stockhausen… Ich kenne Sie seit
vielen Jahren, doch je länger ich Sie kenne, desto rätselhafter werden Sie mir.«

»Rätselhaft? Ich? Aber Madame! Was soll an mir schon rätselhaft
sein?«

»Doch, doch. Rätselhaft und fast ein wenig geheimnisvoll. Sie ver-
wirren mich. Ich habe Sie immer für ein – verzeihen Sie mir den
Ausdruck – armes Hascherl gehalten, dem man ständig unter die
Arme greifen muß, weil es sonst überhaupt nicht mit dem Leben
fertig wird. Verstehen Sie? Ich habe Sie immer bemuttert und vielleicht auch bevormundet …«

»Es war schön und sehr angenehm, von Ihnen bemuttert zu werden,
Madame. Ich habe es stets genossen.«

»Sehen Sie! Also haben Sie den Hilflosen immer nur vorgetäuscht?
So ein Heuchler! Pfui! Und dann kommt dieser hilflose Klaus von
Stockhausen eines Tages völlig derangiert aus Frankreich, wo er
monatelang unschuldig im Gefängnis saß, und vom ersten Augen-
blick an überlegte ich mir, wie ich ihm weiter und auf die Beine hel-
fen könnte. Im Ernst, ich habe überlegt, wo Sie schlafen könnten …
Bei Milan? Nein, nein, bei Milan lieber nicht, dachte ich. Oh …
Hätte ich das nicht sagen sollen? Verzeihen Sie mir bitte!«

»Keine Ursache, Madame, keine Ursache.« Klaus von Stockhausen kicherte.

»Also weiter. Dieser obdachlose, hungrige und durstige Mann geht hinaus in die feindliche Welt und kommt nach drei Tagen wieder, neu eingekleidet, mit Seidentüchlein und Borsalino, nach 4711 duftend, in der Hand ein Stöckchen … Wahrhaftig, ein Geck! Ich hätte Sie beinahe nicht erkannt. Also, er kommt hierher und sagt: Madame, ich habe eine Arbeit für Sie, eine Chance. Und tatsächlich – es war eine Chance! Eine weit bessere, als ich es mir überhaupt vorstellen konnte. Schon bald darauf kommt er wieder und sagt: Ich habe einen Anwalt für Sie, der die Wiederaufnahme Ihres Verfahrens mit guten Aussichten auf Erfolgt durchboxen könnte. Und wissen Sie, was ich glaube?«

»Madame?«

»Daß wir tatsächlich Erfolg haben werden. Oh, wie wird dieser Knochen meinem lieben Schwager Nicolae quer im Halse stecken bleiben! Ersticken soll er daran! Und erst Maître Ghiata! Ich könnte diesen Halunken … lassen wir das. Zurück zu Ihnen und Ihrem Geheimnis. Oder ist es kein Geheimnis, wenn ein Mann wie Sie plötzlich … Ach Gott, wie soll ich das nur ausdrücken?«

»Wenn ein Homosexueller, ein Busarant doch nicht so hilflos ist, wie man meint … Wollten Sie das sagen, Madame?« ließ sich Klaus von Stockhausen nach einigen Augenblicken des Schweigens vernehmen. Nun klang seine Stimme kein bißchen mehr exaltiert wie sonst fast immer, sondern überraschend sachlich, mit einem Unterton von Ironie.

»Aber nein, um Himmels willen, ich meinte …«

»Lassen wir das, Madame. Wir beide wissen doch, wie … Oder anders herum: Ich weiß, daß Sie wissen, wie es um mich bestellt ist. Nicht nur Sie wissen es … Ich werde es Ihnen erklären, Madame. Ich will es tun, weil ich Sie als eine ungemein großherzige und vor allem tolerante Persönlichkeit mit einem Übermaß dessen, was Sie *srcna kultura* nennen, lieben und schätzen gelernt habe. Winken Sie bitte nicht ab, lassen Sie es mich sagen!

Sehen Sie, die meisten Menschen mögen uns Homosexuelle nicht. Sie meinen, Homosexualität sei eine sündhafte Schwäche, eine Charaktereigenschaft, ein verderbliches Laster. Dabei ist sie einem – wie in meinem Fall – in die Wiege gelegt worden. Eine Veranlagung.

Als Homosexueller wird man geboren, man kann nichts dagegen tun ... Aber man will das nicht wahrhaben. Man hält uns für verstockte Sünder, die sich nicht bessern und bekehren lassen wollen, sondern immer wieder ihrem Laster nachgeben. Deshalb werden wir gemieden, isoliert, verleumdet, verachtet, verfolgt, auch, ja auch gemordet. Es geht oder es geschieht uns wie Juden oder Zigeunern. Wir sind der Abschaum. Und Madame, was macht der Abschaum, was machen Menschen wie wir, wenn wir in einer feindlichen Umwelt überleben wollen? Man entwickelt ein ausgeprägtes Zusammengehörigkeitsgefühl. Man wird zu einer verschworenen Gemeinschaft. Man hilft sich gegenseitig, heute ich dir, morgen du mir. Das ist das ganze Geheimnis, Madame. Die Voraussetzung ist natürlich, daß man mit sich selbst ins reine kommt, sich selbst akzeptiert: So bin ich, Gott helfe mir, ich kann nicht anders. Noch schämen sich die meisten von uns ihrer Veranlagung. Noch halten sie sich voller Gewissensbisse für all das, wofür sie von den sogenannten Normalen gehalten werden. Doch langsam spricht sich herum, daß wir kein Abschaum sind, sondern nur – eben – ein wenig anders. Wir werden selbstbewußter, Madame, wir wissen, daß es uns überall auf der Welt gibt. Vielleicht gründen wir eine Internationale der Homosexuellen ... Das, Madame – *das* ist die Idee! Warum ist mir das nicht eher eingefallen?«

Milan hörte, wie Klaus von Stockhausen offenbar in höchster Erregung aufsprang, so daß der Stuhl polternd umfiel. »Die erste Homo-Internationale in der Geschichte der Menschheit!« rief er. »Wir proklamieren einen allgemeinen Aufstand gegen Vorurteile, Engstirnigkeit und Borniertheit! Laßt euch nichts mehr gefallen, Brüder und Schwestern! In unserer Einigkeit liegt die Kraft! Homos oder Busaranten aller Länder vereinigt euch!«

Gleich darauf verabschiedete sich Klaus von Stockhausen. Frohgemut, wie von einem neuen Gedanken, einer Eingebung, einer Idee beflügelt, mit federnden Schritten, das Stöckchen mit dem Silberknauf schwingend, den Hut verwegen aus der Stirn geschoben, verfolgt von einem halben Dutzend bettelnder Kinder, schritt er über den Hinterhof und hinaus auf die Straße.

Eine Woche später – er ließ sich in der Zwischenzeit nur einmal kurz sehen – wurden an verschiedenen Stellen der Stadt, so vor dem

Justizgebäude, vor etlichen Kirchen, vor dem Rathaus und vor dem Hauptquartier Flugblätter der *Alles für das Vaterland*-Partei folgenden Inhalts gefunden:

*Ende der Diffamierung und Diskriminierung!*
*Ende der blutigen Verfolgungen!*
*Brüder und Schwestern – nur einig sind wir stark!*
*Wir grüßen die Internationale der Homosexuellen!*
BUSARANTEN ALLER LÄNDER VEREINIGT EUCH!!!

Diese Flugblattaktion, von der man in Craiova gelegentlich noch heute spricht, wurde noch zweimal fortgesetzt. Danach blieb es einige Tage ruhig. Schon tat man die Flugblätter, die zur Gründung einer Internationale der Homosexuellen aufriefen, als Studentenjux ab, als man eines Morgens auf dem Reiterstandbildsockel König Karl I. die mit weißer Ölfarbe sorgfältig hingepinselte Parole entdeckte:

BUSARANTEN ALLER LÄNDER VEREINIGT EUCH !!!

Die Parole erweckte den Eindruck, als würde der säbelschwingende König selbst zu der geforderten Vereinigung der Homosexuellen dieser Welt aufrufen. Nun war das kein Spaß mehr, kein Jux, sondern ein ernst zu nehmender Frevel, der den Tatbestand einer Herabwürdigung sowie Verächtlichmachung des legendären Königs und somit auch der herrschenden Dynastie erfüllte. Damit hatte sich die Polizei zu befassen. Das tat sie auch, doch zunächst ohne Erfolg. Gleichlautende Losungen wurden in folgenden Nächten an alle möglichen Wände gepinselt, an Brückenpfeiler, Schaufensterscheiben, sogar an die Straßenbahnen im Depot, offenbar mit einem großen Pinsel und in großer Eile hingeworfen, doch weithin und deutlich lesbar:

BUSARANTEN ALLER LÄNDER VEREINIGT EUCH!!!

Schon drohte sich die Aktion zu einer für die Polizei blamablen Affäre auszuweiten, als die Täter oder vielmehr ein einzelner Täter bei seinem nächtlichen Treiben beobachtet, verfolgt, gestellt, verprügelt und der Polizei übergeben werden konnte.

Der Täter war, wir ahnen es, kein anderer als Klaus von Stockhausen. Er wurde festgenommen, seine Wohnung durchsucht, man fand noch einige Flugblätter, eine Vervielfältigungsmaschine, weiße Öl- und Kalkfarbe und gebrauchte Pinsel. Er stritt keinen Augenblick ab, daß er der Täter war, behauptete auch, keine Komplizen gehabt zu haben; die Flugblattaktion habe er allein vorbereitet und durchgeführt, und allein sei er nachts mit Farbe und Pinsel in der Stadt unterwegs gewesen, mit dem Ziel, die Öffentlichkeit auf die Probleme der Homosexuellen aufmerksam zu machen und diese zum Kampf gegen die Diskriminierung und Diffamierung aufzurufen.

Nach einer Woche ließ man Klaus von Stockhausen wieder laufen. Man hatte es offensichtlich mit einem Querulanten zu tun, einem stadtbekannten homosexuellen Wirrkopf, der ansonsten harmlos war. Sein Laster habe ihm den Geist verwirrt, eine Gefahr, die, wie allgemein bekannt, allen Busaranten drohe.

»Ich bin etwas unvorsichtig geworden. Trotzdem – die Polizei hätte mich nie gefaßt«, berichtete er tags darauf Ilona Draganescu und Milan in deren armseliger Wohnung. Er wirkte nach wie vor wie aufgedreht, berauscht vom landesweiten Aufsehen, das seine Aktion ausgelöst hatte.

»Wer war's dann? Die von der Eisernen Garde?« fragte Mama.

»Nein, nein, nein, Sie werden es nicht glauben! Kommunisten! Stellen Sie sich vor – Kommunisten verbünden sich mit ihrem Todfeind, der Polizei, im Kampf gegen ein gemeinsames oder allgemeines Übel!« Klaus von Stockhausen brach in sein Kichern aus. »Ist das nicht köstlich? Also, die Kommunisten schickten Patrouillen aus, um mich zu fangen. Warum? Weil ich als *agent provocateur* des Kapitalismus die weltumspannende Kampfparole des Proletariats desavouiert, ja schlimmer noch, entehrt und in den Schmutz gezogen haben sollte! Busaranten statt Proletarier! Busaranten aller Länder vereinigt euch! Sozusagen Proletarier und Busaranten in einen Topf geworfen! Eine Schande, für die ich an die Wand gestellt werden müßte, drohten sie, nachdem mich ihre Patrouille am Kragen hatte. Dann verprügelten sie mich. Ich stellte mich sofort tot, aber das half nicht viel.« Klaus von Stockhausen betastete sein blau geschlagenes, nun grün und gelb schillerndes Auge und die aufgeplatzten, noch immer geschwollenen Lippen. »Im Augenblick tat es nicht einmal besonders weh. Der Schmerz kam erst später. Aber auch dieser war zu ertragen, nachdem … Ach Madame, ich bedaure es keinen Augenblick, keine einzige Sekunde, und wenn sie mir alle Knochen gebrochen hätten!«

»Aber Sie tun es nie wieder, nie wieder!« rief Mama. »Man wird

Sie, oh, ich weiß nicht … Die Menschen gehen so schändlich miteinander um! Versprechen Sie es!«

»Versprechen? Madame – das kann ich nicht! Nein, nein, nochmals nein!« Klaus von Stockhausen sprang auf, begann in dem schäbigen, von einer nackten Glühbirne nur schwach beleuchteten Raum auf und ab zu laufen, sprach dabei heftig gestikulierend weiter, wobei er hinter jeden Satz gleichsam ein Ausrufungszeichen setzte. »Sehen Sie – ich habe mich entschieden! Sie ist endlich, endlich gefallen – die Entscheidung zur Tat! Jene Entscheidung, die von Menschen meiner Art so schwer und selten getroffen wird. Ob homosexuell oder nicht – was sind wir denn? Intellektuelle Zauderer! Humanistisch geprägte Schwächlinge! Hochgebildete Feiglinge! Doch nun – kein fruchtloses Grübeln über das Für und Wider mehr! Kein Versteckspielen hinter hunderterlei Bedenken, Skrupeln, Ausreden! Kein Wenn und Aber, sowohl als auch! Ich habe den ersten und wichtigsten Schritt getan! Ich habe mich selbst befreit! Ja, ja, und tausendmal ja! Ich habe meinem Leben endlich einen Sinn gegeben! Einen kämpferischen dazu! Ich bin frei – frei wie ein Vogel unter dem Himmel! Man hat mich verprügelt, vielleicht wird man es wieder tun, doch das ficht mich nicht an! Dem ersten Schritt wird ein zweiter folgen, Madame, mein junger Freund Milan, ein dritter und ein vierter auf diesem Wege der Selbstfindung, Befreiung und Verwirklichung! Wohin wird er mich führen? Wer soll es wissen? Der erste Schritt, der zweite, der dritte, einer nach dem anderen, mag sein ins Ungewisse, doch ich werde diesen Weg gehen, einen Schritt nach dem anderen!«

Auf diese Art sprach er noch eine Weile weiter. Auch fragte er sich, wie denn dieser zweite, dritte und die weiteren Schritte auf Klaus von Stockhausens Weg der Selbstfindung, Befreiung und Verwirklichung aussehen würden? Noch mehr Flugblätter? Weitere nächtliche Aktionen mit Farbe und Pinsel?

Klaus von Stockhausen bekam jedoch keine Gelegenheit, dem ersten Schritt auf dem Weg ins Ungewisse einen zweiten und dritten folgen zu lassen. Drei Tage nach diesem letzten Besuch bei Mama und Milan fand man ihn tot im dichten Buschwerk des Stadtparks liegen, gleich neben der öffentlichen Bedürfnisanstalt. Er war mißhandelt und dabei so furchtbar zugerichtet worden, daß er nur mit Mühe identifiziert werden konnte. Offensichtlich noch bei lebendigem Leibe hatte man ihm die Geschlechtsteile abgeschnitten, in den Mund gestopft und auf seine nackte Brust mit Sicherheitsnadeln ein Stück Pappe mit der Aufschrift geheftet:

*Ich bin ein Busaranten-Schwein*
*Tod den Busaranten*

»Das waren die Rabauken von der Eisernen Garde«, sagte Marussja. »Sie brüsten sich noch damit. Allen Busis wird es so ergehen, hat einer von ihnen auf dem Markt öffentlich verkündet. Garde nennen sie sich, Eiserne Garde – Verbrecher sind sie! Ach, dieser arme, arme Mann! Wie kann man mit einem Menschen so umgehen, nur weil er ein bißchen anders ist?«

Beide, Mama und Marussja, mußten sich die Tränen abwischen, die ihnen in die Augen schossen, wann immer in diesen Tagen von Klaus von Stockhausen die Rede war, und auch Milan wurde es dabei ganz weh ums Herz.

Doch bald schon rückte das Geschehen um den Toten in den Hintergrund, die Erinnerung an ihn verblaßte, verdrängt von der Sorge um Mama: Sie war eines Tages spurlos verschwunden.

# 13. KAPITEL

## *Der Schatz im Geheimfach*

Zu jeder Zeit verschwinden Menschen. Manche tauchen über kurz oder lang wieder auf, manche melden sich eines Tages aus fernen Ländern, manche werden tot aufgefunden, verunglückt oder Opfer eines Verbrechens, und manche werden nie wieder gesehen: Gestern noch da, heute so spurlos verschwunden, als hätten sie sich in Luft aufgelöst. Man redet darüber, fragt sich, wohin einer so plötzlich und ohne Vorankündigung gegangen und ob ihm ein Unglück zugestoßen sein mochte – so geschehen in ganz normalen Zeiten, im Volksmund auch Friedenszeiten genannt. Es gibt aber auch Jahre, in denen sich die Zahl der Verschwundenen häuft, und niemand wagt nach ihnen zu fragen, zu forschen, nicht einmal über sie zu reden; es ist so, als hätte es sie nie gegeben. Das ist die Zeit der Menschenverachtung und des Terrors, die Zeit der Angst.

Noch war es in den Balkanstaaten jener Jahre nicht so weit. Noch konnte man, zum Beispiel in Rumänien, unbesorgt zur Polizei gehen, das Verschwinden eines Menschen melden, zu Protokoll geben und die Versicherung der Beamten entgegennehmen, daß sie alles in ihrer Macht Stehende tun würden, um den Vermißten zu finden. Danach nahm alles seinen geregelten Gang, der oder die Gesuchte wurde gefunden oder auch nicht, nichts wurde verheimlicht, man hielt die Angehörigen auf deren besorgte Nachfragen auf dem laufenden. Und doch mehrten sich auch hier bereits die Fälle, da man auf der Suche nach Verschollenen auf Achselzucken und versteinerte Mienen derjenigen stieß, von denen man, wenn schon kein Mitgefühl, so doch von Amts wegen Hilfe und Unterstützung erwartete; schon gab es da und dort von Amtspersonen unter vier Augen und hinter vorgehaltener Hand die wohlmeinende Warnung, im ureigensten Interesse die Sache lieber auf sich beruhen zu lassen und nicht weiter nachzuforschen; schon griff unmerklich die Seuche des Terrors und der Angst um sich, schon begann sie die Gesellschaft zu durchdringen und das Leben zu vergiften.

Wenn Milan in diesem Herbst 1936, als er mit durchschnittlichem Erfolg die Unterprima des staatlichen Gymnasiums besuchte, ab und an in der Schule oder auf dem Sportplatz vom plötzlichen Verschwinden eines Menschen hörte, weckte dies bei ihm selbst dann nur mäßiges Interesse, wenn es sich um den nahen Angehörigen eines Mitschülers handelte. Der Verschwundene wird schon seine Gründe gehabt haben, sich auf und davon zu machen, meinte man in einem solchen Fall, um nicht gleich an das Schlimmste zu denken. Nun war er jedoch selbst betroffen, nun fand er sich plötzlich selbst in einem Strudel von Ratlosigkeit, Angst, Niedergeschlagenheit, Resignation, neu aufkeimender Hoffnung.

Mama war verschwunden. Spurlos, von einem Augenblick zum anderen, als hätte sich die Erde aufgetan und sie verschluckt.

Eines Abends war sie von der Arbeit nicht nach Hause gekommen. Milan und Marussja waren zunächst darüber nicht übermäßig besorgt; mit der Erweiterung der Haute Couture-Abteilung des Modesalons Carol hatte sie so viel zu tun, daß sie oft bis in den späten Abend hinein arbeitete. Auch ging sie hin und wieder mit neu gewonnenen Freunden zum Essen aus – doch sie war noch nie die ganze Nacht ausgeblieben wie diesmal.

Nachdem Mama auch zum Frühstück nicht erschien, ging Marussja in den Modesalon Carol, um sich nach ihr zu erkundigen. Dort sagte ihr eine Verkäuferin, sie habe Mama am vorausgegangenen Abend den Salon zur üblichen Zeit verlassen sehen; diesmal wäre sie nicht länger geblieben. Eine zweite Verkäuferin berichtete, daß Mama am Nachmittag gesagt hätte, sie sei müde, habe Kopfschmerzen und würde rechtzeitig nach Hause gehen, um einmal richtig auszuschlafen. Eine dritte wiederum behauptete gesehen zu haben, wie Mama schon in einiger Entfernung vom Modesalon von einem Mann angesprochen worden sei, zu dem sich dann noch ein zweiter gesellt hätte. »Die Männer kannte ich nicht, aber ich habe deutlich gesehen, daß sie Ledermäntel trugen. Andererseits bin ich nicht sicher, daß sie mit Frau Draganescu gesprochen haben, es könnte auch eine andere Dame gewesen sein. Im Menschengewühl um diese Zeit war das schlecht zu erkennen, und sie sind auch gleich darauf verschwunden.«

Auch Monsieur Carol – Marussja nannte ihn hartnäckig Meister Karl – konnte ihr nicht weiterhelfen. Über Mamas Abwesenheit zeigte er sich weniger beunruhigt als mißgestimmt. Es sei doch überaus ärgerlich, »daß uns Madame Draganescu ausgerechnet jetzt im Stich läßt, obwohl sie weiß, wie uns die Arbeit über den Kopf wächst«. Nein, Marussjas Befürchtungen teile er nicht, Madame sei gewiß mit einem ihrer Kavaliere zu einer Vergnügungsreise aufgebrochen und würde sich alsbald mit einem schmerzenden Kopf und schlechtem Gewissen wieder einfinden. »Dann richten Sie ihr aus, daß ich außerordentlich befremdet bin, auch enttäuscht, ja enttäuscht!«

Doch fand sich Mama weder an diesem Tag noch an einem der nächsten wieder zu Hause ein, sie fand sich nie wieder ein, sie blieb für immer verschwunden.

Nachdem Milan auf der Gendarmeriestation, auf der er die Vermißtenanzeige aufgegeben hatte, trotz wiederholter Nachfragen nichts über Mamas Verbleib erfahren konnte, wandte er sich an die Kriminalpolizei. Dort riet man ihm, Mamas Schriftsachen neueren Datums durchzusehen.

»Ich meine ihre Briefe, den Terminkalender – sie hatte doch einen Kalender? Du verstehst schon«, sagte ein älterer Kriminalinspektor, der die Familie schon aus der Zeit kannte, als Kosta Draganescu noch gelebt hatte. Natürlich wußte er auch um Mamas Fehltritt mit dem deutschen Kavallerieoffizier und dessen Folgen, die nun in Gestalt eines schlaksigen Jungen vor ihm standen und ihn mit unglücklichen Augen anblickten. Ein hübscher Bursche, dem es Frauen bestimmt nicht schwer machen würden, dazu gut erzogen, er könnte es später zum Beispiel als Beamter im Staatsdienst weit bringen – wenn dieses Handicap nicht gewesen wäre: ein Bankert. »Vielleicht findest du eine Spur, einen Hinweis oder etwas ähnliches«, fuhr der Inspektor fort, nachdem er Milan ausgiebig gemustert hatte. »Einen guten Rat will ich dir noch geben: Ruhe bewahren, wenn ein Mann im Spiel ist! Du bist alt genug, du weißt, worum es geht. Hast du wegen einer hübschen jungen Dame noch nie den Verstand verloren? Na also. Laß es dir sagen – gerade Frauen in diesem Alter wie deine Frau Mutter sind zu größten Dummheiten fähig. Wenn du etwas gefunden hast, womöglich eine heiße Spur, komm' wieder zu mir, dann sehen wir weiter.«

Während er sprach, zwirbelte der Inspektor an seinem Schnurrbart und blinzelte Milan wiederholt auf eine Art zu, daß diesem der Zorn heiß in den Kopf stieg. Doch war er wie meistens zu friedfertig und auch zu schüchtern, um den Kriminalinspektor, von dem er sich zudem noch Hilfe erhoffte, in die Schranken zu weisen. Also bedankte er sich für den erteilten Rat und ging davon.

In Mamas Schreibsekretär, einem schönen, alten Möbelstück, das sie von ihrem Vater geerbt hatte und das nicht so recht in die dürftige Umgebung passen wollte, fand Milan allerlei Krimskram, doch nichts, was ihn hätte weiterbringen und ihm einen Hinweis über ihr plötzliches Verschwinden geben können. Zuletzt untersuchte er nach einigem Zögern das Geheimfach zwischen einer Schublade und der hinteren Rückwand des Sekretärs. Mama hatte es ihm einmal gezeigt und ihm auch erklärt, wie er es öffnen konnte, zugleich mit dem Verbot, es je zu tun, es sei denn in einem Notfall, »wenn ich von einem Auto oder der Straßenbahn überfahren werde oder wenn mir sonst etwas passiert«.

Darin fand er Mamas Tagebuch, einen kleinen Lederbeutel mit Goldmünzen, offensichtlich Mamas Notgroschen und allerletzte Reserve, einige Schmuckstücke und zwei sorgfältig verschnürte Briefpäckchen. Das erste, mit einem grünen Schleifchen versehen, enthielt ein halbes Dutzend kurzgehaltener Schreiben von Kosta Draganescu an seine junge Frau aus anderen Provinzen oder dem nahen Ausland, wohin ihn seine Geschäftsreisen geführt hatten; viel mehr an privater Korrespondenz hatte er in seinem ganzen Leben nicht geschrieben. Das zweite, mit einer roten Schleife zusammengebunden, enthielt fünf eng beschriebene Feldpostbriefe, alle mit »Dein Dich liebender Friedrich« unterschrieben.

Milan begann am ganzen Körper zu zittern. Das konnten nur die Briefe des deutschen Kavallerieoffiziers, seines leiblichen Vaters, sein! Doch er bezwang den Wunsch, sogleich mit der Lektüre der Briefe zu beginnen, sondern suchte weiter.

In einem Extraumschlag fanden sich zwei ausgeblichene Fotografien. Die erste zeigte eine Gruppe von deutschen Offizieren, die teetrinkend um einen runden Gartentisch saßen. Ihre offenen Uniformblusen und die gelösten Gesichter zeugten von einer ausgelassenen Stimmung. Auf der Rückseite stand in der gleichen Schrift wie auf den Briefumschlägen zu lesen:

*Nizne Babosino, Juni 1918. Wir fühlen uns wie im Frieden.*
Welcher von den Offizieren war sein Vater? Am ehesten wohl der dritte von links, der nachlässig zurückgelehnt auf seinem Korbstuhl saß, eine Tasse Tee in der halb erhobenen linken Hand, eine Zigarette zwischen dem Zeige- und Mittelfinger der rechten. Unter der aus der Stirn geschobenen Schildmütze konnte man ein blasses, schmales Gesicht erkennen – doch eine so lange Nase, wie Mama behauptet hatte? Vielleicht hatte er sie wirklich; das konnte man nicht so genau erkennen. Noch undeutlicher war sein Gesicht auf dem zweiten Foto zu sehen, das diesen selben Offizier hoch zu Roß zeigte. Zu der deutschen Offiziersuniform trug er eine hohe Pelzmütze und einen weiten, steifen, über die Flanken des Pferdes fallenden Umhang. Auf der Rückseite des Fotos stand:
*Fast wie ein echter Kosake im Kosakenland, Sommer 1918.*
Milan legte die Fotos und die Briefe beiseite und begann in dem schmalen, in rotes Leder mit goldgeprägter Schrift MEIN TAGE-BUCH gebundenen und nur zu zwei Dritteln beschriebenen Band zu blättern; Mama war wohl keine große Tagebuchschreiberin gewesen. Die zwei letzten Eintragungen datierten aus der Zeit, als sie ihre Arbeit bei Monsieur Carol in dessen Modesalon aufgenommen hatte:
*Klaus von S. tauchte plötzlich auf. Obwohl selbst armselig und hilfsbedürftig, versprach er, mir bei der Suche nach Arbeit behilflich zu sein. Ein Wunder – er schaffte es wirklich! Heute war ich im Modesalon Carol, morgen kann ich dort anfangen. Bezahlung schlecht, aber wir werden damit auskommen müssen. K.v.S. ist ein wirklicher Freund! Milan macht mir Sorgen. In der Schule kommt er mehr schlecht als recht mit, dabei ist Bildung alles, was ich ihm ermöglichen kann. Sorgen auch mit Marussja. Manchmal glaube ich, daß sie zeitweise etwas wirr im Kopf ist. Wie soll das alles nur enden?*
*3. Februar 1937*
*Unser lieber, lieber Klaus von S. ist tot. Bestialisch ermordet, wahrscheinlich von Anhängern der Eisernen Garde. Gestern Beisetzung, er soll ruhen in Frieden.*
Also auch hier kein Fingerzeig auf einen Mann, wie es der Kriminalinspektor angenommen hatte. Milan schlug die erste Seite des Tagebuches auf, wo in etwas unbeholfenen, sorgfältig geschriebenen Schriftzügen stand:
*Meiner lieben Frau Ilona zum Hochzeitstag, damit sie alles, was für sie von Be-*

*deutung ist für die Zukunft und so Gott will auch für unsere Kinder festhalten kann. Mit Gottes Segen Kosta Draganescu, am 17. März im Jahre des Herrn 1911.*

Mamas Eintragungen begannen mit der Beschreibung der Hochzeitsfeierlichkeiten, die mehrere Tage gedauert hatten. Zur Hochzeitsreise ging es nach Budapest, Wien und Prag; es war die einzige größere Reise, die Mama je unternommen hatte. Sie berichtete darüber zunächst ausführlich, doch flaute ihr Mitteilungsbedürfnis später schnell ab. Nach der Rückkehr wurden die Eintragungen seltener, kürzer, manchmal nur auf Mitteilungen reduziert, wie:

*Kostas Geburtstag. Um 6 Uhr Wecken durch Blasmusik. Sehr laut. Dann Feierlichkeiten über den ganzen Tag. Abends todmüde, schlief beim Festbankett fast ein. Schenkte ihm eine goldene Tabatière.*

Oder etwas weiter:

*Umzug in Villa Ilona. Ein Monsterhaus. Unzählige Winkel, Gänge, Treppen, Treppchen, Stuben, Stübchen. Wer soll das alles putzen? Ob es dort geistert? Das Haus in Bukarest entschieden angenehmer …*

*…War bei Doktor Stefani. Bei mir absolut alles in Ordnung. Könnte ein Dutzend Kinder haben, meint er. Er will mit Kosta sprechen, daß er sich untersuchen läßt.*

Ob Kosta Draganescu dem Rat des Arztes nachgekommen war? Darüber stand im Tagebuch nichts. – Bei Kriegsausbruch 1914 war Mama erst bei Seite 36 angelangt; doch auch der Krieg schien ihr nur wenige Zeilen wert zu sein:

*Seit einer Woche befinden sich Österreich-Ungarn, Serbien, Rußland, Deutschland, Frankreich, England, Belgien im Krieg. Sie sind alle verrückt geworden!!! Hoffentlich bleibt Rumänien von diesem Wahnsinn verschont.*

Bekanntlich blieb Rumänien nicht verschont. Darüber stand im Tagebuch folgendes:

*28. August 1916*
*Gestern hat Rumänien an Österreich-Ungarn und damit auch an Deutschland den Krieg erklärt. Kosta meint, daß es nur wenige Wochen dauern wird, bis wir an der Seite der Entente siegen und Siebenbürgen kassieren werden. Am Sonntag nachmittag bei uns größere Gesellschaft. Auch ein Minister wird kommen. Ich werde ihn ein bißchen befragen.*

*1. Oktober 1916*
*Die Unseren haben eine große Schlacht bei Hermannstadt verloren, erzählt man überall. In der Zeitung steht das Gegenteil. Ganz Dobrudscha ist von Deutschen, Bulgaren und Türken erobert worden. An unseren Sieg kann ich nicht mehr so recht glauben.*

*18. November*
*Ein schreckliches Unglück! Kosta ist verschieden. Er brach im Turmzimmer vom Schlag getroffen zusammen und war auf der Stelle tot. Morgen ist die Beerdigung.*

Die nachfolgenden Eintragungen, in denen Mama vor allem darüber berichtete, wie sie – allem Anschein nach recht energisch und zielstrebig – mit der Zeit die Leitung der Großmühle und einiger angeschlossener Betriebe übernahm, überflog Milan nur flüchtig, bis er fand, wonach er suchte. Unter dem Datum des *10. Oktober 1917* stand zu lesen:

*Gestern habe ich bei der Hofdame Baronin Podlesly unter anderem auch einen deutschen Offizier kennengelernt. F. ist ein interessanter Mann, der geistreich zu erzählen versteht und nicht nur von diesem fürchterlichen Krieg spricht. Die Nachmittage bei der Baronin Podlesly sind sonst ziemlich langweilig, diesmal habe ich mich dank F. gut amüsiert.*

*15. Oktober*
*F. schickte einen prachtvollen Strauß Rosen und seine Karte. Er fragt an, ob er mich gelegentlich besuchen darf. Er darf.*

*18. Oktober*
*Ich war mit F. im Imperial zu Abend essen. Danach führte er mich in einen Zigeunerkeller. Der Primas fiedelte mir unentwegt schmachtende Weisen ins Ohr. Dazu gab es Tokayer, vielleicht etwas zuviel. Ein hübscher Abend, ein wenig betrunken, aber nicht nur vom Wein und Musik.*

*22. Oktober*
*Marussja meint, F. sei ein feiner, nobler Herr, dem man seine vornehme Herkunft und gute Erziehung schon von weitem ansieht. Ich soll kein schlechtes Gewissen haben, wenn ich mit ihm ausgehe. Habe ich sowieso nicht. Kosta war ich immer treu, ich schätzte ihn sehr, mochte ihn auch gern, er hätte allerdings mein Vater sein können. Bei F. ist das alles ganz, ganz anders. Wie, das weiß ich selber*

*nicht. Bin ziemlich verwirrt. Gibt es die große, leidenschaftliche Liebe, von der man ständig liest, wirklich?*

*26. Oktober*
*Gestern ist es passiert, das heißt in der Nacht von gestern auf heute. Es war sehr schön, zärtlich, dann verrückt, so kannte ich mich gar nicht.*

*10. November*
*Vielleicht ist es doch Liebe. Jedenfalls habe ich F. während dieser Tage, die ich in Craiova verbracht habe, schon sehr vermißt. Dort war ich an Kostas Grab und habe mich auch um die Geschäfte gekümmert. Schreyögg macht seine Sache vorzüglich, ich könnte mir keinen besseren Geschäftsführer wünschen.*

*30. November*
*War beim Ball im Casino, wurde Feldmarschall von Mackensen vorgestellt. Ein netter alter Herr. Dann auch General von Seeckt, sehr preußisch. Eine Menge Offiziere in verschiedensten Uniformen, ein farbenprächtiges Bild. Am Sonntag langer Spaziergang mit F., schönes Wetter, nur kalt. Anschließend zum Kaffeetrinken im Central. Höre ihm und seinen Geschichten für mein Leben gern zu. Erzählte von zu Hause, von seiner Mutter, einer polnischen, nach Deutschland verheirateten Comtesse, seinen Geschwistern, deren Kindern. Eine große Familie. Wenn ich so was höre, wird mir ganz weh ums Herz. Kosta hat sich so sehr Kinder gewünscht. Um ehrlich zu sein, er hat mich eigentlich nur deshalb geheiratet, eine fast dreißig Jahre jüngere Frau. Der Wunsch ist ihm und auch mir versagt geblieben, meine ganze Familie besteht aus Kostas nichtsnutzigem Halbbruder Nicolae.*

*Weihnachten 1917*
*Wenn ich ein Kind bekommen sollte, ich wäre selig und würde F. nie Schwierigkeiten machen. Ich möchte ein Kind haben. F. ist ein charmanter, liebenswerter Windhund, er sieht nicht nur so aus.*

*21. Januar 1918*
*Vorgestern aus Craiova zurück. Alles in bester Ordnung. Gestern draußen Schneesturm, ein paar Leute kamen und gingen wieder. F. blieb bis in die Nacht. Erzählte wieder von seiner Familie, die zurück bis ins dreizehnte Jahrhundert, in die Zeit der Kreuzzüge, verfolgt werden kann, von Vorfahren, die kreuz und quer durch Europa geheiratet und von überallher ihre Frauen geholt haben. Das*

*klang fast wie eine Voranfrage, ob ich mich von ihm nach Deutschland holen lassen wolle. Will ich das? Wenn er mich tatsächlich fragt, was sage ich ihm dann?*

*19. Februar*
*Habe mich getäuscht, die Frage kam nicht und wird wohl auch nie kommen. Gestern in aller Frühe mußte F. weg, nach Rußland, wo eine neue deutsche Offensive bevorsteht. Ich wollte nicht weinen, aber als er ging, mußte ich es doch. Wahrscheinlich hätte ich ihn tatsächlich geheiratet, wenn er mich gefragt hätte. Jetzt ist er weg. Die Nacht verbrachte er bei mir, und ich habe irgendwie das Gefühl, daß wir ein Kind gezeugt haben. Aber ich kann mich auch täuschen.*

Die nächste Eintragung hatte Mama fast zwei Monate später, am *15. April 1918,* gemacht. Sie lautete:

*Ich habe mich nicht getäuscht, ich bin schwanger, mir ist speiübel, muß mich dauernd übergeben. So habe ich mir das nicht vorgestellt. Überhaupt wird's eine Menge Probleme geben.*

Den deutschen Offizier F. erwähnte sie bis zu Milans Geburt nur noch zweimal, als sie schrieb, sie habe Post von ihm aus Rußland bekommen, und zum zweitenmal, als sich die ersten Geburtswehen einstellten:

*Es ist so weit. F. bekommt jetzt einen Sohn oder eine Tochter. Mir wär's egal. Wenn es ein Sohn ist, wird er Milan heißen, die Tochter Milka. Ich hätte jetzt doch gern, wenn F. bei mir wäre. Der Krieg geht zu Ende, in Rußland herrscht Chaos, wo mag er nur sein? Marussja behauptet, er wäre noch am Leben. Ich muß sie rufen, gleich geht es richtig los.*
*Es ist ein Sohn. Milan kam um 5.31 Uhr des 26. November 1918 zur Welt.*

Fortan wurden die Eintragungen noch spärlicher. Die nächste erfolgte erst ein Jahr später, zu Milans erstem Geburtstag. Um ihn drehten sich auch alle nachfolgenden Notizen, so zum Beispiel, als sie über ihren Entschluß schrieb, Klaus von Stockhausen als Deutschlehrer zu engagieren, damit

*... Milan die Sprache seines Vaters lernt. Zumindest das schulde ich F. Vielleicht wird sich Milan eines Tages nach Deutschland begeben, um nach seinen Wurzeln väterlicherseits zu suchen. F. hat mir damals von einem Gobelin mit Familienstammbaum in der Eingangshalle des Schlosses erzählt, wo er aufgewachsen ist. Dessen Wurzeln reichen bis in die Zeit der Kreuzzüge zurück. Eine große, über ganz Europa verstreute Familie – sie ist eigentlich auch Milans Familie. Er hat*

*das Recht, es zu erfahren, und ich habe die Pflicht, es ihm zu sagen, trotz aller Probleme, die sich daraus ergeben könnten. Am besten an seinem einundzwanzigsten Geburtstag. Wenn er erwachsen und reif genug ist für weitreichende Entscheidungen, werde ich es ihm erzählen.*

Was Mama danach ihrem Tagebuch anvertraute, enthielt nichts mehr über Milans Vater. Meist in kurzen, trockenen Mitteilungen berichtete sie nur das, was Milan ohnehin wußte: über seine Einschulung, Übertritt ins Gymnasium, den Heiratsantrag des Professor Dr. Petrascu, Luis' Tod, die Affäre mit dem deutschen Diplomaten, den Bruch mit Maître Ghiata und den schlimmen Ausgang des Erbstreites. Am Tag nach dem Gerichtsurteil hatte sie mit großen, gleichsam hingeworfenen Worten über eine ganze Seite geschrieben: *Verbrecher!!! Sie haben uns um alles gebracht. Was soll jetzt werden?*

Danach berichtete sie nur noch über den Umzug in das Armenviertel von Craiova, von ihrem Entschluß, Milan unter allen Umständen»auch gegen seinen Willen« studieren zu lassen, über Klaus von Stockhausens Rückkehr, ihren Arbeitsantritt in Monsieur Carols Modesalon. Das Tagebuch schloß mit den Zeilen über die Ermordung des Klaus von Stockhausen.

Nachdem Milan darin nichts über seinen Vater fand, was ihm weiterhelfen konnte, wandte er sich dessen Briefen aus Rußland zu. Sie waren in einem Zeitraum zwischen Anfang März und Anfang Juni 1918 geschrieben worden; die letzten zwei waren erheblich kühler und sachlicher gehalten, als die vorausgegangenen. Mit der wachsenden räumlichen Distanz war offensichtlich auch die Liebe des Vaters zu seiner »fernen Geliebten« oder auch »geliebten Ilonka« merklich abgekühlt.

In geschliffener Sprache berichtete der Vater vom Einsatz und Vormarsch seiner Einheit, deren Kommandeur er war, während des Feldzuges in Rußland im Frühjahr und Sommer 1918*. Der schnelle Vormarsch brachte das Sonderdetachement zunächst bis nach Rostow am Don. Von dort schrieb »Dein Dich liebender F.« in einem vom 10. Mai 1918 datierten Brief:

*…Am Steilufer des Don, dieses legendären Flusses der russischen Kosaken, machten wir halt. Jenseits des breiten, träge im tief eingeschnittenen Kerr dahin-*

---

* Siehe auch IM STURM, Langen Müller Verlag, München 1991

*strömenden Flusses erstreckte sich bis zum fernen Horizont die Unendlichkeit der Steppe. Wir hätten nur noch 200 Kilometer zurückzulegen, um den Kaukausus zu erreichen. Was sind diese 200 Kilometer im Vergleich zu den vielen Hunderten, die wir in diesen neun Wochen bewältigt haben! So schnell wie wir sind einst wohl nur die Mongolen vorwärtsgekommen, allerdings in umgekehrter Richtung. Nun fragen wir uns, ob es noch weitergehen wird, in noch fernere Gegenden, die noch nie eines deutschen Soldaten Fuß betreten hat.*

Den fünften und letzten Brief hatte Milans Vater aus einem Ort namens Nizne Babosino drei Wochen später geschrieben, wo sein Detachement stationiert war, *»bevor es, wie man hört, doch weitergehen soll in Richtung Kaukasus«.* In dieser Zeit *»der Ruhe und eines fast friedensmäßigen Etappenbetriebes denke ich noch öfter als sonst an zu Hause, an mein jetzt so fernes Land. Gibt es mein Land wirklich, frage ich mich manchmal, werde ich es je wiedersehen, oder wird es für mich wie für so viele gefallene Kameraden und Freunde für immer unerreichbar bleiben?«*

Die Frage, ob die Einheit weiter ostwärts oder in südlicher Richtung in den Kaukasus gezogen war, blieb offen. Hatte sie danach den Rückzug der deutschen Armeen aus Rußland im Herbst 1918 mitgemacht? Hatte der Vater »sein Land« je wieder erreicht?

Diese Redewendung »mein Land« kam in den Briefen öfter vor, so daß Milan fortan nur an *Vaters Land* dachte, wenn er Deutschland meinte. Schon bald nahm Vaters Land zunehmend unwirkliche Züge an, es wurde zu einem Traumland, einem Märchenland – eines Tages würde er dorthin reisen und nach den Spuren seines Vaters suchen, auch wenn er von ihm nicht viel mehr als den Namen Friedrich wußte. Und wer weiß, vielleicht würde er sogar ihn selbst in diesem Land finden, in Vaters Land – war denn in einem Märchenland nicht alles möglich?

Nachdem er diesen Entschluß gefaßt hatte, band Milan Vaters Briefe wieder zusammen, verstaute sie mit Mamas Tagebuch und allem anderen im Geheimfach und machte sich auf die Suche nach Marussja. Er fand sie im Gemeinschaftswaschhaus im Keller, wo sie in Gesellschaft anderer Frauen gerade seufzend und stöhnend das Feuer unter dem großen Kessel schürte. Er habe mit ihr zu sprechen, sagte er und machte es so dringend, daß sie ihm ganz gegen ihre sonstige Art widerspruchslos in die Wohnung folgte. Dort berichtete er ihr von dem Gespräch mit dem Kriminalinspektor und von seinem Fund im Geheimfach des Schreibsekretärs. »Ich habe alles gelesen, aber viel klüger bin ich nicht geworden. Sag, Marussja, du hast damals meinen Vater gesehen. Du kennst ihn. Erzähle alles, was du weißt.«

Doch Marussja sagte nichts, sondern blickte Milan mit ausdruckslosen Augen stumm an.

»Ich weiß, daß Mama verboten hat, mir etwas zu erzählen und überhaupt über ihn zu sprechen. Sie wollte es eines Tages selbst tun, das hat sie geschrieben. Aber jetzt ist alles anders gekommen. Sie ist weg, und wir wissen nicht ...«

»Sie ist tot, sie ist tot, ich weiß es«, flüsterte Marussja, und ihre Augen füllten sich mit Tränen.

»Halt, Marussja, halt, nimm dich zusammen! Du mußt es mir jetzt sagen, es ist wichtig! Du kanntest meinen Vater?«

Marussja nickte.

»Dann erzähl schon! Wer war er?«

»Ein Offizier, ein – Herr. Ja, ein Herr und ein vornehmer Mann, das kann man sagen«, sprach Marussja schließlich seufzend, stöhnend, schniefend. »Er nannte mich beim Vornamen, ›Marussja‹ sagte er, ach, es klang komisch, wie er das sagte, die Deutschen können das nicht. Und er war immer höflich. ›Bitte, Marussja, danke, Marussja.‹ Deine Mama hat ihn bei einer Gesellschaft kennengelernt. Sie war, ach, wie soll ich das beschreiben? Nachdem sie ihn kennengelernt hat, war sie plötzlich ganz anders, glücklich, beschwingt, als hätte sie Musik in sich. Also, sie lief herum, wie auf Wolken.«

Marussja verstummte, wischte sich das nasse Gesicht mit der Schürze ab, seufzte, putzte sich die Nase. »Also, er kam fast jeden Abend. Meistens trug er keine Uniform, aber auch in Zivil sah man ihm sofort an: ein Offizier! Ich habe ihm die Tür aufgemacht, und da stand er, mit Blumen und seinem blassen, vornehmen Gesicht ... Ich sehe ihn noch vor mir, er hatte eine ziemlich lange Nase ...«

Marussja schaute Milan an, kicherte. »So wie du. Du siehst ihm überhaupt ähnlich. Die Augen, der Mund und natürlich die Nase. Du bist nur dunkler. Er war nicht sehr groß, kleiner als du ... Wenn er die Uniform anhatte – sie saß ihm wie angegossen. Dann die Orden und Medaillen ... Ach, diese Deutschen! Wenn sie in Bukarest eine Parade machten, alle im Gleichschritt, dann die Musik und die ernsten Gesichter ...«

»Mama sagte das nie, aber du hast Joana und anderen erzählt, daß er gefallen ist und deshalb Mama nicht heiraten konnte. Ist das wahr?«

»Ich habe es Joana gesagt?«

»Ich selbst habe es gehört, und Joana sagte es auch. Ist es wahr?«

Marussja schwieg.

»Jetzt muß du es mir sagen! Ist es so? Ist er wirklich gefallen?«

»Vielleicht ... Wahrscheinlich ist er gefallen, es sind so viele umgekommen«, murmelte Marussja.

»Aber du weißt es nicht bestimmt?«

»Wir dachten es uns nur.«

»Du dachtest es! Also, wie war das? Er ließ plötzlich nichts mehr von sich hören. War das so? Erzähl schon! Erzähl alles, was du über ihn weißt!«

Doch so sehr Milan auch drängte, er bekam aus Marussja nichts Brauchbares heraus. Sie selbst wußte und erzählte nur das, was Milan ohnehin bekannt war: daß der deutsche Offizier mit Vornamen Friedrich geheißen, dem Stab des Feldmarschalls von Mackensen angehört hatte und im Februar 1918 an die Front kommandiert worden war. Nach seinem letzten Brief, in dem er über den möglichen Vorstoß seines Detachements über den Don berichtet hatte, war von ihm kein Lebenszeichen mehr gekommen. Daß er im Rußland-Feldzug gefallen war, hatte Marussja erfunden, um den hämischen Bemerkungen, der Deutsche habe nach Soldatenart die Witwe Ilona Draganescu geschwängert und sitzen gelassen, ihre eigene Version entgegenzusetzen: »Das Aufgebot war schon bestellt, die Papiere waren auch da, in vierzehn Tagen sollte die Hochzeit stattfinden – eine große, prächtige Hochzeit! Ein General sollte Trauzeuge sein, und der Feldmarschall wollte höchstpersönlich erscheinen! Aber dann wurde er plötzlich an die Front kommandiert, und dort, in Rußland, ist er im Kampf gegen die Bolschewiki auch gefallen. Ein Held! Gott sei seiner Seele gnädig. Ein hochanständiger, nobler Mann – er hätte meine Herrin nie im Leben sitzen lassen. Nie im Leben! Darauf kann ich alle heiligen Eide schwören!«

An Milans spontanem Entschluß, eines nicht mehr fernen Tages nach Deutschland zu reisen, nach der Herkunft und dem Verbleib seines Vaters zu forschen und sich somit auch über die eigenen Wurzeln Klarheit zu verschaffen, änderte das unergiebige Gespräch mit Marussja nichts. Wie er das in der gegenwärtigen Situation in die Wege leiten und bewerkstelligen sollte, wußte er nicht. Aber, sagte er sich, es müßte doch zu bewerkstelligen sein, man könnte es doch irgendwie fertigbringen!

Über das »irgendwie« war Milan noch nicht hinausgekommen, als ihn gewisse Ereignisse zwangen, tatsächlich eine Reise ins Ausland anzutreten, allerdings in ein Land, das von Vaters Land genauso weit entfernt war wie das Land seiner Kindheit und Jugend Rumänien.

# 14. Kapitel

## *Überstürzte Flucht führt Milan*
## *zunächst zu einer Dame der Gesellschaft*

An einem Vorfrühlingstag des Monats März 1937 wurde Milan aus dem Schulunterricht geholt. In der Aula wartete Marussja, zog ihn in eine dunkle Ecke und erzählte flüsternd, daß zwei Männer von der politischen Polizei gekommen wären und die ganze Wohnung auf den Kopf gestellt hätten. »Sie sind noch immer dort. Was sie suchen, wollten sie nicht verraten, aber dann habe ich doch gehört, wie der eine zum anderen sagte, daß sie es schon aus dir herausprügeln würden, wenn sie hier nichts fänden.«

»Herausprügeln? Aus mir?« In Milans Kehle saß plötzlich ein so dicker Kloß, daß er kaum sprechen konnte.

»Sie sagten: aus dem Jungen. Damit können sie nur dich gemeint haben. Alle wissen, was es heißt, wenn diese Leute jemanden in ihre Klauen bekommen. Ich habe mich dumm gestellt und bin einfach weggegangen.« Mit Marussjas Selbstbeherrschung war es nun vorbei, sie begann am ganzen Körper zu zittern, ihre Zähne klapperten. »Du darfst nicht nach Hause kommen, mili moj Milan«, flüsterte sie. »Sie nehmen dich mit und dann wehe dir! Sie werden dich zu Tode quälen! Das sind keine Menschen, richtige Teufel sind sie, und der grausame Fürst Vlad Dracul ist ihr Ahnherr!«

»Aber was soll ich tun?« fragte Milan mit einem Blick zum Schuldiener, der sich am anderen Ende der Aula zu schaffen machte und unter der Stirn mißtrauische Blicke herüberwarf.

»Sie werden dich hier abholen, bestimmt werden sie es tun! Du mußt alles liegen und stehen lassen und weggehen. Weit weg!«

»Weg? Wohin?«

»Ich weiß es nicht, Milan, moj mili Milan … Oh, lieber Gott – und wir haben keine Freunde, wo du Zuflucht finden könntest!« wehklagte Marussja nun so laut, daß ihr Milan beunruhigt mit der Handfläche den Mund verschloß. Und siehe da – je verzweifelter sich die arme, alte Marussja gebärdete, desto ruhiger wurde er selbst. In seinem Kopf begann sich ein Gedanke zu formen, Gestalt anzunehmen, eine Erinnerung wurde wach. Er sah wieder das Bild des großen, hageren Mannes, der vom Studenten Cornelius Kveder und dem Stalin-Doppelgänger in die Eingangshalle der Villa Ilona geführt worden war, blaß, erschöpft, den Arm in der blutverschmierten Binde, er sah ihn, wie er vierzehn Tage später mit kräftigen, federnden Schritten das Haus wieder verlassen hatte, wie er mitten in der Halle stehengeblieben war und über die Schulter hinweg einen Blick zu ihm auf die Galerie geworfen hatte ... *Grüß deine Frau Mama – und alles bleibt unter uns, klar?*

Nun war er, Milan, selbst ein Flüchtling, von der politischen Polizei gejagt wie dieser Montenegriner, der unter Mamas Dach Zuflucht und Gastfreundschaft gefunden hatte, so daß er von seiner Schußverletzung genesen und weiterziehen konnte. Jetzt wußte Milan, was er tun und wohin er sich wenden würde, und er hatte es plötzlich ganz eilig, fortzukommen. »Ich weiß schon, wohin ich gehe«, flüsterte er. »Die Schulsachen lasse ich hier, ich brauche sie nicht mehr. Und, Marussja, warte ... Weißt du, wie man das Geheimfach in Mamas Schreibsekretär öffnet?«

Marussja nickte.

»Hol alles heraus und bring es mir ... Ich werde dir irgendwie eine Nachricht zukommmen lassen. Vielleicht komme ich selbst noch einmal vorbei. Geh jetzt nach Hause, ich lasse von mir hören, bestimmt.«

»Warte, du hast kein Geld. Ohne Geld kommst du nicht weit.« Nun war Marussja wieder ganz die alte, obwohl nach wie vor Tränen über ihre faltigen Wangen liefen. Sie drehte sich so, daß sie dem Schuldiener den Rücken zukehrte, holte aus der Tiefe ihrer Rocktasche einen prall gefüllten Lederbeutel und drückte ihn Milan in die Hand. »Nimm, steck ein, ich hab's im Laufe der Zeit angesammelt. Jetzt nimm's schon, nimm's!«

Milan gehorchte, obwohl er dabei ein schlechtes Gewissen hatte. Marussjas sauer Erspartes, wahrhaftig ein Notgroschen – eines Tages würde er es ihr mit Zins und Zinseszins zurückzahlen!

Gleich darauf verließ er die Aula durch den Ausgang zum Hof. Hinten hörte er noch den Schuldiener sprechen und dann Marussjas schrill keifende Stimme, die selbst die stimmgewaltigen und scharfzüngigen Hinterhofweiber, unter die sie verschlagen worden waren, als ebenbürtig, wenn nicht überlegen zu respektieren gelernt hatten. Als Milan durch eine verrostete Eisenpforte in der Schulhofmauer auf die Gasse trat und nach einem Blick nach links und nach rechts eiligst davonschritt, kamen zwei Männer der politischen Polizei durch den Vordereingang in die Aula. Zielstrebig stiegen sie die Treppe empor in den ersten Stock und begaben sich in Milans Klasse. Doch fanden sie dort nur noch die Schulsachen des Gesuchten und beschlagnahmten sie. Er selbst war spurlos verschwunden, und niemand konnte ihnen sagen, wohin, auch nicht der Schuldiener, und schon gar nicht Marussja, die beim Verhör anderntags einen überaus verwirrten, fast könnte man sagen schwachsinnigen Eindruck machte und des Rumänischen kaum mächtig war.

Eine halbe Stunde nach seinem überstürzten Abgang von der Schule und Abschied von Marussja (er sollte weder die Schule noch Marussja je wiedersehen) klingelte Milan an der Tür einer Wohnung in der Kronstadter Straße. Ein hübsches, adrett mit weißer Schürze und Häubchen gekleidetes Dienstmädchen öffnete ihm. Milan nannte seinen Namen und sagte, daß er in einer äußerst dringenden Angelegenheit Frau Kveder sprechen müsse, worauf ihn das Mädchen in den Salon führte. Dort, zwischen schweren Eichenmöbeln, Glasvitrinen und zahllosen, an den dunkelrot tapezierten Wänden hängenden Landschaftsbildern und Familienfotos, wartete er auf die Hausherrin. Eine große Standuhr zählte tickend die Zeit, schlug wohltönend eine Halbe- und eine Dreiviertelstunde, und schon sagte sich Milan beunruhigt, daß er möglicherweise in einer Falle saß und jeden Augenblick Männer von der politischen Polizei hereinkommen würden, um ihn zu verhaften, als plötzlich die Tür aufging und die Hausherrin erschien.

Es rauschte und knisterte, als die gewaltige, durch die glockenartigen, steif gestärkten Röcke und Unterröcke noch gewaltiger wirkende Dame den Salon betrat. Ihr großflächiges weißes Gesicht mit schweren Tränensäcken unter den wäßrigen, ihn aufmerksam musternden Augen und grellrot geschminkten Lippen legte sich in freundliche Falten, als sie auf Milan zukam. Sie breitete die Arme aus, faßte ihn an den Schultern und drückte ihn an den Busen, der fast so gewaltig war wie einst Joanas milchspendendes Gebirge. Nur, daß jenes nach Kernseife, Lavendel und ein wenig nach Frauenschweiß roch und der Busen hier nach einem teuren Parfum und kaltem Tabakrauch. Ebenfalls nach Tabak roch ihr Atem, als Frau Kveder die kirschroten Lippen öffnete, tabakgelbe Zähne zeigte und rief: »Du bist es, wahrhaftig, Milan, der kleine Milan! Wie sehr du gewachsen bist! Erinnerst du dich an mich?« Sie schob ihn von sich, schaute ihn an, schüttelte dabei den Kopf, daß die strohgelben Perückenlocken nur so flogen (alle Welt wußte, daß sie fast keine eigenen Haare mehr hatte und über eine Kollektion von Perücken verfügte, die vornehmlich aus den besonders begehrten Haaren von Russinnen und Chinesinnen angefertigt worden waren). »Damals, vor Jahren, habe ich deine Mama öfter besucht, da warst du noch so klein«, sie zeigte mit der Hand, wie klein Milan damals gewesen war, »und jetzt? Jetzt bist du ein junger Herr! Gut siehst du aus! Wahrhaftig! Setz dich! Und erzähle, was dich zu mir führt.«

Sie drückte ihn auf einen Stuhl, setzte sich raschelnd und knisternd ihm gegenüber, nahm eine Zigarette aus der silbernen Dose auf dem Tisch, zündete sie mit einem Feuerzeug an, ließ den Rauch durch die Nase und zwischen den Zähnen ausströmen, schob Zigaretten und Feuerzeug zu Milan hin. »Rauchst du? Nein? Sehr lobenswert! Die meisten Burschen in deinem Alter rauchen. Treibst du Sport? So wie du aussiehst… Ja? Sehr gut. Und nun erzähle. Also, was führt dich zu mir?«

»Ich suche Cornelius. Können Sie mir sagen, wo ich ihn finden kann?« fragte Milan geradeheraus.

»Ach… Cornelius! Dieser Cornelius! Wenn ich nur wüßte… Warum suchst du ihn?«

»Ich bin… Also, ich muß mit ihm etwas besprechen. Es ist ziemlich… Ich meine *sehr* dringend!«

»Dringend, *sehr* dringend«, wiederholte die Frau gegenüber, sog an ihrer Zigarette, ließ den Rauch aus Nase und Mund strömen. »Was ist denn so dringend, daß du es unbedingt mit ihm besprechen mußt?«

»Können Sie mir seine Anschrift in Bukarest geben? Er ist doch in Bukarest?«

»Seine Anschrift? Ach, du lieber Gott! Er hat viele Anschriften, und ich wette, du findest ihn unter keiner davon. Er ist heute da, morgen dort, und ich habe schon ewig nichts mehr von ihm gehört«, sprach die Stimme hinter blauen Rauchwölkchen. »Aber ich sehe – du bist vorsichtig. Man weiß nie, wem man trauen darf … Ist es so? Aber jetzt sprich schon, mein Junge. Warum suchst du Cornelius?«

Nun erzählte Milan doch, weshalb er gekommen war und gab auch seiner Hoffnung Ausdruck, daß ihm Cornelius weiterhelfen könnte.

»Dir weiterhelfen? Warum denkst du, daß er das kann? Und daß er es tun wird?«

Es bleibt unter uns, hatte damals Cornelius gesagt, als er den verletzten Montenegriner ins Haus gebracht hatte. Das hieß so viel wie: Erzähl es niemandem, egal wer danach fragt, niemandem! Also auch nicht seiner Mutter.

»Na ja, ich wollte ihn eben fragen«, sagte Milan. »Ich dachte, er kommt viel herum und weiß vielleicht, wie ich zum Beispiel über die Grenze komme.«

»Über die Grenze! Wohin denn, über die Grenze?«

»Vielleicht nach Ungarn. Oder nach Jugoslawien.« Milan machte eine Pause. »Aber am liebsten nach Deutschland.«

»Ausgerechnet nach Deutschland! Warum denn dorthin?«

»Ich dachte es mir eben … Schon wegen der Sprache.« Milan fand, daß er schon zu viel verraten hatte. Er bließ den Rauch weg, der von gegenüber kam. »Ich kann recht gut Deutsch. Also, Sie wissen nicht, wo ich Cornelius finden kann?«

Hinter dem Rauchschleier bewegte es sich, raschelte, knisterte, ein flaches Husten ließ den Rauch durcheinanderwirbeln. Dann hörte er: »Es ist gut. Ich sehe, du kannst den Mund halten. Sehr gut. Ich weiß natürlich nicht, wo sich Cornelius gerade herumtreibt, aber ich werde versuchen, ihn zu erreichen, so daß du mit ihm sprechen kannst. – Du kennst dich am Fluß Jiu aus?«

»In den Ferien bin ich immer dort.«

»Ich weiß. Der Fluß – ein Paradies für euch Jungen. Und für die Liebespaare. Hast du eine Freundin? Nein, nein, du mußt es mir nicht sagen. Ich bin nur ein bißchen neugierig, wie alle alten Frauen.« Frau Kveder lachte, hüstelte, zündete sich an dem noch glühenden Stummel der alten eine frische Zigarette an. »Du kennst sicher den Korbflechter Toniu? Weißt du, wo sein Haus steht?«

Milan nickte. »Ich war mit Cornelius dort.«

»Gut. Dann geh jetzt hin und sag Toniu und seiner Frau, daß ich dich geschickt habe. Sag ihnen, daß du mit Cornelius sprechen willst und bei ihnen auf ihn warten sollst. Und noch etwas … Es war

richtig, daß du hierher gekommen bist. Man muß einander beistehen. Was uns not tut, ist Solidarität. Merke es dir – auf die Solidarität kommt es an! Auf die Solidarität zwischen Menschen und Völkern.«

# 15. Kapitel

## Korbflechter Toniu und Maria
## führen Milan den Widerspruch zwischen Sein
## und Schein vor

Das Wort von der Solidarität zwischen Menschen und Völkern wird
Milan in der Folgezeit noch oft hören. Er wird Menschen kennen-
lernen, die es damit so ernst meinten, daß sie bereit waren, dafür ihr
Leben einzusetzen, dann wieder welche, die das Leben anderer ein-
setzten, dabei sorgsam darauf bedacht, ihr eigenes zu schonen, und
auch solche, die es nur als Schlagwort bei allen möglichen Gelegen-
heiten benutzten.

Das Korbflechterpaar Toniu und Maria Szokoll gehörten zu den
ersteren. Sie wohnten in einem einsam gelegenen Haus am Ufer des
Jiu, gleich neben einer ausgedehnten Pflanzung von Weiden, aus
deren Zweigen sie ihre Körbe flochten.

Als Milan schon gegen Abend an ihre Tür klopfte und erzählte, weshalb er gekommen sei, ließen sie ihn eintreten, setzten ihm Milch,
Brot und Speck zum Abendessen vor und zeigten ihm seine Schlafkammer. Von hier gelangte man durch eine kleine Tür direkt in den
Obstgarten hinter dem Haus, der wiederum an die Weidenpflan-
zung angrenzte. Durch diese führte ein schmaler, kaum sichtbarer
Pfad zum Fluß und einem versteckt im Schilf liegenden Bootshaus.
Milan war offenbar nicht der erste, der in dieser Kammer mit dem
heimlichen Fluchtweg beherbergt wurde. Wie er später erfuhr, hatte
hier auch der geheimnisvolle Gast aus Montenegro zwei Tage und
zwei Nächte verbracht, nachdem er die Villa Ilona verlassen und auf
die Weiterreise gewartet hatte.

Zum Schlafen solle er sich nicht ganz ausziehen, riet ihm Toniu.
»Und stell die Schuhe neben das Bett, so daß du sie auch in der
Dunkelheit sofort finden und hineinschlüpfen kannst. Du verstehst
schon, was ich damit sagen will. Wenn sich vorne etwas tut, hole ich
dich, und dann muß es ganz schnell gehen.«

Toniu war ein langaufgeschossener, knochiger Mann mit pech-
schwarzen Haaren und einem Schnauzbart, dessen Enden ihm seit-

lich bis über das Kinn hingen; das verlieh ihm einen verwegenen wie auch melancholisch-traurigen Ausdruck. Seine Frau Maria, klein und rund, reichte ihm nicht einmal bis an die Schultern; wenn Toniu den Arm waagerecht ausstreckte, konnte sie darunter durchgehen, ohne ihn zu berühren. So gegensätzlich wie in ihrem Äußeren, waren sie auch in vielen anderen Dingen. Er, verschlossen, ernst, verzog die Lippen nur selten zu einem angedeuteten Lächeln, sie hingegen lachte gern und viel; er langsam und überaus bedächtig, sorgfältig das Für und Wider gegeneinander abwägend, sie flinken Geistes und zu schnellen, spontan gefaßten Entschlüssen neigend. Mit einem Wort, größere Gegensätze als diese zwei in tiefer Liebe und lebenslanger Treue verbundene Menschen konnte man sich kaum denken.

Milan kannte Toniu und seine Frau Maria schon von früher; von ihnen hatte sich Mama alle Körbe anfertigen und bringen lassen, die im Haushalt und im Garten gebraucht wurden. Auch hatten sie einen eigenen Stand auf dem Jahrmarkt in Craiova, wo sie ihre Korbwaren verkauften. Daß sich hinter diesen so harmlos erscheinenden Korbflechtern im Untergrund tätige, äußerst aktive Mitglieder der illegalen Kommunistischen Partei Rumäniens verbargen, hätte er nie im Leben für möglich gehalten.

Überhaupt – was hatte ihm allein dieser eine Tag Neues gebracht! Marussjas Warnung vor der politischen Polizei, die ihn mitten aus dem alltäglichen Schulbetrieb in die gefahrvollen Unwägbarkeiten eines Flüchtlingslebens geworfen hatte. Ihr prall mit Silber- und Goldmünzen gefüllter Geldbeutel, die zusammengezählt ein hübsches Sümmchen ergaben. Die gewaltige, von Zigarettenrauch umwallte Dame der oberen Gesellschaft, die eine ganz andere zu sein schien, als sie zu sein vorgab, genauso wie die Korbflechter Toniu und Maria Szokoll mit ihrem Hinterstübchen für die Menschen auf der Flucht vor der Obrigkeit. Wenn es aber schon in der nächsten Umgebung so viele verborgene Wirklichkeiten gab, so viel Gegensätzliches zwischen *Sein* und *Schein*, wie mußte es dann erst sonst überall aussehen! Nichts war so, wie man meinte, daß es sei, jedes Ding, jeder Mensch hatte zwei und vielleicht noch mehrere Gesichter, jede Wahrheit konnte zugleich auch die Unwahrheit, jede Wirklichkeit doppelbödig sein, und vielleicht bestand sie gar aus vielerlei Geschossen, in denen man sich je nach Bedarf häuslich einrichten konnte.

Wenn dem aber so war, worauf konnte man sich dann noch verlassen? Worauf stützen auf der Suche nach der Wahrheit oder auch nur nach einem Bezugspunkt, den jeder Mensch brauchte, um sich nicht in Beziehungslosigkeit zu verlieren? Nach einem festen Boden unter den Füßen, der einem den notwendigen Halt und jene Standfestigkeit gab, die wohl unerläßlich war, wenn man vom ersten starken Windstoß nicht umgeworfen werden sollte, der einem ins Gesicht blies?

Milan wurde es schwindelig, als er, wie vom Korbflechter Toniu empfohlen, nur halb ausgezogen, mit akkurat neben dem Bett bereitgestellten Schuhen, auf dem Rücken liegend und in die Finsternis der engen Kammer starrend, solcherlei Gedanken nachging. Doch er schlief ein, noch bevor er zu einem Ergebnis kam, und er schlief bis zum nächsten Morgen tief und fest, ohne auch nur einmal aufzuwachen.

Nach dem Frühstück mit Toniu und Maria bat Milan sie, wenn möglich, Marussja aufzusuchen und ihr aufzutragen, den Inhalt des Geheimfaches in Mamas Schreibsekretär auszuhändigen. »Es geht um Mamas Tagebuch, ein paar Briefe und einen kleinen Lederbeutel«, erzählte er stockend, worauf Toniu auf seine bedächtige Art meinte, darauf müsse er wohl oder übel verzichten, um jedes Risiko zu vermeiden. Die Wohnung in der Stadt könnte überwacht werden und die alte Marussja …

»Ich sehe kein Risiko«, unterbrach ihn Maria. »Marussja kenne ich seit Jahren. Sie würde sich eher in Stücke reißen lassen als den Geheimen auch nur ein Wort zuviel zu verraten. Und wenn die Wohnung wirklich bespitzelt wird … Ich muß bei Marussja sowieso einen bestellten Korb abliefern.«

»Einen Korb? Davon weiß ich nichts«, sagte Toniu, nachdem er sekundenlang nachgedacht hatte.

Maria lachte. »Aber jetzt weißt du es. Natürlich dürfen wir nicht warten, daß die Sachen von Milans Mama am Ende doch noch gefunden werden. Im Tagebuch könnte vielleicht etwas stehen … Du weißt schon, was ich meine.«

»Das ist richtig«, sagte Toniu.

»Siehst du. Ich kümmere mich um Marussja, und du siehst zu, daß Genosse Cornelius möglichst schnell benachrichtigt wird.«

Toniu fügte sich ohne Widerspruch. Sie beluden einen Karren mit fertigen Korbwaren, spannten ihren Esel davor, schärften Milan ein, das Haus ja nicht zu verlassen, und zogen los.

Milan schaute ihnen nach, bis der turmhoch beladene, auf dem Sandweg gefährlich schwankende Karren hinter der nächsten Biegung verschwand, begab sich in seine Kammer und begann zu warten. Am frühen Nachmittag erlag er beinahe der Versuchung, sich davonzustehlen und nach Anika zu sehen, dem hübschen Mädchen mit braunen Rehaugen und winzigen Ohrmuscheln aus der Parallelklasse, mit dem er zur Zeit befreundet war und das kaum einen Kilometer weit entfernt wohnte. Doch er führte sich den Ernst der Situation erneut vor Augen und blieb im Haus, wie er es Toniu und Maria versprochen hatte.

Sie kamen am späten Nachmittag mit einem fast leeren Karren zurück. Maria brachte tatsächlich Mamas Tagebuch, Vaters Briefe an sie und die zwei Fotografien mit, die ihn als Offizier in Rußland zeigten; hätte Milan auch nur geahnt, in welche Schwierigkeiten ihn diese Fotos bringen würden, hätte er sie augenblicklich zerrissen und verbrannt. So aber verwahrte er sie bei einigen Fotos seiner Mama in einem Extrafach der Brieftasche.

Nun fehlte nur noch der Lederbeutel mit Mamas Goldmünzen. Milan überlegte gerade, ob und wie er danach fragen sollte, als Maria von selbst damit anfing. Sie holte den Beutel aus der Rocktasche, warf ihn in die Luft, fing ihn auf, wog ihn auf der offenen Handfläche.

»Das hat mir Marussja für dich mitgegeben. Geld?«

»Ein paar Goldmünzen von Mama«, sagte Milan.

»Gib sie ihm«, sagte Toniu, doch Maria überhörte es.

»Auch wenn es nur ein paar sind – jeder Lei ist für den Spanien-Solidaritätsfonds wichtig. Jede auch noch so kleine freiwillige Spende ist uns willkommen. Du bist doch damit einverstanden?«

Das war Milan keineswegs, auch hatte er von einem Spanien-Solidaritätsfonds noch nie gehört. Doch wagte er nach einem Blick in Marias sonst so freundlich und herzlich blickende, jetzt jedoch merkwürdig harte Augen keinen Widerspruch. Also nickte er ergeben, Maria steckte den Beutel wieder in die Tasche und sprach mit förmlich klingender Stimme: »Im Namen des spanischen Volkes, das in einem Kampf auf Leben und Tod mit den faschistischen

Horden steht, danke ich dir für deine freiwillige Spende. Eine Quittung bekommst du auch.«

»Hat Marussja sonst etwas ausrichten lassen?« fragte Milan unsicher.

»Als ich mit meinen Körben kam, hat sie gerade Karten für dich gelegt.« Marias Stimme klang nun wieder ganz normal, und ihre Augen blickten Milan so freundlich und warmherzig wie auch sonst immer an. »Dir würde eine große Reise bevorstehen, prophezeite sie.«

»Um das vorauszusehen, muß man keine Karten legen«, sagte Toniu bedeutsam an seinem Schnurrbart zwirbelnd.

## 16. KAPITEL

### *Nicht ganz freiwillig tritt Milan die weite Reise in ein fernes Land an*

Cornelius Kveder kam in der dritten Nacht, rüttelte Milan wach, ließ sich über die Geschehnisse der letzten Tage berichten und wollte auch weiter Zurückliegendes wissen, bis zu dem Zeitpunkt, als er mit dem geheimnisvollen Montenegriner und dem Stalin-Doppelgänger die Villa Ilona wieder verlassen hatte.

Als er alles gehört hatte, sagte er: »Du hast richtig gehandelt, als du dich an meine Mutter gewandt hast. Außer uns kann dir in dieser Situation niemand helfen. Dir ist hoffentlich klar, daß du in Lebensgefahr schwebst? Über das weitere Schicksal deiner Mama kann ich im Augenblick nichts sagen. Ich habe nur gewisse Vermutungen... Also, sie ist sehr wahrscheinlich verhaftet und ins Gefängnis gebracht worden.«

»Gefängnis? Warum?«

Schwer, mit hängenden Schultern und einem vorspringenden Bauch, eine verjüngte männliche Ausgabe seiner Mutter, das großflächige weiße Gesicht in nachdenkliche Falten gelegt, saß Cornelius Kveder auf dem Bettrand und schwieg lange, bevor er sich zu einem Entschluß durchzuringen schien: »Gut. Ich will dir reinen Wein einschenken. Du sollst sehen, wie wichtig Geheimhaltung in jeder Situation ist und wie sorgfältig man bei der Auswahl der Kader sein muß.«

Milan wußte nicht, was Cornelius mit diesem bedeutsam klingenden Wort Kader meinte, doch wagte er dessen Ausführungen mit einer so belanglosen, seine Unwissenheit dokumentierenden Frage nicht zu unterbrechen. Mamas Verhaftung, die anschließende Hausdurchsuchung und Milans beabsichtigte Festnahme stünden im Zusammenhang mit dem Aufenthalt des verwundeten Genossen Crni in der Villa Ilona, fuhr Cornelius Kveder fort. »Um es dir gleich zu sagen – Crni ist sein illegaler, sein Deck- oder Kampfname. Seinen richtigen Namen kenne nicht einmal ich. Keiner von uns kennt ihn – und das wollen wir auch nicht. Es gehört zu unserer konspirativen Arbeit – wir dürfen nur das wissen, was wir unbedingt wissen müssen. Leuchtet dir das ein?«

Milan nickte, obwohl ihm keineswegs alles einleuchtete. Doch der schien ihn zu durchschauen und lächelte verständnisvoll: »Du wirst es schnell lernen – schnell lernen müssen … Also, wenn man sich an diese erste Regel der konspirativen Tätigkeit hält, nämlich nur das zu wissen, was unbedingt nötig ist, kann ein möglicher Verräter nur das wenige preisgeben, was ihm bekannt ist.«

»Verräter?« fragte Milan verständnislos.

»Du hast richtig gehört. Verräter. Es gibt sie immer wieder. Und welche Folgen ein Verrat haben kann, erlebst du jetzt am eigenen Leibe. Der ehemalige Genosse Theodor – du erinnerst dich? –, der Mann, der den Genossen Crni und mich zu euch gefahren hat, wurde bald darauf verhaftet. Den Verhörmethoden der politischen Polizei war er nicht gewachsen. Kaum unter Druck gesetzt – er wurde nur geschlagen – verriet er alles, was er wußte. Deshalb wurde deine Mutter verhaftet. Deshalb die Hausdurchsuchung, und deshalb will man auch dich festnehmen. Gelingt ihnen das, bist du verloren.«

»Und Mama? Was ist mit Mama passiert?« rief Milan voll böser Ahnungen.

»Ich sagte bereits, wir werden versuchen, es herauszubekommen. Wenn wir etwas für sie tun können, werden wir es tun, schon deshalb, weil sie den Genossen Crni so großzügig aufgenommen und beherbergt hat. Du mußt wissen, er ist ein sehr, sehr wichtiger Genosse, einer unserer führenden Genossen im – ich übertreibe nicht – europäischen Maßstab, ja sogar im Weltmaßstab. Mehr brauchst du nicht zu wissen. Deine Mutter hat also, wenn auch unwissentlich, einen durchaus wichtigen Beitrag im Kampf für die Weltrevolution geleistet, indem sie Genossen Crni Hilfe und Gastfreundschaft gewährte.« Cornelius sah auf, blickte Milan in die Augen, und als er nach einer Pause weitersprach, war seine Stimme bedeutungsschwer. »Und du? Wie ist es mit dir? Willst auch du deinen Beitrag leisten?«

Milan fühlte sich außerstande, etwas zu sagen. Also schaute er sein Gegenüber nur mit großen, heißen Augen an und nickte feierlich. Daraufhin beugte sich Cornelius Kveder zu ihm, legte ihm die Hand auf die Schulter, schüttelte ihn leicht, ließ wieder los, und Milan war es, als hätte er eben den Ritterschlag erhalten, zumindest aber, als wäre er zum Knappen eines Ritters geschlagen worden. Nach einigen weiteren Augenblicken gleichsam weihevollen Schweigens stand Cornelius auf, verschränkte die Hände auf dem Rücken und begann, in der winzigen Kammer auf und ab zu gehen (drei Schritte hin, Kehrtwendung, drei Schritte zurück, Kehrtwendung und immer so weiter). Dabei sprach er vom Aufstand der dunklen Mächte der Reaktion und ihrer faschistischen Höllenbrut gegen die siegreich vorangetragene Weltrevolution der Arbeiterklasse, von Unrecht, Willkür, Terror, diesen Waffen der Reaktion, mit denen die Völker der Welt und insbesondere deren Avantgarde, das Proletariat, unterdrückt würden. Und weiter sprach er vom bereits stattfindenden Endkampf, der mit der russischen Oktoberrevolution begonnen und mit Gründung der Union der Sowjetrepubliken unter der Führung des großen Lenin und seines genialen Nachfolgers, des Genossen Stalin, einen ersten glorreichen Sieg errungen habe. An dieser Stelle unterbrach Cornelius seine Ausführungen, hielt inne, drehte sich zu Milan, schaute ihn von oben her steil an und fragte: »Du hast doch schon von unserem großen Führer, Genosse Stalin, einiges gehört. Was weißt du über ihn?«

Derart überrumpelt, versuchte sich Milan das Gesicht des großen Stalin vorzustellen, so wie er es aus illustrierten Zeitschriften und Zeitungsberichten kannte. Doch die Gesichtszüge blieben undeutlich, an seiner Stelle erschien immer wieder das Gesicht des Mannes, der damals den verletzten Genossen Crni in die Villa Ilona gebracht hatte. Konnte ein Mann, der Stalin so ähnlich war, ein Verräter sein und, wie Cornelius behauptete, auch Mama auf dem Gewissen haben?

»Nun? Was weißt du von ihm?« wiederholte Cornelius seine Frage.

»Nicht viel. Ich meine...«

»Das dachte ich mir.« Cornelius nahm seine Wanderung wieder auf. »Und was du weißt oder zu wissen glaubst, hat mit der Wirklichkeit nichts zu tun. Schauermärchen! Zusammengebraut in den Giftküchen der kapitalistischen Propaganda! Doch in Wahrheit ... Ein Genie! Ein Mann wie er wird alle hundert Jahre, was sage ich, alle tausend Jahre nur einmal geboren! Unter seiner Führung strebt nun die Weltrevolution einem zweiten Höhepunkt zu, diesmal in Spanien. Dort stehen sich die Knechte und Büttel der Wallstreet-Kapitalisten und deren faschistische Vasallen auf der einen und die fortschrittlichen Kräfte aus allen Ländern der Erde auf der anderen Seite Aug in Aug gegenüber.« Cornelius Kveder hielt inne, breitete die Arme aus und rief mit lauter Stimme, als würde er zu einer unübersehbaren Menschenmenge sprechen und nicht nur zu dem wie ein Häufchen Elend auf dem Bettrand sitzenden Milan: »Dort, auf den Schlachtfeldern Kastiliens, Aragoniens, Estremaduras und Andalusiens, vor Madrid, Saragossa, Teruel, Cordoba und Granada entscheidet sich das Schicksal der Menschheit! Entscheidet sich auch das Schicksal unseres Landes! Unser Schicksal! Dein Schicksal! Das Schicksal deiner Mutter! Das ist die große, die alles entscheidende Frage: Wollen wir wirklich zulassen, daß die dunklen, zerstörerischen Mächte des Imperialismus in Verbindung mit Francofaschistischen Horden den Sieg über die Kräfte des Fortschritts davontragen, über die Kämpfer für eine lichte und bessere Zukunft der Menschheit? Wollen wir das? Willst du das?«

Cornelius ließ seine Arme wie im Zeitlupentempo sinken, legte eine Pause ein und gab sich mit gedämpfter Stimme selbst die Antwort: »Nein, das wollen wir nicht, das können wir nicht zulassen! Auch du nicht! Unter der Führung der Kommunistischen Internationale haben die fortschrittlichen Kräfte aus allen Ländern der Erde den Kampf aufgenommen. An jeden von uns stellt sich die Frage: Und du? Was ist mit dir? Was wirst du tun? Gehörst du zu den anderen? Nein? Willst du abseits stehen? Oder bist du bereit, den Kampf an unserer Seite aufzunehmen und ihn mit aller gebotenen Härte und unter Einsatz deines eigenen Lebens bis zum siegreichen Ende zu führen? Bist du das? Antworte – bist du es?«

Diese letzte Frage war nicht mehr nur rhetorisch gemeint und an imaginäre Zuhörer, sondern direkt an ihn, Milan, gerichtet. Und obwohl es seiner eher friedfertigen Natur nicht gerade entsprach, einen wie auch immer gearteten Kampf aufzunehmen, ihn mit aller gebotenen Härte und unter Einsatz des eigenen Lebens bis zum siegreichen Ende zu führen, war er jetzt versucht, zuzustimmen. Nach Cornelius' Ansprache drängte es ihn zu sagen, er sei bereit, hundertfach bereit. Doch er wich dem fordernden Blick des hoch vor ihm aufragenden Mannes aus. »Schon«, sagte er. »Nur… Müßte ich dann weg? Nach Spanien?«

»Als Kämpfer der Spanischen Internationalen Brigaden«, sprach Cornelius feierlich.

Milan fiel es schwer, auszusprechen, was er nun sagen mußte. Doch er hatte keine andere Wahl. »Ich kann nicht weg«, sagte er. »Ich kann nicht, verstehst du das? Es ist unmöglich, wenn ich nicht weiß ... Ich kann Mama nicht hier zurücklassen und einfach weg ...«

»Du kannst für deine Mama nichts tun«, sagte Cornelius.

»Trotzdem. Ich kann nicht weg.«

»Wenn du hierbleibst, werden sie dich schnappen und dann ... Weißt du denn überhaupt, was dich dann erwartet? Was sie mit dir anstellen werden?«

»Trotzdem«, wiederholte Milan eigensinnig.

Nun schaute ihn Cornelius, nachdenklich an seiner Unterlippe nagend an, nickte schließlich und meinte, diese Entscheidung sei zwar bedauerlich, doch sie ehre Milan zugleich; denn sie zeige, daß er bereit sei, auch in Notzeiten und Gefahr zu den Seinen zu stehen. »Ich hoffe, nicht nur zu deiner Mama, sondern auch zu Freunden, und wenn es sein müßte, zu Mitkämpfern.«

»Bestimmt«, sagte Milan, über Cornelius' verständnisvolle Reaktion erleichtert.

Bevor sich Cornelius kurze Zeit später verabschiedete, schärfte er Milan ein, hierzubleiben und Toniu und Maria bedingungslos zu gehorchen, um sie und sich selbst nicht in Gefahr zu bringen. »Es wäre unklug und undankbar. Ich werde mich etwas umhorchen. Mal sehen, was wir für dich tun können.«

Die nächsten drei Tage vergingen ereignislos. Milan verbrachte sie in seiner Kammer. Auf Tonius Geheiß verließ er sie erst am Abend, um im Obstgarten etwas frische Luft zu schöpfen, seinen Gedanken nachzuhängen und auf Cornelius' Wiederkommen zu hoffen.

Tatsächlich kam Cornelius am dritten Abend wieder – und er brachte eine Nachricht von Mama mit! Die Partei habe sich seiner, Milans, Sache angenommen, begann er, nachdem er einen Hocker herangezogen und sich Milan gegenüber gesetzt hatte. Die Partei ließe niemanden vergeblich auf ihre Hilfe und Unterstützung warten, selbst wenn man ihr bislang fern gestanden habe. Für diejenigen aber, die ihr angehörten, tue sie buchstäblich alles. »Die Partei, mußt du wissen, sie ist wie unsere Familie und mehr als das. Sie ist unsere

Heimat. Kaum einer von uns, der nicht bereit wäre, ihr nicht nur absolute Loyalität zu schwören, sondern für sie mit seinem Leben einzustehen. Doch jetzt zu dir. Es gibt Mittel und Wege, um auch das Unmögliche möglich zu machen. Einer Genossin – absolut glaubwürdig und zuverlässig – ist es gelungen, im Gefängnis der politischen Polizei mit deiner Mama Kontakt aufzunehmen, mit ihr zu sprechen, von dir zu erzählen. Um es kurz zu machen, deine Mutter weiß, daß man auch dich verhaften will. Ihr ginge es den Umständen entsprechend gut, sie bittet dich nur, möglichst schnell ins Ausland zu fliehen. Egal wohin, nur weg, meint sie, hier könntest du nichts für sie tun, im Gegenteil … Sie wäre beruhigt, jedenfalls eine große Sorge los, wenn sie wüßte, daß du das Land verlassen hast und dich in Sicherheit befindest.«

Alles, was Cornelius auch weiterhin sagte, hatte Hand und Fuß, klang plausibel, wohldurchdacht, auch von Sorge um Milan und sein Ergehen durchdrungen. Milan glaubte ihm jedes Wort – was blieb einem von Haus aus allzu vertrauensseligen Jungen in seiner Situation auch anderes übrig?

So konnte Cornelius Kveder anderntags in seinem Bericht an die nächst höhere Parteiinstanz von einem weiteren freiwilligen Kämpfer der Spanischen Internationalen Brigaden berichten. In dieser Woche war es bereits der dritte. Um seine freiwillige Verpflichtung oder die von ihm erwartete Norm zu erfüllen, brauchte er noch zwei.

In der Nacht vom 17. auf den 18. März 1937 brachte ein österreichischer Schleppkahn der Donaudampfschiffahrtsaktiengesellschaft, der Maschinen und andere Industriegüter für die Sowjetunion geladen hatte, elf Freiwillige für die Spanischen Internationalen Brigaden donauabwärts nach Galatz. Drei von ihnen waren Österreicher, zwei Ungarn, vier Jugoslawen und zwei Rumänen. Zwei Österreicher überlegten es sich unterwegs anders und verlangten, wieder an Land gesetzt zu werden. Nachdem ihnen der Kapitän dies abschlug, schlichen sie nachts aus ihrem Versteck im Laderaum an Deck, sprangen ins eiskalte Wasser und schwammen in Richtung bulgarisches Ufer; ob sie es erreichten, ist nicht bekannt. In Braila stießen zwei weitere Rumänen hinzu, dafür verließ ein Ungar heimlich den Schleppkahn. Darüber schien sich jedoch niemand aufzuregen, es handelte sich wohl um die ganz normale Fluktuation unter den illegal angeworbenen Freiwilligen.*

In Galatz übernahm ein sowjetisches Frachtschiff die Ladung und die illegalen Passagiere. Kurz bevor der Frachter auslief, kam noch Cornelius Kveder an Bord. Seiner dringenden Bitte, nach Spanien gehen zu dürfen und dort der medizinischen Versorgung der Internationalen Brigaden überstellt zu werden, sei endlich entsprochen worden, nicht zuletzt deshalb, weil ihm der Boden in Rumänien zu heiß geworden sei, erzählte er Milan und den anderen Freiwilligen. Zurückkehren würde er erst, wenn der Kampf in Spanien siegreich beendet und die Revolution auch nach Rumänien getragen worden sei.

»Glaubt mir, Genossen, das wird eher geschehen, als wir es uns vorstellen können! Ich habe kürzlich mit Genossen aus der Sowjetunion und Jugoslawien gesprochen... Ihr werdet staunen! Bis dahin aber heißt es, Erfahrungen sammeln! Wir wollen als kampferprobte, zu allem entschlossene Kader zurückkehren, um auch hier die Revolution zum Sieg zu führen.«

Schon wieder dieses bedeutsame Wort Kader, das fortan Milan geraume Zeit begleiten und weitgehend sein Schicksal bestimmen würde! Doch nun wußte er wenigstens ungefähr, was es bedeutete, und es erfüllte ihn mit Stolz, diesen zukünftigen Kadern anzugehören.

Kaum auf hoher See, stoppte das Schiff. Die angehenden Spanienkämpfer wurden mit einem Beiboot zum sowjetischen Frachter *Roter Belgorod* gebracht und dort an Bord gehievt; in der stürmischen

---

* Durch das international vereinbarte »Prinzip der Nichteinmischung« in den spanischen Bürgerkrieg durften keine Freiwilligen für die seit Ende 1936 bestehenden, an der Seite der republikanischen Regierung kämpfenden Internationalen Brigaden legal nach Spanien reisen. Um dort dennoch kämpfen zu können, mußten die Freiwilligen geschlossene Grenzen, Polizeisperren und zahllose politische wie behördliche Hindernisse überwinden. Am schwierigsten war es, Länder zu verlassen, die von rechtsgerichteten Regimen beherrscht waren; die Freiwilligen aus den Balkanstaaten, so auch Rumänien, mußten teilweise lange Irrfahrten hinnehmen, bevor sie ihr Ziel erreichten. Zu Fuß, über Berge und Täler wandernd, nachts unter freiem Himmel, verborgen zwischen Kohlen auf Lokomotiven oder in den Laderäumen von Schiffen, schlugen sie sich nach Spanien durch. Für viele von ihnen sollte es die erste und letzte große Reise ihres Lebens werden. – Die Angaben über die Zahl der Freiwilligen in den Internationalen Brigaden des spanischen Bürgerkrieges schwanken zwischen 30000 und 60000.

Nacht und bei hohem Seegang ein riskantes Unterfangen. Doch es gelang, und die vor Furcht und Seekrankheit grüngesichtigen Männer wurden von zuschauenden Passagieren auf dem *Roten Belgorod* applaudierend, winkend und rufend willkommen geheißen. Auch sie waren in der Sowjetunion rekrutierte Spanienfreiwillige aus aller Herren Länder, über siebzig an der Zahl.

»Fast durchweg Kommunisten, die besten Kader der Partei«, erklärte Cornelius Kveder seinen rumänischen Schützlingen, nachdem der Frachter wieder Fahrt aufgenommen hatte, Richtung Bosporus und weiter durch die Ägäis und das Mittelmeer nach Spanien. »Der Widerstand gegen die Franco-Faschisten formiert sich. Die Reise dauert allerdings einige Tage. Hoffentlich lassen uns die spanischen Genossen noch etwas zu tun übrig. Meine Aufgabe wird zwar darin bestehen, die verwundeten Genossen wieder kampffähig zu machen, doch würde ich ganz gern auch ein paar Faschisten ...«, Cornelius hob ein unsichtbares Gewehr, zielte, drückte ab, »peng, Blattschuß.« Er lachte den anderen zu, sie lachten pflichtschuldig zurück, zwei von ihnen machten ihm die Gebärde des Schießens nach. Dann blickten sie alle wieder hinüber zur rumänischen Küste, die im Dunst des frühen Morgens nur noch als ein undeutlicher Strich am Horizont zu sehen war.

»Adieu Rumänien, Land des Unrechts und der Unterdrückung!« rief Cornelius Kveder. »Wir kommen wieder – unter dem roten Banner der Revolution!«

»Scheißland!« sagte ein anderer, ein Mann mit schiefem, unrasiertem Gesicht und spuckte über die Reling in Richtung Küste.

Milan hörte es, ihm war zum Weinen zumute, doch er wagte nicht, seine Trauer zu zeigen. Land des Unrechts und der Unterdrückung, ein Scheißland ... Es war sein Land! Marussjas und Joanas und Ilkas und Anikas und Resis und aller anderen Mädchen Land, und Klaus von Stockhausens und Luis' und Loisas Land und das Land seiner Erinnerungen, das wunderbare, glückliche Land seiner Kindheit und Jugend, das Land seiner Träume, ein Märchenland. Mamas Land. Das Land, wo Mama zurückgeblieben war – machte er sich denn nicht des Verrats an diesem Land schuldig, wenn er es bei Nacht und Nebel und vielleicht für immer verließ?

Die undeutliche Linie der Küste verschwamm endgültig hinter dem Tränenschleier auf Milans Augen. Nein! Mochten dort drüben auch Unrecht und Unterdrückung herrschen – er liebte dieses Land. Er liebte es!

Es war *Mamas Land*!

Zwei Wochen später tauchte am Horizont die spanische Küste aus dem Meer. Die an Deck angetretenen Spanienkämpfer begannen zu jubeln, Kriegsparolen zu rufen und schließlich in verschiedenen Sprachen zur gleichen Melodie die Internationale zu singen. Milan sang mit, zuerst auf rumänisch, dann deutsch, schließlich russisch. Doch mit seinen Gedanken war er nicht bei dem Text des Liedes, den er gleich am ersten Tag der Reise hatte lernen müssen. Die Hochstimmung, von der alle anderen erfaßt zu sein schienen, ließ ihn so gut wie unberührt. Spanien – was sollte er hier? Diese nach und nach deutlicher werdende Küste war nicht das Land, wohin er wollte.

Es war nicht Vaters Land.

# Teil II

# GWENDOLYN

## 17. KAPITEL

*Wie in Spanien der Bürgerkrieg ausbricht und Milan in die Hände eines Säufers fällt, der ihm in kürzester Zeit das Einmaleins des Kriegshandwerks beibringen soll*

Im Februar 1936 wurde in Spanien ein neues Parlament gewählt. Nach der Meinung ausländischer Beobachter – darunter Korrespondenten so konservativer Zeitungen wie die Londoner »Times« – verliefen die Wahlen geradezu mustergültig frei und demokratisch. Eindeutige Sieger waren die Parteien des linken Blocks, der sogenannten »Volksfront«, bestehend aus Sozialisten, linken Republikanern, der Republikanischen Union, der katalanischen Linken und der Kommunisten. Sie erzielten 278 Mandate. Die »Nationale Front« der Agrarier – Partei der Großgrundbesitzer –, Monarchisten, Unabhängigen und Traditionalisten brachte es auf 134 und die wenigen und schwachen Parteien der Mitte auf 55 Mandate. Die Volksfront besaß die absolute Mehrheit und bildete die Regierung. Doch wollten sich die Parteien der Nationalen Front damit nicht abfinden. Nach dem damals üblichen, in Europa vorherrschenden Muster wurden die politischen Auseinandersetzungen auf die Straße verlagert. Es gab Mord und Totschlag, Terror, politisch motivierte Streiks, Massenaufmärsche paramilitärischer Verbände, Sozialisten, Kommunisten, Anarchisten, Monarchisten, Faschisten schlugen sich gegenseitig tot oder zumindest die Köpfe blutig. Anders als in Italien oder Deutschland, wo aus ähnlichen Verhältnissen die extrem rechts stehenden Parteien der Faschisten und Nationalsozialisten als Sieger hervorgegangen waren, schien sich in Spanien die Waage zuletzt doch zugunsten der Volksfront zu neigen. Die herrschenden Kasten der Großgrundbesitzer, Kleriker (die katholische Kirche, ein Staat im Staate, war Land- und Kapitalbesitzer allergrößten Stils und jeder demokratischen Ordnung spinnefeind) und der Offiziere sahen ihre Felle davonschwimmen. Ein Militärputsch wurde vorbereitet. Mit der Armee und der verbotenen faschistischen Falange als Speerspitze sollte die Volksfront niedergekämpft und die Regierung verjagt werden.

Den Anlaß bot die Ermordung des Führers der monarchistischen Partei und Cortes- oder Parlamentsabgeordneten Calvo Sotelo durch Offiziere der republikanischen Bereitschaftspolizei am 13. Juli 1936. Vier Tage später, am 17. Juli, schlugen die Generäle Quieipo de Llano, Emilio Mola Vidal, Franco Bahamonde und José Sanjurjo Sacanell los. Dieser letzte, der eigentliche geistige und militärische Führer des Aufstandes, verunglückte am 20. Juli bei einem Flugzeugabsturz tödlich;* sein Nachfolger wurde General Franco, der allerdings erst mit einem deutschen Flugzeug auf dem Umweg über Afrika aus der »Verbannung« auf Teneriffa nach Spanien gebracht werden mußte.

Hinter den putschenden Generälen stand fast die gesamte Armee, assistiert von bewaffneten Falangisten und Karlisten; diese letzten begannen sogleich einen eigenen Militärverband zu bilden, die rotbemützten *Requetes*. Die Regierung war praktisch wehrlos. Stützen konnte sie sich nur auf die Parteien der Volksfront und deren paramilitärischen Verbände. Auf ihrer Seite stand allerdings das Volk, jedenfalls dessen Großteil. So hatte der Widerstand gegen die Putschisten von Anfang an einen spontanen Charakter, den es bis zum Ende des Bürgerkrieg nie ganz verlieren sollte. Die ersten Einheiten einer regierungstreuen Milizarmee bildeten sich, stellten sich den regulären Armeeinheiten entgegen und nahmen dort, wo sie die Übermacht errangen, fürchterliche Rache an den verhaßten Militärs.

Im ersten Anlauf, begünstigt durch ihre militärische Schlagkraft und den Überraschungseffekt, gelang es den Aufständischen, bis September 1936 große Teile Spaniens unter ihre Kontrolle zu bringen. Danach versteifte sich der Widerstand der Republikaner mehr und mehr, sie konnten Madrid und Barcelona von Aufständischen »säu-

---

* General Sanjurjo Sacanell sollte aus seinem portugiesischen Exil nach Burgos geflogen werden; die Stadt befand sich bereits in den Händen der Nationalisten. Der Pilot weigerte sich vergeblich, zwei schwere Koffer mitzunehmen, die zuletzt noch angeschleppt wurden; die kleine Maschine sei ohnehin überladen, es könne Schwierigkeiten beim Start geben. Der Protest nützte nichts, die Koffer wurden verladen. Tatsächlich kam das Flugzeug nur mühsam hoch und stürzte gleich nach dem Start ab, wobei Sanjurjo den Tod fand. In den Koffern befanden sich seine Paradeuniformen für die – wie man meinte, kurz bevorstehenden – Siegesfeierlichkeiten in Madrid.

bern« und halten. Francos Triumphmarsch zur Macht, der nur wenige Tage dauern sollte, entwickelte sich zu einem Bürgerkrieg. Wie alle ähnlichen Konflikte aus sozialen, religiösen, weltanschaulichen Gründen – oder einer Mischung aus alledem – wurde er mit einer unerhörten Grausamkeit geführt. Ein Krieg in Spanien – lodernde Leidenschaft und Opferbereitschaft, töten und sterben mit einem Fluch auf den Lippen und dem Ruf: Viva España.

Beide Seiten wandten sich von Beginn an um Hilfe an das Ausland. Das faschistische Italien und nationalsozialistische Deutschland griffen Franco sogleich massiv unter die Arme. Sie halfen mit Truppen und Waffenlieferungen, vor allem mit schwerem Kriegsgerät und Kampfflugzeugen. Die Republikaner mußten länger warten, bis sie Hilfe vornehmlich von der Sowjetunion bekamen. Dafür strömten aus aller Welt Freiwillige nach Spanien, um an der Seite der legitimen Volksregierung gegen den Franco-Faschismus zu kämpfen. Im Verband der Internationalen Brigaden bildeten sie alsbald den Kern der republikanischen Miliz- und später Volksarmee, der *Ejercito popular* – überall dort eingesetzt, wo Not am Mann war.

Nun sollte also auch unser Milan an diesem unbarmherzigen Hauen und Stechen teilnehmen, an einem Krieg voller chaotischer Unwägbarkeiten. Welch ein Gegensatz zu seiner Kindheit und Jugend! In einem Frauenhaushalt aufgewachsen, von Mama, Marussja, Joana, von Dienstmädchen und Mägden, ja selbst von der mürrischen, durch Schicksalsschläge verbitterten Loisa bemuttert und behütet, geborgen in einem warmen Nest uferloser Liebe, beschützt wie ein Küken unter ausgebreiteten Flügeln gleich mehrerer, einander abwechselnder Glucken, verwöhnt und verhätschelt von Mamas zahlreichen Freundinnen – das war bisher Milans Leben gewesen. Nun aber, beginnend mit Mamas Verschwinden oder, noch eher, seit ihrer Vertreibung aus der Villa Ilona, nichts als chaotisches Durcheinander, ein verwirrendes und dazu lebensgefährliches Tohuwabohu – wohl der Beginn jener »stürmischen Zeiten und auch großen Gefahren für Leib und Leben«, von denen im Horoskop des Craiover Bibliothekars und Sterndeuters Gottlieb die Rede gewesen war.

Von Spanien wußte Milan nur, was er über dieses Land in der Schule gelernt hatte. Ein wenig Geschichte seit der Zeit der alten

Römer, Goten, Araber, ein Brückenkopf des Islam in Europa – ähnlich wie zu Hause, auf dem Balkan –, Kalifen und Könige, triumphaler Sieg der Christenheit, Christoph Kolumbus, brennende Scheiterhaufen des Großinquisitors, das Reich der Habsburger, in dem die Sonne nicht unterging, Don Quiote von La Mancha mit seinem Diener und Knappen Sancho Pansa und dem Pferd Rosinante. Auf steiniges Land brennende Sonne, Mädchen, die alle Carmen hießen und Flamenco tanzten, spanische Wand, spanische Fliege, spanische Reitschule, stolz wie ein Spanier und natürlich der Stierkampf, anmutig tänzelnde und mit ihren Degen tödlich zustoßende Toreros, Picadores, wütend schnaubende Stiere (Milan hielt es immer *mit* den Stieren und *gegen* die Toreros, wenn er Geschichten über Stierkämpfe las), Sonne und Schatten, Sol y sombra um fünf Uhr nachmittags, Blut auf gelbem Sand, España olé! Spanien, ach, Spanien, dieses fremde, unbegreifliche Land – was hatte er hier zu suchen?

Das fragte sich Milan schon bald, genaugenommen bereits am dritten Tag seiner Ausbildung zu einem Soldaten der Revolution und Kämpfer für die glückliche Zukunft des spanischen Volkes sowie aller anderen Völker der Erde und, wie es hieß, zu einem »vollwertigen Mitglied der Internationalen Brigaden«, während er im aufgeweichten, nach tagelangen Regenfällen grundlosen Lehmfeld lag, die mit Lehm beklumpten Stiefel des Ausbilders kaum drei Handspannen vor den Augen, dessen niederbayerischer Stimme lauschend: »Ich werde euch Beine machen, ihr Freiwilligen, ihr! Ihr krumm in die Luft geschissenen Fragezeichen, ihr! Ihr Lahmärsche! Ihr Zivilisten, ihr!« Dieses letzte, in die feuchtkalte Luft verachtungsvoll hinausgestoßene »Zivilisten« schien für den Sergeanten das schlimmste aller Schimpfwörter zu sein.

Was Milan eben erlebte, die hinter ihm und – wie wir sehen werden – erst recht die vor ihm liegenden Ereignisse, machten ihn ratlos und erschwerten es ihm, seinen Glauben an den Sieg der Vernunft und einen steten Aufstieg der Menschheit zu lichten Höhen einer allgemeinen, allumfassenden Humanität zu bewahren. Mama, der unglückliche Klaus von Stockhausen, Professor Petrascu hatten ihm diesen Glauben eingepflanzt und sorgsam gehegt, bis er sich zu einem kräftigen Baum mit festen, bis in die letzten Winkel seiner Seele reichenden Wurzeln entwickelt hatte. Doch waren nicht allein schon diese drei allesamt Opfer der gegenteiligen Kräfte geworden? Professor Petrascu hatte sich der Eisernen Garde zugewandt, die Gewalt und Terror auf ihre Fahnen geheftet hatte, Klaus von Stockhausen war ein schreckliches Ende durch eben dieser Eisernen Garde zugehörige Mörder beschieden worden, und Mama, ach, Mama, war in den Verliesen der politischen Polizei verschwunden. Er selbst aber, er war in ein Land verschlagen worden, das eine Phase finsterster Barbarei durchlebte, einen Ausbruch grausamster Gewalttätigkeit, wie man sie wohl in der Walachei zur Zeit des Fürsten Vlad Dracul, doch nie und nimmer in einem Zeitalter der Vernunft für möglich gehalten hätte. Wie sollte man sich also, solchen Prüfungen ausgesetzt und schlimmsten Gefährdungen ausgeliefert, seinen Glauben an die Vernunft und das Gute im Menschen bewahren? Doch halt! Hatten nicht auch Mama, Professor Petrascu und der zu Tode geschundene Klaus von Stockhausen immer wieder betont, daß der Weg des Fortschritts mit Dornen übersät, von Gefahren umsäumt und von Rückschlägen begleitet wird? Das war die Erklärung! Sie waren Opfer eines solchen Rückschlags geworden, in dessen Zentrum sich auch er selbst augenblicklich befand. Und er war gleich anderen Genossen, Kameraden, Mitkämpfern, Freunden, ja Brüdern und Schwestern aufgerufen worden, nach seinen Kräften gegen die Mächte der Finsternis zu kämpfen, wo auch immer sie versuchten, den Fortschritt aufzuhalten und das Rad der Geschichte zurück in die Barbarei zu drehen.

»Heute in Spanien, morgen vielleicht in Frankreich, England, Polen, Rumänien, ja auch in Amerika oder sonstwo auf der Welt. Und eines Tages in Italien und Deutschland, den Brutstätten dieser faschistischen Seuche, die ihren Pesthauch über die Erde verbreitet.«

Das waren die Schlußsätze von Cornelius Kveders letzter Ansprache vor den angetretenen Freiwilligen der Internationalen Brigaden noch an Bord des sowjetischen Frachters *Roter Belgorod*, bevor sie an Land gesetzt wurden. Er beendete sie mit den Worten: »Das spanische Volk wird euch mit glühender Begeisterung und tiefer Dankbarkeit empfangen. Zeigt euch dessen würdig. Viva España!«

Doch war von dieser glühenden Begeisterung, die Cornelius Kveder ankündigte und mit der die Bevölkerung die ersten Freiwilligen der

Internationalen Brigaden vor kaum einem halben Jahr empfangen hatte, nichts zu merken.* Die Hafenarbeiter und die herumlungernden Neugierigen an der Mole von Alicante würdigten die an Land gehenden Männer kaum eines Blickes. Die Soldaten der Internationalen Brigaden, die sie unter dem Kommando eines französischen Korporals in Empfang nahmen, zeigten mürrische, übernächtigte Gesichter. Unterwegs nach Albacete, wo sie registriert, ausgebildet und auf verschiedene Einheiten verteilt werden sollten, gab es keine jubelnden Menschenmengen, keine Ansprachen, keine Körbe mit Brot, Obst, keine gebratenen Schafe, Ferkel, Hühner und Gänse, keine Korbflaschen mit dem feurigen spanischen Rotwein, wovon die ersten Freiwilligen berichteten. Als Marschverpflegung bekamen sie einen halben Laib Kommißbrot, ein Stück Hartwurst und bitteren Zichorienkaffee in die Feldflaschen, soweit jemand eine solche besaß.

In Albacete marschierten sie in das außerhalb der Stadt gelegene Lager der Internationalen Brigaden, wo sich auch deren politische und militärische Kommandozentrale befand. Hier wurden sie erneut registriert, gemustert und eingekleidet. In den grünbraunen, schon abgetragenen und vielfach geflickten Drillich-Uniformen, sahen sie am nächsten Tag wie verwandelt und alle über einen Kamm geschoren aus: Soldaten.

Einigen der Neuen wurde diese Prozedur erspart. Sie schienen zu den unteren, vielleicht auch mittleren Kadern zu gehören, oder ihre Eignung und Verwendung standen bereits fest. Dazu gehörte auch Cornelius Kveder. Schon kurz nach der Ankunft in Albacete wurde

---

* Luigi Longo, der in Spanien den Kampfnamen »El Gallo«, der Hahn, trug und es später zum Generalsekretär der KP Italiens brachte, schrieb über die Ankunft und den Empfang der ersten Freiwilligen der Internationalen Brigaden im Oktober 1936 unter anderem: »Das Schiff legte ... an der Mole von Alicante an. Das Wetter ist trübe, doch die Menge an Land und die Freiwilligen an Bord erzeugen eine glühende Atmosphäre der Begeisterung... Trotz aller Improvisation verläuft alles gut, und in der gleichen Nacht fahren die Freiwilligen, teils in Lastwagen, teils mit einem improvisierten Mititärtransport, nach Albacete weiter.

In jedem Dorf, auf jeder Station entbieten jubelnde Menschenmengen den Freiwilligen den Gruß des spanischen Volkes. Körbe mit Brot und Obst, Schafe und Spanferkel, gebratene Hühner und große Korbflaschen mit Wein werden den Freiwilligen in jedem Waggon und jedem Lastwagen angeboten; als sie in Albacete ankommen, sind sie mit allen guten Gottesgaben voll beladen...«

er von einer Frau in der Uniform eines Offiziers der Miliz-Armee abgeholt. Von seinen Weggefährten verabschiedete er sich mit erhobener Faust und den Worten: »Vorwärts, Genossen, spätestens nach dem Sieg über die Faschisten sehen wir uns wieder. Bis dahin – mit proletarischem Gruß, compañeros, olé!«

Milan hatte gehofft, Cornelius Kveder würde schon wegen ihrer alten Bekanntschaft, ja fast schon Freundschaft, wenigstens jetzt ein persönliches Wort des Abschieds an ihn richten. Doch er wurde enttäuscht. Cornelius hatte es zu eilig, ein kurzes Winken nur, ein abschiednehmendes Kopfnicken, dann war er verschwunden.

Die ersten drei Monate des spanischen Abenteuers verliefen für Milan zwar ungewohnt und zuweilen turbulent, doch auch einigermaßen geregelt. Die Ausbildung dauerte knappe vier Wochen – eine in den Augen militärischer Fachleute viel zu kurze Zeit, sträflich kurz auch nach Ansicht des Sergeanten, der als Ausbilder Milans Gruppe zugeteilt worden war.

Dieser Sergeant, ein Bayer aus Straubing an der Donau, hatte in der deutschen Reichswehr und danach in der französischen Fremdenlegion gedient; wie das eine mit dem anderen vereinbart werden konnte, wie er nach Spanien und hier als Ausbilder zu den Internationalen Brigaden gekommen war, blieb sein (und der Personalabteilung) Geheimnis. Die plausibelste Erklärung war wohl die, daß man auf seiten der republikanischen Regierung jeden militärischen Fachmann engagierte, den man bekommen konnte, gleichgültig, woher er kam, nachdem sich so gut wie die gesamte Armee den putschenden Generälen angeschlossen hatte. Männern wie Sergeant Gruber war es einerlei, für wen sie ihre Haut zu Markte trugen, Hauptsache, die Kasse stimmte. Entsprechend fehlte seiner Ansprache an die angetretenen Freiwilligen jeder politische Bezug. Sie lautete:

»In drei oder vier Wochen soll ich aus lahmarschigen Zivilisten Soldaten machen. Das bringt nicht einmal der liebe Gott zustande. Aber ich. Wenn wir miteinander fertig sind, nimmt es jeder von euch mit zwei Moros* auf einmal auf. Und jetzt erzähle ich das

---

* »Moros« nannte man afrikanische Soldaten (Marokkaner), die in der spanischen Armee dienten und von Anfang an an Francos Seite kämpften.

Ganze noch einmal auf französisch, damit mich alle verstanden haben und es später keine Klagen gibt, wenn ich euch so herumjage, daß eure Ärsche kochen und der Dampf aus allen Löchern herauspfeift.«

Nachdem er also diese Ansprache in einem bayerisch gefärbten Französisch wiederholt hatte, angereichert mit allerlei nicht druckreifen Kraftausdrücken aus dem Vokabular der Fremdenlegion, begann die Ausbildung. Vierzehn bis sechzehn Stunden täglich auf dem Exerzierhof des Lagers, im Gelände, im Unterrichtsraum. Scharfes Schießen übten sie allerdings kein einziges Mal, und auch nicht mit Platzpatronen. Wenn sie im Gelände Angriff oder Verteidigung trainierten, mußten sie zielen, laut »Kimme – Korn – Schuß« rufen oder »peng« und »bumm« statt »Schuß« und die Maschinengewehr-Schützen entsprechend »ra-t-ta-ta-ta-ta-ta-ta«. Schüchtern befragt, wie sich das mit der Wirklichkeit an der Front vertrüge, meinte Sergeant Gruber nach längerem Überlegen: »Das kann sich jeder selbst denken. Ist das klar? Oder habt ihr keine Phantasie? Mit diesen Franzosenflinten, die man euch gegeben hat, kann man nicht mehr schießen, weil es sie beim ersten Schuß z'reißt. Die waren schon siebzig-einundsiebzig* schrottreif. Aber wenn's, also wenn's losgeht, kriegt ihr andere. Vielleicht. I moan solchene, mit denen man auch schießen kann. Und ein bißl Munition aa. Jetzt hamma keine. Jetzt schiaßt ihr eh nur Löcher in d' Luft, und die Munition brauch' ma für Francos Neger. Alles klar?«

Das sprach er während einer »Gefechtspause« im Gelände, mit schwerer Zunge schon am frühen Nachmittag. Bei ihm nichts Ungewohntes. Es wurde erzählt, daß er frühmorgens erst einmal ein Wasserglas voll Schnaps trinken müsse, um handlungsfähig zu werden. Weil seine Hände dabei zu stark zitterten, behelfe er sich damit, daß er ein Handtuch um den Hals lege, mit der rechten Hand das volle Glas und ein Handtuchende und mit der linken das andere Ende nehme, mit Hilfe des straff gespannten Handtuches das Glas an den Mund führe und es in einem Zug leertrinke. Nach fünf Minuten sei er nach eigenem Bekunden wieder unter den Lebenden. Das nächste Glas könne er mit ruhiger Hand heben und austrinken.

---

\* Gemeint ist der deutsch-französische Krieg von 1870/71.

Wie viele Gläser oder Flaschen er tagtäglich leerte, wußte man nicht zu sagen. Nach dem Zustand zu urteilen, in dem er sich abends in der Regel befand, müssen es etliche gewesen sein, obwohl er andererseits nie einen völlig betrunkenen Eindruck machte. Ein Alkokoliker. Ein versoffener, streitsüchtiger Landsknecht und Schleifer, dem man sadistische Züge nachsagte. Der sie über den Exerzierhof und durch das Gelände hetzte, bis manch einer vor Erschöpfung umfiel, was ihn jedoch nicht im mindesten beeindruckte. »Laßt den Schlappschwanz liegen!« Widerlicher weißer Schaum bildete sich auf seinen Lippen und in den Mundwinkeln, wenn er sie mit rotblau angelaufenem Gesicht als Totalversager beschimpfte, die das ABC des Soldatenlebens nie lernen würden. Ein Hurenbock zudem, der seinen Sold in Albacetes verrufenstem Bordell versoff und verhurte. Und dennoch, die Erinnerung an den Sergeanten Gruber war für Milan und vermutlich die meisten anderen mit keinerlei Unwillen, Zorn, Bitterkeit oder Haß verbunden, sondern eher mit dem Gefühl einer gewissen Belustigung und Dankbarkeit. Soweit das in der kurzen Zeit und unter den gegebenen Verhältnissen möglich war, hatte es dieser Mann doch fertiggebracht, den Freiwilligen das militärische Rüstzeug mitzugeben, das ihnen später half zu überleben.*

Nach gut drei Wochen war die Ausbildung beendet, die Ausrüstung wurde komplettiert. Die Freiwilligen bekamen etwas Wäsche, Schuhe, Brotbeutel, Feldflaschen, Stahlhelme. Gasmasken, hieß es, würden folgen. Tags darauf faßten sie funkelnagelneue Mauser-Gewehre aus tschechischer Produktion.

---

* Sergeant Alois Gruber wurde wegen »Insubordination, politischer Unzuverlässigkeit und aufrührerischer, seine Vorgesetzten verunglimpfenden Reden« – er hatte unter Alkoholeinfluß die ihm vorgesetzten Offiziere als Nullen und militärische Analphabeten beschimpft – schon bald degradiert und an die Front versetzt. Vor Madrid und vor allem in den Kämpfen gegen die deutsche, an Francos Seite kämpfende »Legion Condor« zeichnete er sich wiederholt aus, so daß er schließlich zum Unterleutnant befördert wurde. In den Wirren der letzten Kriegswochen Anfang 1939 verliert sich seine Spur. Nach einem nicht verbürgten Augenzeugenbericht soll er beim Überfall auf ein Nachschubdepot unweit der französischen Grenze gefallen sein und ein ihm angemessenes Ende gefunden haben: Das überfallene Depot befand sich in einer Schnapsfabrik.

»Ihr habt Glück, es gibt keine besseren«, meinte daraufhin Sergeant Gruber, am frühen Vormittag noch ohne Sprachschwierigkeiten. »Damit könnt ihr auch richtig schießen. Eins schreibt euch hinter die Ohren: Ein Gewehr taugt nur so viel, wie der Mann dahinter. Wenn ihr was treffen wollt, müßt ihr die Flinten einschießen. Wie man das macht, erzähle ich euch noch.«

Dazu kam es nicht mehr. Noch am gleichen Tag wurde Milans knapp vierzig Mann starker Zug von einem Unterleutnant – er war Österreicher – abgeholt und zum Bahnhof gebracht. Wohin es gehen sollte, verriet er nicht. Danach befragt, hob er bedeutungsvoll lächelnd die Augenbrauen. »An die Front. Wohin sonst? Eins kann ich verraten – es muß schnell gehen, damit wir rechtzeitig hinkommen.«

»Warum rechtzeitig?«

»Um nichts zu versäumen«, lachte der Unterleutnant. Aber es klang nicht besonders fröhlich.

# 18. Kapitel

*Milan bekommt in der vergessenen Brigade einen*
*Vorgeschmack von der Front, wird bei Madame Rosa einquartiert,*
*findet einen neuen Freund und besteht*
*seine Feuertaufe*

Ende April 1937 hatten die Aufständischen unter General Franco knapp zwei Drittel Spaniens besetzt. Im Norden hielten die regierungstreuen Basken noch einen abgetrennten Küstenstreifen zwischen Gijon im Westen und Guernica im Osten. Die Grenze des von der Regierung und ihren Truppen beherrschten Hauptgebietes verlief von der spanisch-französischen Grenze in den Pyrenäen auf der Höhe von Pena de Oroel südwärts über Zaragoza bis Teruel. Hier bog sie nach Nordwesten ab in Richtung Segovia und wendete sich erneut südwärts nach Madrid und Toledo mit dem legendären, erbittert umkämpften Alcazar. Danach bildete sie eine weite, westwärts gerichtete Bucht bis auf die Höhe von Villanueva am Rio Guadiana, von wo sie wieder in südöstlicher Richtung verlief und östlich von Cordoba über den Rio Guadalquivir und Granada zum Mittelmeer führte.

Milans Gruppe fuhr an die Extremadura-Front im Süden, zwischen Villanueva und Cordoba. Ein unwirtliches, karges Land mit armseligen Dörfern und verschlafenen Städtchen zwischen kahlen, von der Sonne ausgedörrten Hügeln und Höhenzügen der Sierra Morena. Während die anderen Internationalen Brigaden größtenteils im Raum Madrid lagen und den Löwenanteil an der Verteidigung der Hauptstadt trugen, hatte man in Extremadura die XIII. Brigade eingesetzt, als bei Granada ein Durchbruch der Aufständischen drohte. Der Durchbruch wurde vereitelt, doch die Brigade blieb an der Südfront, auch nachdem sich der Schwerpunkt der Kämpfe nach Norden verlagert hatte. Sie wurde »vergessen«. Das jedenfalls nach der Meinung der Brigadisten, die sich aus der gebirgigen Ödnis ins Zentrum des Geschehens rund um Madrid wünschten. Die »Vergessenen« nannten sie sich und ihre Einheit die »Vergessene Brigade«, eine Bezeichnung, die schon bald über deren

Grenzen hinaus bekannt wurde und später in die Geschichte des spanischen Bürgerkrieges eingehen sollte.

Nach einem kurzen Aufenthalt in einem verwaisten Bauernhof westlich des Eisenbahnknotenpunktes Pennaroya, wo der Brigadestab untergebracht war, ging es weiter zu den Einheiten. Milan wurde mit neun anderen dem Sturmbataillon Tschapaiew zugeteilt, so benannt nach einem russischen Revolutionshelden. Dorthin brachte sie, schon in der Abenddämmerung, ein drahtiger kleiner Melder, ein Schweizer.

Unterwegs ließ er die Gruppe in Deckung eines Wäldchens anhalten. »Die nächsten dreihundert Meter können die Moros einsehen«, erklärte er in behäbigem Schwyzer Dütsch. »Manchmal schießen sie mit der Artillerie auf jeden einzelnen. Wie man so sagt, mit Kanonen auf Spatzen. Jetzt ist es vielleicht schon zu dunkel, aber wir halten doch lieber Abstand. Bis zu den Bäumen drüben, seht ihr sie, he? Fünfzehn oder zwanzig Schritt Abstand. Alles klar, he?«

Vorhin, beim Brigadestab, war in der Ferne noch Gewehr und Maschinengewehrfeuer zu hören gewesen und hin und wieder die Detonation einer Werfergranate. Mit einfallender Dämmerung war das Feuer abgeflaut. Jetzt war es still. Man hörte nur das weithin hallende Quaken von Fröschen aus den nahen Tümpeln, das Klappern der Ausrüstung, die schmatzenden Schritte der Soldaten auf sumpfigem Grund und ihre keuchenden Atemzüge, als sie über die eingesehene Talniederung zu der Baumgruppe auf der anderen Seite liefen. Doch dann blitzte es links vorne zweimal, dreimal auf, es rauschte heran, und der Melder schrie: »Deckung!«

Gleich darauf schlug die erste Granate an die hundert Meter hinter ihnen ein und versank die zweite mit einem satten Plopp im Sumpf, ohne zu detonieren. Die dritte ging am nächsten nieder, doch auch sie richtete keinen Schaden an.

Milan fand sich neben dem Pfad liegen, große, gelbe Blüten der Sumpfdotterblumen vor den Augen. Durch die dünne Uniform drang kalte Nässe an die Haut, in seinen Ohren verklang es dünn, das vorübergehend verstummte Quaken der Frösche setzte wieder ein, und die Stimme des Schweizer Melders rief: »Noch alle da, he? Weiter geht's!«

Das war Milans erste Berührung mit der Front, unauslöschlich in seine Erinnerung eingeprägt, mochte später auch unvergleichlich

Bedrohlicheres und Dramatischeres geschehen: das ferne Aufblitzen der Abschüsse, das jaulende Heranrauschen der Granaten, die Detonationen, das stumpfe Plopp des Blindgängers, die Kälte des Sumpfwassers an den Beinen, dem Bauch und den Armen, die wie von Innen heraus in der Dämmerung leuchtenden Sumpfdotterblumen, das Quaken der Frösche und die auffordernde Stimme des Melders, die sie zum Aufstehen und Weiterlaufen zwang.

Der Melder wurde nicht weit von hier wenige Tage später von einem Moro-Scharfschützen getötet. Kopfschuß. Hätte er den Stahlhelm getragen, wäre er mit einer Beule davongekommen, hieß es.

Der Stab des Bataillons Tschapaiew befand sich in einer großen, einsam gelegenen, in der Abenddämmerung weiß leuchtenden Finca.* Hier wurden sie bereits erwartet.

Der Bataillonsfeldwebel war ein Mann mittleren Alters mit einem mißlaunigen, zerknitterten Gesicht, militärisch streng herabgezogenen Winkeln des schmallippigen Mundes, das unvermeidliche Notizbuch zwischen dem dritten und vierten Knopf seiner Uniformbluse. Er musterte die Ankömmlinge eingehend von oben bis unten.

»Dieses nasse, verdreckte Häufchen – ist das alles an Ersatz, was man uns zugedacht hat?« fragte er den Melder.

»Alles«, antwortete dieser gleichmütig.

»Ausgezeichnet! Und damit sollen wir morgen den Krieg gewinnen?« Der Feldwebel zog ein großes kariertes Taschentuch vor, schneuzte sich und wiederholte: »Ja, ja, damit sollen wir den Krieg gewinnen! Keine Frage.« Er verstaute das Taschentuch wieder und winkte einen wartenden Korporal heran. »Laß die Leute essen und bring sie dann zur dritten Kompanie.«

»Jetzt noch?« fragte der Korporal.

»Morgen früh haben wir dafür keine Zeit.« Damit drehte er sich um und verschwand im dunklen Eingang des Nebengebäudes.

»Was ist morgen früh los?« fragte einer aus der Gruppe den Melder.

»Ihr seid doch gekommen, um Krieg zu führen, he?« sagte der Melder, nickte ihnen zu und ging.

Zu essen gab es Garbanzos, auf deutsch Kichererbsen mit einigen

---

\* Finca = Bauernhof

Fasern Büchsenfleisch darunter. Sie sollten sich beeilen, drängte der Korporal, ein Österreicher. Er sprach mit einem starken Tiroler Akzent, trug einen schönen, braunen Vollbart und sah mit seiner gebogenen, aus dem Mundwinkel hängenden Pfeife, der Schirmmütze und dem lässig nach Jägerart über die Schulter hängenden Manlicher-Gewehr wie einer jener Tiroler Gebirgsschützen aus, die im Ersten Weltkrieg in den Dolomiten gegen eine vielfache italienische Übermacht die Front gehalten hatte. Bedächtigen und stetigen Schrittes führte er sie über Stock und Stein, bergauf und bergab, über Geröll, felsige Pfade und durch sumpfige, nach Frühjahresregen aufgeweichte Talsenken, wo man in der Finsternis kaum die Umrisse des Vorausgehenden sehen konnte, in die Stellung der dritten Kompanie des Sturmbataillons Tschapaiew. Schließlich stolperten sie einen felsigen, von stachligem Gestrüpp bewachsenen Hang hinauf und hielten vor einem Erdhaufen an. Der Korporal verschwand darin. Ganz nah, scheinbar gleich hinter dem Erdhaufen, ratterte plötzlich ein Maschinengewehr los, so nah, daß die Neulinge erschrocken zusammenfuhren und einige in die Hocke gingen; dies war doch etwas ganz anderes als das fröhliche Ra-ta-ta-ta-ta-ta auf dem Übungsplatz bei Albacete. Das Maschinengewehr verstummte, eine Stimme rief etwas, eine andere lachte, dann fielen ein paar Gewehrschüsse, und es wurde wieder still.

»O Mann, die schießen ja auf Menschen«, sagte einer von denen, die in die Hocke gegangen waren, unter ihnen auch Milan.

»Bei der Dunkelheit sehen sie ja nichts. Sie schießen bloß so in die Nacht hinein«, sagte ein anderer.

Jetzt kam der Tiroler Korporal wieder aus dem Erdhaufen, in Begleitung eines Mannes, der im reinsten Berliner Dialekt sagte, er sei Feldwebel Hans Kienzig, Spieß, auf gut Deutsch Mutter der Kompanie, und würde sich demnächst um sie kümmern. Jetzt sollten sie schlafen gehen, um morgen früh ausgeruht zu sein, wenn es gegen die Moros ginge. »Ihr habt verstanden, was ich gesagt habe?«

»Die meisten schon«, sagte der Tiroler.

»Na, denn. Teil sie auf. Die eine Hälfte kommt in die Villa de sol, die andere zu Madame Rosa. Dort sind wieder Plätze frei.«

Villa de sol und Madame Rosa waren Unterstände, halb in den felsigen Abhang hineingetriebene, halb aufgeschüttete Erdbunker, so benannt von ihren Insassen. Der erste lag an einer besonders stark der Sonne ausgesetzten Stelle, der zweite trug diesen, von einem Bordell im Wiener ersten Bezirk übernommenen Namen auf einem Brett über dem niedrigen Eingang. Der Namensgeber – er hatte auch das Brett beschriftet –, ein Wiener, war als einer der ersten auf diesem Frontabschnitt gefallen, doch der Name des Erdbunkers war geblieben.

Milan kam mit drei anderen in Madame Rosa. Es ging ein paar steile Stufen in den schmalen, von einer Kerze nur matt beleuchteten Raum. Dicker, feucht-warmer, nach Schweiß, Urin, Furzen und schwarzem Tabak stinkender Mief empfing sie. Der Geruch aller Erdbunker dieser Welt, in denen Männer gezwungen werden, auf engstem Raum zu leben, während sie Krieg führen, einigermaßen geschützt vor Regen, Kälte und der tödlichen Bedrohung durch den Gegner, der wiederum manchmal nur einen guten Steinwurf entfernt in gleichen, genauso stinkenden, nur anders benannten Erdbunkern haust.

Milan war der letzte. Unten angekommen, richtete er sich auf und blickte in blasse, im diffusen Kerzenlicht ihm zugewandte Gesichter mit winzigen Kerzenflämmchen in den Augen.

»*Zapri, vnata, bedak! Ali imaš rep?*« Kam aus dem Innern des Erdbunkers eine rauhe Stimme.

»*Ja, ja, bom*«, entgegnete Milan automatisch, kletterte wieder die Treppe hinauf und zog die alte, aus einem zerschossenen Bauernhaus organisierte Tür zu.

»*Glei ga no, sie me razumel? Ali si Slovenec?*« spräch die rauhe Stimme im Hintergrund wieder. Auf einer Pritsche richtete sich ein Schatten auf, das knochige Gesicht eines jungen Mannes wurde sichtbar.

»*Ne, remun*«, antwortete Milan, dem es erst jetzt zum Bewußtsein kam, daß der kurze Wortwechsel in slowenischer Sprache geführt wurde.

»*Pa sem že mislil… Škoda*«, sagte der andere bedauernd, und sein Gesicht verschwand wieder in der Dunkelheit.*

---

* Auf deutsch:
»Mach die Tür zu, Tölpel! Oder hast du einen Schwanz?«
»Ja, ja, ich mach's.«
»Schau ihn an, hast du mich verstanden? Bist du ein Slowene?«
»Nein, Rumäne.«
»Und ich dachte schon… Schade.«

So erfuhr bei Milans Eintritt in das Leben eines Frontsoldaten Mamas Ausspruch über den unschätzbaren Wert von Fremdsprachenkenntnissen eine neue Bestätigung.

Der Mann im Hintergrund hieß Janko Petrič und war ein Slowene aus der südlichen Steiermark. Trotz seiner Enttäuschung, in Milan keinen Landsmann gefunden zu haben, gewann dieser in ihm einen neuen Kameraden und Freund, der ihn in den folgenden Wochen durch die Gefahren des Fronteinsatzes begleiten sollte.

In dieser ersten Nacht an der Front machte Milan mit jenen Plagegeistern Bekanntschaft, die Soldaten manchmal ärger zusetzten als der Feind, nämlich den Läusen der Gattung Kleiderlaus, pediculus corporis, auch Pediculus humanus humanus genannt, Menschenlaus. Auf der Pritsche, die ihm als Schlafplatz zugewiesen wurde, fielen sie kribbelnd und krabbelnd, stechend und juckend über ihn her. Doch das Entsetzen, das sie bei ihm zunächst wachriefen, wich alsbald der Einsicht, daß er im Augenblick kaum etwas gegen sie unternehmen konnte. Läuse schienen einfach dazuzugehören, ein Bestandteil des Soldatenlebens zu sein, genauso wie schimpfende Unteroffiziere, wichtigtuerische Offiziere, Darmwinde erzeugende Grabanzas, ständiger Durst, oft auch Hunger, eisiger Wind, Kälte, Nässe. Später, im Sommer, glühende, jegliche Lebensregung erstickende Hitze, Gestank, die auf Schritt und Tritt lauernde Gefahr... So war es, man konnte daran nichts ändern.

Nachdem er sich also mit seinen nächtlichen Besuchern abgefunden hatte, schlief Milan ein und wurde, wie ihm schien, nur einen Augenblick später wachgerüttelt.

*»Vstani, rumun, čas je!«* sprach die rauh knarzende Stimme des Soldaten, der ihn am Abend zuvor slowenisch angeredet hatte, steh auf, Rumäne, es ist Zeit.

Draußen war es stockdunkel. Die feuchte Kälte drang den Soldaten durch die dünnen Uniformen, ließ ihre noch vom Schlaf warmen Körper erschauern. In tiefer Dunkelheit stolperten sie durch die flachen, in wochenlanger mühseliger Arbeit in den felsigen Untergrund gezogenen Laufgräben zu den Bereitschaftsstellungen. Von vorn wurde durchgegeben, daß man leiser auftreten und nicht mehr reden solle, die feindlichen Gräben seien keine hundert Meter weit entfernt.

Trotz aller Mühe, keine Geräusche zu machen, war man offenbar nicht leise genug. Rechts oben blitzte Mündungsfeuer auf. Zum erstenmal hörte Milan jenes typische, scharf pfeifende Zischen von Gewehrkugeln, gefolgt vom peitschenden Knall der Abschüsse; die Kugeln, doppelt so schnell wie der Schall, hörte man bereits vor dem Schuß. Anders als an Läuse, Flöhe, Unteroffiziere und andere Unbill des Soldatenlebens gewöhnte sich Milan an dieses fürchterliche Geräusch nie, und nie wollte er sich mit dem Gedanken aussöhnen, daß drüben, auf der anderen Seite, jemand dieses Geräusch verursachte, indem er auf ihn schoß. Dann, noch schlimmer, begann auch ein Maschinengewehr zu feuern, die Kugeln sirrten, zirpten, zischten, knallten knapp über seinen Kopf hinweg, klatschten in die flachen Erdbrüstungen, fegten durch die Äste des Buschwerks hinter dem Graben, schlugen Funken aus den Steinen, jaulten als Querschläger in den Nachthimmel, der den ersten grauen Schimmer des anbrechenden Morgens zeigte.

Das Maschinengewehrfeuer flaute schnell wieder ab, doch das Schießen hörte nie ganz auf. Man erwiderte es nicht; die drüben sollten nicht merken, daß hier etwas im Gange war und daß weit mehr Soldaten angetreten waren als sonst, wenn die Stellungen frühmorgens besetzt wurden.

Nun hatte man die Bereitschaftsstellungen erreicht, und es hieß warten. Milan machte es den anderen nach. Mit dem Rücken an die Grabenwand gelehnt, setzte er sich hin, das durchgeladene und gesicherte Gewehr mit schweißnassen Händen umklammernd, wartend. Er hatte noch nicht damit geschossen. Überhaupt hatte er noch nie im Leben mit einem Gewehr geschossen. Nun aber: Kimme, Korn, Druckpunkt nehmen, Augen offen behalten, durchziehen, Schuß, peng, bumm. Kimme, Korn, Druckpunkt, Schuß. Kimme, Korn… Die Worte des niederbayerischen Sergeanten Gruber gingen ihm immerzu durch den Kopf, er konnte sie nicht loswerden und sich auf das konzentrieren, was ihm bevorstand. Was aber stand ihm bevor?

Die XIII. Brigade wurde angewiesen, einen hier für die Republikaner ungünstigen Frontverlauf zu korrigieren. Sturmbataillon Tschapaiew bekam in diesem Rahmen den Auftrag, ein von Nationalisten besetztes Dorf namens Taquillo mit der darüberliegenden, die Umgebung weithin beherrschenden Höhe zu stürmen, an deren jenseitigen Hängen die dritte Kompanie eingegraben lag. Das Dorf und der Hügel hatten eine gewisse strategische Bedeutung, die der Brigade und dem Divisionsstab immerhin so wichtig erschien, daß sie »unter allen Umständen und unter dem Einsatz aller zur Verfügung stehender Kräfte« zu nehmen und in Folge zu halten seien.

Für die dritte Kompanie hieß es, bergauf gegen die gut ausgebauten, waffenstarrenden Stellungen der Nationalisten zu stürmen. Eine Artillerie-Vorbereitung und Unterstützung des Angriffs gab es nicht. Die wenigen, den Republikanern zu Verfügung stehenden Geschütze hatte man vor Madrid eingesetzt. Granatwerfer mußten mit der Munition sparsam umgehen. Es hieß also, mit Infanteriewaffen und Handgranaten und, wenn es darauf ankam, mit Bajonett, Dolch und Säbel loszustürmen.

Das also stand Milan und den anderen bevor, die da in den Schützengräben kauerten und auf den Angriffsbefehl warteten, jeder auf seine Weise.

»Jesus, Maria und Josef, steht mir bei«, murmelte zum Beispiel ein Mann in Milans Nähe mit österreichischem Zungenschlag in einem fort. »Jesus, Maria und Josef…«

»Du bist mir ein Kommunist!« flüsterte eine andere Stimem dazwischen. »Seid ihr gegen die Religion oder seid ihr es nicht? Du sollst zu Marx und Engels beten und nicht zu den christlichen Heiligen.«

»Und du kannst mich, du weißt schon was«, murmelte die erste Stimme zurück, machte eine kurze Pause und begann wieder: »Jesus, Maria und Josef, steht mir bei! Jesus.«

»Das machen sie immer so«, sprach Milans Nebenmann Janko Petrič, diesmal auf deutsch, sozusagen in der Amts- oder Umgangssprache des Bataillons Tschapaiew. »Der eine betet zu Jesus, Maria und Josef, und der andere macht sich über ihn lustig.«

»Und du? Betest du nicht?« fragte Milan.

»Manchmal schon.«

Eine kaum sichtbare, doch deutlich spürbare Bewegung lief durch den Graben, ein leises Murmeln, Flüstern, Raunen setzte sich fort, erreichte den betenden Österreicher. Er verstummte, beugte sich herüber zu Milan und sagte. »Bajonette aufpflanzen, fertig machen. Keine Geräusche. Gib's weiter!«

Milan gab's weiter an Janko Petrič und hörte, wie der Österreicher sein Bajonett aus der Scheide zog, es mit einem metallischen Klicken aufpflanzte und dabei sein »Jesus, Maria und Josef« leierte. Nun zog auch Milan das Bajonett, versuchte es am Gewehr anzubringen, doch seine Hand zitterte zu stark. Eine andere Hand erschien, nahm ihm das Bajonett ab, pflanzte es auf. Dabei sprach Jankos Stimme ganz nah an Milans Ohr: »So weit kommt's bestimmt nicht, daß wir mit dem Bajonett… Bestimmt nicht. Wenn du einen siehst, schieß gleich. Versuch nicht erst zu zielen, zeig mit dem Gewehr auf ihn und schieß.

»Gut, alles klar«, sagte Milan.

»Und such dir einen Punkt aus. Einen Felsen oder Baum oder so was. Einen Punkt, den du nicht aus den Augen verlieren kannst.«

»Schon klar, irgendeinen Punkt«, sagte Milan.

»Aber lauf nicht geradeaus darauf zu. Hast du verstanden?«

»Nie geradeaus.«

»Nie. Läufst du geradeaus, bist du so was wie eine Zielscheibe. Zickzack, wie ein Hase.«

»Immer zickzack wie ein Hase«.

»Wie ein Hase, und immer wieder runter in Deckung. Und unten klein machen, winzig klein.«

»Klein wie eine Maus,«

»Wie eine Maus. Und wenn du ein Loch findest, rein ins Mauseloch.« Janko Petrič lachte.

»Rein ins Mauseloch«, wiederholte Milan und versuchte auch zu lachen, aber es mißlang.

»Und wenn du in die Hose pinkelst oder noch schlimmer, macht nichts. Jeder pinkelt am Anfang.«

»Lieber nicht«, sagte Milan.

Weiter rechts, dort wo der Kompanieführer Capitan Johann Christian Weiß genannt »Lambo« Weiß im Graben wartete, setzte schlagartig Gewehr- und Maschinengewehrfeuer ein, man hörte eine Trillerpfeife, eine Stimme schrie: »Auf, marsch, marsch!« Andere Stimmen fielen ein, auf, marsch, marsch und hurra, es wurden immer mehr, und auch die Stimme des betenden Österreichers hörte mit ihrem Jesus, Maria und Josef auf und brüllte so laut, daß Milan erschrocken den Kopf einzog: »Auf marsch, marsch, Genossen! Tod und Verderben den Faschisten! Hurra!«

»Los, los, raus mit dir!« rief jetzt Janko Petrič, stieß Milan derb in die Seite und kletterte aus dem Graben. Milan folgte. Auf, marsch, marsch, schrie er dabei, hurra, hurra, und seine Stimme, nur ein Stimmchen, wie ihm schien, ein schwaches, eher schüchternes als angriffslustiges Stimmchen, ein Stimmchen gleichsam wie das Pfeifen eines verängstigten Kindes im Walde, dieses Stimmchen verklang dünn im Gewehr- und Maschinengewehrfeuer, das nach einer Schrecksekunde oben auf der Hügelkuppe einsetzte, die sie erstürmen sollten.

Das Vorhaben gelang, das Dorf Taquillo und der Hügel, an dessen Fuß es lag, wurden gestürmt und erobert und gegen die zum Gegenangriff angetretenen Nationalisten gehalten: Damit festigte Bataillon Tschapaiew seinen Ruf als »Sturmbataillon« und »Speerspitze der internationalen Solidarität im Kampf gegen den Faschismus«, wie es zwei Tage später in den republikanischen Zeitungen hieß, die darüber berichteten. Der Angriff und die nachfolgende Verteidigung kosteten das Bataillon allerdings ein Viertel des Mannschaftsbestandes an Toten und Verwundeten. Das waren schwere Verluste, die nur ungenügend ersetzt werden konnten.

Unter den Toten in Milans Zug war auch der Österreicher, der vor dem Angriff Jesus, Maria und Josef um Beistand angefleht hatte; er war nur wenige Schritte weit gekommen, als er, das »Vorwärts« und »Hurra« auf den Lippen, von einer Maschinengewehrgarbe erfaßt, in die Luft geschleudert und zu Boden gestreckt worden war. Milan hatte es aus den Augenwinkeln und wie durch eine Glasscheibe gesehen, wie er überhaupt alles um sich wie hinter einer Glasscheibe wahrgenommen hatte, bis in die Dämmerung hinein.

Am Abend hatten sie Stellungen jenseits des Hügels, am Rande eines schütteren Wäldchens, bezogen und sich, so gut und so schnell es ging, eingegraben. Nach einem heftigen Regenguß am Nachmittag nieselte es jetzt stetig aus einem grau verhangenen Himmel. Ein kalter Wind trieb Nebelschwaden durch das Tal und am jenseitigen Hang empor. Milan fror und schwitzte zugleich, seine Zähne klapperten. Bis auf die Haut durchnäßt, blaß und hohlwangig, hockte er in einem flachen, von Nationalisten ausgehobenen Laufgraben; wahrlich ein erbarmungswürdiger Anblick, der seinen neu gewonnenen Freund Janko Petrič veranlaßte zu sagen: »Wie Helden schauen wir nicht gerade aus. Du wirst sehen – in ein paar Tagen hast du dich daran gewöhnt. Hast du einen Moro erwischt?«

»Ich weiß es nicht. Vielleicht. Ich denke schon.«

In Wahrheit wußte Milan genau, daß er keinen »erwischt« hatte. Er hatte auch keinen einzigen richtig gesehen, nur schemenhafte Gestalten, huschende Schatten, eine Bewegung da, eine dort, doch nichts Genaues und schon gar nicht einen Moro, an dem er hätte anlegen können, Kimme, Korn, Druckpunkt nehmen, Schuß. Auch war ihm der viel zu große Stahlhelm französischer Formgebung unentwegt nach vorn über die Augen gerutscht und hatte ihm die Sicht genommen. Geschossen hatte er also wie die anderen auch aufs geratewohl in die Richtung feindlicher Gräben und wo er die graugrünen und braunen Gestalten auftauchen und verschwinden gesehen hatte, und wie die anderen hatte er die drei frühmorgens gefaßten Handgranaten scharf gemacht und aufs geratewohl nach vorn geworfen, froh und erleichtert, daß sie ihm nicht schon in der Hand, sondern tatsächlich erst später explodiert waren. Ob er damit etwas bewirkt hatte? Er wußte es nicht.

»Am Anfang ist das immer so, du bist völlig durcheinander«, sprach Janko Petrič, als hätte er Milans Gedanken erraten. Und wiederholte dann: »Aber in ein paar Tagen hast du dich daran gewöhnt und siehst klarer. Man gewöhnt sich an alles.«

»Ja, ja, das glaub ich auch«, sagte Milan, nicht gerade überzeugt. Hoffentlich hatte Janko Petrič recht. Aber Milan ahnte schon, daß er sich nie, auch nicht in zehn oder hundert oder tausend Tagen und nicht in hundert Jahren an dies alles gewöhnen würde. Wie könnte man sich daran gwöhnen, daß man ständig in Angst leben mußte, von einer Kugel getroffen, einer Granate zerrrissen, einem Bajonett aufgespießt oder aufgeschlitzt zu werden? Auf andere Menschen das Gewehr anlegen, zielen, schießen, sich mit den Treffern brüsten, für jeden getroffenen oder erlegten Feind eine Kerbe in den Gewehrkolben schnitzen, wie das manche taten? Gewöhnen an die Nässe, Kälte, die stinkende Enge der Unterstände, an die Läuse, den ewigen Dreck, die keifenden Unteroffiziere und die arrogant hochmütigen Offiziere? Gewöhnen an dieses fremde, unwirtliche Land, das er vor dem Fachismus retten sollte, indem er wildfremde Menschen erschoß, sie mit Handgranaten bewarf, aufspießte, aufschlitzte, Moros, zum Beispiel,

von denen er bis vor kurzem noch nicht einmal gewußt hatte, daß es sie gab,
Die Nacht verbrachten sie frierend in ihrer vorläufigen Stellung. Sie faßten frische Munition und Verpflegung (diesmal keine Garbanzos, sondern, zur Feier des Tages, weiße Bohnen mit Büchsenfleisch, eine Schnitte Kommißbrot und einen Becher Rotwein), warteten auf Ersatz oder zumindest Verstärkung, die nicht eintraf, bereiteten sich auf den nächsten Tag vor, auf den nächsten Morgen, als es weitergehen sollte: Angriff über das Tal und den gegenüberliegenden Hang hinauf, um die Nationalisten auch von dort zu vertreiben.

Doch bevor es so weit kam, griffen diese selbst an, mit dem Ziel, das verlorene Dorf und die Höhe zurückzuerobern. Sie wurden abgewehrt, und sie wehrten anschließend ihrerseits die wieder angreifenden Republikaner ab. Danach ging es noch zwei Tage hin und her, Angriff und Gegenangriff, Geländegewinne, Geländeverluste. Schließlich flauten die Kämpfe ab, Bataillon Tschapaiew und die XIII. Brigade blieben in den neuen Stellungen liegen, und die Division meldete dem Oberkommando, daß ein Sieg errungen und das Angriffsziel erreicht worden sei, wobei man dem Feind schwere Verluste zugefügt habe. Von siegreichen Abwehrkämpfen und schweren feindlichen Verlusten sprach man auch auf der anderen Seite; zumindest in diesem letzten Punkt blieben beide Seiten bei der Wahrheit.

Die dritte Kompanie des Tschapaiew-Bataillons grub sich in der neuen Stellung ein, den Wald im Rücken, von den Nationalisten durch das flache, sumpfige Tal getrennt. Vergeblich auf Ablösung und eine wohlverdiente Ruhepause hoffend, blieb sie hier die nächsten drei Monate.

## 19. Kapitel

## *Milan meistert den Frontalltag und wird zum richtigen Soldaten*

Nach der Feuertaufe, die er außer mit ein paar Kratzern durch das dornige Gestrüpp und einem angeschlagenen Knie unbeschadet überstanden hatte, begann für Milan der Alltag an der Front. Nicht lange, und er zuckte nicht mehr bei jedem Schuß von drüben zusammen, wohl wissend, daß er die Kugel, die ihn traf, nicht hören würde; er zog den Kopf nicht mehr ein, wenn Francos Artilleristen die tägliche Ration von Granaten herüberschossen, wobei die meisten keinen Schaden anrichteten; zunächst mit Abscheu, doch bald schon mit einem Gefühl befriedigter Rache knackte er Läuse zwischen den Fingernägeln; aß mit Appetit fünfmal wöchentlich die unausweichlichen Garbanzos mit Büchsenfleisch; furzte laut und verrichtete seine Notdurft ungeniert auf dem Donnerbalken hinter dem Kompaniegefechtsstand sitzend oder gleich hinter der Stellung im Wald, wenn er es, zumal bei ständig auftretenden Durchfällen, zu eilig hatte; hörte ohne zu erröten den Gesprächen über das Thema Nr. 1 in allen Armeen der Welt zu – über Frauen und was man mit ihnen schon alles angestellt hatte, anstellen könnte, bei nächster Gelegenheit anstellen würde; rauchte mit schwarzem Tabak selbstgedrehte, arg stinkende und unangenehm kratzende Zigaretten; trank Schnaps, wenn welcher verteilt wurde; schoß gezielt nach drüben, Kimme, Korn, Druckpunkt, Luft anhalten, Schuß, was zunehmend mit einem gewissen Gefühl der Spannung verbunden war, einem Jagdtrieb gewissermaßen, der ihn – wer weiß? – mit der Zeit sogar veranlassen könnte, für jeden getöteten Feind eine Kerbe in den Kolben seines nun eingeschossenen und sehr genau schießenden Mauser-Gewehrs zu schnitzen; empfand darüber hinaus ein gewisses Gefühl des Triumphes, wenn er bei gelegentlichen Angriffen der Moros sah, daß er einen von ihnen getroffen hatte: Der dritte, von dem er es mit Sicherheit wußte, lag noch tagelang im Niemandsland, fahl-gelben Gesichtes, die rechte Hand mit gespreizten Fingern in die Luft gestreckt, immer grauer werdend, bis schließlich blau-schwarz aufgedunsen, gemeinsam mit den anderen gelben, grauen und blauschwarzen Leichen stinkend. Nein, gegen diesen Pesthauch von verfaulenden Menschen würde er nie abstumpfen können! Doch traf dies auch für fast alle anderen zu, so daß man sagen kann, daß Milan in diesen Wochen das wurde, was man einen richtigen Soldaten nennt.

Im Lauf der Zeit bildete sich in den Stellungen hüben wie drüben eine Art Frontalltag aus, der mit gewissen Unterbrechungen und Abweichungen – auch diese mußten einkalkuliert werden – nach einem stets gleichen Muster verlief.

## Der Alltag

Die Nacht verbrachte man in Gesellschaft von Läusen in den neu ausgehobenen, mit Brettern aus dem zerschossenen Dorf, Felsbrocken und Erde abgedeckten Unterständen. Dabei mußte man immer mit Unterbrechungen nicht nur durch Wachdienst, sondern auch durch anschleichende und alarmauslösende Moros rechnen. Nach dem Aufstehen ging es durch den Laufgraben gruppenweise nach hinten zu dem Donnerbalken hinter dem Kompaniegefechtsstand und, etwas weiter, dem einzigen Brunnen weit und breit. Hier wuschen und rasierten sich die Soldaten, wuschen ihre Wäsche, Socken, Fußlappen und vor allem, tauschten Neuigkeiten aus. Hin und wieder kam es zu Zank und Streit, auch zu blutigen Schlägereien zwischen Angehörigen verschiedener Züge oder Nationalitäten.*

Die internationale Einheit und Solidarität wurden zwar immer wieder beschworen, doch hinderte das zum Beispiel Deutsche und Franzosen, Jugoslawen und Italiener oder Griechen, Ungarn und

---

* Sturmbataillon Tschapaiew war im Rahmen der Internationalen Brigaden wohl die internationalste Einheit. Von den knapp 400 Soldaten, die das Bataillon Anfang April 1937 zählte, waren die Deutschen am zahlreichsten. Sie stellten auch die meisten Offiziere, Unteroffiziere, politische Kommissare und Delegaten. Danach kamen Polen, Spanier, Österreicher, Schweizer, Palästina-Juden, Holländer, Tschechen, Jugoslawen, Ungarn, Schweden, Dänen, Franzosen, Norweger, Italiener, Rumänen, Belgier, Luxemburger, Ukrainer, Russen, Griechen und aus Übersee Brasilianer und Mexikaner.

Rumänen, Polen und Russen nicht daran, alte Streitigkeiten wieder-aufleben zu lassen, alte Rechnungen zu begleichen und neue aufzu-stellen, sich gegenseitig zu beschimpfen und manchmal die Köpfe blutig zu schlagen. Dabei lauschte man mit einem halben Ohr im-mer nach drüben, auf den morgendlichen Gruß der Franco-Artille-rie.

Und schon hörte man die Abschüsse, pünktlich wie jeden Tag, schon rauschten die Granaten hoch über die Köpfe ins Hinterland, oder sie schlugen weiter vorn ein, in der Nähe der Schützengräben. Manchmal jaulte es aber auch kürzer, schärfer, dann hieß es schnell-stens Deckung zu nehmen vor einem nahen Einschlag.

Eines Morgens gab es einen Volltreffer in die Latrinengrube; die Granate schlug direkt hinter dem Donnerbalken ein. Glücklicher-weise und wohl auch zufällig hielt sich dort niemand auf, doch malte man sich noch tagelang in allein Einzelheiten aus, was hätte gesche-hen können, wenn er voll besetzt gewesen wäre.

Nach dem morgendlichen Salutschießen gab es bei den Artilleristen drüben Pause; vermutlich frühstückten sie. Ob dort das Frühstück besser war als hier? Hier gab es dünnen Kaffee und ein halbes Kilo altbackenes Kommißbrot, das für den ganzen Tag reichen sollte. Danach begann das übliche, den ganzen Tag andauernde Störfeuer. An dessen Dichte konnte man erkennen, wie es drüben mit dem Munitionsnachschub stand. War neue eingetroffen, wurde das Stör-feuer dichter, manchmal verschwenderisch dicht, so daß man aus der Ferne die Front tatsächlich donnern und grollen hörte, wie man in Kriegsberichten lesen konnte. Wurden die Vorräte knapper oder gingen sie zur Neige, setzte man das Artilleriefeuer auf Spar-flamme. Doch mit Munition üppig oder schwach bestückt, gegen Mittag legte man wieder eine Pause ein, die Essenholer konnten un-gestört ihrer Tätigkeit nachgehen.

Mittags gab es Kohl oder Krautsuppe, in die sich ganz selten ein Stückchen Fleisch, eine Kartoffel oder Mohrrübe verirrt hatte; nach diesem bescheidenen Mahl durfte man sich acht oder neun Stunden auf das Abendessen mit den unvermeidlichen Garbanzos oder weißen Bohnen mit einigen Fasern Büchsenfleisch freuen.

Die Feuerpause dauerte bis in die Nachmittagsstunden. Auch flaute zu dieser Zeit das beidseitige Gewehr- und Maschinengewehrfeuer ab, das sonst von früh bis spät anhielt; aus dessen Intensitäten konnte man mit der Zeit herauslesen, ob drüben alte und routinierte Soldaten die Stellungen hielten oder ob Ersatz mit jungen, nervösen, kaum ausgebildeten Rekruten angerückt war.

Nach der Siesta und bis in die späteren Nachmittagsstunden hinein gab es ein wieder heftigeres gegenseitiges Beschießen, das sich erst bei Anbruch der Dunkelheit legte und nachts auf gelegentliches Feuern reduzierte, das zu besagen schien: Wir gönnen uns und euch etwas Ruhe, aber täuscht euch nicht, wir sind da und auf der Hut!

In diesem eingefahrenen Trott des Tagesablaufs gab es gewisse Fixpunkte und Tätigkeiten, von denen nur diejenigen ausgenommen wurden, die gerade die Gräben besetzt hielten und sich an dem Gewohnheitsschießen beteiligten. Dazu gehörten Waffenreinigen, Waffen- und Gefechtskunde, Putz- und Flickstunden und jeden Tag zwei Stunden Polit-Unterricht. Dieser fand in einem aufgelassenen Steinbruch statt, wo man auch vor einem Zufallstreffer der Franco-Artillerie ziemlich sicher war. Vor Werfergranaten schützte man sich durch eine Balken- und Bretterdecke mit zusätzlicher Erdaufschüttung.

Der Unterricht verlief nach einem stets gleichen Muster. Othmar Brix, der Politdelegat des Zuges, referierte anhand des täglichen Divisions-Bulletins über die neuesten Ereignisse und Entwicklungen an der spanischen Front. Nach der anschließenden Diskussion rekapitulierte der Politkommissar der Kompanie oder dessen Stellvertreter das Vorgetragene und die Diskussionsbeiträge, stellte dies und jenes richtig, sprach zuletzt über die internationale politische Lage. Aus dieser – und aus den Erfolgen an der spanischen Front – ginge eindeutig hervor, daß sich der Kampf gegen den Faschismus (das meistgebrauchte Wort) nach anfänglichen Schwierigkeiten mehr und mehr zugunsten der antifaschistischen Kräfte neige und bei realistischer Einschätzung in wenigen Wochen, höchstens aber in zwei bis drei Monaten siegreich beendet würde: dank der Solidarität aller fortschrittlichen Kräfte überall in der Welt und vor allem dank der brüderlichen Hilfe der großen Sowjetunion unter der Führung des geliebten Genossen Stalin.

Solchen, mit gebührendem Ernst vorgebrachten und überzeugend klingenden Worten lauschend, schloß Milan für sich, daß dieser spanische Aufenthalt nur mehr von kurzer Dauer sein würde; schon bald konnte er sich auf den Weg in Vaters Land aufmachen. Eine Möglichkeit dazu würde sich schon irgendwie finden.

Die zweite Unterrichtsstunde war anderen Themen vorbehalten, etwa der Gesundheitsvorsorge, den Geboten der Körperhygiene, dem sachgemäßen Latrinenbau oder dem Kampf gegen die Läuseplage. Auch vereinbarte man verschiedenerlei Wettbewerbe zwischen Gruppen und Zügen und auch auf der Kompanieebene, wie zum Beispiel den für die sauberste und am wohnlichsten eingerichtete Unterkunft, die Gestaltung von Vorgärtchen, die Anlage von neuen Laufgräben, wobei bei der Beurteilung nicht nur deren Länge, sondern auch Tiefe und die Lage im Verhältnis zu den feindlichen Gräben berücksichtigt werden mußten. In einem Wettbewerb im Rahmen des Bataillons, wer mit verbundenen Augen am schnellsten ein Maschinengewehr auseinanderbauen und wieder zusammensetzen könne, brachte es Milan, obwohl kein MG-Schütze, auf den dritten Platz. Jede Woche (meist freitags) wurde eine »Stunde der Kritik und Selbstkritik« abgehalten, bei der man, zum Beispiel, einander mangelnden Ordnungssinn vorwarf oder sich selbst einer nachlässigen Handhabung hygienischer Vorschriften bezichtigte (»Ich habe es versäumt, meine Füße regelmäßig zu waschen«) und sofortige Besserung gelobte (»Fortan wasche ich sie und die Fußlappen jeden Tag«).

Während man nun den Referaten und Vorträgen über die Weltlage und die Lage an der spanischen Front lauschte, während man genötigt wurde, Kritik und Selbstkritik zu üben (Politdelegat Othmar Brix: »Und du, Genosse Milan? Was ist mit dir? Hast du uns nichts zu sagen?«), ging vorne der nachmittägliche Schußwechsel weiter, steigerte sich da und dort zu einem nervösen Stakkato, fiel zeternd ein Maschinengewehr ein, antwortete bellend ein anderes, hatte auch ein drittes etwas zu sagen, bis sich die Aufregung wieder legte und nachts zu dem üblichen, meist gemächlich frontauf und frontab wandernden Nachtschießen wurde.

In den Stunden nach Mitternacht hörte das Schießen manchmal ganz auf, so daß eine tiefe, nur von natürlichen Geräuschen der Nacht unterbrochene Stille eintrat. Dann war plötzlich das Quaken der Frösche im Frühling und Frühsommer zu hören, das Zirpen der Grillen, der Gesang von Zikaden, der Ruf eines Käuzchens, das Rascheln des Windes in den Zweigen, das leise Murmeln und gelegentliche Auflachen des Doppelpostens am Maschinengewehr, das Schnarchen der schlafenden Soldaten im Unterstand, der leise Schritt der Wachablösung auf dem steinigen Pfad. Die Front schlief und sammelte neue Kräfte für einen neuen Tag, die neuen Alltäglichkeiten, neue Unwägbarkeiten und Herausforderungen.

## Milans Traum

Marussja bringt eine volle Teekanne und stellt sie auf den Gartentisch. Mama steht auf, schenkt dem deutschen Offizier Tee ein, der lässig auf seinem Korbstuhl sitzt, eine Zigarette zwischen dem Zeige- und Mittelfinger der rechten Hand. Mama sagt: »Extra heiß und extra stark.« Sie beugt sich über den Offizier und küßt ihn. Milan hat nichts dagegen. Der Offizier ist sein Vater, und als dieser aufsteht und wegreitet, folgt er ihm. Vorhin noch in feldgrauer Uniform, trägt er jetzt einen weiten Umhang, der über die Flanken des Pferdes fällt, und eine hohe Pelzmütze. Wie er auf seinem riesigen Pferd sitzt und ihm von oben herab zulächelt, scheint er so unerreichbar und fern zu sein, daß Milan eine unsägliche Trauer wie eine Flutwelle in sich aufsteigen fühlt. Er beschließt, dem Vater nachzugehen, doch muß er zuerst Mama nach seinem Namen fragen. Er geht zurück zu dem Gartentisch, findet ihn jedoch nicht, findet auch Mama nicht. Sie ist verschwunden, er muß nach ihr suchen, es ist wichtig. Finden wird er sie hinter der Mauer, die ihm den Weg versperrt. Er versucht die Mauer zu umgehen, findet einen Durchlaß, doch Maître Ghiata verstellt ihm den Weg. Er sagt: »Na, junger Mann, wie geht's uns heute? Was macht das werte Befinden?« Er kommt näher und näher, sein feuchtes Karpfenmaul schmatzt, seine kalten Fischaugen blicken bösartig. Milan weiß: Wenn er in Vaters Land kommen will, wo er auch Mama findet, muß er ihn erschießen. Er hebt das Gewehr und schießt, einmal, zweimal, dreimal. Doch die Kugeln spucken nur aus dem Gewehrlauf, fliegen ganz langsam und fallen zu Boden, noch bevor sie Maître Ghiata erreichen. Der lacht, lacht auf eine so grauenvolle Art, daß Milan entsetzt auffuhr und eine ganze Weile brauchte, um zu begreifen, daß er nur geträumt hatte. Doch auch dann wich das Bild des lachenden Maître Ghiata nur ganz langsam und machte anderen Bildern aus dem Traum Platz: Mama, der deutsche Offizier hoch zu

Roß, sein Land, Vaters Land hinter der Mauer, wo er auch Mama finden würde, und wieder der furchterregende Maître Ghiata, der ihm den Weg dorthin verstellte.

Ein Traum, nur ein Traum. Milan schloß wieder die Augen, horchte auf die Geräusche der Nacht, dachte an Mama, an den unbekannten Vater, an Vaters Land und an den Tag, an dem er endgültig den Weg dorthin aufnehmen würde. Er dachte jeden Tag daran, ja, er dachte immer daran, Tag und Nacht.

## Die Flugzeuge

An den vorhin beschriebenen regelmäßigen Ablauf des Alltags hielten sich nur die Flieger nicht. Sie kamen immer, wenn das Wetter es erlaubte, beschossen die Stellungen mit Bordwaffen, oder sie warfen Bomben auf weiter hinten liegende Ziele, was in den Schützengräben ein gewisses Gefühl von Schadenfreude auslöste: Auch die in der Etappe sollten etwas vom Krieg merken.

Am Anfang, hieß es, während der Einsätze der XIII. Internationalen Brigade bei Teruel, dann an der Front von Malaga und an der Granadafront, zu der Zeit, als man sie noch nicht in diese gottverlassene Gegend abgeschoben und vergessen hatte, da wären am Himmel auch republikanische Flugzeuge zu sehen gewesen, in der Regel Maschinen sowjetischer Bauart, den italienischen und deutschen, die auf Francos Seite kämpften, ebenbürtig und oft auch überlegen. Doch hätte man sie nach Norden verlegt, wo sie angeblich notwendiger gebraucht würden. »Dort fliegen sie jetzt, schauen sich Madrid von oben an und überlassen uns den Italienern und den Deutschen, die hier tun und lassen können, was ihnen beliebt.«

Als im Frühjahr die Tage länger wurden und sich das Wetter besserte, wuchsen sich die Aktivitäten der Franco-Luftwaffe zur Plage aus. Die Fiats CR-32, die Heinkel 51 und die Junkers-Maschinen flogen bei Vollmond und guter Sicht auch nachts ihre Einsätze. Tagsüber kam es vor, daß sie mit Bordwaffen selbst einzelne Soldaten angriffen, die auf offenem Gelände keine Deckung finden konnten. Zumal die Essenholer schienen es ihnen angetan zu haben; sie scheuchten die armen, mit Eßgeschirren vollbepackten Männer wie Hasen bei einer Treibjagd durch das Gelände und töteten manch einen von ihnen.

Einer dieser Unglücklichen aus Milans Zug war Ljubomir Časlav, ein stets gutgelaunter junger Mann aus der Gegend von Brünn. In die Internationalen Brigaden und damit in den Krieg war er vermutlich auf die gleiche Art wie Milan gekommen: irgendwie. Seinem Namen Ljubomir, »liebt den Frieden«, machte er alle Ehre; man konnte sich kaum einen friedfertigeren Menschen vorstellen. Zum Dienst als Essenholer hatte er sich freiwillig gemeldet, und schon am zweiten Tag war er zum Opfer, vermutlich aber auch zu einer weiteren Trophäe des italienischen Piloten, geworden: Zwei Kugeln aus dessen schweren, 12,7mm-Maschinengewehren hatten ihn getroffen, das herausschießende Blut vermischte sich mit der verschütteten Kohlsuppe um seinen zerfetzten Oberkörper zu einem ekelhaften Brei.

Ljubomir sei ein prima Kerl gewesen, immer fröhlich, ein guter Kamerad, so sprach man über ihn, wenn man sich seiner erinnerte. Und einer von ihnen, der Sudetendeutsche Walter Prinz aus dem Böhmerwald, sagte: Er war mir ein Freund.


## Kameraden

Von solchen wie Ljubomir oder Milan, die *irgendwie* nach Spanien gekommen waren und hier in einem mörderischen Krieg landeten, gab es einige. Sie blickten mit großen, erschrockenen Augen um sich, wußten nicht, wie ihnen geschah, und wünschten sich schon bald möglichst weit weg – bis auf jene unter ihnen (es gab etliche davon), die Geschmack gewannen am Leben hart an der Grenze zwischen Leben und Tod und dafür alle Strapazen und Unbequemlichkeiten in Kauf nahmen.

Andere suchten in den Brigaden Zuflucht vor der Verfolgung zu Hause, aus welchen Gründen auch, oder sie waren auf der Flucht vor Schwierigkeiten und Problemen meist privater oder persönlicher Natur; was ihnen hier auch passieren mochte, es war dem vorzuziehen, was sie zu Hause erwartete.

Eine weitere, gar nicht so kleine Gruppe, bildeten die Abenteurer und Glücksritter, von Abenteuerlust, Fernweh und vagen Träumen von Reichtum und Glück in fremde Länder getriebene Männer, immer dort zu finden, wo sich etwas tat, süchtig nach jener Art des intensivsten Lebensgefühls, das man nur angesichts des Todes erfahren und auskosten kann, auf die Gefahr hin, dabei auch umzukommen.

Zu erwähnen wären hier auch noch Menschen wie Sergeant Alois Gruber, Landsknechte, die das Kriegshandwerk als ihren Beruf betrachteten, gleichgültig, von wem sie für ihre Arbeit entlohnt wurden. Korporal Viktor Lemsky gehörte dazu, ein Pole, der zuletzt in der Privatarmee eines chinesischen Provinzfürsten gekämpft hatte, oder der Elsässer Franzose Robert Papin, ehemaliger Fremdenlegionär, jetzt des Bataillons treffsicherster MG-Schütze.

Doch die meisten Angehörigen der Internationalen Brigaden waren Männer (und Frauen), die bewußt und freiwillig alle Gefahren auf sich nahmen. Sie sahen es als ihre Pflicht und Aufgabe an, gegen die Seuche des Faschismus zu kämpfen, von der sie ihr eigenes Land und die Welt bedroht sahen. Dazu gehörte zum Beispiel Walter Prinz, der sudetendeutsche Freund des toten Essenholers Ljubomir Časlav, gelernter Zimmermann und Sozialdemokrat. Oder Milans neuer Freund, der Slowene Janko Petrič. Der Wiener Heinz Matzek, ehemaliger Sparkassenbeamter, der aussah wie ein wiederauferstandener kaiserlich und königlicher österreichisch-ungarischer Kavallerieoffizier, elegant selbst in seiner zerschlissenen Uniform, stets einen gelangweilt blasierten Eindruck machend, dabei warmherzig, hilfsbereit, absolut zuverlässig. Der Berliner Heiner Lüthge, Lehrer, doch nur im Nebenberuf, wie er sagte, im Hauptberuf sei er Birnenklopfer gewesen, indem er den SA- und SS-Leuten bis 1933 in unzähligen Straßen- und Saalschlachten die Birnen, das heißt Köpfe weichgeklopft habe, bis er, im Januar 1933, selbst windelweich und krankenhausreif geklopft worden war: daher die Narben in seinem Gesicht, auf dem Kopf und dem ganzen Körper. Oder Arthur Black, Dockarbeiter aus Liverpool, und der Amerikaner Stephen Kaminsky aus einem »dreckigen kleinen Nest im Mittelwesten, das man auf keiner Landkarte findet, später Chikago, Detroit und noch ein paar Orte dieser Art, und überall angeeckt«; dies nach seiner eigenen, nur widerwillig gegebenen Aussage.

So kamen sie aus allen Himmelsrichtungen, wurden von allen möglichen, meist stürmischen Winden hierhergetragen, Menschen unterschiedlichster Art und Herkunft. Doch einmal hier, unter dem gleichen Himmel lebend, dieselben Widrigkeiten des Frontlebens ertragend, den gleichen Gefahren und einem gemeinsamen Feind trotzend, die gleiche Kohlsuppe oder Grabanzos mit Büchsenfleisch löffelnd und am gleichen Kommißbrot kauend, glichen sie sich einander an. Die aus ungezählten Quellen gespeisten Rinnsale ihres bisherigen Lebens mündeten in den großen Fluß des gemeinsamen Schicksals ein, sie wurden zu Kameraden und manchmal auch zu Freunden.

## Die Gäste

Es kam vor, daß sich bei der Brigade und Bataillon Tschapaiew Gäste anmeldeten. Journalisten und Schriftsteller aus aller Herren Länder, die auch über diese abgelegene Front berichten wollten; bei improvisierten Meetings Reden voller Siegeszuversicht haltende Politiker und Agitatoren der Regierung; ein junger, langhaariger Dichter, der im Steinbruch mit weithin hallender Stimme seine revolutionären Gedichte vortrug, bei denen sich nichts so recht reimen wollte; eines Tages eine Kamerafrau (ihre Nationalität wollte sie nicht verraten, sie sei Kosmopolitin, erzählte sie), die für große Wochenschauen filmte – von ihr sagte man, sie sei ein bißchen verrückt und kenne keine Angst, was auch zuzutreffen schien: Jung, hübsch, mit kurzgeschnittenen Haaren, in nachlässiger, uniformähnlicher, um ihren straffen Körper schlotternden Kleidung, kam sie bei der ersten Kompanie bis in die vordersten Gräben, bat die Soldaten, auf die »Schweinehunde drüben« ein paar Schüsse abzugeben, filmte sie dabei und filmte ungerührt weiter, als die von drüben wütend antworteten, den Grabenabschnitt mit einem Geschoßhagel zudeckten und auch ein Dutzend Werfergranaten herüberschickten.

Doch in Milans Erinnerung, und wohl nicht nur in seine, prägten sich am tiefsten die Flamencotänzer ein, die im Steinbruch eine Vorstellung gaben. Drei Männer, zwei Frauen, allesamt schwarzhaarig und glutäugig, Spanier wie aus einem Bilderbuch, weithin tragende Gitarrenklänge, Kastagnettengeklapper, Gesang aus heiser klingenden Männerkehlen, auf den Bretterboden einer improvisierten Bühne rhythmisch stampfende Füße, straff zurückgekämmte, wie lackiert glänzende Haare, wiegende, zuckende Hüften, zitternde Busen, Blicke aus schwarzen Augen, von denen die Soldaten ewig lange träumen und reden sollten – ach, welch eine Wonne, diesen Frauen zuzuschauen (die Männer der Gruppe spielten sowieso nur eine untergeordnete Rolle, man beachtete sie kaum), sich von ihnen in die verzauberte, leidenschaftliche Welt ihrer Musik und ihres Tanzes entführen zu lassen! Dabei war es unerheblich, daß sie schon etwas älter waren und, nicht kostümiert, keineswegs besonders attraktiv aussahen. Sobald sie ihre prächtig bunten, oben und um die Hüften eng anliegenden und unten weit ausschwingenden Kleider anzogen, verwandelten sie sich sogleich in Zauberwesen aus einer anderen Welt, die gekommen waren, um die Soldaten von Dingen träumen zu lassen, die unerreichbar fern lagen.

## Der Tod

Mit Anbruch des Frühlings und bis in den Frühsommer hinein erblühten die Täler und Senken in einer verschwenderisch bunten Farbenpracht. Mit der Sonne, die tagsüber heiß auf die verkarsteten, mit Geröll übersäten Hänge brannte, kamen neue Plagen auf die Soldaten zu und machten ihnen das Leben schwer. Skorpione krochen aus ihren Winterquartieren und gingen auf Jagd. Die kleineren, braunschwarzen, stachen nur, wenn man sie berührte und sie sich bedroht fühlten; ihr Stich war schmerzlich, doch ungefährlich. Gefährlicher waren die großen, gelben, die sich auf alles stürzten, was in ihre Reichweite kam. Die gestochenen Soldaten mußten häufig hinter die Front gebracht werden. Ihre durch übermäßige Anstrengungen und ungenügende Ernährung geschwächte Konstitution hatte dem Gift wenig entgegenzusetzen; es kam wiederholt zu Todesfällen. Auch gab es reichlich Schlangen und noch mehr Geschichten über sie, wobei ihre Gefährlichkeit meist arg übertrieben wurde. Dennoch kam es vor, daß ein von einer angriffslustigen Kreuzotter gebissener Soldat an den Folgen des Bisses starb.
Doch sterben konnte man auch durch den Stich einer Hummel, wie der Schwede Nils, aus dem zweiten Zug, ein großgewachsener, semelblonder Bursche, das Urbild von Gesundheit und Kraft. Eine

Hummel hatte ihn in den Hals gestochen, als er nach ihr geschlagen und sie zerquetscht hatte. Nach zwei oder drei Tagen schwoll die Umgebung des Stiches an, wurde rot und nach und nach blauviolett. Mit schweren Vergiftungserscheinungen kam er auf den Verbandsplatz und starb auf dem Transport ins Lazarett. Tod durch eine Hummel. Oder Tod durch neue Schuhe, wie bei jenem Thüringer, der sich mit neu gefaßten Stiefeln eine Ferse aufgerieben hatte. Die Blase entzündete sich, dann die Ferse, der Fuß, die Wade und das ganze Bein, er bekam eine Blutvergiftung mit hohem Fieber und starb schon auf dem Verbandsplatz in Valsequillo.

Der Tod war überall. Er lauerte drüben, in den Schützengräben der Moros, in den Gewehrläufen ihrer Scharfschützen, die lautlos und unsichtbar durch das unübersichtliche Gelände schlichen, und weiter hinten, in den Geschützrohren der Franco-Artillerie. Er kam mit den Flugzeugen aus der Luft, kroch aus der Erde, kam mit Trinkwasser und den Eßgeschirren, der Tod durch die Ruhr und der Malaria-Tod durch die Mosquitos, hundertfacher, tausendfacher Flecktyphus-Tod durch Läuse. Er war überall. Und immer und überall begleitet von Fliegen. Legionen von Fliegen, unvorstellbare Massen von Fliegen, dicke, fette Fliegen, ausgebrütet in verwesenden Leichen im Niemandsland, Fliegen, die frisch gefallene Soldaten wie mit einem wimmelnd lebendigen Teppich zudeckten, die Toten den Maden überlassend, aus denen Milliarden neuer Fliegen krochen, ganze Wolken von Fliegen, überall Fliegen, wohin man sah, auf den Händen, den Gesichtern, den Lippen, in den Haaren, kaum verscheucht, schon wieder da.

Der stets und überall lauernde Tod, die stechenden und beißenden Quälgeister und mit Anbruch des Frühsommers die Hitze, in diesem Jahr früher und schlimmer als sonst. Bereits Anfang Juni kletterte das Thermometer auf über vierzig, an besonders heißen Tagen auf nahezu fünfzig Grad Celsius, gemessen im Schatten. Die Sonne brannte von einem wolkenlosen, silbrig verschleierten Himmel (ein ideales Flugwetter für Francos Luftwaffe), versengte das Land, trocknete die Wasserläufe aus, verwandelte die sumpfigen Niederungen in verdorrte, hart verkrustete Wüsteneien, zwang selbst die hitzegewohnten Afrikaner in den Schützengräben drüben zur Ruhe und verminderte tagsüber jede Kampftätigkeit auf ein Minimum.

Doch gibt es glücklicherweise und allen beschriebenen Widrigkeiten zum Trotz auch über ein angenehmes, ja für Milan beglückendes Ereignis in diesen insgesamt wenig erfreulichen ersten Spanien-Wochen und Monaten zu berichten: Milan begegnete Gwendolyn.

## 20. KAPITEL

*Dank Mamas Weitsicht und seiner Sprachkenntnisse
wird Milan als Dolmetscher ins Hinterland
geschickt, bekommt eine Uniform und lernt
an einem Zauberbrunnen Gwendolyn kennen*

Eines Tages verbreitete sich blitzschnell die Nachricht, daß bei der spanischen Nachbarbrigade eine amerikanische Sanitätskompanie eingetroffen sei, mit funkelnagelneuen Sankas, einem Operationssaal, einem halben Dutzend Ärzte und, das Erstaunlichste und zugleich Erfreulichste, einem »Sack voll Krankenschwestern, jungen Mädchen, eins hübscher als das andere«. Das wußte der Bataillonsmelder zu berichten. Er habe auf dem Gang vom Stab der Brigade zum Bataillon einen kleinen Umweg gemacht und das Wunder mit eigenen Augen gesehen. »Sie flitzten hin und her, ganz in Weiß und drunter nichts, wegen der Hitze, mit Häubchen auf den Köpfchen, und diese niedlichen Gesichter… War ich wach? Träumte ich? Ich habe so was noch nie im Leben gesehen. Ein Wunder.«
Nun begann man zu beraten, tagelang. Wie könnte man es anstellen, dieses Wunder in Augenschein zu nehmen und sich davon zu überzeugen, daß der Melder nicht geflunkert hatte? Sich krank zu melden hatte wenig Sinn. Fehlte einem etwas, schickte ihn der Sanitäter zum Bataillonsarzt mit dem bezeichnenden Beinamen Dr. Aspirin: Für die Beschwerden oberhalb der Taille verschrieb er Aspirin, für die unterhalb Kohle-Tabletten. Abgesehen davon witterte er in jedem Soldaten zunächst einmal einen Simulanten; krank war nur, wer mindestens 39 Grad Fieber hatte, alles darunter war »erhöhte Temperatur«, zählte nicht, ein Röhrchen Aspirin, zurück zur Einheit.
Was hätte man sonst tun können? Sich von einem Skorpion stechen oder einer Schlange beißen lassen? Kreide schlucken? Die Hand so lange aus dem Graben halten, bis es einem Scharfschützen von drüben gelang, sie zu treffen?
Nutzlos, sich darüber den Kopf zu zerbrechen. Schaffte man nämlich diese erste Hürde in der Gestalt des Dr. Aspirin, wurde man in

die Ambulanz der eigenen Brigade geschickt, doch nie und nimmer in die der benachbarten spanischen. »Der Sack voll Krankenschwestern, eine hübscher als die andere« war nur ein paar Kilometer weit entfernt und doch so unerreichbar wie Madrid, Paris oder New York. Es gab keine Wunder. Oder doch?

Erinnern wir uns an Mamas Spruch von der Notwendigkeit, Fremdsprachen zu beherrschen, wenn sie Milan genötigt hatte, deutsche, französische und lateinische Vokabeln zu büffeln und mit Marussja nur russisch zu sprechen. Dies letzte erwies sich diesmal als besonders wichtig, ermöglichte Milan einen Blick auf den Inhalt des Sackes zu werfen – und zeigt uns darüber hinaus, wie verschlungen die Pfade des Schicksal sein können.

Einige Tage nach der Ankunft der amerikanischen Ambulanz wurde Milan zum Kompaniefeldwebel Kienzig gerufen. Dieser hatte sich im halbzerstörten Stall eines Bauernhofes in Taquillo eine Schreibstube eingerichtet.

Als Milan eintrat, vorschriftsmäßig grüßte und sich meldete, blickte er von seinen Papieren auf, musterte Milan von oben bis unten und sprach: »Besonders schnieke siehst du ja nicht aus. Vielleicht kann man beim Bataillon etwas für dich tun. Ich habe in deinen Papieren gelesen, daß du Russisch kannst. Stimmt das?«

Milan bejahte.

»In Wort und Schrift?«

»In Wort besser.«

»Du wirst sowieso nur reden müssen. Außerdem steht hier, ›spricht Deutsch, Französisch, Serbisch, etwas Slowenisch und Rumänisch sowieso‹. Stimmt das, oder hast du geflunkert?«

Es würde stimmen, er habe nicht geflunkert, sagte Milan.

»Und Chinesisch? Chinesisch kannst du zufällig nicht? Laß man. War nur ein Scherz. Also geh jetzt und melde dich beim Bataillon. Der Kurier muß sowieso hin, er wird dich begleiten.«

Die Fragen nach seinen Sprachkenntnissen stellte Milan auch der Bataillonsfeldwebel. Zwei sowjetische Journalisten hätten sich angemeldet und den Wunsch geäußert, der XIII. Internationalen Brigade einen Besuch abzustatten und das Bataillon Tschapaiew zu besichtigen, das, nach einem russischen Revolutionshelden benannt, seinem Namen alle Ehre mache. Außer etwas Französisch würden sie keine Fremdsprachen beherrschen, und der Bataillonsdolmetscher sei krank geworden. »Also wirst du dolmetschen. Kannst du das?«

»Ich denke schon, Kamerad Feldwebel.«

»Was heißt hier, ich denke? Entweder du kannst es, oder du kannst es nicht.«

Doch, er könne es, beteuerte Milan.

»Gut. Mit Unterleutnant Leduc holt ihr die Kameraden aus der Sowjetunion bei der Brigade ab. Wenn sie noch nicht dort sein sollten, dann wartet ihr.« Wie vorhin der Kompaniefeldwebel musterte jetzt auch der Bataillonsfeldwebel Milan von oben bis unten und schüttelte mißbilligend den Kopf. »Was sollen die Russen denken, wenn sie dich so sehen? Geh zuerst zum Bataillonsintendanten und laß dir eine neue Uniform verpassen. Und neue Schuhe. Gestern ist eine Ladung gekommen. Es wird sich schon etwas finden für dich.«

So kam Milan dank seiner Sprachkenntnisse zu einer fast neuen Uniform und neuen Schuhen.

Nachdem er sich umgezogen hatte, brach er mit Unterleutnant Leduc und einem Melder zur Brigade auf. Leduc, ein hochaufgeschossener junger Luxemburger, sprach recht gut Deutsch, doch kein Wort russisch, wie er Milan erzählte, wobei er sogleich einen angenehm zivilen Ton anschlug.

Sie nahmen den gleichen Weg, den Milans Gruppe vor acht Wochen in umgekehrter Richtung gegangen war. Vor der Stelle, die von Nationalisten eingesehen werden konnte und die sie damals in einer lockeren, weit auseinandergezogenen Reihe rennend überquert hatten, hielt der Melder an. »Hier wir müssen machen schnell. Kanonen von Franco, krach, bum.« Er lachte Leduc und Milan mit großen weißen Zähnen an. »Mein Kamerad aus Schweiz hier tot. Schuß in Kopf.«

»Ein Scharfschütze, der sich nachts durch die Linien geschlichen hat«, erklärte Leduc. »Wir haben ihn später erwischt.«

Unangefochten überquerten sie die eingesehene Stelle und meldeten sich etwas später im Büro des Brigadekommissars. Die Russen seien noch nicht da, hieß es, man wüßte nicht genau, wann sie eintreffen würden. Sie sollten sich etwas zu essen geben lassen und dann irgendwo im Schatten warten.

Nach der obligaten Krautsuppe und einem Stück Brot verschwand

Unterleutnant Leduc, um alte Freunde aufzusuchen, während Milan im Schatten eines offenen Schuppens zu warten begann. Der geräumige, von Wohnhaus, Stallungen und Scheunen umgebene Hof der Finca lag in der Mittagshitze wie ausgestorben da. Im Wohnhaus logierte der Brigadekommandeur, General Gomez, auch er ein Deutscher,* hieß es. Ab und zu erschien dort ein Soldat oder Offizier und verschwand in einem Nebengebäude oder kam von dort und verschwand im Wohnhaus. Ein magerer, kurzhaariger Hund trottete heran, ließ sich im Schatten nieder, schaute mit der Schnauze auf den Vorderpfoten Milan unverwandt an. Siesta. Siesta auch an der Front, von wo kein Schuß zu hören war.

Milan las in der mehrsprachigen Brigadezeitung, die er vorhin im Büro des Kommissars bekommen hatte:

»Wir deutschen Antifaschisten und Kämpfer der Internationalen Brigaden dürfen keinen Augenblick vergessen, weshalb wir nach Spanien gekommen sind und wofür wir hier kämpfen. Es geht nicht nur um die Befreiung des spanischen Volkes von faschistischer Tyrannei, sondern auch um unsere Heimat Deutschland. Noch herrschen dort Willkür, Gewalt, Lüge und Unrecht im Namen Hitlers und seiner verbrecherischen Paladine. Noch wissen wir nicht, wann wir dorthin zurückkehren werden. Doch jeder Tag eines unversöhnlichen und kompromißlosen Kampfes hier bringt uns diesem gar nicht mehr so fernen Ziel näher. Je schneller wir den Kampf gegen Hitlers Vasallen Franco siegreich beenden, desto eher kommt der Tag, an dem Deutschland von den faschistischen Horden befreit wird und uns mit offenen Armen empfängt. Deshalb, Genossen der XIII. Internationalen Brigade, Spanienkämpfer ...«

Milan lehnte den Kopf zurück und schloß die Augen. Deutschland wird uns mit offenen Armen empfangen, dachte er. Auch mich? Auch mich Spanienkämpfer. Vielleicht ist das doch der richtige

---

* »Gomez« nannte sich im spanischen Bürgerkrieg der Deutsche Wilhelm Zaisser, von Beruf Lehrer, im Ersten Weltkrieg Offizier der Kaiserlichen Armee, seit 1920 Mitglied der Kommunistischen Partei Deutschlands. Im spanischen Bürgerkrieg befehligte er als General die XIII. Internationale Brigade. Danach in der UdSSR. Nach 1945 hoher SED-Funktionär, Minister der Staatssicherheit der DDR, von Walter Ulbricht 1954 aller Ämter enthoben und aus der SED wegen »Fraktionsbildung und parteischädigenden Verhaltens« ausgeschlossen. Zaisser starb 1958 in Ostberlin.

Weg. Als verdienter Spanienkämpfer nach Deutschland, in Vaters Land, dann hat man es leichter als einfach so. Es *ist* der richtige Weg, was sonst?

Der Weg zu Vater oder Mama aus dem Gefängnis herausholen! Ob der Vater noch lebt? Und Mama?

Vom Gedanken an Mama und der Ungewißheit um ihr dunkles Schicksal gepeinigt, bewegte sich Milan unruhig, öffnete wieder die Augen. Der Hund war unhörbar näher gekommen, lag jetzt nur noch zwei Schritte von ihm entfernt da, die Schnauze auf den Vorderpfoten, ihn unentwegt anschauend. »Du hast Hunger«, sagte Milan. »Ich weiß, du hast bestimmt Hunger. Warte.« Er holte aus dem Brotbeutel das halbe Stück Brot, das er vorhin aufgehoben hatte, brach kleine Stückchen ab, warf eins dem Hund, der es schnappend auffing, nahm das andere selber, dann wieder der Hund. So teilte er, bis das Brot – viel zu schnell – aufgegessen war. Dann begann er wieder zu lesen, ließ den Leitartikel sein, blätterte um, überflog die polnische Seite, konnte damit nicht viel anfangen, danach die französische, blieb schließlich an der deutschen Überschrift hängen:

»Ein Geständnis

Hitler und seine Propagandisten behaupten trotz zahlloser gegenteiliger Beweise nach wie vor steif und fest, daß ihre nach Spanien beorderten Flugzeuge der sogenannten ›Legion Condor‹ nur gegen militärische Ziele eingesetzt werden. Nun hat der über Madrid von unserer Luftwaffe abgeschossene Oberleutnant aus Görings Verbrecherbande Otto Winterer offen zugegeben, daß auf ›höhere Anweisung‹ in Spanien vor allem zivile Einrichtungen wie Krankenhäuser und Wohnviertel bombardiert werden sollen. Damit will man den Widerstandswillen und die Moral der Bevölkerung brechen. Doch wird ihnen das niemals gelingen. Die spanische Zivilbevölkerung…«

Nun mußte Milan doch eingedöst sein. Erschrocken fuhr er auf, als jemand seine Schulter berührte. Unterleutnant Leduc.

»Eingeschlafen? Die Russen sind noch immer nicht da. Steh auf. Wir gehen uns etwas erfrischen.« Er lächelte verschwörerisch und ging voraus. Milan folgte ihm über das angrenzende Feld zu einem Wäldchen und weiter bergauf und bergab auf einem Pfad, der sich durch dichtes Gebüsch schlängelte. Ganz unten, in einer

Senke, befand sich ein Brunnen mit Aufzugsrad. Sie zogen sich bis auf die Hosen aus, ließen den hölzernen Schöpfbottich hinunter, kurbelten ihn, als er voll mit Wasser war, wieder hoch und begossen sich heftig prustend gegenseitig. Das Wasser war erfrischend kalt, sie wiederholten das Ganze, konnten damit gar nicht aufhören. Zwischendurch verharrte Leduc immer wieder, schien zu lauschen, spähte in eine bestimmte Richtung, wohin sich ein schmaler Pfad verlor. Wenn er auf etwas oder jemanden wartete, dann tat er es nicht vergebens. Plötzlich waren dort Frauenstimmen zu hören, ein helles Mädchenlachen, und ehe sich Milan fassen konnte, traten aus dem Schatten großer, alter Steineichen drei junge Frauen. Sie trugen Wasserkannen, hatten leichte weiße Kittel an, Sandalen an den bloßen Füßen und Häubchen mit rotem Kreuz in den Haaren.

Als sie die zwei halbnackten Männer am Brunnen sahen, hielten sie an.

»Allons, allons, Mesdames, nur weiter! Es ist Platz genug für uns alle da!« rief Leduc in einem sehr französisch klingenden Englisch.

Die jungen Frauen lachten, kamen näher, baten die beiden, sich nicht stören zu lassen, sie wollten nur frisches Wasser holen.

»Sie können sich aber auch gleich hier frisch machen, so wie wir, Mesdames«, schlug Leduc kühn vor. »In dieser Wildnis ist alles erlaubt.«

»Aber nur den Wilden«, antwortete eine von ihnen, die Wortführerin, wie es sich bald herausstellte. Dabei blickte sie mit ihren lachenden Augen, jetzt grün und hell wie das Blätterdach der Steineichen über ihnen und gleich darauf, von einem Augenblick zum anderen, dunkel und geheimnisvoll wie der Brunnen, auf dessen Rand sie ihre Wasserkanne stellte, sie blickte also Leduc an, danach Milan, blickte noch einmal hin, als wollte sie genauer wissen, wen sie da getroffen hatte, ließ ihren Blick sekundenlang auf ihm ruhen, auf ihm, dem einfachen Soldaten Milan, nicht auf Leduc, dem Offizier, lächelte ihm wie in einem geheimen Einverständnis zu (jedenfalls bildete sich Milan das später ein) … Wie schön sie war! Wie schön mit ihren dunklen, frei über die Schultern fallenden Haaren mit rötlich schimmernden Lichtern der Sonne darin, der klaren Stirn unter dem weißen Häubchen, den vollen Wangen und blaßroten Lippen, dem schlanken Körper unter dem ärmellosen Kittel, den wohlgerundeten Schultern und nackten, kräftigen Armen, wie schön, wie schön …

Sie halfen den Mädchen Wasser heraufzuholen und die Kannen zu füllen, und Leduc redete dabei in einem fort, bemüht den bestmöglichen Eindruck zu machen – und sie auch möglichst lange am Brunnen zu halten. Sie seien Schwestern bei der amerikanischen Ambulanz, erzählten sie, hier holten sie Wasser, weil der Brunnen besonders tief und das Wasser frisch und gut sei, man müßte es auch nicht erst abkochen, ja, und manchmal kämen sie gegen Abend, um sich hier zu erfrischen. – Blickte die Schönste, die mit den dunklen Haaren und grünen Augen, nicht wieder Milan an, als sie dies erzählte, gerade so, als wollte sie dies ihm, nur ihm mitteilen?

»So wie wir, die Wilden?« fragte Leduc.

»Wie die Wilden«, bestätigte sie und schaute dabei Milan an, nicht Leduc. »Aber dann stellen wir Wachen auf, vor den allzu wilden.« Und dann fragte sie ihn, Milan, nicht Leduc, von welcher Einheit sie denn kämen. »Von den Internationalen?«

»Dreizehnte Brigade, Bataillon Tschapaiew«, sagte Milan lahm, und es kam ihm überhaupt nicht in den Sinn, daß er damit das wiederholt eingeschärfte Gebot der Geheimhaltung verletzte, ja, sich dagegen auf die sträflichste Weise verging: Nie einem Fremden die Einheit zu verraten, in der man dient, nicht einmal Vater oder Mutter, Bruder oder Schwester, und schon gar nicht einem Fremden!

»Oh, Bataillon Tschapaiew, ich habe davon gehört. Eine berühmte Einheit. Sehr – tapfer.«

»Und wir zwei sind die tapfersten unter allen Tapferen«, mischte sich Leduc wieder ein.

»Komm, Gwendolyn, wir müssen gehen«, forderte eine von den zwei anderen die mit den dunklen Haaren und grünen Augen auf.

Leducs Angebot, ihnen die schweren Kannen tragen zu helfen, lehnten sie ab. Bevor sie im Wald verschwanden, blickte sich die Gwendolyn genannte noch einmal um, ihre Augen lachten Milan ein letztes Mal zu, dann war sie weg, verschwunden, und nur ihre Stimmen waren noch eine Weile zu hören, bis auch sie verklangen.

Gwendolyn. Gwendolyn hieß sie also. Gwendolyn, wiederholte Milan in Gedanken. Gwendolyn, was für ein schöner, seltsamer, geheimnisvoller, nie gehörter Name. Gwendolyn.

Gwendolyn.

»Oh, Mann, ich werd verrückt, ich glaub, ich träume«, sprach Leduc. »Oh, mein Junge, hast du sie gesehen? Waren sie das wirklich? Oder eine Vision? Sag schon, eine Vision?«
So schwätzte er weiter, während sie sich anzogen und zurück zum Stab der Brigade gingen. Milan sagte nichts. So kurz die Begegnung am Brunnen auch war, kaum begonnen, schon wieder vorbei und sogleich ins Unwirkliche abgleitend, als hätte er alles nur geträumt, hatte sie doch in ihm eine ganze Sturzflut von Gedanken und Empfindungen ausgelöst. Sie beschwor Bilder herauf, in deren Mittelpunkt das grünäugige und dunkelhaarige Mädchen stand, Gwendolyn. Die lachenden Augen, die Grübchen in den um die Nase herum mit Sommersprossen besprenkelten Wangen, die weichen, halb offenen Lippen mit den weißen Zähnen dahinter. Gwendolyn, oh, Gwendolyn!

Alles, was noch an diesem, aber auch an den nächsten Tagen geschah, erlebte Milan wie hinter einem durchsichtigen Schleier, in den Gwendolyns Bild eingewoben war. Die Ankunft bei der Brigade, das Warten auf die russischen Journalisten, die noch immer nicht angekommen waren, schließlich die Mitteilung, daß sie überhaupt nicht kommen würden – das Auto wäre mit einer Panne liegengeblieben und sie hätten den Besuch beim Sturmbataillon Tschapaiew absagen müssen –, der Rückweg, unterwegs ein Fliegerangriff, die Ankunft beim Bataillon, danach der Weg zurück zur Kompanie und in seinen Erdbunker. Das alles hatte nichts mehr zu bedeuten, nichts zu sagen, wichtig war allein die Erinnerung.

Im Bunker legte sich Milan hin, beantwortete die neugierigen Fragen der anderen nur einsilbig, stellte sich schließlich schlafend. Aber er schlief nicht. Gwendolyn. Wie nur sollte er es anstellen, wieder zur Brigade geschickt zu werden, von dort durch den Wald zum Brunnen zu gehen, auf sie zu warten, tagelang, wenn es sein mußte? Schließlich würde sie kommen, allein durch den Wald kommen, mit roten Funken des Sonnenlichts im Haar, goldenen Funken in den Augen, ihn anblickend, ihn berührend. Ihre Hände würden sich treffen, sie würden Hand in Hand in den Wald gehen, sich küssen. Ihre weichen Lippen auf den seinen, sie würden sich öffnen... Gwendolyn. Ein Name, der nach alten Heldensagen klang, Liebe und Leidenschaft, Ritterspielen und Kampfgetümmel, und Tod mit ihrem Namen auf den Lippen: Gwendolyn.

Einfach weggehen?

Sie würden ihn sehr schnell fassen, ihn wegen des unerlaubten Entfernens von der Truppe oder gar Fahnenflucht vor ein Kriegsgericht stellen, womöglich erschießen. Nein, für eine neuerliche Begegnung mit Gwendolyn hatte er keine Chance. Kein Weg führte zu dem Zauberbrunnen, wo sie sich getroffen hatten, zu ihr, Gwendolyn. Sie war fern und unerreichbar wie die Sterne, unter denen Milan in den folgenden Nächten von ihr träumte, wenn er hinter dem Colt-Maschinengewehr Wache hielt, Nachtigallen und Froschgequake lauschend, das unvermeidlich nächtliche Schießen herüber und hinüber nur am Rande wahrnehmend. Dabei gingen ihm die absonderlichsten Gedanken durch den Kopf.

Was es nicht töricht, zumindest aber nicht genügend bedacht gewesen, sich in eine Situation zu begeben, in der man vor ein Kriegsgericht gestellt und erschossen würde, wenn man der natürlichsten aller Regungen nachgäbe und sich nachts auf den Weg machte, um ein Mädchen zu treffen? Kampf gegen den Faschismus, ganz klar. Andererseits – wenn, zum Beispiel, die Faschisten, gegen die man kämpfte, ihrerseits Mädchen und Frauen hinter der Front aufsuchten und keiner mehr da wäre, dann könnte man doch ... Und noch einen Schritt weiter: Man könnte dann überhaupt hinten bleiben, bei den Frauen, die einen wie die anderen, es gäbe niemanden mehr, gegen den man kämpfen könnte, also auch keine Front. Der Krieg findet nicht mehr statt. Was stattfindet, ist ein friedliches Leben mit Gwendolyn. In Gwendolyns Armen auf dem sonnenwarmen Waldboden liegen. Liebe mit Gwendolyn, alles andere vergessen. Alles andere war unwichtig. Überflüssig. Nicht wert, daran auch nur einen einzigen Gedanken zu verschwenden. Schon gar nicht, dafür die ganze Unbill des Frontlebens auf sich zu nehmen, Läuse, Hunger, Durst, Hitze, Kälte, Dreck, Gestank und alles andere zu ertragen, zu schießen und sich erschießen zu lassen.

Wahrhaftig, eine für einen Freiwilligen und Soldaten der Internationalen Brigaden absonderliche, auch gefährliche soldatische Moral und die Kampfbereitschaft untergrabende Überlegungen. Milan wußte das, fand sie jedoch so faszinierend und nachdenkenswert, daß er beschloß, bei Gelegenheit mit einem Mann seines Vertrauens darüber zu sprechen.

## 21. Kapitel

*Milan soll in die Partei aufgenommen*
*und ein Kader werden, als er Marussjas Brief*
*mit einer schlimmen Nachricht bekommt*
*und erfährt, daß er einer Lüge aufgesessen ist*

Janko Petrič stellte sein halbvolles Eßgeschirr mit Grabanzos ab, schüttelte den Kopf und sagte: »Was heißt das, einfach wegbleiben? Du meinst – desertieren? Wegen einer Frau desertieren? Bist du verrückt geworden?«

»Wer sagt denn desertieren? Einfach wegbleiben. Es ist Krieg, aber keiner geht hin, weil alle bei ihren Frauen bleiben. Jeder bei seiner. Du auch. Oder eines Tages gehen alle zurück zu ihren Frauen und Freundinnen, und keiner geht mehr an die Front. Kannst du dir die Gesichter der Offiziere vorstellen, wenn niemand da ist, dem sie befehlen könnten, das Dort hinter dem Hügel anzugreifen, einzunehmen und bei Gegenangriff bis zum letzten Mann zu halten? Wenn ein General dasteht, allein auf weiter Flur ...« Milan lachte. »Am Ende müßte er auch nach Hause gehen und sich ins Bett zu seiner Alten legen.«

Doch das Lachen sollte ihm schnell vergehen. Janko Petrič starrte ihn zunächst fassungslos an, dann stieg Zornesröte in sein blasses, knochiges Gesicht, und seine knarzende Stimme bekam einen drohenden Unterton: »Ich hoffe, du meinst das alles nicht ernst. Wir kämpfen für eine Idee, und du sprichst davon, daß man alles stehen und liegen lassen und nach Hause gehen soll. Zu den Frauen, um mit ihnen ... Na, was wohl?«

»Man kann doch beides tun«, versuchte Milan den aufgebrachten Freund zu besänftigen. »Ich meine, jedes zu seiner Zeit. Man kann nicht immer nur an die Idee denken.«

»In jedem Augenblick deines Lebens!« unterbrach ihn Janko Petrič feierlich. »Der Idee ordnet sich alles andere unter. Das mußt du endlich begreifen. Jeder muß das begreifen. Die Idee ist alles, du bist nichts. Sie ist dein Weg und dein Ziel. Deine persönlichen Wünsche sind unwichtig. Ich hoffe wirklich, daß du das vorhin nur im Scherz gesagt hast. Solche Gedanken ... Betrachte es als selbstkritisch. Dann wirst du dir selbst sagen – das geht nicht. Reiner Defätismus. Eigentlich müßte ich gewisse Konsequenzen ziehen, Kritik vor versammelter Mannschaft üben. Aber gut. Lassen wir das.«

Während er sprach, vermied er, Milan anzusehen. Dann nahm er seine Grabanzos wieder auf, begann zu essen und sprach den ganzen Abend mit Milan kein einziges Wort mehr.

Über Jankos Reaktion betroffen, erschrocken, auf eine unbestimmte Art auch traurig und niedergeschlagen, behielt Milan solche Gedanken zukünftig lieber für sich. Ihm war, als hätte er einen Freund verloren – doch war dieser Mann je wirklich sein Freund gewesen? Mama: *Ideen und Ideale verwandelt die klügsten Menschen in unmenschliche Dummköpfe. Glaub mir: Sie kennen keine Freunde, keine Freundschaft. Um sie herum ist es kalt. Für ihre Ideale würden sie sogar Vater, Mutter, Bruder und Schwester opfern.*

Hatte Mama recht gehabt?

Von Gwendolyn hatte Milan weder Janko Petrič noch sonst jemandem etwas erzählt, als fürchtete er, sie damit frivolen Anspielungen und Anzüglichkeiten preiszugeben und ihr Bild zu beschmutzen.

Einige Tage nach diesem Gespräch erkrankte der Korporal und Gruppenführer, ein Kroate, an schwerer Dysenterie und mußte hinter die Front gebracht werden. Neuer Gruppenführer und zugleich zum Korporal befördert wurde Janko Petrič. »Unser Ziel ist es, im Wettstreit mit anderen Gruppen des Zuges und der Kompanie die erste Stelle einzunehmen«, verkündete er nach seiner Beförderung vor angetretener Gruppe, »Platz eins in der Ausübung unserer soldatischen Pflichten, in der Schulung und politischen Erziehungsarbeit, in der Hygiene und nicht zuletzt in der Gestaltung unserer Unterkunft und des Grabenabschnittes.«

Für jede Aufgabe wurde ein Verantwortlicher ernannt. Milan sollte der Gruppe wöchentlich zweimal Russischunterricht geben. Janko Petrič erläuterte: »Wir müssen der Tatsache gerecht werden, daß Russisch die kommende Weltsprache ist. Als Sprache der Weltrevolution wird es schon bald das Englisch, diese Sprache des Kapitalismus und eines ungehemmten Kolonialismus, verdrängen und ersetzen. In der Aktion *Lernt Russisch, die Sprache der Sowjets* wollen wir den anderen nicht nachstehen. Im Gegenteil. Wir wollen zum Vorbild werden, und Kamerad Milan wird uns dabei helfen. Er spricht Russisch wie seine eigene Muttersprache.«

Das war, fand Milan, zwar übertrieben, doch fühlte er sich auch geschmeichelt. Mit Hilfe eines von der Brigade verteilten Lehrbuches »Russisch für Anfänger und Fortgeschrittene« machte er sich an die Arbeit und stellte Lehrpläne für die nächsten zehn Unterrichtsstunden auf.

Zwei Wochen nach seiner Beförderung forderte Janko Petrič Milan zu einem Gespräch unter vier Augen auf. Er führte ihn in das Wäldchen hinter der Stellung und teilte ihm dort streng vertraulich mit, daß man über ihn, Milan, diskutiert und sich entschlossen habe, ihn zu einem Gespräch aufzufordern. Wer dieser »man« ist, verriet er zunächst nicht.

»Wie gesagt, wir haben über dich und deine Eignung ausführlich diskutiert. Deine Abstammung und Herkunft ist zwar nicht gerade ideal, aber es gibt auch andere Genossen, die eine ähnliche Herkunft erfolgreich überwunden und mit vermehrtem Einsatz zu vorbildlichen Revolutionären und antifaschistischen Kämpfern geworden sind.«

»Was meinst du mit meiner Herkunft?« wagte Milan zu fragen; seit jenem Gespräch und mehr noch seit der Beförderung zum Korporal war ihm Janko Petrič fremd geworden.

»Damit meine ich deine bürgerliche Herkunft im Gegensatz zu einer proletarischen. Schau zum Beispiel mich an. Meine Großeltern waren kleine Häusler und Landarbeiter auf einem Gut bei Ptuj in der slowenischen Steiermark. Mein Vater arbeitete in einer Lederfabrik. Krank geworden durch giftige Dämpfe, ist er voriges Jahr gestorben. Er hat einen der ersten Streiks in der Fabrik organisiert, ist von den Gendarmen eingesperrt und verprügelt worden. So war das. Wir mußten oft hungrig ins Bett, aber der Vater hat es trotzdem geschafft, mich aufs Gymnasium zu schicken ... Das ist zum Beispiel eine proletarische Herkunft.«

Darauf konnte Milan nichts erwidern. Fast schämte er sich jetzt für den Luxus, in dem er aufgewachsen war. Villa Ilona, die schöne Mama, Dienstboten, ein Hauslehrer ... Ob Janko Petrič und diesen »man« das alles bekannt war?

»Es waren schwere Zeiten, das kannst du mir glauben«, sprach Petrič weiter. »Schwere, harte Zeiten und eine gute Schule. Das prägt einen. Aber, wie gesagt, man muß eine solche Schule nicht durchmachen und kann trotzdem ein guter oder sogar vorbildlicher Genosse werden. Wir haben uns also ausführlich mit dir beschäftigt und sind übereinstimmend zu dem Schluß gekommen, daß wir dich – nach einem offenen Gespräch – als Kandidaten aufnehmen wollen. Vorausgesetzt, daß dieses Gespräch zu unserer Zufriedenheit verläuft und einige Punkte noch geklärt werden. – Kandidat wofür, wirst du jetzt fragen, ich höre dich schon.« Petrič lächelte jetzt auf seine offene, gewinnende Art. »Gut also. Als Kandidat für die Aufnahme in die Kommunistische Partei.«

Milan hatte es bereits geahnt, aber nun war es heraus. Nun wußte er auch, was hinter der Heimlichtuerei steckte, die er immer wieder beobachten konnte. Plötzliche Abwesenheit von bestimmten, immer gleichen Kameraden. Verstohlene Blicke, die sie mitunter wechselten. Übereinstimmende Meinung, wenn sich die anderen die Köpfe heiß redeten – eine Übereinstimmung, die ihnen zwangsläufig jenes Übergewicht verlieh, das notwendig war, um strittige Fragen auf »demokratische Art« in ihrem Sinne zu entscheiden. Die anderen redeten jeder für sich, doch *sie* traten stets als ein monolithischer Block auf, den anderen überlegen, selbst wenn sie in der Minderheit waren. Und er, Milan, sollte nun einer von ihnen werden! Zunächst als Kandidat in diesem einflußreichen Kreis, einer Art Geheimorden, und später, wenn er sich dessen würdig erwies, als vollwertiges Mitglied, ein Ordensbruder sozusagen, ein Kader.

»Es ist deine Entscheidung, mach es dir nicht zu leicht«, fuhr Petrič leise und eindringlich fort. »Schon als Kandidat und später als Kommunist gehst du große Verpflichtungen ein. Du bist die Speerspitze der Revolution und ordnest dich als solche immer der Partei unter. Das mußt du bedenken. Warum das so ist und so sein muß, warum wir Kommunisten stets und unter allen denkbaren Umständen den Prinzipien des Marxismus-Leninismus und der Linie der Partei unter der Führung des großen Stalin folgen müssen, werden wir dir noch erklären. Außerdem werden wir dir helfen, bestimmte kleinbürgerlichen Züge und Unarten zu überwinden, die wir bei dir übereinstimmend festgestellt haben. Die Art und Weise zum Beispiel, wie du neulich über Frauen gesprochen hast und daß man ihretwegen den Kampf abbrechen und einfach nach Hause gehen müsse, also das war ausgesprochen reaktionär. Und die amerikanischen Krankenschwestern, von denen du so begeistert erzählt hast ... Vergiß nicht, daß gerade diese Amerikaner zwar auf unserer Seite kämpfen, aber trotzdem aus dem imperialistischen Lager kommen. Du mußt wachsam sein, immer, in deiner Wachsamkeit nie erlahmen! Du verstehst, was ich damit sagen will?«

Janko Petrič stand auf, nickte Milan mit jenem verschwörerischen Lächeln eines geheimen Einverständnisses zu, dessen sich die Parteimitglieder untereinander befleißigten, schüttelte ihm die Hand und sagte abschließend: »Ich gratuliere dir. Demnächst tritt unsere Parteizelle zusammen. Einziger Punkt der Tagesordnung: deine Aufnahme als Kandidat der Kommunistischen Partei. Du wirst uns noch ein paar Fragen beantworten müssen, aber keine Sorge. Wir sind uns so gut wie einig. Ich sage dir rechtzeitig Bescheid.«

Er legte die Hände auf Milans Schultern, schüttelte ihn leicht, ließ ihn los und ging.

Die darauffolgenden Tage verlebte Milan voller widerstreitender Gefühle. Er wußte nicht, was er denken sollte. Einerseits war er stolz, daß man ihm so viel Vertrauen entgegenbrachte und ihn für würdig hielt, in die Partei, diese Avantgarde der proletarischen Revolution, aufgenommen zu werden. Andererseits, was würde Mama dazu sagen? Und Marussja, für die ein Kommunist gleich nach dem Teufel kam. Kommunisten – allesamt Höllenbrut unter dem Antichristen und Oberteufel Stalin, zur Hölle mit ihnen, wohin sie gehören! Hier aber immer wieder, daß man am Ende wirklich daran glauben mußte: Speerspitze der Revolution. Der einzige Garant für eine friedliche und glückliche Zukunft der Menschheit. Vorwärts hinter unserem großen Führer, dem geliebten Genossen Stalin, dem größten lebenden Politiker, weisen Vater aller Werktätigen.

Wer hatte recht? Mama, die ihn immer wieder gewarnt hatte, sich mit der Politik einzulassen? Oder die anderen? Cornelius Kveder zum Beispiel: ein Kommunist. Die Korbflechter Toniu und Maria Szokoll, die ihn vor dem Zugriff der politischen Polizei gerettet und versteckt hatten: Kommunisten. Genosse Crni, der Montenegriner: ein Kommunist. Aber auch dessen Begleiter, der ausgesehen hatte wie Stalin: ein Kommunist und Verräter, seinetwegen hatten sie Mama geholt. Janko Petrič, ein guter Kamerad und vorbildlicher

Soldat: ein Kommunist. Aber ein Kommunist auch Othmar Brix, der mürrische Mann aus Pirna in Sachsen, der immer auf seine revolutionäre und kämpferische Vergangenheit pochte – und stets irgendwo hinten zu tun hatte, beim Bataillon oder bei der Brigade, und erst recht, wenn die drüben allen Anzeichen nach einen Angriff vorbereiteten oder ein eigener Angriff bevorstand.

Doch muß m,an wahrheitsgemäß sagen, daß bei Milan Stolz und Zustimmung überwogen. Es gibt keinen Grund anzunehmen, daß er das Angebot der Parteizelle des dritten Zuges trotz aller Bedenken ausgeschlagen hätte, wenn nicht ein Brief von Marussja gekommen wäre, der ihn in tiefste Verzweiflung stürzte und alle anderen Gedanken verdrängte.

»Mein über alles geliebter Milan, mein unglückliches Herz, mein Leben!*

Wenn ich dir diesen Brief schreibe, bricht mein Herz vor Kummer und Trauer, denn nichts Fröhliches habe ich Dir zu vermelden, und obwohl Du mein ein und alles bist und so nah meinem Herzen stehst, wie mir mein eigener Sohn, mein eigen Fleisch und Blut nicht stehen könnte, so muß ich Dir doch diese traurigste aller traurigen Nachrichten übersenden, und ich bitte Gott den Allmächtigen, daß er Dir die Kraft gibt, meine Botschaft zu ertragen, denn ich weiß, was ich Dir damit antue und wie sehr Du Deine Mama geliebt hast. Aber es ist meine heilige und traurige Pflicht, Dir alles mitzuteilen, was ich weiß und was hier geschehen ist.

Am Mittwoch vor einer Woche bekam ich ein Schreiben der Behörde an die hiesige Adresse der Wohnung, in der ich geblieben bin, damit Deine Mama und meine über alles geliebte Herrin eine Bleibe hat und ein Dach über dem Kopf, wenn sie wieder nach Hause kommt. Ach, mein liebster, liebster Milan, mir bricht das Herz, während ich diese Zeilen schreibe. Sie wird nie wieder kommen, denn sie weilt nicht mehr unter den Lebenden.

Nun werde ich Dir mitteilen, was die Behörden über ihren Tod geschrieben haben, und Du mußt Dir selbst ein Bild darüber machen und Dir denken, was Du für richtig hältst. Sie schreiben, Ilona Dra-

---

* Der Brief wurde in russischer Sprache geschrieben. Der Autor hat sich bemüht, ihn in einer dem Original adäquaten Form ins Deutsche zu übertragen.

ganescu, geborene Andreesi ist am 8. März 1937 im Hospital des Untersuchungsgefängnisses verstorben. Sie schreiben auch, an welcher Krankheit, und unser Doktor hat mir das erklärt und gesagt, der lateinische Name der Krankheit bedeutet Lungenentzündung. Dabei war Deine Mama und meine geliebte Herrin gesund wie ein Fisch im Wasser, noch jung und kräftig, eine Frau wie sie stirbt nicht von heute auf morgen an einer Lungenentzündung, ich glaube diesen Menschen kein Wort! Und weiter schreiben sie, daß man sie eingeäschert hat. Man hat sie auf diese unchristliche Art einfach verbrannt und nicht, wie sich das gehört, in geweihter Erde beigesetzt, und so habe ich die Urne mit ihrer Asche geholt und sie in die Familiengruft gebracht an die Seite ihres Mannes und meines ehemaligen Herrn Kosta Draganescu, der ein derber und harter, aber auch ein anständiger Mann war. Auch habe ich dafür gesorgt, daß Deine Mutter ein christliches Begräbnis bekommt mit drei Popen und Klageweibern, und es war auch Herr Karl oder Carol, wie er sich nennt, anwesend und hat Tränen in den Augen gehabt. Zuerst hat er seinen Freund Klaus von Stockhausen verloren und jetzt Deine Mama, die er sehr verehrt hat, erzählte er mir nach der Beisetzung und hat wieder bitterlich geweint. Er hat mir auch Arbeit in seinem schönen Geschäft gegeben, so daß ich nicht völlig mittellos dastehe und es mir gut geht. Du darfst Dir um mich keine Sorgen machen, mein geliebter Milan, mein Herz, mein ein und alles, aber Du mußt verstehen, daß ich mir sehr große Sorgen um Dich mache und Tag und Nacht bete, daß Dir in dieser schrecklichen Zeit, da Mord und Totschlag regieren, nichts Schlimmes widerfährt. Deshalb bitte ich Dich, mir eine Nachricht zukommen zu lassen, ob es Dir gut geht und Du gesund bist, wenn es möglich ist.

Wenn Du mich fragst, wer der Schuldige am Tod Deiner geliebten Mama ist, muß ich Dir sagen, niemand anderer als dieser Verbrecher Nicolae und seine Spießgesellen bei der Eisernen Garde und der politischen Polizei, die alle unter einer Decke stecken und jeden beseitigen, der ihnen im Wege steht. Ich habe nämlich auch erfahren, daß der erste Prozeß wegen der Erbschaft von Kosta Draganescu null und nichtig ist und daß ein neuer Prozeß gemacht werden sollte, bei dem Deine Mama und Du alles wiederbekommen hätten, was Euch genommen wurde und Euch rechtmäßig zusteht. Das sagte mir ein wichtiger Mann, der es genau weiß, aber seinen Namen will ich nicht nennen, Du kannst Dir schon denken, wen ich meine.

Nachdem ich mir lange überlegt habe, wohin ich diesen ausführlichen und traurigen Brief adressieren könnte, brachte ich ihn zu der Person, die Du kennst, und habe sie gebeten, dafür zu sorgen, daß Du ihn bekommst. Während der Unterredung hat sie sehr viele Zigaretten geraucht und hat mir fest versprochen, dafür zu sorgen, daß Du den Brief bekommst, aber sie hat auch gesagt, daß sie das nicht garantieren kann, weil Dein Aufenthaltsort auch ihr unbekannt ist. Ich hoffe inständig, daß es so geschieht und daß Dich der Brief erreicht. Aber Du kannst mir glauben, wenn ich Dir sage, daß ich viel lieber einen anderen Brief schreiben würde, der Dich fröhlich stimmt und es Dir leichter macht, mit allen Schwierigkeiten und dem Unglück dieser Welt fertig zu werden. Für Dich ist das bestimmt eine schwere Zeit, das weiß ich, aber ich weiß auch, daß Du sie überstehen und alle Schwierigkeiten meistern wirst, was mir auch die Karten sagen, die ich jeden Tag für Dich lege, um Dein Schicksal zu erfahren. Außerdem stehst Du unter dem Schutz der Vile Rodjenice, was ich ganz bestimmt weiß, und das sage ich Dir, auch wenn Du mich dafür beschimpfst und abergläubisch nennst, wie Du das ja immer gemacht hast.

Ach, mein geliebter Milan, gospodin Bog stehe Dir bei und halte seine schützende Hand über Dich. Werde ich Dich je wiedersehen? Ich bin alt und fühle meine Kräfte schwinden, nichts ist mehr so, wie es einmal war, was mir im Leben bleibt, ist nur Unglück und Trauer um meine geliebte Herrin und Deine Mama, die ich schon bald wiedersehen werde. Jeden Tag bete ich zum Allmächtigen, daß er Dir beisteht und Dich sicher durch alle Gefahren und Prüfungen in eine bessere Zukunft geleitet. Sei gegrüßt und innigst umarmt von Deiner alten, treuen und Dich bis ans Ende ihrer Tage liebenden Marussja.«

Der Brief war vom 16. März 1937 datiert, Milan bekam ihn Mitte Juni, er war also vier Monate unterwegs gewesen. Welche Bedeutung der 8. März, Mamas Todestag, auch in seiner Biographie hatte, fiel ihm nicht sogleich ein. Er war zu traurig, zu verzweifelt, um sich darüber Gedanken zu machen. Mag sein, daß ihm der Zusammenhang zwischen diesem Datum und seiner Zustimmung, sich freiwillig zu den Internationalen Brigaden zu melden, nie aufgefallen wäre, hätte darüber nicht ein neuerliches Gespräch mit Janko Petrič stattgefunden.

Einige Tage nach Erhalt des Briefes mit der Nachricht von Mamas Tod wurde Milan von Petrič über die näheren Umstände seiner Freiwilligenmeldung und der Abreise aus Rumänien befragt. Milan erzählte es ihm. Als er davon sprach, wie ihm Cornelius Kveder berichtet hatte, daß Mama in das Gefängnis der Craiover politischen Polizei gebracht worden wäre, konnte er die Tränen nicht mehr zurückhalten.

Petrič wartete wortlos, bis sich Milan etwas gefaßt hatte. Dann fragte er: »Genosse Cornelius Kveder hat deine Freiwilligenmeldung entgegengenommen. Weißt du, wann das war?«

»Laß mich nachdenken. Doch, ich weiß es genau. Am 14. März, ich weiß sogar noch die Stunde. Es war am Abend.«

*14. März 1937,* notierte Petrič. »Kannst du mir etwas über deine Gründe sagen? Motive. Du warst kein Kommunist, der bewußt und mit guten Gründen in einen solchen Kampf geht.«

»Es war … Cornelius Kveder, hat mir ausführlich …«

Milan verstummte. Ein ungeheuerlicher Gedanke keimte in ihm auf, breitete sich aus, ließ ihn den Atem anhalten, sein Herzschlag stockte. Cornelius Kveder: *Einer Genossin – absolut glaubwürdig und zuverlässig – ist es gelungen, im Gefängnis der politischen Polizei mit deiner Mama Kontakt aufzunehmen, mit ihr zu sprechen.* Milan erinnerte sich ganz genau, was Cornelius Kveder damals gesagt hatte – und vor allem an die entscheidenden Sätze: *Deine Mutter weiß, daß man auch dich verhaften will. Ihr ginge es den Umständen entsprechend gut, sie bittet dich nur, möglichst schnell ins Ausland zu fliehen. Egal wohin, nur weg, meint sie, hier könntest du nichts für sie tun, im Gegenteil … Sie wäre beruhigt, jedenfalls einer großen Sorge los, wenn sie wüßte, daß du das Land verlassen hast …*

Cornelius Kveder hatte gelogen. Die »absolut glaubwürdige und zuverlässige Genossin« hatte es gar nicht gegeben. Zu dem Zeitpunkt, als sie angeblich mit Mama Kontakt aufgenommen haben sollte, war Mama bereits tot, nach Marussjas Brief und der Behördenauskunft am *8. März 1937 im Hospital des Untersuchungsgefängnisses verstorben.*

Cornelius Kveder hatte gelogen, um ihn, Milan, nach Spanien zu locken. Freiwilligenmeldung. Und er hatte sich übertölpeln lassen.

Dabei hätte er sich schon damals sagen können, daß Mama nie, nie im Leben mit seiner Meldung nach Spanien einverstanden gewesen wäre. Sie hätte ihn nie in einen Krieg geschickt, in keinen Krieg, und schon gar nicht in einen, der um politische Ziele geführt wurde. Nie! *Politika je svinja. Glaub keinem Politiker und keiner Partei. Sie versprechen dir immer das Blaue vom Himmel herunter, halten nichts und nehmen dir am Ende noch die letzte Unterhose weg.*

»Also los, erzähl weiter«, drängte Janko Petrič. »Cornelius Kveder hat dir ausführlich . . .«

»Ich wollte gar nicht nach Spanien«, sagte Milan.

»Nein? Aber warum . . . Wohin wolltest du dann?«

»Ich wollte in Vaters Land«, sagte Milan, stand auf und ging. Er wollte nicht mehr darüber reden. Er wollte auch nicht erklären müssen, weshalb er darüber nicht reden wollte, und auch nicht, welches Land er mit Vaters Land meinte. Er stand auf und ging einfach durch den Laufgraben zurück in Richtung Unterkunft. Gerade aufgerichtet ging er, ganz normal, als würde er im tiefsten Frieden spazierengehen, und er bückte sich auch nicht, als er eine besonders gefährdete, von Francos Scharfschützen einzusehende Stelle passieren mußte, die sie sonst nur gebückt und im Laufen überquerten.

In »Madame Rosa« – den Namen für den neuen Erdbunker hatte man von dem alten übernommen und auch das Täfelchen geholt, auf dem er stand – legte sich Milan hin, drehte sich zur Wand, stand den ganzen Tag nicht mehr auf, sprach auch kein Wort. Und wenn sie ihm mit Strafdienst gedroht hätten, fünfmal hintereinander Nachtwache auf vorgeschobenem Posten, einen Monat Latrinenputzen oder Tod durch Erschießen, er wäre nicht freiwillig aufgestanden und hätte kein Wort gesprochen. Aber man kannte derlei Anwandlungen und Aussetzer bei Soldaten, die wochenlang ohne Ablösung Grabenkrieg führen mußten, und ließ ihn gewähren.

In den nächsten Tagen hörte Milan nichts mehr von der beabsichtigten Aufnahme als Kandidat der Kommunistischen Partei. Janko Petrič sprach nicht darüber, er forschte auch nicht nach Milans Beweggründen, damals das Gespräch auf eine so abrupte Art zu beenden. Danach mußte man solche Fragen ohnehin zurückstellen: Man hatte höheren Orts die XIII. Brigade doch nicht ganz vergessen. Sie wurde Ende Juni von der Extremadura-Front abgezogen und an die Zentralfront verlegt. Dort zog man alle vorhandenen

Kräfte zusammen, um eine Großoffensive gegen Nationalisten zu starten – die erste Großoffensive der republikanischen Armee seit Beginn des Bürgerkrieges.

Eine Billardkugel rollt über die grüne Fläche des Tisches, streift eine andere, ein sanftes »Klick«, und schon rollt sie in einer anderen Richtung weiter; die winzige Berührung mit der zweiten Kugel hatte genügt, um sie aus der ursprünglichen Bahn zu werfen. – Nach außen hin hatte sich nichts verändert, das Spiel ging weiter, doch hatte dieses kleine, im großen Drama des Krieges völlig bedeutungslose »Klick« durch Marussjas Schreiben Milans Leben eine neue Richtung gegeben. Ihm selbst unbewußt, ging auf die Reise an die neue Front, in eine neue, gewaltige Schlacht ein anderer, veränderter Milan, als es jener vor Marussjas Brief gewesen war.

## 22. KAPITEL

*Von den Vorbereitungen, Absichten und Zielen der*
*republikanischen Großoffensive bei Brunete,*
*Kampfesmut und Siegeszuversicht sowie von einer*
*unerwarteten Begegnung auf dem Weg in die Schlacht*

Mit der Offensive hart westlich von Madrid, die in die Geschichte
als die »Schlacht von Brunete« eingehen würde, verfolgte die republikanische Seite zwei Hauptziele. Zunächst sollte Franco gezwungen werden, einen Teil seiner Truppen von der Nordfront abzuzie-
hen. Dadurch käme sein dortiger Vormarsch zum Stehen, nachdem
im Laufe des Monats Juni bereits das Baskenland mit der Hauptstadt Bilbao verlorengegangen war. Zum anderen wollte man die
Nationalisten über den Fluß Tajo zurückdrängen, ihre vor Madrid
stehenden Verbände durch eine Zangenbewegung von Norden und
Osten einschließen und vernichten. Aber selbst wenn es Francos
Truppen gelungen wäre, die Einkesselung zu vermeiden, hätten sie
sich schnell zurückziehen müssen. Damit wäre die seit Beginn des
Bürgerkrieges belagerte, unter ständigem Artilleriefeuer stehende
spanische Hauptstadt endlich frei vom immerwährenden Druck ge-
wesen. In Verbindung mit dem militärischen Erfolg hätte dies den
Republikanern einen möglicherweise entscheidenden moralischen
Auftrieb gegeben und das Kriegsglück doch noch zu ihren Gunsten
gewendet.

Der Hauptangriff sollte nordwestlich von Madrid in südlicher Richtung erfolgen, mit dem Ziel, über die kleine Stadt Brunete bis zum
Verkehrsknotenpunkt Navalcarnero vorzustoßen. Die südöstlich
von Madrid stehenden, gleichzeitig angreifenden republikanischen
Verbände bekamen die Aufgabe, hart westlich vorzugehen und sich
im Raum von Alcorcon mit der Hauptmacht zu vereinigen. Damit
hätte man den Sack mit den eingekesselten Nationalisten zugebun-
den und die erste Phase der Offensive abgeschlossen.

Für die bevorstehenden Operationen hatte das Oberkommando der
*ejercito popular* – der republikanischen Volksarmee – so starke Truppen und so viel Kriegsmaterial aufgebracht wie nie zuvor. Den

Hauptangriff hatte das 5. Armeekorps unter dem Kommando des Generals Juan Modesto und das 18. unter Enrique Jurade zu führen. Dazu gehörten republikanische Elitetruppen, wie die Division Lister, hervorgegangen aus dem legendären 5. Regiment, das sich bei der Verteidigung von Madrid zu Beginn des Bürgerkriegs besonders ausgezeichnet und hervorgetan hatte, dann die XIII. und XV. Internationale Brigade, starke Panzer- und Artillerieverbände. Insgesamt zählte die Hauptarmee vor Brunete knapp 50000 Mann, und sie konnte mit der Luftunterstützung durch neue Bombenflugzeuge und Jagdmaschinen aus der Sowjetunion rechnen.

Im Gegensatz zu den vorausgegangenen militärischen Operationen, von denen sämtliche Spatzen von den Dächern Madrids gepfiffen hatten, bevor sie begonnen worden waren, gelang es den Republikanern diesmal, die Pläne für die bevorstehende Großoffensive geheimzuhalten. Selbst General Gomez hatte keine Ahnung, was seiner XIII. Brigade bevorstand, als ihre Ablösung und ihr Abtransport befohlen wurden. Man hatte sie doch nicht vergessen, die »vergessene Brigade«, frohlockte man, als es nach der Verladung auf die Eisenbahn in Richtung Norden ging, also nach Madrid. Doch sollte es schon recht bald heißen: Ach, hätte man doch! Hätte man uns in unserer Idylle an der Extremadura-Front gelassen, wo man zwar auch totgeschossen werden konnte, wo es Legionen von Fliegen, Stechfliegen, Mücken, Läusen und Flöhen gab, Skorpione, Schlangen, umherschleichende Moro-Scharfschützen, zudem Grabanzos und tausend andere Unannehmlichkeiten, wo man aber dennoch eine weit bessere Chance hatte, mit dem Leben davonzukommen als in der blutigen Hölle, in die man bei Brunete geriet.

Zunächst war man allerdings noch bester Laune und voller Zuversicht. Es ging nach Madrid! Dort würde die Brigade einige Wochen wohlverdienter Ruhe genießen, meinte man. Abends in die Stadt, durch die Straßen schlendern, im Schatten vor kleinen Cafés sitzen, jungen, vorbeiflanierenden Frauen zuschauen, die eine oder die andere vielleicht ansprechen, vielleicht mit ihr ausgehen, vielleicht noch mehr, ach, endlich, endlich!

Doch ließ der Eisenbahnzug Madrid links liegen und dampfte weiter. Nach einer zwanzigstündigen Fahrt hieß es auf einer kleinen, gottverlassenen Station nordöstlich der Hauptstadt aussteigen und warten. Zu essen gab es nichts, zu trinken holte man sich Wasser aus einem Brunnen am Bahnhofsgebäude.

Am späten Nachmittag wurde die Brigade auf Lastwagen verladen und in ihre vorläufigen Quartiere gebracht. Hier keimte neue Hoffnung auf. Nach der langen Fahrt durch baumlose, staubige, in der brütenden Hitze ausgedörrte Landschaften Zentralspaniens war man in einem paradiesischen Tal zwischen den Ausläufern der Sierra de Guadarrama gelandet. In einem parkähnlichen, von alten Bäumen bestandenen und einem klaren Flüßchen durchzogenen Tal standen die Sommerhäuser reicher Madrilenen. Die meisten waren leer. In diesem Jahr blieben ihre Besitzer aus Angst vor marodierenden Anarchistenkolonnen, über die schauerliche Geschichten verbreitet wurden, doch lieber in der Stadt.

Der dritte Zug wurde im Erdgeschoß einer geräumigen Villa einquartiert, mit Springbrunnen, Pavillons und einem Tennisplatz im rückwärtigen Teil des großen Gartens. Politdelegat Brix ergriff beim politischen Unterricht am nächsten Vormittag sogleich die Gelegenheit und hielt einen Vortrag über die Ungerechtigkeit der kapitalistischen Gesellschaft. Sie erlaube einer ausbeuterischen Minderheit, in solchen luxuriösen Häusern mit privaten Tennisplätzen zu leben, umgeben von katzbuckelnden Lakaien, während die große Mehrheit des Proletariats hungernd in menschenunwürdigen Behausungen vegetieren müsse.

Milan war nicht ganz bei der Sache. Er fühlte sich an zu Hause erinnert, an die Villa Ilona, den Garten ringsum, der noch großzügiger angelegt war als dieser hier, und an Mamas Wunsch, eines Tages einen Tennisplatz bauen zu lassen. »Dort kannst du dann mit deinen Freunden und, ja ja, ich weiß schon, Freundinnen Tennis spielen. Ein schöner Sport. Und mir wird etwas mehr Bewegung auch guttun, du verstehst schon.« Dabei hatte sie ihm zublinzelnd über ihre etwas zu rund gewordenen Hüften gestrichen. Oh, Mama, Mama – was hätte Milan jetzt dafür gegeben, mit ihr in der Villa Ilona zu sein und auf einem neu gebauten Platz Tennis zu spielen, auf die Gefahr hin, daß man sie für ausbeuterische Kapitalisten hielt!

Der luxuriösen Umgebung entsprach auch die Verpflegung. Zu Mittag gab es Nudeln mit Gulasch und Rotwein, als Abendration genügend Brot, Wurst und Käse und am nächsten Morgen Kaffee, der nicht nur nach Ersatz aus gerösteter Gerste und Zicchorie schmeckte. Das allgemeine Wohlbefinden konnten auch die düsteren Prophezeiungen des Elsässer Schwarzsehers Papin nicht schmälern, der in alledem nur Vorboten schlimmer Ereignisse sah: »Ich kenne das, Freunde. Es ist immer und überall das gleiche, in allen Armeen der Welt. Bevor sie dich zur Schlachtbank schicken, zeigen sie dir erst das Paradies. Sie geben dir gut zu essen, du kannst saufen, soviel du willst, schlafen, so lange dir danach ist. Es fehlt nur noch ein Puff.«

»In dieser Hinsicht waren uns die alten Römer voraus«, sagte der SMG-Schütze Dr. Niedermayer. Er war ein junger Mann, kaum sechs- oder siebenundzwanzig Jahre alt, stammte aus Klagenfurt im österreichischen Kärnten und war tatsächlich Doktor der Philosophie. Hier nur ein einfacher Soldat, wurde er nicht wegen seiner Gelehrsamkeit, sondern seiner Treffsicherheit mit dem schweren Breda-Maschinengewehr geschätzt. »Sie führten in ihrem Troß immer Frauen mit, wenn sie durch diese Gegenden zogen.«

»Und wann war das?« fragte Papin.

»Vor zweitausend Jahren.«

»Seht ihr, Freunde? Ich sagte schon immer – es gibt keinen Fortschritt. Es wird immer nur schlechter.«

Papin sollte recht behalten. Für seine These, daß der Brigade nicht eine wohlverdiente Ruhepause, sondern ein neuer Einsatz bevorstünde, sprach auch die Ankunft von gut hundert Männern als Ersatz für die erlittenen Verluste. Ein bunter Haufen und ein babylonisches Sprachengewirr. Unter den neuen befanden sich Deutsche, Polen, Österreicher, Schweizer, Holländer, Tschechen, Jugoslawen, Rumänen, drei Kanadier und zwei Schwarze aus Südafrika. Dann verbreitete sich wie ein Lauffeuer die Nachricht, daß der Kommandeur General Gomez und der Brigadekommissar abgelöst worden seien. Der neue Kommandeur, ein Italiener, trage den ungewöhnlichen Namen Kriegger, der neue Kommissar sei der Jugoslawe Parović.

»Parović lasse ich mir eingehen«, kommentierte der Südtiroler Hans Stocker die Nachricht. »Ich habe von ihm gehört – ein fähiger und unerschrockener Mann, der immer vorn zu finden ist. Aber dieser Kriegger – dazu noch ein Welscher!«

»Warum nicht ein italienischer Genosse als Kommandeur?« fragte Janko Petrič nicht ohne Schärfe.

»Weil das zu nichts Gutem führt, deshalb. Ich kenne die Welschen. Genosse hin oder her, Italiener bleibt Italiener.«

Dieser wenig stichhaltigen, von alten Ressentiments der Tiroler gegen ihre südlichen Nachbarn beladenen Feststellung fühlte sich Petrič verpflichtet, aufs entschiedenste zu widersprechen. Man müsse diese Vorurteile und Feindseligkeiten, die das Leben zwischen Völkern und Volksgruppen durch viele Generationen vergifteten, endlich und endgültig überwinden, sprach er. Es sei sogar unter den Kämpfern der Internationalen Brigaden zu häßlichen Streitereien, auch Tätlichkeiten gekommen. Serben gegen Kroaten, Österreicher gegen Italiener...

»Hör auf, das haben wir alles schon gehört«, unterbrach ihn der Tiroler. »Du wirst stehen, an diesem Kriegger werden wir nicht viel Freude haben.«

Doch Janko Petrič dachte nicht daran, aufzuhören. Er setzte an zu einer seiner wohldurchdachten, immer wie auf Stelzen daherkommenden, stets in einer höheren Stimmlage gehaltenen Ansprache, als im ganzen Haus Unruhe und Bewegung entstand. Stimmen wurden laut, polternde Schritte, dann riß der Kompaniefeldwebel Kienzig die Tür zu dem Zimmer auf, wo es sich Milans Gruppe auf Stroh bequem gemacht hatte und rief: »Kompanie antreten, schnell, schnell! Beeilt euch!«

Der Schwarzseher Papin hatte recht gehabt. Es ginge noch in dieser Nacht weiter, erklärte Capitan »Lambo« Weiß vor seiner angetretenen Kompanie. Wohin, das wisse auch er nicht. Das Gepäck müsse hierbleiben, mitzunehmen seien nur Waffen, Munition, Helme, Gasmasken, Feldflaschen und im Tragebeutel die eiserne Ration, Waschzeug und Verbandszeug. Außerdem ein Reservehemd, Fußlappen oder Socken und höchstens noch die leichten Espadrillos, Sommerschuhe aus Leinen mit Gummisohle, wenn man solche sein eigen nannte. Der junge Mann in der Uniform eines Hauptmanns machte eine Pause, hüstelte, wollte noch etwas sagen, unterließ es aber, nickte dem Kompaniefeldwebel zu, drehte sich auf dem Absatz um und ging.

»Ihr habt noch eine halbe Stunde Zeit«, rief der Feldwebel. »Abmarsch ist in genau dreißig Minuten. Wegtreten!«

Das war der Aufbruch zur Schlacht von Brunete. Sie marschierten mit leichtem Gepäck die ganze Nacht durch und erreichten am Morgen den Fluß Rio Aulencio, der sich durch die Ausläufer der Sierra Morena auf dem Weg nach Süden ein tiefes Tal gegraben hatte. In dem felsigen, mit dichter Macchia bewachsenen Gelände, das genügend Sichtdeckung für eine ganze Division bot, sollten sie weitere Befehle abwarten.

Unterwegs kamen sie an einer Gruppe von Offizieren vorbei, die beratschlagend auf einer Anhöhe neben der Straße standen. Von hier aus hatte man eine weite Sicht südwärts, über eine letzte Hügelkette und die anschließende Hochebene. Einer von den Offizieren, ein General, erklärte mit weit ausholenden Bewegungen zwei Zivilisten offenbar die Lage. Etwas abseits stand ein großgewachsener, schlanker Mann mit den Rangabzeichen eines Oberstleutnants auf der gut sitzenden, wie maßgeschneiderten Uniform, vertieft in die aufgeschlagene Generalstabskarte. Als Milans Kompanie vorbeimarschierte, blickte er auf – und Milan durchfuhr es wie ein elektrischer Schlag.

Obwohl er ihn nur zweimal in der halbdunklen Eingangshalle der Villa Ilona gesehen hatte, dazu noch in Zivil, erkannte er den Offizier sofort: der Montenegriner. Genosse Crni, der angeschossen und schwer verwundet von Cornelius Kveder zu ihnen gebracht und von Mama und Marussja gesund gepflegt worden war. Seinetwegen ist Mama festgenommen worden. Seinetwegen hätte man auch ihn, Milan, verhaftet und möglicherweise wie Mama im Gefängnis ermordet, wenn er nicht rechtzeitig die Flucht ergriffen hätte.

Doch daran dachte Milan nicht. Beim Anblick des Montenegriners empfand er nur Wiedersehensfreude wie bei einem guten Bekannten – obwohl er damals mit ihm kein Wort gewechselt hatte. Doch Mama hatte so viel und mit wachsender Sympathie über ihn erzählt, daß es Milan war, als würde er diesen Mann schon lange kennen.

Der Offizier ließ seinen abwesend wirkenden Blick langsam über die vorbeimarschierende Kolonne gleiten. Milan hob die Hand zu einem unbeholfenen Gruß – hatte es der Montenegriner gesehen? Er senkte den Blick wieder auf seine Karte, und dann war schon alles vorbei. Die Kompanie marschierte weiter und ließ die Offiziere auf ihrem Feldherrnhügel zurück.

Der Morgen war kalt und neblig. Diejenigen, die trotz gegenteiliger Anordnung dem alten Soldatenspruch gefolgt waren, wonach für das Wohlergehen eines Soldaten neben der Feldflasche und Brotbeutel am wichtigsten eine Decke sei, waren jetzt froh, daß sie – Befehl hin oder her – eine mitgenommen hatten. Warm eingewickelt, ließen sie sich am Ufer des Flusses nieder, und manche schliefen sogleich ein, während andere in ihren leichten Uniformen erbärmlich froren.

Zum Frühstück gab es nach Papins Worten wieder eine Henkersmahlzeit: Kaffee, Brot mit Wurst, Butter, Marmelade, Ölsardinen, Käse und eine halbe Feldflasche Wein, den man mit Wasser verdünnen sollte. Oder – eine boshafte Frage, die plötzlich die Runde machte – hatten es die republikanischen Einheiten rund um Madrid immer so gut? Lebten sie wie im Schlaraffenland, während man an der Extremadura-Front mit Kohlsuppe, Grabanzos und weißen Bohnen vollgestopft wurde?

Hier verbrachte man den ganzen Tag. In der Ferne war das Grollen der Artillerie vor Madrid zu hören, ab und zu gab es Fliegeralarm, man hörte auch das Geräusch von Flugzeugmotoren, doch kein Flugzeug war zu sehen. Die Sonne hatte den Nebel vertrieben, sie schien von einem wolkenlosen Himmel, es wurde heiß, die Luft roch nach frischem Wasser, Harz und wildem Rosmarin. Soldaten badeten in dem Flüßchen, das jetzt, vor der Sommerdürre, noch reichlich Wasser führte, wuschen ihre Unterhosen, Socken und Fußlappen. Rufe in verschiedensten Sprachen wurden laut, Gelächter, eine Gruppe von Spaniern begann zu singen.

Milan saß im Schatten des Ufergebüsches, ließ die nackten Füße ins Wasser baumeln, schaute einem Schwarm winziger Fischchen zu, die sich um seine Zehen tummelten, dachte an ähnlich heiße Tage zu Hause, die er am Fluß Jiu verbracht hatte, als Janko Petrič kam und sich neben ihm niederließ.

»Die Haut wird ganz weich, wenn man die Füße zu lange ins Wasser hält, und dann gibt es Blasen«, sagte er.

»Ich habe schon eine ziemliche Hornhaut«, meinte Milan.

»Die haben wir alle.«

»Wenn die Schuhe gut eingelaufen sind, gibt es auch keine Blasen.«

Was sie da sprachen, klang merkwürdig hölzern. Seit ihren letzten Gesprächen hatte sich zwischen sie eine Art distanzheischender

Fremdheit eingeschoben. Janko Petrič war nicht mehr nur ein Freund, er war auch Korporal und Vorgesetzter. Doch hätte man das noch überwinden oder beiseite schieben können; es gab oft Freundschaften unter Männern verschiedener Dienstgrade. Was schwerer wog: Freund Janko hatte in dieser geheimnisvollen Ordensbruderschaft der Kommunisten offenbar eine Position errungen, die ihn über die anderen hinaushob, ihn in eine Sphäre kühler Distanziertheit entrückte und entfremdete; von der alten, unvoreingenommenen Vertrautheit, die einst zwischen ihnen geherrscht hatte, war kaum etwas übriggeblieben.

Jetzt zog auch Janko seine Schuhe aus und steckte die nackten Füße ins Wasser. »Kalt! Fast so wie in den Ferien zu Hause. Wir waren von früh bis spät an der Drau, wenn es gerade keine Aushilfsarbeit gab, um ein paar Dinar zu verdienen... Ach, ist das ein schöner Fluß! Mit Inseln und Schotterbänken, fast einen Kilometer breit, und die Inseln wie Urwälder. Wir haben schwarz gefischt, uns in den Schlammtümpeln gewälzt...«

»Bei mir hieß der Fluß Jiu, und es war genauso«, sagte Milan.

»Wir haben uns einen Kahn gebaut und sind damit gleich hinaus in die Strömung gefahren. Aber der Kahn war nicht dicht und soff ziemlich schnell ab. Einer von uns wäre fast ertrunken. Ausgerechnet der, der behauptete, er könne am besten von uns allen schwimmen.« Janko Petrič lachte. Es klang fast genauso unbeschwert und vertraut wie früher.

»Das hört sich an, als würdest du erzählen, was wir am Jiu erlebt haben.«

»Wahrscheinlich erleben alle Kinder an allen Flüssen der Welt dasselbe. Der Fluß muß nur etwas größer sein als dieses Wässerchen.« Janko platschte mit den Füßen auf die Wasserfläche, daß es hoch aufspritzte und die Fischbrut erschrocken auseinanderstob. »Aber es gibt auch größere Flüsse in Spanien. Und dort ist es genauso wie an der Drau oder am Jiu. So heißt er doch, dein Fluß?«

»Stimmt. Jiu.«

»Jiu... Das klingt hübsch. Jiu. Habt ihr auch junge Maiskolben geklaut und in der offenen Glut geröstet?«

»Mais und Kartoffeln.«

»Die gefangenen Fische haben wir in Lehm gewickelt und ins Feuer gelegt. Aber wir waren zu ungeduldig, nahmen sie zu schnell heraus und aßen sie halbroh. Es hat nicht besonders gut geschmeckt.«

»Wenn wir Durst hatten und trinken wollten, gruben wir an der unteren, der stromabliegenden Seite einer Schotterinsel eine kleine Bucht, warteten, bis sich der Sand setzte und konnten trinken. Das gefilterte Wasser war ganz klar, und kalt sowieso. Der Jiu kommt aus den Karpaten, das Wasser ist immer kalt.«

»Und die Drau kommt aus den Alpen. Eiskalt. Einmal habe ich zugeschaut, wie ein Fischer einen Huchen fing, der war größer als ich. Na ja, damals war ich sechs oder sieben Jahre alt, nicht sehr groß.«

Janko zog die Füße aus dem Wasser. »Es wird langsam doch zu kalt. Ich muß mich noch rasieren.«

Milan warf einen Blick auf das hagere Gesicht des anderen. »Warum rasieren? Ich sehe keinen Bart.«

»Das muß sein. Es geht bald los.«

»Was geht los?«

»Morgen oder übermorgen geht es richtig los. Mein Vater erzählte, daß er sich immer rasierte, bevor es losging. Im Weltkrieg war er an der Isonzo-Front. Die Wahrscheinlichkeit, daß es dich erwischt, war dort sehr groß, erzählte er. Manche Einheiten haben schon nach wenigen Tagen mehr als die Hälfte ihres Mannschaftsbestandes verloren, und manche sind bis auf den letzten Mann aufgerieben worden. Wenn schon tot, dann wenigstens sauber rasiert, sagte er. Ich halte es genauso. Bis auf den letzten Mann... Verstehst du das?«

»Was?«

»Daß sich Italiener und Österreicher – damals waren wir ja in Alt-Österreich –, Franzosen und Deutsche, Russen und Deutsche und so weiter gegenseitig den Krieg erklären und Einheiten an die Front schicken, die bis auf den letzten Mann aufgerieben werden. Völker untereinander. Und sie lassen sich aufeinander hetzen. Dabei müßten sie doch langsam begriffen haben, daß der wirkliche Feind nicht hinter der Grenze sitzt. Dort sitzt der Freund, der Bruder, der Arbeiter, der genauso ausgebeutet wird wie der Arbeiter auf dieser Seite. Der Feind sitzt im eigenen Land. Die ausbeuterische Klasse, die von den Kriegen der Völker untereinander auch noch profitiert. Aufgerieben, bis zum letzten Mann...«

Milan dachte einen Augenblick nach. »Schon richtig, aber andererseits...«

Er verstummte. Aber andererseits schicken die Nationalisten und Republikaner ihre Einheiten aufeinander los, die bis auf den letzten Mann aufgerieben werden, Sozialisten, Kommunisten, Faschisten, Anarchisten, der Feind sitzt überall, hinter der Grenze, im eigenen Land, links und rechts, oben, unten, man findet ihn überall – wenn man nach ihm sucht, hatte er sagen wollten. Doch er ließ es sein. Es führte zu nichts.

»Andererseits?« fragte Petrič.

»Unwichtig«, sagte Milan. Vorhin noch dem anderen gegenüber gehemmt und auf eine gewisse Weise unterlegen, fühlte er sich plötzlich ebenbürtig, ja auch irgendwie überlegen – und frei? Jedenfalls empfand er auch ein befreiendes Gefühl, das ihn leichter atmen, weiter sehen, klarer denken ließ. Es war wunderbar.

»Das waren damals wirklich arme Teufel«, nahm Janko Petrič den Gesprächsfaden wieder auf. »Sie mußten kämpfen und massenweise sterben und wußten nicht wofür. Wir wissen es wenigstens.«

»Es muß ja nicht gleich sterben sein.« Das Gespräch begann Milan zu langweilen – was Janko da von sich gab, hatte er schon zu oft gehört. Warum erzählte er nicht weiter von der Drau, von den Inseln, dem Kahn, den in der Glut gegarten Maiskolben, Kartoffeln, Fischen?

»Muß nicht sein, aber es kann passieren. Jetzt hör zu, ich hätte eine Bitte. Morgen geht es los, es wird eine Großoffensive geben, denke ich.« Janko Petrič sprach langsam, stockend, er vermied es, dabei Milan anzusehen. »Es ist auch höchste Zeit, daß wir den Faschisten endlich ordentlich einheizen und ihnen zeigen ... Aber ich wollte etwas anderes sagen. Wenn mir etwas passiert – das kann ja sein – würdest du dann ... eine Nachricht an meine Mutter ... Ich gebe dir ihre Adresse. Der Vater lebt ja nicht mehr, ich habe es dir erzählt. Also, wenn mir etwas passiert – ein paar persönliche Zeilen ... Würdest du das tun?« Nun schaute er Milan doch an. In seinen Augen spiegelten sich die Sonnenreflexe auf dem schnell dahinfließenden Wasser, die Spanier sangen noch immer, in der Ferne grummelte die Front.

*Und deine Genossen?* wollte Milan fragen. *Warum fragst du das nicht deine Genossen?* Er tat es nicht. Er verstand. Nun wußte er, weshalb Janko zu ihm gekommen war, von den Sommern an der Drau erzählt hatte, verstand auch, warum er ihn und nicht einen von seinen Genossen bat, nach Hause zu schreiben, wenn ihm etwas passieren sollte. Er verstand und er fühlte Mitleid in sich aufsteigen, oder war das ein zu starkes Wort? Mitgefühl? »Schon gut. Wenn du mir die Adresse gibst und es wirklich notwendig sein wird, werde ich schreiben«, sagte er. »Aber ich hoffe, daß es nicht so weit kommt.«

»Das hoffen wir alle. Nur gesetzt den Fall. Du kannst deutsch schreiben, meine Mutter kann ganz gut deutsch. Das kann bei uns fast jeder.« Janko Petrič schien erleichtert zu sein, wie von einer unsichtbaren Last befreit. »Wenn du willst, ich meine, wenn dir etwas passiert, könnte ich... Du müßtest mir nur die Adresse geben.«

Milan schüttelte den Kopf. »Mama ist tot. Es gibt niemanden, den ich benachrichtigen müßte. Nein. Niemanden.« Oder doch? fragte er sich. Marussja? Nein. Eine solche Nachricht würde Marussja das Herz brechen. Sie würde sie töten.

»Und Vater?« fragte Janko Petrič.

»Ich habe keinen Vater«, antwortete Milan. »Ich hatte nie einen Vater.«

Am späten Nachmittag, noch vor Dunkelheit, schrieb Milan an Marussja. Die Nachricht von Mamas Tod habe ihn sehr schwer getroffen, schrieb er, er wisse nicht, ob er sich je damit abfinden würde. Auch wüßte er nicht, was er zu den Umständen, unter denen Mama gestorben war, und zu ihren Mördern sagen solle; der Zorn und das Gefühl, Mama rächen zu müssen, ließen ihn keinen klaren Gedanken fassen. Er bedankte sich für Marussjas Fürsorge, schrieb, wie gut es ihm tue zu wissen, daß sie dort sei, zu Hause, und daß er jederzeit zu ihr kommen könnte. Im übrigen gehe es ihm weder gut noch schlecht, mehr könnte man unter den gegebenen Umständen nicht verlangen. Wenn es manchmal doch hart auf hart ginge, »denke ich daran, was Du mir immer erzählt hast von Vile Rodjenice und von Svarogs Finger, der meine Stirn berührt haben soll. Solche Gedanken können manchmal durchaus hilfreich sein. Du siehst, meine liebe, alte Marussja, ich bin nicht nur ein ungläubiger Thomas, und schon gar nicht schimpfe ich, wenn Du mir so was schreibst, sondern glaube Dir, wenn Du sagst, daß Du ganz bestimmt um gewisse, anderen Menschen verborgene Dinge weißt. So hoffe ich, daß mir Deine unsichtbaren Freunde auch weiterhin beistehen und mich irgendwann einmal zurück zu Dir geleiten. Dann trinken wir Deinen Kaffee und essen Deine Kolatschi und Plätzchen – es gibt auf der ganzen Welt keine besseren.«

Am Abend wurden zusätzliche Munition und Handgranaten ausgegeben; nun stand es endgültig fest, daß es ernst werden sollte. Dafür sprach auch Othmar Brix' Abmeldung. Das Büro des Divisionskommissars forderte ihn beim Bataillon an und bat, ihn unverzüglich in Marsch zu setzen und nach hinten zu schicken. Gerade rechtzeitig, bevor es losgehe, lautete der gallige Kommentar im dritten Zug.

Kurz nach Mitternacht kam der Befehl zum Aufbruch. Das Bataillon Tschapaiew marschierte zur Hauptstraße. Die Kompanien mußten dort lange warten, bis sie sich in die Kolonnen einreihen konnten, die südwärts zogen, in die Ausgangsstellungen für den bevorstehenden Sturmangriff. Infanterieeinheiten, Artilleriegespanne, Munitionswagen, Ambulanzen, Feldküchen verstopften die Straße immer wieder, nebenan zogen berittene Truppen über die Felder, es ging an dunklen düster aufragenden Silhouetten von gepanzerten Fahrzeugen vorbei, darunter die neuen sowjetischen Kanonenpanzer 26 und überall aufgeregt umhersausende, in den verschiedensten Sprachen fluchende und freie Bahn fordernde Melder auf Motor- und Fahrrädern.

Durch die vielen Halts und neue, sich in die Marschkolonnen einreihende Einheiten wurde das Bataillon in der Dunkelheit bald auseinandergerissen. Man fand sich umgeben von anderen Verbänden, denen es auch nicht anders ging. Spanier, Engländer und Amerikaner der XV. Internationalen Brigade, Franzosen des Bataillons Vuillemine, eine Kompanie italienischer Brigadiere, eine rein spanische Einheit der ejercito popular, dann wieder eine lockere Gruppe von abenteuerlich aussehenden Männern – auch Frauen waren darunter! – in kunterbunten Phantasieuniformen oder Räuberzivil, Anarchisten, hieß es. Milan sah diese Leute, über deren Kampfesmut und Tollkühnheit, aber auch Unzuverlässigkeit und zuweilen Kopflosigkeit so viel erzählt wurde, zum erstenmal.

Ein Aufmarsch, wie ihn die republikanische Seite noch nie erlebt hatte. Eine gewaltige Kraft, unter deren Ansturm die faschistische Front zerbrechen mußte! Die in die Schlacht ziehenden Männer wurden nach und nach von einer um sich greifenden Begeisterung ergriffen, sie begannen dem Kampf entgegenzufiebern; keine Müdigkeit mehr; vergessen die schmerzenden, vom langen Marsch wundgeriebenen Füße; die Brotbeutel waren wohlgefüllt mit Proviant; Wein gluckerte in den Feldflaschen; es ging ihnen gut, sie waren voller Kampfesmut. Wer könnte ihnen widerstehen? Wer sich dieser geballten Macht widersetzen? Weiter vorn begann eine helle, weithin klingende Stimme zu singen, andere fielen ein – Italiener! Natürlich Italiener. Doch die anderen wollten nicht nachstehen, der Gesang pflanzte sich fort, Spanier, Engländer, Franzosen, Polen, jeder sang das Seine. Und so sangen auch die Deutschen im Sturmbataillon Tschapaiew von ihrer Heimat, für deren Freiheit sie hier in der Ferne kämpften; von der roten Fahne über ihren, dem Sieg entgegenmarschierenden Kolonnen; von der schwarzbraunen Haselnuß und dem schwarzbraunen Mädel; von den Soldaten, die durch die Stadt marschieren, und den Mädchen, die ihnen zuschauen durch Fenster und Türen; von der Sonne, die im Osten aufgeht und die Soldaten des Volkes in die siegreiche letzte Schlacht begleitet, im Kampf für Freiheit und Brot, und über ihnen die Fahnen so rot; von der Pest auf dem Schiff, das vor Madagaskar lag, »und jeden Tag ging einer über Bord«.

Selbst der Schwarzseher Papin ließ sich von der Stimmung und dem machtvoll durch die Nacht klingenden Gesang mitreißen und summte die Melodien mit. Vergebens wartete man auf eine seiner üblichen Bemerkungen, wie etwa: »Attendez un peu, attendez un peu, l'envie de chanter vous passera plus vite que vous ne le pensez – Wartet nur, wartet nur, das Singen wird euch schon bald gründlich vergehen!«

Womit er wieder einmal ins Schwarze getroffen hätte.

## 23. KAPITEL

*In der Schlacht von Brunete wird heißer gegessen als gekocht, bekommt Milan Instruktionen in der Handhabung eines Mademoiselle genannten Maschinengewehrs und gerät mit seinem Zug in einen Moro-Hinterhalt*

Die Offensive von Brunete machte zunächst gute Fortschritte. Im Morgengrauen des 6. Juli 1937 griffen die Republikaner nach starker Artillerievorbereitung aus ihren Ausgangsstellungen in den Ausläufern der Sierra Guadarrama an, überrannten die Stellungen der überraschten Nationalisten und stürmten auf die westlich von Madrid liegende Hochebene. Die 46. Division des ejercito popular kam bis an die Stadt Quijorna heran, die 11. erreichte den Stadtrand von Brunete und die 3. griff die zur Festung ausgebaute Stadt Villanueva de la Canada an. Im Verband dieser letzten wurde auch die XIII. Internationale Brigade eingesetzt.

Villanueva de la Canada sollte von der III. Brigade genommen werden, doch der Angriff blieb vor den gut ausgebauten Verteidigungsstellungen der Nationalisten stecken. Nun mußte die XIII. Internationale Brigade eingreifen und mit dem Sturmbataillon Tschapaiew an der Spitze den Angriff fortsetzen. Villanueva de la Canada müsse bis zum Abend um jeden Preis genommen werden, hieß es, der Fortgang der gesamten Offensive hinge davon ab.

Gegen Mittag ging Bataillon Tschapaiew vor. Die Hitze war mörderisch; an diesem und an den folgenden Tagen maß man um die 40 Grad im Schatten oder auch darüber. In einer lockeren, doch immer noch zu dicht aneinandergerückten Schützenkette rückte die 3. Kompanie des Capitan »Lambo« Weiß vor. Die Männer, die bisher nur den Grabenkrieg kennengelernt hatten, fühlten sich auf dem offenen, größtenteils deckungslosen Gelände unsicher. Das Feuer der Verteidiger wurde immer dichter, es gab die ersten Toten, Verwundeten, und nur der innerhalb der Internationalen Brigade geübten, straffen Disziplin war es zuzuschreiben, daß die Soldaten nicht zurückwichen und flüchteten.

Das geschah südlich von Madrid, wo der Nebenangriff stattfand. Nachdem dort die Vorausabteilungen der Republikaner unter nur schwacher Gegenwehr fast die Hälfte des Weges zu ihrem Angriffsziel, der Stadt Alcocron, zurückgelegt hatten, versteifte sich der Widerstand der Nationalisten. Die Angreifer wurden auf dem brettebenen, deckungslosen Gelände zu Boden gezwungen, wichen zurück, liefen von Panik ergriffen davon und machten erst wieder in ihren Ausgangsstellungen halt. Von den entrüsteten ausländischen Militärberatern über den Grund des schmählichen, einer kopflosen Flucht gleichenden Rückzugs befragt, soll ein höherer Offizier der republikanischen Armee – im Zivilberuf Professor für Anglistik an der Universität von Madrid – geantwortet haben, dies sei geschehen, weil seine Männer ja sonst von Francos Maschinengewehren allesamt niedergemäht worden wären. »Man kann also durchaus sagen, daß sie vernünftig und vorausschauend gehandelt haben, indem sie davongelaufen sind. So sind sie am Leben geblieben. Morgen können wir es ja noch einmal versuchen.«

Was die militärischen Fachleute darauf antworteten, ist nicht bekannt. Tatsächlich wurde am nächsten Tag der Angriff wiederholt. Doch nun hatten sich die Nationalisten darauf eingestellt, hastig neue Verteidigungsstellungen angelegt, ihre massiert eingesetzten Maschinengewehre bestrichen wie am Vortag pausenlos das Gelände. Die Republikaner kamen keinen Schritt weiter. Das erste und wichtigste Ziel der Offensive konnte somit schon nicht mehr erreicht werden: die Einkesselung und Vernichtung der massiert vor Madrid stehenden Franco-Verbände.

Milans Gruppe fand Deckung hinter einem abgeschossenen republikanischen Kanonenpanzer T 26. Der Fahrer, vielleicht auch der Kanonenschütze, hing halb aus dem zerschossenen Turm, der halbe Kopf fehlte, ein Arm hing nur noch an einigen Stoffetzen an seiner Schulter. Eine Wolke von großen, schwarzen Aasfliegen deckte ihn zu, flog auf, senkte sich wieder auf ihn, und wenn man genau hinhörte, konnte man ihr stetiges Summen vernehmen, wie das Summen von Nektar sammelnden Bienen in einem blühenden Lindenbaum. Kugeln, manchmal ganze MG-Garben, schlugen hart in die Panzerung und mit einem dumpfen Geräusch in den verstümmelten Leichnam ein, an dessen Schädelresten man noch hellblonde Haare erkennen konnte. Dies ließ Papin sagen, daß der Tote wahrscheinlich ein Russe sei, einer von denen, die als Panzerfahrer aus der Sowjetunion gekommen wären, weil die Spanier mit den modernen T 26-Kanonenpanzern noch nicht umgehen könnten. »Aber gegen die Panzerabwehrkanonen drüben hat ihm nichts genützt, daß er ein Russe ist. Und den Fliegen ist es einerlei, ob Russe oder Spanier. Sie legen ihre Eier selbst auf Moros ab, obwohl jeder weiß, daß sie giftiges Blut haben.«

Die Verluste der Gruppe Petrič hatten sich bisher in Grenzen gehalten, es gab einen Toten und zwei Verwundete. Der Tote war Tadeusz, ein Pole; seinen langen Nachnamen konnten nur seine Landsleute aussprechen. Er war ein ruhiger Mann gewesen, in den letzten Tagen noch wortkarger als sonst. Diesmal sei er an der Reihe, hatte er Petrič mit einer unnatürlich wirkenden, ja fast heiteren Gelassenheit erklärt, er sei dran und würde seinen Geburtstag am 9. Juli nicht mehr erleben.

Tadeusz fiel als einer der ersten des Bataillons, in die Stirn getroffen von einer wohl verirrten Kugel aus weiter Distanz. Die Verwundeten, beide Österreicher, ein Oberarmdurchschuß und eine Splitterverletzung, waren von den Sanitätern gleich hinter die Front gebracht worden. Sie hatten Glück. Zu dieser Zeit hatte man die Verwundeten des Bataillons noch abtransportieren können, jetzt ging das nicht mehr. Jetzt blieben sie liegen, wo sie waren, jeder, der ihnen zu helfen versucht hätte, wäre schon nach wenigen Schritten Opfer des mörderisch dichten Gewehr- und Maschinengewehrfeuers geworden. Sie mußten liegen bleiben und auf die Dunkelheit warten, falls sie bis dahin nicht verbluteten.

Milan lag in einer flachen Mulde gleich hinter dem abgeschossenen Panzer, halb unter der zerschossenen Panzerkette. Eine gute Deckung. Hier fühlte er sich einigermaßen sicher, und er hoffte inständig, der Befehl aufzuspringen und weiterzustürmen, würde nie erfolgen. Er wollte weder vor noch zurück. Er wollte bleiben, wo er war. Platt wie eine Flunder, klein wie ein Mäuschen unter dem Schutz der Panzerkette. In ein Mauseloch kriechen, tief und immer tiefer unter die Erde, wo es ganz dunkel und still und kühl war. Zu einem unterirdischen See mit glasklarem kalten Wasser. Die Hände und den Kopf ins Wasser stecken, hineinspringen, untertauchen, trinken, trinken, mit Trinken überhaupt nicht aufhören.

Vorne links gab es Schatten – ein Wäldchen mit alten, knorrigen, verknoteten und verdrehten Ölbäumen, doch davor ein flacher Erdwall und zwei runde Erhebungen: die mit Erde abgedeckten SMG-Bunker der Nationalisten, deutlich zu sehen. Feuerspuckend. Unüberwindlich. Man könnte sie im direkten Beschuß treffen und zerstören, aber wo waren die französischen Feldkanonen 7,5 cm, für die das ein lohnendes Ziel wäre? Wo die neuen Panzer? Abgeschossen wie dieser hier, hinter dem sie Deckung gefunden hatten. Einen Ersatz gab es offenbar nicht, und wenn doch, dann weiß Gott wo oder auf dem Weg zur Front auf den verstopften Straßen steckengeblieben.

»Macht euch fertig, gleich geht's weiter!« rief Papin. Seine Stimme klang nach wie vor überraschend ruhig und normal. Er schien einer der wenigen zu sein, die überhaupt noch reden konnten, so wie vorhin über die Nationalität des toten Panzerfahrers, die Fliegen und das giftige Blut der Moros. Ausgerechnet ihm, dem Schwarzseher Papin, schien das alles am wenigsten auszumachen. Vielleicht erfüllt es ihn sogar mit heimlicher Freude, mit Genugtuung, weil er immer wieder und so auch jetzt nur bestätigt sah, was er ohnehin erwartet und vorausgesagt hatte.

Papin lag zuvorderst, etwas seitlich von dem abgeschossenen Panzer, hinter dem geliebten (er liebte das Ding tatsächlich!), wie sein Augapfel behüteten, stets auf Hochglanz polierten deutschen Maschinengewehr Modell MG 34, das beste der Welt, wenn man es gebührend pflegte, wie er behauptete. Er schoß auch hin und wieder, Einzelfeuer, ein kurzer Feuerstoß, doch sicher nur dann, wenn er ein lohnendes Ziel sah, und man konnte darauf wetten, daß er dann auch traf. Neben ihm lag sein Schütze 2 und rührte sich nicht. Milan sah nur seine abgetretenen Schuhsohlen, die hochgezogenen Schultern und zwischen ihnen den Stahlhelmrand. Es sah aus, als ob er schlafen würde.

Jetzt schaute Papin über die Schulter zurück und sagte etwas, aber in dem durchdringenden Jaulen einer Serie von Querschlägern und Abprallern von den Panzerplatten konnte man ihn nicht verstehen. Er grinste den anderen zu, tatsächlich, er lachte, aber vielleicht sah das auch nur so aus, und er verzog das Gesicht nur und fletschte die Zähne, weil ihn die Sonne blendete.

»Hast du gehört, Petrič, fertigmachen«, rief er wieder, und jetzt

konnte man ihn verstehen. »Einer muß mir helfen, Conrad ist...«
Eine nahe Detonation verschluckte den Rest.

»Was ist mit Conrad?« rief Petrič. Er hatte sich halb unter dem abgeschossenen Panzer verkrochen.

»Er ist tot.«

Wieder eine Detonation, jetzt ganz nah. Splitter schlugen auf Stahl-
platten, dann wurde es unnatürlich still, und eine Stimme rief: »Verflucht, jetzt hat's mich erwischt!«

Das war Weber, ein Splitter hatte seine Wange aufgeschlitzt, nicht
weiter schlimm, aber er blutete stark, und sein staubiges, blutverschmiertes Gesicht sah zum Fürchten aus.

Den Befehl, den Angriff fortzusetzen, überbrachte der Zugführer,
Unterleutnant Schlesinger, selbst. Er war schon ein älterer, ruhiger
und besonnener Mann, Weltkriegs-Unteroffizier aus Schleswig, später Gewerkschaftsführer, von den Nationalsozialisten in ein Konzen-
trationslager gesteckt und so schwer mißhandelt, daß er davon ein
Nervenleiden zurückbehalten hatte: Seine ganze linke Körperseite
begann bei schweren Belastungen zu zucken, und sein Gesicht verzog sich zu Grimassen.

Milan sah ihn mit kleinen, hinkenden, marionettenhaft trippelnden
Schritten heranlaufen, sich hinwerfen, wieder aufstehen, sekundenlang stehenbleiben, als müßte er sich einen Überblick verschaffen,
laufen, wieder hinwerfen, aufspringen. Die ausgedörrte Erde um
ihn herum staubte unter Einschlägen von Kugeln auf, manchmal
liefen die Staubwölkchen direkt auf ihn zu, und jeder, der ihn so
trippelnd und hinkend heranlaufen sah, erwartete, daß ihn die
nächste Kugel, die nächste MG-Garbe treffen und von den Beinen
reißen würde. Es war unmöglich, daß er nicht getroffen würde.

Unterleutnant Schlesinger wurde nicht getroffen. Hinkend, trippelnd, das linke Bein nachziehend lief er heran, ließ sich hinter dem
Panzerwrack schweratmend auf die Knie nieder, drehte sich um,
lehnte sich an das Antriebsrad, holte aus der Tasche ein blaukarier-
tes Taschentuch, trocknete sich das schweißnasse Gesicht ab, steckte
das Tuch wieder ein und sagte: »Mann, Mann, ist das heiß heute!«

»Es ist heiß, und es wird noch heißer, wetten?« rief Papin über die
Schulter zurück.

»Mit Ihnen wette ich nicht, Papin. Das Risiko ist mir zu groß. Sie
gewinnen zu oft.« Der Unterleutnant beugte sich zur Seite, legte die

Hand auf das Blech oberhalb des Antriebsrades, zuckte zurück.
»Heiß! Man könnte Spiegeleier darauf braten.«
»Haben Sie welche mitgebracht, Kamerad Unterleutnant?« fragte
Papin.
»Lieber nicht. Unterwegs wären daraus Rühreier geworden.«
Milan traute seinen Ohren nicht. Da saßen und lagen sie, von einem Panzerwrack nur ungenügend gedeckt auf der staubigen, son-
nendurchglühten Ebene, ständig beschossen, Tote ringsumher,
zwei davon in unmittelbarer Nähe, über ihnen, halb aus dem zerschossenen Turm hängend, von Fliegenwolken umschwärmt, der
blonde Panzerfahrer, in der Hitze schon stinkend, obwohl noch keinen halben Tag tot, und die zwei unterhielten sich über Spiegel-
und Rühreier!
Ihm stieg es übel auf, er würgte, aber er mußte nicht brechen. Und
merkwürdig. Als die Übelkeit, so schnell wie sie gekommen war, verflog, fühlte sich Milan besser, seine Angst verflüchtigte sich, war jedenfalls nicht mehr so überwältigend wie gerade noch.
»Es ist nicht mehr weit, Männer«, rief der Unterleutnant jetzt etwas lauter, damit ihn auch alle in dem Knallen, Rattern, Schlagen
der Gewehre und Maschinengewehre und in den nun immer dichter werdenden Detonationen von Werfergranaten auch hören
konnten. »Hier können wir nicht bleiben. Die Hunde schießen
nicht besonders gut, ihr habt es gesehen, sie haben mich nicht getroffen, aber sie schießen sich auf das Wrack ein, wir müssen weg.
Drüben im Wald gibt es Schatten und sicher auch zu trinken. Möglich, daß es zum Nahkampf kommt, dann zeigt es ihnen. Einzeln
vorarbeiten, immer Deckung nehmen. Papin, geben Sie mir Feuer-
schutz?«
»Alles klar«, rief Papin. »Milan, spring schnell zu mir her.«
Milan gab sich einen Ruck, sprang auf – und lag im nächsten
Augenblick neben Papin. Das ging schneller, als er dachte, und er
lebte tatsächlich noch.
»Nachher bleibst du links, immer links, hast du verstanden?«
»Immer links«, sagte Milan.
»Das arme Schwein ist tot«, damit meinte Papin wohl seinen bis-
herigen Schützen 2, einen Tschechen, »jetzt bleibst du bei mir, im-
mer.«
»Papin, Achtung!« rief der Unterleutnant. Seine linke Gesichts-

hälfte verkrampfte sich zu einer Grimasse, er strich mit dem Handrücken darüber, wie um sie wegzuwischen, holte aus dem Halfter seinen großen russischen Nagant-Revolver, deutete mit ihm nach vorn, zu dem Ölbaumhain, rief »Mir nach, Leute!«, stand behende auf und trippelte hinkend und das linke Bein nachziehend seinem Revolver nach, während Papin kurze Feuerstöße auf die beiden Bunker abzugeben begann.

Die anderen schüttelten ihre Lähmung ab, folgten Schlesingers Beispiel, sprangen auf und vor, aus der Hüfte schießend, allen voran Janko Petrič, und dann wuchsen aus der scheinbar leeren Ebene überall kleine Gestalten, liefen vor, warfen sich hin, sprangen wieder auf, schossen dabei, was die Läufe hergaben, und manche fielen um und blieben liegen.

»Uaaah – weiter geht's!« rief Papin Milan zu. »Komm jetzt und vergiß die Munition nicht!«

Gleich darauf lagen sie in der flachen Mulde neben Unterleutnant Schlesinger. Milan reichte aus dem blechernen Munitionskasten den Anfang eines neuen Gurtes Papin, der den Verschlußdeckel schon hochgeklappt hatte, jetzt den Gurt einlegte, den Deckel wieder zuknallte, durchlud und wieder zu feuern begann, haarscharf an dem aufspringenden, wieder vorwärts trippelnden, hinkenden, das linke Bein nachziehenden, mit seinem Revolver auf einen noch unsichtbaren, doch wie wild feuernden Feind zielend. »Voilà – voilà!« rief Papin nun in einem fort schießend, und »ici – ici – ici!« und noch sonstwas, aber Milan hörte ihn durch das rasende MG-Feuer nur ganz undeutlich und fern. Der Gurt glitt durch seine Hände, Patrone um Patrone, wie eine blinkende, in der Sonne glühend heiße Perlenkette, so heiß, daß er sich nebenbei fragte, ob sie die Hitze aushalten und ihm nicht in den Händen explodieren würden. Doch ließ er sich davon nicht beeindrucken. Sorgfältig darauf achtend, daß der Gurt reibungslos aus dem Kasten und immer im rechten Winkel zum MG ablief, die Patronen exakt parallel zum Verschluß, bis sie darin verschwanden und auf der anderen Seite als leere, rauchende Hülse hinausschossen, war er mit seiner neuen Aufgabe so beschäftigt, daß er kaum mehr an die Gefahr dachte, getroffen zu werden.

Als der zweite Gurt zu Ende geschossen war, befahl Papin wieder Stellungswechsel nach vorn.

Der wiederaufgenommene Angriff wäre trotz Papins gezieltem und gut liegendem Feuer auf Erdbunker mit feindlichen schweren Maschinengewehren vermutlich wieder steckengeblieben, wenn sie nicht von drei neu anrollenden Panzern ausgeschaltet worden wären. Die Panzer mit russischer Besatzung schossen wie auf einem Truppenübungsplatz, ihr Feuer lag genau, und die angreifende Infanterie begleitete jeden Treffer mit lautem Beifallsgeschrei.

Das vorläufige Ziel wurde erreicht, die Nationalisten zogen sich zurück, bevor es zu einem Nahkampf kam. Die 3. Kompanie stieß ihnen nach bis zum jenseitigen Rand des Hains und bezog dort Stellung. Der Stadtrand von Villanueva del Canada war von hier aus nur noch ein paar hundert Meter entfernt.

Bis zu dieser Stunde verlor Gruppe Petrič noch einen Mann. Bauchschuß. Er starb, bevor man ihn zurückbringen konnte. Milan sollte als MG-Schütze 2 bei Papin bleiben. Am späteren Nachmittag traf bei der Kompanie der Bataillonskommandeur, Major Brunner, ein, ein Schweizer. Noch in dieser Nacht müßte Villanueva del Canada genommen werden, befahl er. Die 3. Kompanie sollte die Angriffsspitze bilden, er selbst, Brunner, würde bei ihr bleiben.

Bei Tageslicht war alles überschaubar. Man mußte von hier nach dort angreifen, der Feind war drüben, auch wenn er meistens unsichtbar blieb, die eigenen waren hier, und wenn man einen sah, wußte man schon aus der Entfernung, mit wem man es zu tun hatte. Nachts aber, was tat man nachts, um jemanden zu identifizieren, der einem über den Weg lief?

»Das ist ganz einfach«, sagte Papin. »Du fragst ihn, wer er ist. Und wenn er sagt, ich bin ein verfluchter Moro, sagst du, ich auch und schießt.«

»Und das funktioniert?« fragte Milan.

»Ich weiß es nicht. Vielleicht. Ich hab's noch nicht ausprobiert.«

Sie saßen in der Abenddämmerung in Deckung hinter einem dicken, bizarr verdrehten Ölbaumstamm. Papin zerlegte sein Maschinengewehr, säuberte es bis in die letzten Winkel, pustete das kleinste Stäubchen weg, rieb zuletzt alle Teile mit einem öligen Lappen ab und setzte sie wieder zusammen. Dabei streichelte er mit den Fingerspitzen immer wieder prüfend und fast zärtlich über die matt schimmernde Stahlfläche; er hatte für einen Mann erstaunlich kleine, zarte Hände mit schmalen, feingliedrigen Fingern. »Eine Präzisionsarbeit«, sagte er. »Es gibt keine Waffe, die so genau gearbeitet ist. Ein Vorteil. Gut geölt und gewartet, läßt mich meine Mademoiselle nie im Stich. Sie schießt immer. Ein rassiges, heißes Ding. Aber auch ein Nachteil. Ein Sandkörnchen genügt, und schon verweigert sich die Dame. Alle Teile passen ganz genau zusammen, fast zu genau. Eine kapriziöse Mademoiselle. Man muß sie immer bei Laune halten. Wenn du das tust, dann . . . Du hast es heute nachmittag gesehen. Nicht ein einziges Mal verweigerte sie den Dienst. Und wenn du«, Papin schloß die Augen, seine Finger strichen über die glatte Fläche des Verschlußkörpers, »wenn du die Augen zumachst, dann fühlt sich das genau so glatt und kühl an wie ein Mädchen an einem heißen Tag, kühl und seidig. Hast du schon mal ein Mädchen so angefaßt?«

»Noch nie«, sagte Milan. »Ich probier's nachher mit deinem Mädchen hier, damit ich endlich weiß, wie das ist.«

»Das tust du.« Papin lachte. »Das wirst du zur Übung noch oft tun müssen, nachts und mit verbundenen Augen. Und jetzt werde ich dir sagen, was wir zwei heute nacht tun werden. Merke es dir gut, vergiß kein Wort. Wir nehmen nicht die Gurte, nachts verheddert man sich damit nur. Wir nehmen diese Satteltrommeln – fünfundsiebzig Schuß in jeder. Ich habe vier davon, dreihundert Schuß, das reicht für eine Weile. Trotzdem, sofort nachfüllen. Bei jeder Gelegenheit, immer gleich nachfüllen. Wenn du nachts dastehst, die anderen kommen plötzlich, und alle Trommeln sind leergeschossen, dann kannst du gleich dein Testament machen. Ist doch klar, oder?«

»Ja«, sagte Milan.

»Ich nehme die Mademoiselle rechts, hänge sie über die Schulter und schieße aus der Hüfte. Du hältst dich immer einen Schritt rechts hinter mir, nicht mehr als einen Schritt, lieber einen halben. Wenn ich pfeife, so«, Papin stieß einen dünnen, scharfen Pfiff zwischen Zähnen und Lippen aus, »dann nimmst du mit der linken Hand die leere Trommel entgegen und gibst mir mit der rechten eine volle. Klar?«

»Klar«, sagte Milan mit einem unguten Gefühl im Magen.

»Wir werden das nachher üben, bis es losgeht. Die Munitionskästen hängst du dir über die Schultern, einen Gurt bekommst du von mir. Dein Gewehr wirst du überhaupt nicht brauchen. Häng es dir quer über den Rücken, und mach den Riemen kurz, damit es nicht zu arg schlägt, wenn du rennen mußt. Du bekommst von mir auch Conrads Pistole. Das heißt, die Pistole gehört mir, er hatte sie nur leihweise. Das ist eine belgische 9 mm-Browning mit dreizehn Schuß – ich habe noch eine. Beide sind Privatbesitz, sozusagen. Du bekommst auch zwei Reservemagazine und ein Päckchen Munition. Hast du schon einmal mit einer solchen Pistole geschossen?«

»Mit einem Revolver, einmal.«

»Im Ernst?«

»Auf einen Baumstrunk.«

Papin sah auf, schaute Milan mit einem schrägen Gesicht und der unvermeidlichen Selbstgedrehten im linken Mundwinkel an, vor deren Rauch er das Auge darüber zukneifen mußte. Kaum jemals sah man ihn anders als mit der nassen Kippe im Mundwinkel, ein Auge zusammengekniffen, das andere dagegen offen und rund wie ein Vogelauge, mit einem Ausdruck tiefster Schwermut darin – ein überaus trauriges Vogelauge. »Na ja«, sagte er, »das hab ich mir schon gedacht. Da schickt man euch Burschen in Teufels Küche, und ihr habt nicht gelernt, wie man heizt und kocht, um nicht selbst verheizt und verkocht zu werden. Das ist genau so, als würde man Leute von einer Brücke ins Wasser werfen, die nicht schwimmen können. Ein paar lernen es in ihrer Not, aber die meisten gehen unter. Macht nichts, mon ami, macht nichts, ich bringe dir das Heizen und Kochen und das Schwimmen bei. Ich glaube, du hast ein helles Köpfchen und lernst das schnell. Was die Pistole angeht – du wirst kaum dazu kommen, sie zu benutzen. Aber wenn . . . das Halfter kannst du ganz leicht aufmachen, ein Ruck, und schon ist es offen. Die Pistole muß durchgeladen und gesichert sein. Dann entsichern und . . . Wenn dir einer zum Beispiel von hinten kommt. Nur von hinten. Von vorn und seitwärts kommt keiner. Da passe ich auf.«

»Und wenn du ihn nicht siehst?«

»Dann haben wir Pech gehabt. Aber ich seh ihn schon. Du mußt nach hinten sichern, nachts. Du mußt dir noch zwei Augen im Hinterkopf wachsen lassen. Einer wie ich hat sie schon, du siehst sie nur nicht. Solche, mit denen man vor allem nachts sehen kann, wie eine

Katze oder ein Uhu. Uhu ist besser. Aber jetzt weiter. Wo bin ich stehengeblieben?«

»Bei der Pistole und dem Halfter und den Augen im Hinterkopf«, sagte Milan.

Papin schien dem tiefen Ernst, mit dem Milan dies gesagt hatte, zu mißtrauen. Er schaute seinen Schüler mit verkniffenem Gesicht, einem offenen und einem geschlossenen Auge mißtrauisch an, spuckte die nasse Kippe aus, holte Tabakbeutel und Zigarettenpapier vor und begann eine frische Zigarette zu drehen. »Hier klappt nichts, absolut nichts«, schimpfte er dabei. »Nicht einmal Tabaknachschub gibt es. Selbst im Dschungel oder in der Sahara hat es bei der Legion mit Tabak und Papierchen immer funktioniert. Mit Tabak und Munition. Eher ging noch die Munition aus als Tabak. Und hier? Die Leute hier verstehen nichts vom Kriegführen. Sie reden von Freiheit und Gleichheit und Brüderlichkeit und von einer Zukunft in Saus und Braus, wenn wir erst mit Franco und seinen Moros fertiggeworden sind, und haben keine Ahnung, wie wichtig Tabak ist. Überhaupt – der Nachschub. Das ist das allerwichtigste. Sie improvisieren. Gut. Man muß auch improvisieren, nur nicht immer. Improvisieren auf Dauer, das geht nicht gut. Damit gewinnt man keinen Krieg. Ihr Glück ist, daß man uns hat. Ohne uns hätten sie den Krieg schon längst verloren. Aber«, Papin zündete sich die frisch gedrehte Zigarette an, klemmte sie in den linken Mundwinkel, kniff das linke Auge zu, schaute mit dem rechten, dem traurigen Vogelauge Milan an und sprach mit der rechten Mundhälfte weiter, »dafür müßten sie wenigstens ein wenig – wie sagt man dazu? – Dankbarkeit zeigen und dafür sorgen, daß immer genug Tabak da ist. Und jetzt machen wir weiter. Gib mir die Trommeln her.«

So hockten sie hinter ihrem dicken Baumstamm in der langsam einfallenden Abenddämmerung, etwas abseits von den anderen, Papin setzte seine Instruktionen fort, und was um sie herum vorging, schien ihn überhaupt nicht zu berühren: die Gewehr- und Maschinengewehrkugeln von drüben, vom Rande der wie eine Festung ausgebauten Stadt, die durch die Äste fetzten, in die Baumstämme knallten, in den kaum kniehohen Erdwall am Waldrand schlugen, und immer häufiger das Jaulen schwerer Artilleriegranaten und ihre Einschläge, glücklicherweise weiter hinten, wo die Nationalisten die feindlichen Aufmarschräume vermuteten. Doch schien das alles Papin nichts anzugehen, er hatte eine unsichtbare Glocke übergestülpt und Milan darunter geholt. Da blieben sie, bis der Befehl zum Angriff kam.

Den Angriff auf Villanueva del Canada und den nächtlichen Kampf behielt Milan als ein wirres, alptraumartiges Durcheinander in der Erinnerung. Ein chaotisches Hin und Her, wildes, ungezieltes Geschieße, ständige Angst, die Fühlung zu den Eigenen zu verlieren, sich plötzlich unter den anderen wiederzufinden. Und weiter: gespenstisches rotes Licht der Brände, beißender Qualm, Gestank nach verbrannten Lumpen und noch etwas anderem – war es Fleisch? Huschende Schatten, Schreie, Rufe, Explosionen, Handgranaten, wo sind wir? Wo müssen wir hin? Papin: Bleib immer rechts hinten, lauf mir nicht vor die Mademoiselle! Nach hinten sehen, Augen im Hinterkopf, hast du nicht den Pfiff gehört? Gib schon her die Trommel! – Das Knirschen zerbrochener Fensterscheiben unter den Schuhsohlen, das Gewicht der Munitionskästen und der Trommeln, der zu eng geschnallte Gewehrriemen quer über der Brust, so eng, daß er ihm die Luft benahm, aber keine Zeit, ihn zu verlängern, mit rechter Hand die leere Trommel nehmen, mit linker die volle geben – oder umgekehrt? Ein kurzer Feuerstoß aus Papins Maschinengewehr und sein halblautes »Voilà!« aus dem rechten Mundwinkel, während im linken die erloschene Zigarette klebte – nicht einmal jetzt verzichtete er darauf. Dann zwei und drei Häufchen Mensch am Straßenrand, tot, ein vierter hing aus einem Parterrefenster, gerade so wie am Vortag der Panzerfahrer aus dem zerschossenen Turm des T 26 dann ein vorwärts kriechender, offenbar verwundeter Nationalist, mit weißen Augäpfeln nach oben starrend, und eine schmale Gestalt in hohen Stiefeln und Breeches, die sich über ihn beugte, ihm eine Pistole auf die Stirn zwischen die Augen setzte, abdrückte, und der Kriechende sackte mit einem Loch in der Stirn und weggeschossenem Hinterkopf zusammen und blieb reglos liegen, ein weiteres Häufchen Mensch.
In Milans Gruppe kamen alle mit heiler Haut davon, es gab keine Verluste. Allerdings war der dritte Zug eher am Rande der heftigen Kämpfe um die Stadt eingesetzt worden; in deren Zentrum hatten die 1. Kompanie und das Bataillon Vuillemine gestanden.

»Mitten in der Stadt liegen die Leichen zuhauf«, berichtete ein Melder. »Unsere Franzosen haben unter den Señorinis* fürchterlich aufgeräumt.« Der Melder lachte breit, als er das erzählte. Er war ein spanischer Landarbeiter, den verhaßten Señores und Señorinis spinnefeind. Auch habe man haufenweise Waffen erbeutet, berichtete er, Gewehre, Maschinengewehre, Panzerbüchsen, auch Panzerabwehrkanonen, »gerade die, mit denen sie gestern unsere Panzer abgeschossen haben«, ein paar Geschütze, haufenweise Munition und Proviant.

In den frühen Morgenstunden befand sich Villanueva de la Canada in der Hand der Republikaner. Die letzten Nationalisten hatten die Stadt fluchtartig verlassen oder waren getötet worden. Bataillon Tschapaiew sammelte sich am südlichen Stadtrand; den Soldaten gönnte man ein Stündchen Ruhe, bevor sie die Verfolgung der Nationalisten in das südlich gelegene Hügelland aufnahmen.

Milan war durstig. Er beugte sich über den Brunnenrand im Talgrund, aber das Wasser war zu weit unten, kaum zu sehen in der grün-blauen Finsternis. Aus der stillen Wasserfläche schaute ihm ein Gesicht entgegen, und er konnte nicht erkennen, ob das sein eigenes Spiegelbild war oder ein anderes Gesicht. Ein Frauenantlitz? Er dachte an Marussjas Warnungen vor Russalkas, den menschenfeindlichen Wassernymphen: »Sie sind schön, und sie lauern in stillen Waldseen oder in tiefen Brunnen auf vorbeigehende junge Männer, zeigen sich ihnen, verdrehen ihnen durch ihre Schönheit und allerlei schamlosen Schnickschnack die Köpfe und locken sie ins Verderben.« Das Spiegelbild kam tatsächlich näher heran, ein schönes Frauengesicht. Milan wich zurück, doch es war keine Russalka, die da am Brunnenrand saß. Es war Gwendolyn.

Sie schaute ihn mit lachenden Augen und Sonne in den Haaren an, sprang auf die Bühne und begann zu tanzen. Flamenco. Das prächtig bunte Seidenkleid umspannte straff ihren Körper, schwang nach unten weit aus, zeigte, hochgeschlitzt, ihre Beine bis obenhin, wenn

---

* Señorinis = Herrchen. So nannte man die Freiwilligen, die sich Franco angeschlossen hatten, meist Abkömmlinge bürgerlicher oder großbürgerlicher Familien und der Großgrundbesitzer.

sie sich zu den Gitarrenklängen und dem Geklapper von Kastagnetten drehte. Olé, rief Papin, olé, olé, olé. Milan sprang auf, schwebte auf die Bühne, tanzte mit Gwendolyn.

»Olé, mon ami, es ist Zeit«, rief Papin, schüttelte Milan wach, die Gitarren verklangen, das Geklapper von Kastagnetten war in Wahrheit das ferne Rattern eines Breda-Maschinengewehrs und Gwendolyn... Es gab keine Gwendolyn. Gwendolyn war nur ein Traum gewesen, nur ein Traum.

Rio Guadarrama war ihr Tagesziel. Das Gelände war unübersichtlich, überall gab es getarnte feindliche Widerstandsnester. Die Nationalisten wehrten sich erbittert; sie wußten, was sie erwartete, wenn sie sich ergaben. Erhobene Hände und weiße Tuchfetzen nutzten kaum etwas, Gefangene wurden selten gemacht. Auch bekam man es seit den frühen Morgenstunden mehr und mehr mit Francos Luftwaffe zu tun, in Mehrzahl mit deutschen Flugzeugen und Besatzungen der »Legion Condor«.

Die neuen Bombenflugzeuge He 111 die anstelle der langsamen und schwerfälligen Ju 52 eingesetzt wurden, und die He 51-Doppeldecker bombardierten die republikanischen Vormarschwege und beschossen sie mit Bordwaffen. Bewacht wurden sie von den gleichfalls neuen, zur Erprobung eingesetzten und, wie sich alsbald herausstellte, allen anderen überlegenen Jagdflugzeugen Me (für Messerschmidt) 109. Diese lieferten sich mit sowjetischen Polikarpow-Jägern I-15 und den neuen I-16 hitzige Schlachten. Manchmal konnte man zehn, zwanzig und noch mehr Flugzeuge am tiefblauen Sommerhimmel westlich der spanischen Hauptstadt beobachten. Schon an diesem zweiten Tag der Offensive von Brunete änderte sich allerdings auch hier das Kräfteverhältnis in der Luft zugunsten der Nationalisten, so daß gegen Abend kaum noch ein republikanisches Flugzeug zu sehen war, während die deutschen und italienischen Bomber, Jäger und Schlachtflugzeuge unbehindert ihre Einsätze flogen.

Die XIII. Internationale Brigade erreichte in den Abendstunden ihr Ziel, den Rio Guadarrama. Das andere Ufer hielten noch die Nationalisten besetzt; erst nach Anbruch der Dunkelheit konnten die Soldaten hinunter zum Fluß, um dort ihren Durst zu stillen, die Feldflaschen zu füllen und sich zu erfrischen.

Dieser Tag kostete den dritten Zug zwei weitere Tote und vier Verwundete. Dessen Mannschaftsstärke war damit auf die Hälfte gesunken, es gab kaum Hoffnung auf Ersatz und Verstärkung. Gefallen war auch der neue Brigadekommissar Parovi´c. Herzschuß, vorne in die Brust hinein, hinten heraus, erzählte man, er muß augenblicklich tot gewesen sein. Es hätte ein richtiges Begräbnis gegeben, mit allen militärischen Ehren, einer Gedenkrede, einer Salve und einer letzten, schweigend gerauchten Zigarette am frischen Grabhügel. Der italienische Brigadekommandeur Kriegger wäre nicht dabei gewesen, man hätte ihn nirgends auftreiben können, auch nicht während der Schlacht, als er dringend gebraucht worden wäre. Erst gegen Abend sei er aufgetaucht, mit Alkoholfahne und schwerer Zunge.

Flußaufwärts, nur zwei oder drei Kilometer weit weg, hätten Engländer und Amerikaner den Fluß überquert und das gegenüberliegende Steilufer gestürmt, hörte Milan erzählen. An der Furt hätten sie sogleich ihre Ambulanz stationiert, Zelte aufgestellt mit Operationstischen und Feldbetten. Unbeeindruckt von der nahen Front, Artilleriefeuer und den ständigen Fliegerangriffen würden die Ärzte und die Schwestern ihren Dienst tun.

Gwendolyn?

War dies das Feldlazarett, das damals an der Extremadura-Front aufgebaut worden war? Gwendolyn. Das Mädchen aus den englischen Rittersagen, König Artus und seine Ritter, der Zauberer Merlin, Robin Hood, König Löwenherz und die Jungfrau Gwendolyn, die von den Burgzinnen sehnsuchtsvoll in die Ferne blickt und sich in ihrer Kammer die Augen nach ihm, ihrem Ritter Milan, ausweint. Ob er sie irgendwann wiedersehen oder wie einst Lancelot, Galahad oder Tristan in der Welt umherirren wird, ohne Hoffnung, sie je in seine Arme zu schließen?

Nachts wurden schwere Maschinengewehre und Panzerabwehrkanonen herangeführt. Unter dem Befehl eines schwedischen Leutnants hielten sie die feindlichen MG-Nester auf der anderen Seite nieder, während die XIII. Brigade in aller Frühe den Fluß überquerte und die gegenüberliegenden Hänge besetzte. Dies gelang ohne Verluste. Die Nationalisten, von denen man erwartet hatte, sie würden den Übergang über den Rio Guadarrama hartnäckiger verteidigen, zogen sich überraschenderweise kampflos bis auf das Kloster Romanillos zurück, das sich, auf einer weithin beherrschenden Höhe gelegen, als neuer Verteidigungsstützpunkt anbot.

Das Kloster und dessen Erstürmung war das Ziel des Sturmbataillons Tschapaiew an diesem dritten Tag der Schlacht von Brunete. Auf dem Weg dorthin geriet der dritte Zug der 3. Kompanie im unübersichtlichen, von Schluchten durchzogenen und dichter Macchia bewachsenen Gelände in einen von Moros gestellten Hinterhalt, wurde von allen Seiten überfallen und massakriert. Nur drei Männern gelang es zu entkommen.

## 24. KAPITEL

*Zu spät riecht Papin die Gefahr, Moros greifen an, Milan flieht,*
*wird verwundet, trifft Janko Petrič und Gwendolyn,*
*von der er nicht weiß, ob er sie nur träumt oder ob sie wirklich ist*

Die Moros kamen von allen Seiten. Papin war der einzige, der nicht
überrascht war und sie vermutlich sogar erwartet hatte. Der Weg
durch das schmale, gewundene Tal zwischen Felsblöcken und von
Macchia überwucherten Hängen war ihm von Anfang an nicht geheuer gewesen. Er hatte immer wieder angehalten, seufzend,
schniefend, vor sich hin murmelnd umhergeschaut, nervös an dem
Gurt genestelt und gezerrt, an dem ihm sein Maschinengewehr über
die Schulter hing und sich, den Finger am Abzug, wiederholt bei
Milan erkundigt, ob er die vollen Satteltrommeln auch wirklich bereit halten würde.
»Das hier gefällt mir nicht, ganz und gar nicht«, hatte er dem Zugführer, Unterleutnant Schlesinger, während einer kurzen Orientie-
rungspause gesagt. »Gibt es denn keinen anderen Weg? Wenn ich
ein verdammter Moro wäre, würde ich mir genau diese Mausefalle
aussuchen und warten, bis ein paar Dumme hineintappen.«
Auch Schlesinger war das Tal nicht recht geheuer gewesen. Doch
hatte Kompanieführer Capitan Weiß nach einem langen Blick auf
die Karte befohlen, gerade durch dieses Tal in Richtung Kloster
Romanillos zu ziehen. »Wir dürfen nicht riskieren, daß sich da drin-
nen jemand versteckt und uns plötzlich in den Rücken fällt, wenn
wir vor dem Kloster stehen. Das Tal ist nicht zu lang, nur ein paar
hundert Meter.«
Doch das Tal war länger. Ein schmaler Geländeeinschnitt zunächst,
vertiefte und erweiterte es sich und mündete schließlich in einen
Kessel mit steilen, dicht bewachsenen Böschungen und Öffnung direkt gegenüber.
Mitten im Kessel war Papin ein letztesmal stehengeblieben, hatte
schnüffelnd um sich geschaut und mit einer vor Erregung heiseren
Stimme – bei ihm etwas Ungewöhnliches – gerufen: »Hier stinkt es!
Es stinkt nach Moros! Weg, schnell, nichts wie weg!«

Nur wenige Sekunden später war er tot, getroffen von einer Maschinengewehrgarbe aus kurzer Entfernung, mitten in die Brust, von Kugeln durchsiebt und zerfetzt. Gleichzeitig flogen von allen Seiten Handgranaten heran, explodierten reihenweise, Gewehrschüsse, und dann kamen die Moros, von überallher, hinter den Felsblöcken, unter dem Buschzeug hervorgekrochen, dunkle Gesichter unter den Kapuzen ihrer erdfarbenen Kittel, schreiend, schießend. Moros, wohin man schaute.

Einige Brigadisten waren von diesem, mit einer unbeschreiblichen Urgewalt hereinbrechenden Überfall so überrascht, daß sie wie erstarrt stehenblieben, unfähig selbst die Hände zu heben als Zeichen der Aufgabe; genützt hätte es ihnen sowieso nichts. Andere versuchten sich zu wehren, warfen sich hinter die erstbeste Deckung oder zu Boden, wo sie gerade standen, erwiderten das Feuer; sie wurden schnell niedergemacht. Und wieder einige taten, zwar mit wenig Aussicht auf Erfolg, das Vernünftigste und in dieser Situation einzig Mögliche, das sie tun konnten – sie versuchten davonzulaufen.

Unter diesen letzten war auch Milan.

Zuerst war er versucht, einfach stehenzubleiben, reflexartig die Arme zu heben und sich zu ergeben. Er tat es nicht. Er starrte den toten Papin an, dessen Oberkörper nur noch ein einziger zerfetzt blutiger Fleischklumpen war mit quer darüber liegendem Maschinengewehr, seiner Mademoiselle, die er noch im Tode und zerschossen wie er war mit beiden Händen umklammert hielt. Das Unmögliche war geschehen: Papin war tot. Denk daran, mon ami, den Moros darfst du dich nie ergeben, nie! Sie schneiden dir die Eier bei lebendigem Leib ab, rösten dich langsam über einem Feuer, reißen dir das Herz aus der Brust. Nie ergeben! Wenn's nicht anders geht, davonlaufen. Lauf, so schnell du kannst. *Lauf, Milan, lauf!*

Wer war das? Wer hatte ihm das zugerufen? Papin? Papin war tot.

*Lauf, Milan, schnell, schnell!*

Milan ließ die Munitionskästen fallen und rannte los.

Mit einer seltsamen, in dieser verwirrenden Situation unerwarteten Klarheit sah er zwischen den schreiend, schießend und jetzt auch bajonette- oder messerschwingend heranstürmenden Gestalten einen etwas größeren freien Raum. Vielleicht gab es auch andere, rechts oder links oder hinter ihm, aber er sah nur diesen einen, riß im Laufen das Pistolenhalfter auf, und schon hatte er die Pistole in der Hand, schon entsicherte er sie, als hätte er das hundertmal geübt, sprang, landete in einem Graben, der schräg hinauf zwischen die Bäume und das Gestrüpp führte, schoß gegen einen Schatten, der ihm den Weg verstellte, ein dunkles Gesicht mit gelb grinsenden Zähnen, weg war das Gesicht, und er tauchte unter die Zweige, brach sich Bahn durch das Gestrüpp, hörte sich keuchen und hinten die Moros schreien, ein brennender Schmerz in der Hüfte und weiter über Felsen, Geröll, durch dorniges Buschzeug.

Oh, Mama, Mama, weiter!

Das Geschrei wurde leiser, dann hörte Milan nur noch das Poltern seiner Schritte im Geröll, das Brechen von Zweigen, seine keuchenden, pfeifenden, schluchzenden Atemzüge.

Milan stolperte, fiel hin, kroch auf Händen und Knien weiter, doch die Pistole ließ er nicht fallen. Die Pistole war der Strohhalm, an dem er sich festhielt, die einzige Möglichkeit, sich zu wehren; an das Gewehr quer auf dem Rücken dachte er nicht. Er kroch den Hang weiter hinauf, schlängelte sich bergauf, wie damals, in den Ferien, wenn er als Junge mit Luis und anderen Freunden auf Jiu-Inseln oder in den Wäldern der Transsilvanischen Alpen Krieg gegen die Türken gespielt hatte, kroch er weiter, klein wie ein Mäuschen, behende wie eine Eidechse. Nur war das kein Spiel mehr, es war Krieg, und die damals eingebildeten oder von anderen (nur ungern) gemimten Türken (Ene mene Lumpenpack, schmeiß den Türken in den Sack, / ene mene mu, der Türke, der bist du) waren jetzt echte, mit echten Gewehren schießende, ihm nach dem Leben trachtende Moros. *Sie schneiden dir bei lebendigem Leibe die Eier ab. Sie rösten dich langsam über einem Feuer. Sie reißen dir das Herz aus der Brust.* So kroch er weiter und weiter, wagte kaum zu atmen, und jedes Geräusch, das er selbst verursachte, erschien ihm so laut und verräterisch wie ein lauter Schrei oder ein Schuß.

Milan erstarrte. Ein neues, unerwartetes Geräusch sträubte seine Nackenhaare, ließ ihn den Atem anhalten. Ein Schleifen, Rascheln, ein unterdrückter Laut etwas weiter oben und dann eine Stimme: *»Jezus, Marija, kaj pa zdaj?«**

Die Stimme kannte Milan. Janko. Janko Petrič.

---

* Slowenisch: »Jesus, Maria, was jetzt?«

Er war es tatsächlich. Er kauerte auf Händen und Knien in einer Mulde, starrte bergauf und wußte oder konnte nicht weiter. Milan lief gebückt zu ihm hin, stieß ihn an, flüsterte:»Weiter, weiter!« Ihm war jetzt viel wohler zumute. Er war nicht mehr allein. Er fragte nicht, ob er es jetzt leichter oder schwerer haben würde, ob er mit Janko Petrič mehr oder weniger Chancen hatte, davonzukommen. Wichtig war nur, er war nicht mehr allein.

Petrič trug kein Gewehr mehr, er hatte es unterwegs verloren oder weggeworfen. Sein Uniformjacke war an der Schulter blutig, er war verwundet, und er sagte, er könne keinen Schritt weitergehen. Doch Milan schob und zerrte ihn bergauf, und die Stimmen der Moros von unten, die einander etwas zuriefen und ständig näher kamen, schienen ihm neue Kräfte zu verleihen. Glücklicherweise blutete seine Wunde kaum, so daß sie keine verräterischen Blutspuren hinterließen.

Doch schließlich ging es nicht mehr weiter. Hinter einem mächtigen Felsblock sackte Petrič zusammen, blieb mit seitwärts gedrehtem Gesicht liegen.»Tja, tja!«flüsterte er plötzlich, dorthin, dorthin! Er meinte eine schmale Spalte zwischen Geröll und Felsen auf der Bergseite.

In der von Regenwasser ausgehöhlten Mulde unter dem Felsen hätte normalerweise kaum ein Mann Platz gefunden, doch sie machten sich kleiner als klein, krochen beide hinein, zuerst Petrič, darauf kam Milans Gewehr, dann Milan. Er lag mit dem Rücken zu Petrič, das Gesicht nach außen, und es war so eng, daß er meinte, nie wieder hinauszukommen. Er rückte so lange hin und her, bis die Pistole fest auf den Spalt gerichtet war. *Sie schneiden dir bei lebendigem Leib die Eier ab. Sie rösten dich langsam über einem Feuer. Sie reißen dir das Herz aus der Brust.* Wenn ein Moro gebückt unter den Felsen schauen sollte, würde Milan genau in sein Gesicht schießen. Dazu war er fest entschlossen. Papin hätte es genauso gehalten. *Wenn es schon unbedingt sein muß, dann versuch so viele wie möglich mitzunehmen.* Papin konnte keinen mitnehmen. Er war tot, bevor er den Finger am Abzug seines Maschinengewehrs krumm machen konnte. Wenigstens einen, Papin, dachte Milan, den ersten, der da reinschaut. Diesen einen aber bestimmt, Papin. Ganz bestimmt!

»Ich habe mich gestern abend nicht rasiert«, murmelte Petrič hinten, und Milan brauchte eine Sekunde, bis er sich an das Gespräch von neulich erinnerte.

»Macht nichts, halt jetzt den Mund!« zischte er nach hinten.

»Ich hätte mir Zeit nehmen und mich rasieren sollen«, sprach Petrič ungerührt.

»Das machst du heute abend, und jetzt halt endlich den Mund!«

Auf dem Schotter draußen hörte man polternde Schritte. Moro-Stimmen riefen sich etwas zu. Sie suchten nach ihnen. Durch den schmalen Spalt zwischen Felsen und Geröll sah man kaum vier oder fünf Schritte entfernt Füße herankommen und stehenbleiben. Milan bewegte die Mündung der Pistole ganz, ganz langsam, bis ihre Mündung dorthin zielte. Die Füße trugen Schuhe aus Leinen mit Gummisohlen, zwischen den oberen Schuhrändern und einem eingerissenen Hosensaum sah man nackte braune Haut. Bück dich, sagte Milan, schau hierher, dann bist du tot. Du bist tot. Er versuchte die Pistole etwas anzuheben, aber sein Arm war unter dem Körper eingeklemmt, und er konnte ihn kaum bewegen. Er konnte ihn kaum bewegen, aber das lag nicht an ihm. Neben ihm lag Gwendolyn, klemmte seinen Arm fest, schaute ihm gerade in die Augen und legte den Zeigefinger auf die Lippen.

Träumte er, hatte er eine Vision? Aber er war doch hellwach, und neben ihm lag Gwendolyn. Sie lag zwischen ihm und den Moro-Füßen draußen und war so wirklich und leibhaftig wie er selbst, die Pistole in seiner Hand, das Gewehr, das in seinen Rücken drückte, der brennende Schmerz in seiner Hüfte, Janko Petrič, der hinter ihm am ganzen Körper zitterte. Milan sah den Zeigefinger an ihren Lippen, mit dem sie ihm Stillhalten gebot, den feinen Flaum auf der Oberlippe, die Sommersprossen um die Nase, die Augen, jetzt ganz dunkel, fast schwarz, die gerade in die seinen blickten, und er fühlte ihren Körper an dem seinen, die Knie, die Oberschenkel, die Hüfte. Gwendolyn. Sie war es wirklich.

Die Moro-Füße draußen machten einen Schritt vor, verharrten. Die Stimme, die vorhin gerufen hatte, war jetzt ganz nah und sie schien etwas zu fragen. Die andere, die wohl zu den Füßen gehörte, antwortete, beide lachten. Von unten hörte man einen langgezogenen schrillen Schrei des Entsetzens und des Schmerzes, bei dem sich Milans Nackenhaare aufstellten.

Die Moro-Stimme draußen sprach wieder. Sie klang kehlig, redete schnell, Milan verstand kein Wort. Die Füße gingen zwei, drei Schritte weiter, Milans Pistole versuchte ihnen zu folgen, doch Gwendolyn schüttelte warnend den Kopf. Von unten wieder ein Schrei, ein zweiter, wehklagend verröchelnd.

»Yeeeaaah-olé!« rief draußen die Moro-Stimme, dann noch etwas, die Füße in den Leinenschuhen setzen sich in Bewegung, liefen am Spalt vorbei. Milan folgte ihnen mit dem Blick so weit er konnte, hob etwas den Kopf an, um über Gwendolyns Hüfte hinwegzusehen, aber sie war nicht mehr da. Sie war genauso plötzlich verschwunden, wie sie vorhin aufgetaucht war – und Milan war darüber keineswegs erstaunt, er hatte es nicht anders erwartet. Das Poltern der Moro-Schritte auf dem Geröll entfernte sich schnell, sie verklangen, es wurde still.

»Sie sind weg«, flüsterte Milan. Noch wagte er nicht normal zu sprechen.

»Weg, weg«, sagte Petrič. Er zitterte noch immer, womöglich noch stärker als vorhin. Dann ein schluchzender Laut. War es möglich? Weinte er?

Unten wieder schrille Schmerzensschreie. Schüsse fielen, brachen sich hallend an den Berghängen, verklangen in der Ferne. Dann ein Maschinengewehr. Moro-Stimmen riefen, entfernten sich.

»Das sind unsere«, sagte Milan. Seine Stimme klang wieder ganz normal.


Es waren tatsächlich Soldaten des Tschapaiew-Bataillons, die durch das Tal anrückten und die Moros vertrieben. Doch Milan und Janko Petrič warteten noch, bis sie ganz sicher waren, bevor sie mühsam aus ihrem Versteck krochen. Milan mußte Petrič stützen und manchmal fast tragen, als sie nach unten gingen. Dabei war ihm so übel und er fühlte sich so schwach, als müßte er selbst getragen werden. Unten trafen sie Kompaniechef »Lambo« Weiß, den Kommissar und noch ein paar Offiziere der Brigade bei dem an, was vom dritten Zug übriggeblieben war.

Die Moros hatten den Soldaten bei lebendigem Leibe die Bäuche aufgeschlitzt, die Herzen aus den Brustkörben gerissen, Hände, Füße, Nasen, Ohren und Geschlechtsteile abgeschnitten, Augen ausgestochen, einige auch mit Benzin übergossen und angezündet. Außer Milan und Janko Petrič war es nur noch dem jungen Polen

Andrzej Wietschek geglückt, davonzulaufen und sich zu verstecken. Er zitterte nach wie vor wie unter Fieberschauern und war nicht ansprechbar.

Milan kam es erst jetzt richtig zum Bewußtsein, daß auch er verwundet worden war. Eine Kugel hatte seine Hüfte gestreift und eine flache, mäßig blutende, doch schmerzhafte Wunde hinterlassen. Etwas schwerer hatte es Janko Petrič getroffen: ein Schulterdurchschuß.

Nach und nach trafen noch mehr Offiziere ein, unter ihnen auch der stellvertretende Brigadekommissar. Einige mußten sich übergeben, als sie sahen, was die Moros angerichtet hatten. Es wurde befohlen, die Überreste der Toten einzusammeln und an Ort und Stelle zu bestatten; bei Gelegenheit, spätestens nach dem siegreichen Ende des Krieges, würde man hierher zurückkommen und ihnen ein Denkmal setzen. Die Verwundeten Petrič, Milan und der unter Schock stehende Andrzej sollten abtransportiert werden, man müsse nur noch Sanitäter mit zwei Tragen abwarten.

»Wir brauchen keine Tragen, wir können laufen, Genosse Capitan«, sagte Janko Petrič.

»Kannst du das wirklich? Und du? Kannst du das auch?« fragte der Kompanieführer.

»Es wird schon gehen«, sagte Milan.

»Bevor ihr geht... es wird noch einiges zu klären sein, haltet euch hinten bereit. Wir werden einen Bericht aufsetzen müssen, wie diese armen, tapferen Männer umgekommen sind«, sprach der Stellvertreter des Brigadekommissars. Dabei vermied er die verstümmelten, nun in einer schauerlichen Reihe auf dem Boden liegenden Leichen und Leichenteile anzuschauen. Es wäre wichtig zu wissen und zu dokumentieren, was hier geschehen sei und wie es zu diesem Massaker hätte kommen können. »Und natürlich wollen wir auch wissen, was ihr getan habt und wie ihr davongekommen seid. Eine Menge Glück gehabt, nehme ich an. Du bist doch Korporal, Kamerad? Gruppenführer? Wo hast du deine Waffe? Das Gewehr? Unterwegs verloren, nehme ich an. Na ja, du wirst es uns erzählen. Vielleicht kommt bis dahin auch dieser arme Kerl — was ist er, ein Pole? — zu Verstand.« Der stellvertretende Brigadekommissar tätschelte dem zitternden, vor sich hin Unverständliches murmelnden und kichernden Andrzej die Wange, nickte Petrič und Milan zu und entfernte sich, von seinem Informationsoffizier und zwei Unteroffizieren begleitet.

Hatte Milan richtig gehört? Täuschte er sich? War in den Worten des stellvertretenden Kommissars nicht so etwas wie ein leiser Vorwurf, zumindest aber Mißtrauen angeklungen?

Wie hat es euch gelingen können zu fliehen, während alle anderen massakriert worden sind? Eine Menge Glück gehabt, oder wie war das? Und du, Korporal, du bist doch Korporal? Warum bist du, als Gruppenführer, davongelaufen, anstatt dich an der Seite, nein, nicht an der *Seite*, an der *Spitze* deiner Leute zu verteidigen und den Heldentod zu sterben?

Trau keinem Offizier, hatte Papin gesagt. Der beste Kamerad – er wird sofort ein anderer Mensch, wenn er Offiziersstreifen und Sternchen an die Jacke bekommt. Und immer wird er Schuldige für die Fehler suchen, die er selbst verbockt hat. Trau keinem!

Papin.

Obwohl sich Milan, verwundet, nun auch von Hitze und Durst geplagt, kaum noch bewegen konnte, suchte er unter den Toten nach Papins Leiche.

Papin hatte kein Maschinengewehr mehr und auch keine Pistole. Sein winziges Gesicht war verschmutzt, sonst aber unverletzt. In seinem linken Mundwinkel klebte noch immer der Reste einer Zigarettenkippe, das linke Auge war wie einst vor dem Rauch zugekniffen, während das rechte, weit offen, rund und traurig, auch jetzt noch mit einem wie darin festgefrorenen Ausdruck der Verwunderung ins Leere starrte, als glaubte er, der Schwarzseher Papin, bei all seinem berechtigten und tausendmal bestätigten Pessimismus, nicht so recht daran, was ihm, dem alten, mit allen Söldnerwassern gewaschenen, mit allen Kniffen und Tricks vertrauten Legionär, soeben widerfahren war.

Milan beugte sich etwas weiter vor, so daß er direkt in Papins rundes Vogelauge sehen konnte. Richtig. Papin schaute ihn an, und er sah ihn auch. Das konnte man jetzt deutlich erkennen. Papin war nicht tot, er wird jetzt gleich aufstehen und nach seiner Mademoiselle verlangen. Gebt Papin sein MG wieder, wollte Milan sagen, aber er murmelte nur etwas Unverständliches vor sich hin und kippte, ohnmächtig geworden, um.

Man spritzte ihm Wasser ins Gesicht, als er wieder aufwachte gab man ihm zu trinken, und dann traten er, Janko Petrič und Andrzej in Begleitung eines Sanitäters den Weg zum Verbandsplatz an, den man unten am Rio Guadarrama eingerichtet hatte.

Dort versorgte der Brigadearzt zunächst Janko Petrič, der weiter nach hinten ins Feldlazarett gebracht werden sollte. Warten? Ein Bericht von den Ereignissen und dem Massaker auf dem Weg zum Kloster Romanillos? »Schon gut«, beschwichtigte der Arzt, »aber zuerst muß man dich hinten verarzten; wenn man etwas von dir will, wird man dich schon finden. – Bei dir ist's halb so schlimm«, sagte er dann in einem breiten und behäbigen Österreichisch, nachdem er auch Milans Wunde versorgt, das heißt, deren Umgebung mit Jodtinktur abgetupft hatte. »Ein besserer Kratzer, Glück gehabt.«

»Es brennt höllisch«, klagte Milan. Warum konnte die Wunde nicht etwas tiefer sein, nicht viel, aber wenigstens so tief, daß man ihn...

»Ich dachte, Sie schicken mich zu den Amerikanern.«

»Zu den Amerikanern?« Der Militärarzt schaute Milan über den Rand der Brille verständnislos an.

»Ich meine die amerikanische Ambulanz oberhalb. Die haben ein Wundermittel, habe ich gehört, eine Salbe. Wenn sie damit die Wunde beschmieren...«

»Das möchtest du wohl.« Der Arzt lachte, er hatte begriffen. »Außerdem gibt es dort ein paar hübsche Schwestern, habe *ich* gehört. Und die Wundersalbe hilft nur, wenn dich damit eine von ihnen behandelt. Hier aber hast du es mit einem solchen Büffel zu tun...« Der Arzt zeigte mit dem Daumen auf seinen Sanitäter, einen stiernackigen Mann mit riesigen Händen, gab Milan einen Klaps auf die nackte Hinterbacke. »Ich kann's dir nachfühlen, aber was soll man tun? Wir zwei sind miteinander fertig.«

»Verbinden?« fragte der »Büffel«.

»Eine Lage Mull und Pflaster, das reicht.«

»Bleibt er hier?«

»Zwei, drei Tage. Dann sehen wir weiter.«

Gegen die Schmerzen bekam Milan zwei Aspirin-Tabletten und gegen den Durst einen halben Krug Rotwein. Dann wies man ihm im Zelt für Leichtverwundete eine Liege zu.

»Nimm die Tabletten, trink den Wein, und dann ruh dich aus,

Bübchen«, sprach der stiernackige Sanitäter gutmütig. »Ich glaub, du hast es nötig. Bald geht es wieder zurück zu deinen Leuten.«

Der Abschied von Janko Petrič war kurz. »Ich bin bald wieder da«, murmelte er, auf seiner Trage liegend. Von Blutverlust und dem Weg zum Verbandsplatz geschwächt und erschöpft, schien er Milan kaum wahrzunehmen. »Grüß die anderen, wenn du... Nein, nein, sie...« Er sprach nicht weiter, Tränen sammelten sich in seinen tiefliegenden Augen, liefen ihm über die Schläfen, er weinte lautlos, und Milan konnte es nicht länger ertragen und ging. Er spülte die Tabletten mit Wein hinunter, trank den Krug in einem Zug aus, legte sich hin, deckte sich zu. Petrič hatte es besser, dachte er, aber zwei oder drei Tage und Nächte hier, das war auch nicht zu verachten. Hier war er in Sicherheit. Hier gab es keine Moros. Moros. *Sie schneiden dir bei lebendigem Leibe...* Genug davon, nicht mehr daran denken! Die Bilder der verstümmelten, geschändeten, zu Tode gequälten Kameraden vergessen, begraben, loswerden, irgendwie loswerden, Papin vergessen, nein nicht *ihn* vergessen, so wie er dalag, vergessen, der Oberkörper nur noch ein zerfetzter, mit Uniformfetzen vermischter Klumpen Fleisch, das traurige Vogelauge auf ihn gerichtet. Nicht daran denken!
Gwendolyn.
Sie ist wieder da, als die Gefahr am größten ist, von Moros entdeckt zu werden. Es ist merkwürdig, aber sie liegt neben ihm, er sieht sie und er gehorcht ihr, als sie ihm bedeutet, sich still, ganz still zu verhalten. Und vielleicht wird er von dem draußenstehenden Moro nur deshalb nicht entdeckt, weil sie ihn mit ihrem Körper vor dessen Blick beschützt. Vielleicht sieht der Moro nur ein Stück Holz oder einen Felsen genauso deutlich und wirklich, wie er, Milan, Gwendolyn sieht. Er sieht und er fühlt sie. Ein Traumbild, ein Wachtraumbild, eine Vision, seine Phantasie spielt ihm wieder einmal einen Streich, oder Marussja hat eine Vila ihm zur Hilfe geschickt. Was es auch ist, eine Zauberei oder sonst was; es spielt keine Rolle. Wichtig ist allein, daß Gwendolyn neben ihm liegt, daß er sie sieht und fühlt, wo ein anderer vielleicht gar nichts oder ein Stück Holz oder sonst was sehen würde, sie ist da, und deshalb ist sie genauso wirklich und wahr wie Petrič hinten und der Moro draußen und dessen Schuhe

und Gwendolyns Augen, tief wie der Brunnen unten im Talgrund, und geheimnisvoll, so geheimnisvoll...

In Milans Kopf ging es drunter und drüber, seine Gedanken verwirrten sich, die Tabletten und der Wein taten ihre Wirkung, er schlief ein.

## 25. KAPITEL

*Der Blitzkrieg wird erfunden und ausprobiert, Milans*
*unbekannter Vater kommt nach Spanien, während Milan*
*ein Wunder widerfährt, ein folgenreiches Gespräch führt*
*und als Drückeberger an die Front geschickt wird*

Die republikanische Offensive von Brunete rannte sich fest. Den
Panzern der Division Lister gelang es zwar, über Brunete hinaus bis
auf die Höhe der Boadillo vorzustoßen, also beinahe ihr endgültiges
Ziel zu erreichen, doch nutzte die nur zögernd nachfolgende Infanterie den geglückten Durchbruch nicht aus. Statt weiter vorzugehen
und die Kämpfe nach Süden zu verlagern, biß sie sich an einigen be-
festigten, von Nationalisten – vornehmlich Moros – erbittert verteidigten Dörfern fest. Die Republikaner nahmen diese Stützpunkte
schließlich ein, nur verloren sie dadurch vier kostbare Tage, in denen
die Nationalisten Verstärkungen heranholen konnten. Unter diesen
war auch die motorisierte Infanterie und die Artillerie der deutschen
Legion Condor.
Die Truppen des II. republikanischen Korps, die, südlich von Madrid angetreten, nach Westen hätten vorstoßen und sich mit der aus
Norden kommenden Hauptmacht vereinigen sollen – wodurch
Francos Einheiten vor Madrid eingekreist worden wären –, kamen,
wie schon berichtet, nach dem Mißerfolg des ersten Tages auch am
zweiten nicht weiter. Ihr Angriff blieb endgültig stecken, die Einkesselung und Vernichtung der Nationalisten mißlang.
Die Verluste der republikanischen Volksarmee waren durch das mör-
derische Ringen um die zäh verteidigten nationalistischen Stützpunkte schwer. Schwer setzte ihr auch die Franco-Luftwaffe zu, die
endgültig die Luftherrschaft über die Front errungen hatte und – bei
andauernd schönem Wetter und einem wolkenlosen Himmel – von
früh bis spät und auch in der Nacht Fronteinsätze flog. Die schlecht
ausgebildeten und zu früh eingesetzten republikanischen Reserven,
konnten das Blatt nicht wenden. Von Francos Luftwaffe bedrängt, einem heftigen Artillerie- und Infanteriefeuer ausgesetzt, von nationalistischen Gegenangriffen attackiert, brachen sie oft auseinander, be-

vor sie richtig eingesetzt werden konnten. Nach der Einschätzung ausländischer Beobachter war der Mißerfolg der ersten großen republikanischen Offensive gleichsam vorprogrammiert. Nach einigermaßen guten Vorbereitungen und anfänglichen Erfolgen handelte das republikanische Kommando in der Fortführung der Operationen zu »zaghaft, unentschlossen, scheute die Verantwortung, ließ jede taktische Konzeption vermissen. Und wenn schon einmal richtig geplant wurde, konnten die Operationen nicht wie vorgesehen durchgeführt werden, weil sich die Truppe ganz anders verhielt, als sie es tun sollte. Manchmal tapfer bis zur Selbstaufgabe, lief sie das nächste Mal beim ersten Schuß auf und davon.«

Einer der besonders zäh verteidigten nationalistischen Stützpunkte war Kloster Romanillo. Fünfmal setzte das Sturmbataillon Tschapaiew zum Angriff an, fünfmal wurde es zurückgeschlagen. Bei diesen erfolglosen Sturmläufen und der anschließenden Verteidigung der eigenen Stellungen vor Gegenangriffen blutete das Bataillon aus und verlor an Toten und Verwundeten über die Hälfte seines Mannschaftsbestandes. Auch der Bataillonskommandeur Otto Brunner wurde schwer verwundet und nur mit Mühe aus der vordersten Linie nach hinten gebracht.

Am 18. Juli 1937, elf Tage nach Beginn der republikanischen Offensive bei Brunete, traten frisch herangeführte Franco-Verbände zu einer gewaltigen Gegenoffensive an. Ihren Kern bildete die Legion Condor. Über zweihundert Geschütze aller Kaliber und starke Luftwaffenverbände unterstützten die Infanterie bei ihrem Vorgehen. Dazu kamen Panzereinheiten, die – zum erstenmal in der Geschichte dieser Waffengattung – nicht allein zur Unterstützung der Infanterie eingesetzt wurden, sondern als selbständige Einheiten operierten. Zum erstenmal wurden auch in größerem Umfang die neuen deutschen Sturzkampfflugzeuge Ju 87 eingesetzt, die berühmt-berüchtigten »Stukas«. Als »fliegende Schwerstartillerie« sollten sie mit präzisen Bombenwürfen Panzerverbänden und der nachfolgenden Infanterie den Weg freimachen.

Für die neuartige Taktik zeichneten Generalmajor Hugo Sperrle, genannt »Sander«, sein Stabschef Oberst von Richthofen und Oberst (bald schon Generalmajor) der Panzertruppen Wilhelm von Thoma als maßgeblicher militärischer Berater bei General Franco verantwortlich. Sie hatten beim spanischen Oberkommando die

Ansichten des deutschen Generalstabs über moderne Kriegführung durchgesetzt; der »Blitzkrieg« und die Waffen, die ihn möglich machten, wurde in Spanien zum erstenmal erprobt – mit einem im wahrsten Sinne des Wortes durchschlagenden Erfolg.

Rechtzeitig zu Beginn der nationalistischen Gegenoffensive war in Burgos, der vorläufigen Hauptstadt des von Franco besetzten und regierten Spanien, Oberst Friedrich von Prettwitz eingetroffen, der Mann, dessen Fotos Milan in seinem Brustbeutel stets bei sich trug; das erste zeigte ihn in einer Gruppe teetrinkender deutscher Offiziere im Garten des südrussischen Schlosses *Nižne Babosino*, das zweite, am Don, hoch zu Roß, in deutscher Offiziersuniform, mit Pelzmütze und einem weiten, steifen, über Pferdeflanken fallenden Umhang. Nach Milans Überzeugung sein Vater.

Friedrich von Prettwitz, einst kaiserlicher Kavallerieoffizier, nach dem verlorenen Ersten Weltkrieg einige Jahre Offizier der Reichswehr in der Weimarer Republik, war Ende 1936 reaktiviert worden. Hitlers im überstürzten Aufbau begriffene Wehrmacht brauchte Fachleute, Offiziere mit Kriegserfahrung, patriotisch gesinnte Männer, wobei es zunächst unerheblich war, was sie über das neue nationalsozialistische Regime dachten und davon hielten.

Seit Beginn des spanischen Bürgerkrieges hatten sich die an Franco gelieferten deutschen, nur mit zwei Maschinengewehren bewaffneten Panzer I den sowjetischen in allen Belangen unterlegen gezeigt, erst recht dem T 26. Die Erfahrungen, die man mit diesem russischen Wunderpanzer im harten Fronteinsatz machte, wollte man beim Bau der neuen deutschen Panzer II und III berücksichtigen, die früher oder später in Hitlers geplantem Krieg gegen die Sowjetunion zum Großeinsatz kommen sollten.

Anfang der zwanziger Jahre hatte sich Friedrich von Prettwitz – damals Oberstleutnant – mit anderen deutschen Offizieren in der Sowjetunion aufgehalten, um dort an der Panzerwaffe ausgebildet zu werden.* Es lag daher nahe, daß man nach Spanien als Beobachter

---

* Mit dem Versailler Vertrag von 1919 sind nach dem Ersten Weltkrieg den zahlenmäßig auf 100 000 Mann beschränkten deutschen Streitkräften alle schweren Waffen verboten worden, so auch Panzerkampfwagen. Auf Betreiben von General von Seeckt, dem damaligen deutschen Generalstabschef, wich man in die Sowjetunion aus; dort wurden die zukünftigen deutschen Spezialisten an schweren Waffen ausgebildet.

und Berichterstatter jemanden schickte, der nicht nur mit sowjetischen Panzern vertraut war, sondern auch mit der Mentalität der Führungsoffiziere und der russischen Berater bei der republikanischen Regierung, also ihn, Friedrich von Prettwitz.

Unterwegs nach Spanien, natürlich in Zivil, getarnt als Geschäftsmann, hatte Friedrich von Prettwitz seinen französischen Verwandten im Saone-Tal einen zweitägigen Besuch abgestattet. Dort hatte sein Großvater – ein Friedrich auch er – in den sechziger Jahren des vorigen Jahrhunderts ein Weingut mit Schloß erworben und mit seiner zweiten Frau Luise-Marie Dulong die »französische Linie« der oberschlesischen Familie von Prettwitz gegründet.* Die Cousins und Cousinen waren dem Verwandten aus dem unheimlichen Deutschland mit einiger Reserve begegnet. Doch war es dem perfekt französisch sprechenden Weltmann Friedrich von Prettwitz alsbald gelungen, ihr Mißtrauen zu überwinden. Nach zwei Tagen waren sie als Freunde geschieden, wie in solchen Fällen immer ein baldiges Wiedersehen und überhaupt häufigere Kontakte vereinbarend.

In Burgos meldete sich Oberst von Prettwitz sogleich im Stab der Legion Condor, der im Hotel Mola seinen Sitz hatte.

»Sie sind uns angekündigt worden – kommen gerade zur rechten Zeit«, begrüßte ihn Oberst von Richthofen. In seiner olivgrünen Legionärsuniform mit den goldenen Rangabzeichen und den braunen, auf Hochglanz polierten Schaftstiefeln sah er merkwürdig fremd aus. »Übermorgen geht es vor Madrid los. Oberst von Thoma ist schon dort, ich fahre morgen hin. Wenn Sie wollen, können Sie mitkommen. Aber zuerst möchte der General mit Ihnen sprechen und sich von Berlin berichten lassen.«

Friedrich von Prettwitz meldete sich nicht nur bei Generalmajor Hugo Sperrle,** einem bulligen Mann mit laut polternder Stimme,

---

\* Siehe auch Igor Šentjurc, »Im Sturm«, S. 532 f.

\** Hugo Sperrle, geb. 1885 als Sohn eines Ludwigsburger Brauereibesitzers, war als Luftwaffenoffizier und erster Kommandeur der Legion Condor ein Miterfinder und Befürworter der Luftangriffe auf feindliche Städte mit dem Ziel, die gegnerische Kampfmoral zu brechen. Auf sein Konto gehen die Terrorangriffe auf Guernica, Barcelona und andere Städte und Dörfer. Im November 1937 aus Spanien abberufen und befördert, brachte es Sperrle im Laufe des Krieges zum Generalfeldmarschall und Oberbefehlshaber von Luftflotten. Seinem Chef und Vorbild Reichsmarschall Göring ähnelte der dicke Sperrle nicht nur in der Leibesfülle, sondern auch in einem ungehemmten Hang zum Luxus und zu übertriebener Selbstdarstellung.

um ihm Neuigkeiten aus Berlin zu berichten. Am nächsten Vormittag besuchte er einen ihm weit sympathischeren und angenehmeren Gesprächspartner, den französischen militärischen Beobachter bei Franco, General Maurice Duval. Diesen kannte er noch aus der Zeit als deutscher Militärattaché im Kaiserlich-Königlichen Wien vor dem Ersten Weltkrieg. Von Duval erhoffte er im stillen eine objektivere Darstellung und Beurteilung der Lage als in Sperrles Stab, wo alles durch die Brille einer euphorischen »Hurra, wir sind die größten«-Stimmung gesehen wurde. Auch General Duval sympathisierte ganz offen mit seinen spanischen Berufskollegen um General Franco, bemühte sich in seinen Gesprächen und Berichten jedoch einigermaßen um Objektivität.

Nach einigem Hin und Her, dem Austausch gemeinsamer Erinnerungen und ein paar versteckten, keineswegs übelgenommenen Seitenhieben, wie sie zwischen einstigen Gegnern und erst recht zwischen französischen und deutschen Militärs üblich waren, kam der General auf die gegenwärtige Offensive der Republikaner zu sprechen: »Wir dürfen nicht vergessen, daß sie noch vor einem halben Jahr überhaupt keine Armee hatten. Ein paar schlecht oder gar nicht bewaffnete Haufen ohne einheitliches Kommando, oft überhaupt ohne Kommando, das war alles. Und, na ja, einige regierungstreue Offiziere, einige Garnisonen, die kaum ins Gewicht fielen. Sonst aber Arbeiter, Studenten, Landleute, Sozialisten, Sindikalisten, Republikaner jeder Couleur, Kommunisten, Anarchisten, alles wild durcheinander, einige nur in der Abneigung gegen die putschenden Offiziere. Was der republikanischen Regierung in dieser kurzen Zeit gelungen ist, verdient bei allen Mängeln und Versäumnissen alle Achtung. Allerdings gibt es noch immer keine richtige, ernst zu nehmende Armee. Die Offensive von Brunete leidet an den gleichen Kinderkrankheiten wie alle republikanischen Operationen bisher. Hochgesteckte Ziele, dilettantische Durchführung. Es gibt allerdings auch einige Einheiten, die absolut professionell kommandiert werden und sich hervorragend schlagen. Wie Listers Division*

---

\* Enrique Lister, ein Bilderbuch-Haudegen, von Beruf Steinmetz, Funktionär der KP Spaniens, organisierte die Verteidigung Madrids vor putschenden Offizieren und wurde im Laufe des Krieges zu einem der führenden Kommandeure in der republikanischen Volksarmee. 1939 emigrierte er in die Sowjetunion.

und die Internationalen Brigaden. Bei Brunete werden viele Franzosen und Deutsche eingesetzt. Jetzt sollen die Deutschen in direkten Vergleich mit ihren Landsleuten von der Legion Condor treten. Sehr spannend. Deutsche gegen Deutsche.«

»Eine bedauerliche Entwicklung. Unsere italienischen Freunde haben die gleichen Probleme.«

»Bei denen steht es klar zugunsten der Garibaldiner in der XI. Internationalen Brigade. Schlagen sich hervorragend. Entschieden besser als ihre Landsleute, die Schwarzhemden auf Francos Seite.* Und wie wird das bei euch aussehen? Wer gewinnt? Legion Condor oder die Bataillone Thälmann und Tschapaiew?«

»Der bessere natürlich«, wich Friedrich von Prettwitz dieser undiplomatisch direkten Frage des alten Haudegen aus.

Am frühen Nachmittag fuhr Oberst von Prettwitz an die Front bei Brunete. Dort traf er gerade noch rechtzeitig ein, um dabeizusein, wenn am nächsten Morgen unter dem Kommando des Generals Jose Enrique Varela die nationalistische Gegenoffensive begann.

Auf seiner Liege im hintersten Winkel des Zeltes für Leichtverwundete schlief Milan die ganze Nacht durch und tief in den nächsten Tag hinein. Selbst die seit Anbruch des Morgens ständig über Rio Guadarrama umherkurvenden Franco-Flugzeuge und ein Bombenangriff auf die flußabwärts liegende Furt brachten es nicht fertig, ihn zu wecken. Als er gegen Mittag endlich die Augen aufschlug, geschah ein Wunder: Über sich sah er das Gesicht einer jungen Frau schweben, dunkelhaarig, mit samtenen Augen – Gwendolyn?

Das Gesicht rückte etwas von ihm ab, dafür legte sich eine kühle Hand auf seine Stirn, die Lippen bewegten sich, und eine Stimme, so sanft und freundlich, als käme sie direkt aus dem Paradies, woher ohne Zweifel auch diese junge Frau, vielleicht Gwendolyn, vielleicht aber auch nicht, gekommen war, diese Stimme also fragte auf eng-

---

* Im spanischen Bürgerkrieg kämpften an Francos Seite vier italienische Divisionen, ausgerüstet mit schwerer und leichter Artillerie und Panzern, neben einer Vielzahl von Fachleuten und Beratern, insgesamt 70 000 Mann. Dazu kamen über 700 Militärflugzeuge und etliche Kriegsschiffe. Ohne diese massive italienische Hilfe schon in den ersten Tagen und Wochen wäre Francos Putsch gegen die republikanische Regierung im Sommer 1936 zum Scheitern verurteilt gewesen. Deutsche Hilfe für Franco erfolgte etwas später, war dann aber um so effektiver.

lisch: »Wie geht es dir? Du hast sicher Durst. Warte, ich helfe dir.«

Eine Hand schob sich unter seinen Kopf, hob ihn an, der Rand eines Glases legte sich angenehm kühl an seine Lippen. Milan trank. Es schmeckte wunderbar, süß und sauer zugleich, ein Wundergetränk. Als das Glas leer war, tupfte ihm die Hand mit einem Tuch die Stirn ab, die Samtaugen und die Lippen lächelten ihm zu, und Milan fand endlich die Sprache wieder: »Gwendolyn?«

»Gwendolyn? Wer ist Gwendolyn? Hast du von ihr geträumt? Nein, ich bin nicht Gwendolyn. Ich bin Jane.«

Sie war nicht Gwendolyn, aber Milan war nicht einmal übermäßig enttäuscht. So oder so, es war ein Wunder, was er soeben erlebte, nach alldem, was gestern oder gerade eben geschehen war – Papin, die anderen, der weinende Janko Petrič, Moro-Füße, der Traum oder die Vision von Gwendolyn, die Schreie von unten und das, was von dem Zug übriggeblieben war.

Milan stöhnte, sein Körper war plötzlich wie in Schweiß gebadet.

»Du hast Fieber. Und Schmerzen? Hast du Schmerzen?« fragte Jane.

»Nein. Oder – ein bißchen ... Könnte ich noch etwas zu trinken haben? Es schmeckt gut. Was ist es?«

»Zitronenwasser mit Zucker.« Jane lachte, gab ihm noch ein Glas voll davon, und während Milan trank, sagte sie: »Ich denke, du mußt erst raus. Sag mir Bescheid, wenn du's nicht allein schaffst. Dann messen wir Fieber und schauen nach deiner Wunde. Ich glaube, es ist nicht weiter schlimm. Draußen wartet einer, er will mit dir sprechen.«

»Wartet auf mich? Wer?«

»Weiß ich auch nicht. Er sagt, er kommt von der Brigade und wartet schon ein paar Stunden. Wir haben nicht zugelassen, daß er dich weckt.«

Der Wartende war niemand anderer als Othmar Brix, Politdelegat des Zuges, den es nicht mehr gab. Er wäre gekommen, um den Bericht über die Ereignisse auf dem Weg zum Kloster Romanillos anzufertigen, geschickt vom Stab der Division oder dem Büro des Politkommissars der Division, erklärte er förmlich, mit einer amtlich undurchdringlichen Miene. »Man hat mich mit dieser Aufgabe betraut, weil ich mich bei der Einheit auskenne. Es war mein Zug, mit dem das passiert ist. Nun ja, wir zwei sind die einzigen, die übriggeblieben sind.«

»Nicht die einzigen. Janko und Andrzej sind auch noch da«, warf Milan ein. Er mochte diesen Mann nicht besonders, aber jetzt freute er sich, ihn zu sehen. »Wie geht es Andrzej?«

»Darüber bin ich nicht informiert.« Brix holte aus einer funkelnagelneuen Kartentasche Notizblock und Bleistift, befeuchtete die Bleistiftspitze mit seiner Zunge und forderte Milan auf: »Berichte von Anfang an, natürlich ganz genau. Von dem Aufbruch des Zuges an bis zum, na ja, bis es passiert ist. Alles.«

So begann dieses für Milan später, zu einem Zeitpunkt, als er sich daran kaum noch erinnerte, so verhängnisvolle Gespräch. Er berichtete. Hin und wieder durch Brix' Zwischenfragen unterbrochen, schilderte er alles genau so, wie er es in der Erinnerung hatte, bis auf Gwendolyn natürlich. Davon würde er nie jemandem erzählen, schon gar nicht Brix. Nachdem er fertig war, fragte Brix, der alles sorgfältig notiert hatte: »Jetzt noch einmal, Kamerad Milan. Du hast also keine Möglichkeit gesehen, dich zu wehren? Zu schießen?«

»Das ging alles viel zu schnell. Und das Gewehr hatte ich quer über dem Rücken hängen. Ich konnte es gar nicht so schnell abnehmen.«

»Quer über dem Rücken? Und in den Händen?«

»Ich trug Munitionskästen.«

»Munitionskästen. Was hast du damit gemacht?«

»Weggeworfen, was sonst? Weggeworfen, als ich loslief.«

»Weggeworfen«, wiederholte Brix und notierte.

»Und später? Später, als du schon etwas weiter weg warst?«

»Da habe ich mich versteckt.«

»Du hast also nichts gegen die feindlichen Moros unternommen? Dich überhaupt nicht gewehrt?«

»Doch. Ich glaube, ich hab einen erschossen, der mir den Weg verstellen wollte.«

»Bist du sicher?«

»Nein. Er war da, ich schoß, und dann war er weg.«

»Also unbestimmt.« Brix notierte. »Und geschossen hast du . . .«

»Mit der Pistole. Ich habe die Munitionskästen – sie waren viel zu schwer, damit konnte ich nicht laufen – ich habe sie fallen lassen und die Pistole rausgeholt.«

»Die Pistole, wo ist die Pistole?« fragte Brix.

»Ich hab sie noch.« Milan wollte seinen Beutel unter der Liege hervorholen, wo er die Pistole verwahrt hatte, um sie Brix zu zeigen, aber er überlegte es sich anders.

»Du wirst sie mir abliefern«, sagte Brix.

Milan brauchte zwei oder drei Sekunden, bevor er sagte: »Das werde ich nicht.« Ihm wurde heiß, er begann zu schwitzen.

»Aber...«

»Nichts aber. Ich werde sie dir nicht geben.«

»Nicht mir. Die Pistole ist Eigentum des Kollektivs, der Volksarmee, und ich werde sie in der Divisionswaffenkammer abliefern.«

»Die Pistole war Papins Privateigentum. Er hat sie mir geschenkt.« Das entsprach zwar nicht ganz der Wahrheit – aber war das jetzt so wichtig? Wichtig, ja ungeheuer wichtig war jetzt etwas anderes. Milan hätte nicht sagen können, was es war, er wußte nur, daß er Papins Pistole nicht weggeben durfte.

»Er hat sie dir geschenkt, ja?« Brix' trockene Stimme klang spöttisch, und spöttisch emporgehoben waren seine Augenbrauen über den ausdruckslosen Augen.

»So ist es. Geschenkt. Sie gehört mir.«

»Ich werd's so weitergeben.« Brix leckte die Bleistiftspitze ab, machte ausführliche Notizen, aber Milan war es jetzt gleichgültig, was er schrieb. »Ich habe noch einige Fragen zu deinem Gruppenführer Petrič«, setzte Brix neu an. »Du hast nicht gesehen, was er tat, als die Faschisten angegriffen haben?«

»Nein.«

»Aber er war doch Gruppenführer, ganz in der Nähe?«

»Ich habe ihn nicht gesehen.«

»Gut. Erst später. Da hat er kein Gewehr mehr gehabt?«

»Er konnte es gar nicht tragen. Er war an der Schulter verwundet.« Milan blickte Jane, die sich schon einige Zeit in der Nähe zu schaffen gemacht hatte, hilfesuchend an.

»Gut. Aber bevor er verwundet...« Brix kam nicht weiter. Jane trat dazwischen, tippte mit dem Zeigefinger auf seine Schulter und sagte, er solle jetzt Schluß machen, Milan sei verwundet, habe Fieber, man müsse ihn schonen. Da Brix kein Wort englisch verstand, mußte es ihm Milan übersetzen, und er tat es gern. Er habe nur noch wenige Fragen, sei gleich fertig, versuchte Brix einzuwenden.

Doch Jane duldete keinen Widerspruch, wurde ziemlich laut, und Brix mußte gehen. »Wir sind noch nicht ganz fertig, Kamerad Milan«, sagte er, bevor er verschwand. »Ich komme wieder, oder vielleicht kommt ein anderer Genosse.«

»Der ist auch ein Genosse, denke ich«, sagte Jane, nachdem Brix verschwunden war. »Genosse« sprach sie deutsch aus, und es klang nicht besonders freundlich. »War doch richtig, daß ich ihn weggeschickt habe?«

»Ganz richtig, danke«, sagte Milan. Ihm war nicht sehr wohl zumute. Angst?

Jane war Engländerin, von Beruf Krankenschwester, die einzige Frau auf dem Verbandsplatz. Mit der amerikanischen Ambulanz weiter oben am Fluß hatte sie nichts zu tun. Seit einigen Wochen bei der Brigade, ließ sie sich nicht bewegen, nach hinten ins Feldlazarett zu gehen. Dort gäbe es genug andere, meinte sie, hier würde sie dringender gebraucht und könne mehr ausrichten. Es käme ja vor allem darauf an, daß die Verwundeten möglichst schnell versorgt und abtransportiert würden. Sie blieb also, und sie lachte nur, als ein deutscher Schriftsteller, Informationsoffizier im Bataillon Tschapaiew, sie »Florence Nightingale des spanischen Bürgerkrieges«* nannte.

Ihr hatte es Milan zu verdanken, daß er nicht, wie vorgesehen, sogleich wieder zurück an die Front geschickt wurde. Mit Fieber und Durchfall blieb er zunächst im Zelt für Leichtverwundete liegen. Nachdem er wieder aufstehen konnte, machte er sich unter Janes Anleitung auf dem Verbandsplatz nützlich; dies konnte auch dem Brigadearzt und Branko, dem stiernackigen Sanitäter, einem Kroaten, nur recht sein. Die Arbeit mit den Verwundeten, deren Zahl ständig wuchs, konnte ohnehin kaum bewältigt werden.

Hatte man ihn beim Bataillon vergessen?

Milans Zug gab es nicht mehr. Die Kompanie »Lambo« Weiß hatte, mittlerweile vor Kloster Romanillos in erbitterte Abwehrkämpfe

---

* Florence Nightingale, die legendäre englische Krankenpflegerin, die im Krimkrieg 1853/56 zwischen den Verbündeten Türkei, Großbritannien und Frankreich auf der einen und Rußland auf der anderen Seite die verwundeten und kranken Soldaten beider Seiten ohne Rücksicht auf deren Nationalität versorgte.

verwickelt, an anderes zu denken. Es wäre also durchaus möglich, daß Milan hier geblieben und Sanitäter geworden wäre, hätte es den Politdelegaten Othmar Brix nicht gegeben.

Dringend benötigte Reserven für die rund um Brunete kämpfenden republikanischen Einheiten gab es keine mehr. Wie in kritischen Lagen verstärkt, schickte man also Patrouillen aus, die sich im Hinterland nach Drückebergern, Simulanten und sonstigen Unwilligen umsehen und sie an die Front schicken sollten. Die Patrouillen wurden von besonders zuverlässigen Militärpolizisten und Unteroffizieren der ejercito popular angeführt. Einer von ihnen war der mittlerweile zum Sergeanten beförderte Othmar Brix.

Der Weg führte Brix und seine Patrouille zunächst zur XIII. Brigade und hier zuallererst zur Feldküche, der Intendantur und zum Truppenverbandsplatz. Hier schaute er sich sogleich nach Milan um, fand ihn, ließ ihm Papins Pistole abnehmen, händigte ihm dafür ein Revers aus und schickte ihn mit drei anderen »Drückebergern« in Begleitung eines Melders zum Stab des Bataillons Tschapaiew. Jane konnte diesmal nicht helfen.

Beim Bataillon kamen die vier Soldaten – Milan, einer aus der Brigadeküche, einer aus der Schreibstube und der Melder – nie an. Sie verschwanden, als hätte sie die Erde verschluckt.

Das hatte sie allerdings auch, wortwörtlich.

## 26. Kapitel

*Lebendig begraben, gibt Milan nicht auf,*
*bekommt unerwartete Hilfe*
*und beschließt eigene Wege zu gehen*

Auf ihrem Weg in die vorderste Frontlinie mußten die vier wiederholt Deckung vor angreifenden Flugzeugen suchen. Die deutschen Heinkel-, Dornier- und Junkers-Bomber und Schlachtflugzeuge, die Messerschmidt-Jäger, die italienischen Fiats, Macchis und Savoia Marchettis der »Aviazione Legionaria« tummelten sich ungefährdet unter dem Sommerhimmel, bombardierten das republikanische Hinterland, deckten mit zehn bis fünfzig Kilo Bomben die Frontstellungen und die Nachschubwege ein, schossen mit ihren Bordwaffen auf alles, was sich da unten bewegte.

Vor der engen Taldurchfahrt oberhalb einer einsam liegenden Finca gab es wieder einen Halt. Vorne stauten sich Lastwagen und Pferdefuhrwerke – für die »fliegenden Bleistifte«, wie man die neuen deutschen Bomber Do 17 bezeichnete, ein lohnendes Ziel. Gleich nachdem die ersten Bomben ins Feld neben der Straße fielen, wo sie keinen Schaden anrichteten, suchte Milans kleine Gruppe Schutz in einem etwas abseits liegenden, in den Hang getriebenen Vorratskeller. Vorräte gab es darin keine, es stank nach alten Lumpen, Ratten und Fäulnis. Sie kauerten im hintersten Winkel, Milan zuvorderst, dem Eingang am nächsten; dies sollte ihm das Leben retten.

In diesem Keller habe er schon zwei- oder dreimal Deckung vor Francos Flugzeugen gefunden, einen besseren Unterstand könnte man sich gar nicht denken, erzählte der Melder, ein Spanier, kaum älter als siebzehn oder achtzehn Jahre. Er kenne sich in dieser Gegend gut aus, sei gleich um die Ecke zu Hause, seine Eltern und er selbst hätten für Kloster Romanillos gearbeitet, dem das ganze Land ringsum gehöre. »Die verfluchten Mönche sind die schlimmsten Ausbeuter und Sklaventreiber, die man sich denken kann. Du mußt schuften von früh bis spät, zehn Stunden, zwölf Stunden – und was bekommst du dafür? Viel Gotteslohn und wenig Pesetas.«

So redete er drauflos, wohl auch um leichter über seine Angst vor den Bomben hinwegzukommen, die immer näher fielen.

Nach einer neuen Serie hörte man unten auf der Straße Menschen schreien, ein Maschinengewehr ratterte, dann schrie auch ein Pferd, hoch und durchdringend, schmerzerfüllt.

Vor dem offenen Eingang bewegte sich etwas. Milan stand auf, um nachzusehen, was es war. Hinten sagte einer: »Die armen Pferde können...«

Weiter kam er nicht. Draußen hörte man wieder betäubend laute Bombenexplosionen. Eine, zwei, drei, immer näher. Dann ein kurzes, pfeifendes Rauschen vor der vierten, und Milan wußte: Jetzt trifft es uns. »Jetzt kommt sie!« schrie er, versuchte zurück in die Tiefe des Vorratskellers zu flüchten, kam aber nicht weit. Schmetternd schlug es ein, eine heiße Luftwelle schleuderte ihn an die Wand, etwas traf ihn am Kopf und an der Schulter, und als er nach einer, wie ihm schien sehr langen Zeit wieder zu sich kam, war alles still. Keine Bomben, kein Maschinengewehr, keine schreienden Menschen, kein klagendes Pferd, alles war ruhig, ringsum nur dicke, stumpfe, ihn wie in schwarze Watte einhüllende Stille.

Der Zustand, in dem sich Milan befand, war durchaus nicht unangenehm. Er wußte nicht, ob er lag, stand, saß, er fühlte seinen Körper nicht, bestand gleichsam nur noch aus einem verwunderten und fragenden Wissen um sich selbst, und ein Gefühl der Erleichterung machte sich in ihm breit: Es war vollbracht, alles war zu Ende, er war tot. So ist das also, dachte er, ich bin tot. Und er sah wieder das Bild des alten Mannes in der Bauernstube bei der Magd Meta, er sah ihn mit einem geschlossenen und einem offenen Auge in seinem Bett liegen, umgeben von wehklagenden Familienmitgliedern, Nachbarn und aufheulenden Klageweibern, und er sah sich selbst auf dem Ofen neben Ilka und einem Topf mit saurem Rübenkraut, neugierig den toten Alten anschauen. Der Alte war tot. Tot. Jetzt weiß ich es, sagte sich Milan und verlor erneut das Bewußtsein.

Der Durst weckte ihn, aber auch ein taub pochender Schmerz in seiner Schulter und an der Schläfe, dort, wo ihn vorhin etwas getroffen hatte.

Vorhin: Wann war das? Wie lange lag er hier? Tot?

Er war nicht tot!

Der Schmerz bewies es, der sich jetzt auch in seinem linken Bein meldete, und der Durst, der fast so schlimm war wie der Schmerz. Er lebte und er konnte sich bewegen. Als ihm das voll zum Bewußtsein kam, hätte er am liebsten »Hey« oder »Hurra« gerufen, wie früher, wenn er sich über etwas besonders gefreut hatte. Doch das triumphale Hochgefühl verflog schnell. Er lebte, er konnte sich zwar bewegen, aber nicht viel. Sein linkes Bein war eingeklemmt, überall um ihn herum war etwas...

War er verschüttet? Lebendig begraben?

Wie eben noch das Gefühl des Triumphes überflutete ihn jetzt das eines panischen Entsetzens. In fieberhafter Eile tastete er um sich, stieß rundum auf Hartes und Weiches, und es dauerte eine Weile, bis er ertasten konnte, daß es sich dabei um Steine, Erde, Holz und um Körperteile der anderen handelte, die hier Schutz gesucht hatten und verschüttet worden waren. Genauer, die unteren Teile zweier Körper, während die oberen mit Schultern und Köpfen unter dem Schutt begrabenlagen. Zweier Körper. Und der des dritten? Verschüttet, tot?

Einem Wechselbad von Gefühlen und Stimmungen wird Milan in den nächsten Stunden, Tagen und Nächten noch oft ausgesetzt sein. Triumphale Freude, panische Angst, kühle Abschätzung seiner Lage, verbissener Eifer, sich zu befreien, Mutlosigkeit, drohende Selbstaufgabe, neu aufkeimende Hoffnung, grimmige Genugtuung bei merklichen Fortschritten, tiefste Verzweiflung und schließlich regloses Verharren in seinem Zustand völliger Erschöpfung – das war der Augenblick, als er von einer unerwarteten Seite Hilfe bekommen sollte.

Die Höhle, in der sich Milan fand, war eng, doch groß genug, um sich darin zu bewegen. Er wollte raus, mußte sich freigraben. Mit bloßen Händen würde ihm das allerdings nicht gelingen; das merkte er, als er Erde und Steine um seinen eingeklemmten Fuß wegzuräumen begann. Er schaffte es, der Fuß kam frei, dabei riß er sich aber Finger und Handflächen an den scharfkantigen Steinen wund. Und dann fiel es ihm ein: der Spaten!

Der junge Melder hatte einen zusammenklappbaren Feldspaten am Gürtel getragen, ein Beutestück, wie er stolz zu erzählen gewußt hatte, das er einem toten Soldaten der Legion Condor abgenommen hatte. Milan überwand sich, tastete die zur Hälfte verschütteten Körper der Männer ab, griff dabei in etwas Kaltes, Glitschiges – Blut? –, machte trotzdem weiter. Bei dem zweiten fand er den Spaten, riß und zerrte ihn frei, dabei stieß er auch auf die fast volle Feldflasche des Melders. Er nahm sie an sich, trank seine eigene leer, begann zu graben.

Die mit Steinen und Felsbrocken durchsetzte Erdschicht, die ihn von draußen trennte, konnte nicht allzu dick sein, denn er bekam ausreichend Luft. Das abgeräumte Erdreich häufte er auf die Leichen und stampfte es fest. Um nicht zuviel Luft zu verbrauchen, aber auch, um nicht allzu schnell zu ermüden, arbeitete er langsam, stetig, rief sich selbst zur Ordnung, wenn er merkte, daß ihn die Ungeduld und die Furcht, nicht schnell genug fertigzuwerden, zu ungebührlicher Hast trieben. Die Arbeit und der dabei erzielte Fortschritt – bald waren die Leichen ganz zugeschüttet und nur ihre Füße noch zu ertasten, und bald waren auch diese unter der Erde und den Steinen verschwunden – halfen ihm, der wechselnden Stimmungen Herr zu werden, nicht aufzugeben, weiterzumachen, so schwer ihm das auch fiel. Zwischendurch schlief er ermattet ein, fing sogleich an zu träumen, wußte aber dann nicht mehr, was er geträumt hatte, wenn er aufwachte und wieder ans Werk ging.
Wie lange arbeitete er schon?
Das Gefühl für die Zeit war Milan abhanden gekommen. Manchmal war es ihm, als wäre er schon eine Ewigkeit hier unten, ein Maulwurf, der ein Leben lang unter der Erde verbringt, und dann wieder als habe er erst angefangen, sich freizugraben. Die Hände, die Arme, die Schultern, der ewig gekrümmte Rücken, der Nacken, die Beine, die er nicht ausstrecken konnte, alles tat ihm weh. Muskelkrämpfe plagten ihn, er hatte ständig Durst, und als er die Feldflasche des Melders leergetrunken hatte, dachte er mit Bedauern daran, daß er auch nach der des zweiten Toten hätte suchen sollen. Jetzt war es zu spät. Aber es konnte, es durfte nicht mehr lange dauern! Und erst einmal draußen, wollte er nur noch trinken, frische Luft atmen, wieder trinken, trinken, Licht, Luft, Wasser.
Plötzlich stieß er auf etwas Hartes. Das war auch zuvor immer wieder geschehen; in der Regel hatte es sich um Steine, Felsbrocken, einmal auch um ein Stück Brett gehandelt, das ihn viel Zeit und Mühe gekostet hatte. Diesmal war es auch Holz, doch etwas Größeres, ein Holzbalken, wie er alsbald feststellen konnte.

Noch war Milan nicht beunruhigt; er würde sich unter dem Balken durchgraben. Er arbeitete weiter – und stieß mit dem Spaten plötzlich ins Leere. Hastig erweiterte er das entstandene Loch, frische Luft strömte zu ihm herein, trübes Licht ließ ihn zum erstenmal seit langem den Spaten, die Erde, die Steine, den Balken, seine armen, schmerzenden, von Blut und Erde verkrusteten Hände sehen.

Aber das Loch nach draußen war nur ein schmaler Spalt zwischen dem Holzbalken und einem Felsen darunter, der Milan den Weg endgültig versperrte. Über dem Balken fand sich ein zweites, sehr großes Felsstück, beide konnte er nicht aus dem Weg räumen.

Als Milan sah, daß er nicht hinauskam und die ganze Mühe offenbar vergeblich gewesen war, begann er, um Hilfe zu rufen. Doch er gab bald auf – wer sollte ihn hier schon hören? Vor Verzweiflung schlug er mit dem Kopf zweimal, dreimal so hart gegen den Balken, daß ihm schwarz vor Augen wurde. Dann lehnte er die Stirn dagegen, schloß die Augen und zwang sich, nicht zu weinen. Was sollte er tun? Was nur könnte er jetzt noch tun?

»Mit dem Kopf kommst du bestimmt nicht durch«, sprach da eine Stimme, von der man nicht sagen konnte, woher sie kam: von draußen, von hinten, von überallher – oder war sie in ihm selbst.

Milan sah auf.

Gwendolyn. Er konnte sie durch den Spalt zwischen dem Balken und dem Felsen darunter deutlich sehen. In ihrem weißen Schwesternkittel mit nichts darunter, dem Rotkreuz-Häubchen auf dem Kopf, den Augen, die jetzt ganz hellgrün waren, kein Zweifel: Gwendolyn. Sie saß draußen, beugte sich vor, streckte den Hals, versuchte zu ihm ins Loch zu schauen, sprach: »Stimmt schon, ich bin's. Siehst du mich jetzt?«

Irgendwie brachte es Milan fertig, zu antworten: »Aber ja, ich sehe dich.«

»Gott sei Dank! Ich warte schon eine ganze Weile. Du mußt weitermachen, ich habe nicht mehr viel Zeit.«

»Wie denn? Dieser verfluchte Balken!« Milan schlug in ohnmächtiger Wut auf ihn ein.

Gwendolyn lachte. »Also mit den Fäusten schaffst du es genauso wenig wie mit dem Kopf. Du hast doch den Spaten. Ist er nicht scharf geschliffen? Also, fang schon an!«

Milan fing an. Er lockerte zunächst einige kleinere Felsstücke über seinem Kopf und schaffte sie nach hinten in die Höhle, damit er mit dem Spaten weiter ausholen konnte. Dann begann er, den Balken wie mit einem Beil zu bearbeiten. Das Holz war hart und zäh, er mußte häufig ausruhen. Gwendolyn schaute ihm dabei zu und spornte ihn an, wenn er meinte, vor Müdigkeit und Erschöpfung aufgeben zu müssen.

Aber dann war er doch durch – nur half es ihm nicht weiter. Er mußte um eine Körperbreite rechts davon den Balken noch einmal durchschlagen, weil beide Enden zu fest in Erdreich und Felsgeröll verankert waren.

Diesmal war es schwerer und ging langsamer. Der Balken federte, von oben rieselten Erde und Steine herab, und Milan fürchtete, daß ihn ein Erdsturz zum zweitenmal unter sich begraben könnte, diesmal endgültig. Dies befürchtete vermutlich auch Gwendolyn; sie trieb ihn immer wieder zur Eile. Wenn Milan jetzt vor Erschöpfung und kaum erträglichen Schmerzen nicht zu weinen begann, dann nur ihretwegen. Er schämte sich. So arbeitete er verbissen weiter, von oben rieselte es immer häufiger – doch plötzlich hatte er den Balken zum zweitenmal durchgehackt, drückte das lose Stück heraus, zwängte sich mühsam durch das Loch, rutschte draußen auf dem Bauch nach unten und blieb reglos liegen.

»Na also, jetzt hast du es doch geschafft«, sprach Gwendolyns Stimme von überallher. Milan blickte auf, ganz langsam, damit sie nicht, wie schon einmal, wieder verschwand. Aber es half nichts. Gwendolyn war nicht mehr da.

Morgendliche Kühle weckte ihn. Zunächst blieb er einfach liegen, reglos, mit ausgebreiteten Armen und Beinen. Wie gut ihm die frische Luft tat, wie unsagbar köstlich sie war. Und wie gut es tat, nirgendwo anzustoßen, Arme und Beine ausstrecken zu können. Nichts mehr stand ihm im Weg, er konnte frei atmen, sich frei bewegen, aufstehen, davongehen, wohin er wollte.

Wie er auch dieses wunderbare Gefühl der Freiheit voll auskosten wollte – nach und nach wurde Milan die Situation bewußt, in der er sich befand. Mühsam, mit steifen, schmerzenden Gliedern stand er auf, schleppte sich zu dem halb verschütteten Eingang des Vorratskellers, blickte hinunter auf die Straße.

Sie war menschenleer. Vorne rechts, wo einst – wie lange war das her? – die kleine Finca mit Stall und Scheune gestanden hatte, war jetzt nur noch eine abgebrannte Ruine mit drei schwarzen, dünn in den grauen Morgenhimmel ragenden Schornsteinen zu sehen.

Milan machte sich auf den Weg. Auf wackligen Beinen ging es bergauf, weg von der Straße. Was er auch tun und wozu er sich entschließen würde, eins wußte er: Dorthin, wohin diese Straße führte, wollte er nicht. Jeder Schritt machte ihm zunächst Mühe, oft mußte er anhalten, ausruhen, Luft schöpfen. Doch nach und nach kehrte in seine Glieder die Spannkraft zurück, er schritt freier aus, kam schneller voran, und so mitgenommen er von den überstandenen Anstrengungen auch war, plötzlich fühlte er sich ganz leicht und frei, ihm war zumute, als könnte er fliegen, als müßte er gleich zu singen beginnen. Die Luft war köstlich frisch, der morgendliche Dunst unten im Tal kündigte einen schönen, sonnigen Tag an – Sonne, endlich Sonne nach der langen Finsternis!

Der Pfad, dem Milan folgte, führte durch unwegsames, von dichtem Gestrüpp und verkrüppelten Bäumen bewachsenes Gelände. Es ging bergauf und bergab, vorbei an mageren, von niedrigen Steinmauern umgebenen, schon abgeernteten Feldern in Talsenken, immer weiter westwärts, die aufgehende Sonne im Rücken.

Rechts ein Olivenhain mit weidenden Schafen und einem Hund, der ihn mit steil aufgerichtetem Kopf mißtrauisch beäugte, doch kein Hirte. Weit und breit kein Mensch zu sehen. Links eine Brombeerhecke mit einigen schon reifen, schwarz glänzenden Beeren, von denen er ein paar im Vorbeigehen pflückte und aß. Im blaßblauen Morgenhimmel eine Staffel hochfliegender dreimotoriger Bomber. Hinten, im Rücken, das Grummeln und Schlagen der Front.

Das war es!

Wohin auch immer, dieses zehnfache, hundertfache, tausendfache, sich im hügeligen Land hallend und verhallend brechende Grummeln, Schlagen, Donnern, Poltern wollte er hinter sich lassen. Damit wollte er nichts mehr zu tun haben. Er hatte genug.

Der Weg führte jetzt wieder durch dichte Macchia und über einen spärlich fließenden Bach. Milan ging über den Holzsteg, verließ auf der anderen Seite den Pfad, kämpfte sich durch das Ufergebüsch bachabwärts. An einer geschützten Stelle, wo sich das Wasser in eine felsige Gumpe sammelte, hielt er an, zog sich aus und legte sich nackt ins Wasser. Es war eiskalt, aber er blieb trotzdem darin liegen, bis er es nicht mehr aushielt. Dann trank er sich dort, wo das Wasser in die Gumpe einlief, satt, wusch sich, rieb den ganzen Körper mit feinem, an den tieferen Stellen zwischen Felsbrocken angeschwemmten Sand ab, bis er glaubte, den Höhlengestank entfernt zu haben. Dann reinigte er auch die Uniform, die Unterwäsche, die Fußlappen, wusch und wusch und pfiff dabei leise vor sich hin. Als er das Zeug sauber genug fand, legte es zum Trocknen auf die Steine, holte aus dem Brotbeutel den letzten, für den äußersten Notfall aufgesparten Kanten Kommißbrot und aß das Brot ganz langsam, Stück für Stück und Krümel für Krümel, auf. Danach wusch er auch den Brotbeutel, rieb ihn außen und innen mit Sand ab und hängte ihn zum Trocknen auf einen Ast.

Gleich neben der Gumpe fand sich zwischen Felsen eine geeignete Mulde. Er machte sie von Steinen und dürren Ästen frei: Hier wollte er schlafend den Tag verbringen. Bevor er sich hinlegte, holte er aus dem Brustbeutel die drei Fotografien, die er immer bei sich trug. Sie waren unbeschädigt geblieben. Mamas Foto steckte er zurück, während er die zwei anderen länger betrachtete: Teetrinkende Offiziere im Garten vor einem russischen Schloß. Einer davon sein Vater. Und der Vater hoch zu Roß, hinten seine Schrift: *Fast wie ein echter Kosake im Kosakenland, Sommer 1918.*

Milan steckte die Fotos wieder in den Brustbeutel, hängte ihn um, legte sich hin. Es war Zeit. Es war Zeit, sich auf den Weg in Vaters Land zu machen und nach ihm zu suchen.

Zwischen dem Blattwerk von Steineichen, die ihre mächtigen Kronen über den Bach spannten, flimmerte die Sonne und wärmte angenehm. In der Ferne das Grummeln der Front, im Himmel das unausgesetzte, mal lautere, dann leisere Brummen von Flugzeugmotoren. Aus der Richtung, woher er gekommen war, wahrscheinlich aus dem Olivenhain mit den weidenden Schafen, war jetzt das monotone Lied einer Hirtenflöte zu hören. Milan schloß die Augen, versuchte die Geräusche der Front und die der Flugzeugmotoren zu überhören, zu lauschen nur noch auf die Flöte und das Vogelgezwitscher, das Summen von Insekten, das leise Plätschern von Wasser zwischen den Steinen, und schließlich gelang ihm das auch. Die Front verstummte. Es gab keine Flugzeuge mehr. Jetzt gab es nur noch den Hirten mit seiner Flöte, das Plätschern des Wassers, das

Rauschen des Windes in den Zweigen, das Summen von wilden Bienen, die Erinnerung an Gwendolyn, und nach und nach gab es auch das nicht mehr. Milan war eingeschlafen.

Er hatte sich aus dem dunklen Schoß der Erde befreit und war dem Leben zurückgegeben worden. Sauber gewaschen vom Schmutz und Gestank der Vergangenheit, schlief er einer neuen Zukunft, neuen Unwägbarkeiten und Prüfungen auf den verschlungenen Pfaden des Schicksals entgegen. Während in der Ferne der Donner- und Kriegsgott Perun grollte und stählerne Todesvögel über den Himmel ziehen ließ, schwebten über Milan, wie einst über seiner Wiege, sieben goldene Haare der *Vile Rodjenice*, berührten sanft seine Stirn, seine geschlossenen Augen, seine Wangen, seine Hände. Wenn er jetzt aufgewacht wäre, hätte er im flimmernden Sonnenlicht zwischen den Zweigen der Steineiche die Gesichter der Vile sehen können und, deutlicher noch, auch deren Spiegelbilder im klaren Wasser der Gumpe zu seinen Füßen.

Trug eine von ihnen nicht Gwendolyns Züge?

Lächelnd, mit einem besorgten Ausdruck in ihren schönen Feengesichtern, schauten sie ihn an, als fragten sie sich, ob er die Zukunft bestehen und dem zürnenden Perun trotzen würde in dieser Zeit der Angst, der Lüge, der Gewalt, der Menschenverachtung, des Todes.

# Teil III

# VATERS LAND

# 27. Kapitel

Weil der Hunger stärker ist als alle guten Vorsätze, sucht Milan ein
Dorf auf, ißt und trinkt sich satt, tanzt Flamenco und wird von Soldaten der Legion Condor gefangengenommen

Auf seinem Weg ins Hinterland wußte Milan nicht, wo er sich befand, ob auf der republikanischen oder nationalistischen Seite der
Front. Weiß Gott, wie lange er unter der Erde gewesen und was in
der Zwischenzeit geschehen war! Wenn man ihn entdeckte, hatte er
weder auf der einen noch auf der anderen Seite eine Chance. Was
die Nationalisten mit einzeln aufgegriffenen republikanischen Soldaten, zumal einem Angehörigen der verhaßten Internationalen Brigaden anstellten, war allgemein bekannt. Gefangene wurden nicht
gemacht. Mit ihnen hatte man nur Arbeit und Scherereien, denen
man aus dem Wege ging, indem man sie an Ort und Stelle erschoß
und liegenließ; irgend jemand würde sich schon finden, der die Leichen verscharrte.

Für die Republikaner war Milan hingegen ein Deserteur; mit diesen
machte man kurzen Prozeß: Kriegsgericht, Todesurteil, an die
Wand stellen und erschießen. Mit diesem *an die Wand stellen und erschießen* war man so häufig und schnell zur Hand, daß es zu einem
geflügelten Wort geworden war. Selbst wenn man nur Abneigung
gegen jemanden ausdrücken wollte oder dessen Haltung wie auch
Handlungsweise mißbilligte, sagte man ohne zu zögern und leichthin, man müßte ihn an die Wand stellen und erschießen. So leicht
und schnell diese Redensart angewendet wurde, setzte man sie unter gewissen Umständen in die Tat um. In den Zeitläufen, über die
hier berichtet wird (später erst recht), waren in Europa diese *gewissen
Umstände* zum Alltag geworden und so weit verbreitet, daß Mißlie-
bige immerzu an die Wand gestellt und erschossen (gehängt,
geköpft, erschlagen, zu Tode gefoltert oder sonstwie umgebracht)
wurden.

Doch machte sich Milan darüber nicht übermäßig viele Gedanken, als er am späteren Nachmittag aufwachte, die trockene, saubere, nach frischem Wasser und Sonne riechende Uniform anzog und sich auf den Weg machte. Wohin ihn dieser auch führen würde, zunächst wollte er nur weg von dem Grummeln und Poltern der nahen Front. Da dies aus östlicher Richtung kam, zog er also westwärts, der bereits tief stehenden Sonne entgegen.

Noch immer unter dem Eindruck der Tage und Nächte, die er unter der Erde verbracht hatte, die toten Kameraden als einzige Gesellschaft, bedachte Milan die gegebenen Umstände und die ihn bedrohenden Gefahren nicht mit der gebotenen Sorgfalt. Eine fiebrige Unruhe und übermächtige Sehnsucht hatten von ihm Besitz ergriffen. Monatelang war er ein geduldiger, stets gehorsamer Soldat gewesen – nun war es an der Zeit den Schlußpunkt zu setzten, zu tun, was ihm selbst wichtig erschien, zu gehen, wohin es ihn mit Macht trieb: auf die Suche nach seinem Vater in Vaters Land.

Auf dem Weg ins Hinterland (wessen Hinterland zur Zeit auch immer, nationalistisch oder republikanisch) hielt sich Milan abseits von Straßen und erkennbar stärker begangenen Wegen. Schmalen Pfaden folgend, vielfach auch querfeldein, bergauf und bergab, kämpfte er sich durch dichte Macchia und schüttere Buschwälder, überquerte vorsichtig nach allen Seiten spähend offenes Gelände, machte weite Bögen um einsam liegende Fincas, huschte, schon in der Abenddämmerung, über eine größere Straße. Etwas später sah er von einer Hügelkuppe unten in der Talsenke eine Ansammlung von Militärfahrzeugen und Soldaten. Neben der Straße brannten Lagerfeuer, es gab ein lebhaftes hin und her, Lastwagen mit abgeblendeten Scheinwerfern krochen vorbei, eine Kolonne von Panzern verschwand kettenrasselnd in der Dunkelheit. Republikaner? Nationalisten? Es war zu weit und zu dunkel, um es zu erkennen. Doch wer da unten auch sein mochte, Milan beeilte sich weiterzukommen. Er wanderte bis tief in die Nacht hinein, wobei ihm der Polarstern und das ferne Grummeln der Front mit einzelnen donnernden Schlägen dazwischen in seinem Rücken die Richtung wiesen. Erst als er sich im felsigen, von dornigem Gestrüpp überwucherten Gelände verirrte und in der Dunkelheit keinen Ausweg fand, machte er halt. Unter einem überhängenden Felsen

bereitete er sich aus Gras und abgefallenem Laub ein Lager, zog
die Schuhe aus, rollte sich zusammen und schlief fast augenblicklich ein.

Schon möglich, daß es Milan in den menschenleeren, unwegsamen
Gebieten der südlichen Sierra de Gredos und Sierra de Gata geschafft hätte, die portugiesische Grenze zu erreichen und hinüber
nach Portugal zu wechseln – wenn nicht der Hunger gewesen wäre.
Der Hunger zwang ihn schon am zweiten Tag seiner Wanderung,
die einigermaßen sichere Einsamkeit der Bergwildnis zu verlassen
und menschliche Ansiedlungen aufzusuchen, wo er etwas Eßbares
zu finden hoffte. Seit Tagen hatte er nichts Vernünftiges mehr gegessen. Der Hunger begann im Laufe des Tages dunkle Schleier vor
seine Augen zu zaubern, ließ vor Schwäche seine Knie weich werden und die Beine zittern, wenn er sich wieder einmal einen steilen
Hang emporquälen mußte. Reife Himbeeren, die er – selten genug
– unterwegs fand und pflückte, schafften kaum Abhilfe, roh eßbare
Pilze fand er bei der herrschenden Trockenheit keine. Dazu kam die
Hitze. Die Sonne brannte von einem wolkenlosen Himmel, und
selbst im Schatten einer Gruppe von Kieferngehölz, wo er über Mittag Pause machte, war es unerträglich heiß.
Der ersten Versuchung, einer größeren Finca inmitten karger, schon
abgeernteter Felder, konnte er noch widerstehen. Er machte einen
weiten Bogen um sie, trank sich an einem dorthin führenden Quell-
bach satt, füllte die leere Feldflasche auf, keuchte einen steilen, mit
Zwergwacholder bewachsenen Hang hinauf. Auf dem Gipfel angekommen, entdeckte er weit unten auf der anderen Seite eine neuerliche Versuchung: ein Dorf. Wie es so friedlich in der flachen, weit-
räumigen Talmulde lag, von Korkeichen und Pappeln umgeben und
teilweise von ihnen verdeckt, machte es aus der Ferne einen friedli-
chen und unversehrten Eindruck. Erst als Milan, der Versuchung
kaum noch Widerstand leistend, näher kam, konnte er erkennen,
daß einige – oder die meisten? – Häuser zerstört, zerschossen, die
einst blendend weißen Mauern rauchgeschwärzt waren. Weit und
breit war kein Mensch zu sehen – hatten die Bewohner das Dorf
verlassen?
Der Hunger war stärker als der Entschluß, auf dem Weg nach Portugal (und von dort aus irgendwie weiter mit dem Schiff nach Nor-

den) alle menschlichen Ansiedlungen zu meiden. Milan lief, so schnell er konnte, über eine freie Fläche, machte unter den ersten Korkeichen halt, schöpfte Atem, sah sich um. Nichts Verdächtiges war zu entdecken. Dann das erste Haus. Durch die leere Fensterhöhle waren nur verkohlte Überreste eines Tisches zu sehen und zwei oder drei Stühle... Es stank. Es stank nach verbranntem Fleisch und Verwesung. Hier war wohl nichts zu holen. Milan beeilte sich weiterzukommen.

Das nächste Haus untersuchte er etwas gründlicher, gab sich Mühe, den Leichengeruch zu ignorieren, der auch hier schwer und Übelkeit erregend in der Luft hing. Er fand nichts Eßbares, nicht einmal eine vergessene Brotrinde. Als er auf seinem Weg durch das verwüstete Haus an der halb offenen Tür in den Keller vorbei kam, schlug ihm ein Gestank entgegen, der ihn rücklings zurückweichen und hinaus auf die Dorfstraße flüchten ließ.

Kühner geworden, durchsuchte Milan zwei weitere Häuser, fand auch hier nichts Eßbares. Das vierte ließ er links liegen, nachdem er in der Dämmerung des Hausflurs zwei weit gespreizte, kalkig weiße Frauenbeine entdeckte. Eine Tote. Tote überall. Ein totes, vergewaltigtes, ausgeraubtes, gebrandschatztes, zerstörtes, von allen am Leben gebliebenen Bewohnern fluchtartig verlassenes Dorf.

Schon halb resigniert und mutlos geworden, überlegte Milan, ob er das Dorf nicht verlassen und weiterziehen sollte, als er ein erstes Lebenszeichen hörte. Gitarrenklänge. Ein kräftiger, volltönender Akkord, dann die leisen, kaum hörbaren Töne einer Melodie, wieder ein Akkord und Stille.

Langsam, zögernd, nach allen Seiten sichernd, strebte Milan in die Richtung der wieder aufklingenden Musik.

Der Dorfplatz: In der Mitte ein überdachter Brunnen. Im Hintergrund rechts die Kirche, von der nur noch ein Teil des Schiffes und die abgebrannten Reste des Turmes standen. Der Kirche gegenüber die Ruine des Gemeindehauses. Und zwei Häuser weiter ein Mann mit Gitarre.

Ein alter Mann mit schlohweißen Haaren auf dem über seine Gitarre gebeugten Kopf. Nun hob er das Gesicht gegen den Himmel, schlug mit geschlossenen Augen seine Akkorde und stimmte mit zupfenden Fingern eine Melodie an.

Milan ging langsam näher. Der alte Mann hatte jetzt die Augen halb geöffnet, aber er bemerkte ihn offenbar nicht. Selbstvergessen spielte und sang er, und hinter ihm, in dem breiten, dämmrigen Hausflur, brannten Kerzen beiderseits einer aufgebahrten Frauenleiche.

Wie lange lag die Tote schon da?

Ihr vom sanft flackernden Kerzenschein beleuchtetes Gesicht war aufgedunsen und bläulich gefleckt, die Augen lagen tief in den schwarz umschatteten Höhlen, Fliegen schwärmten darüber hin, krochen in den Mund, kamen wieder hervor, flogen auf, setzten sich auf die Hände mit den verschränkten, wie blasse Würste aussehenden Fingern, zwischen denen ein großes, silbernes Kruzifix steckte. Milan zwang sich, nicht mehr hinzusehen. Der alte Mann schaute ihn jetzt an.

»Buenos dias, Señor«, sagte Milan.

Der alte Mann sang und spielte weiter.

»Ich habe Hunger«, sagte Milan.

Nun hörte der Alte auf, schaute Milan an – doch konnte man nicht sagen, ob er ihn auch sah.

»Ich habe Hunger«, wiederholte Milan, und seine Stimme klang unnatürlich laut in der eingetretenen Stille. »Haben Sie ein Stück Brot für mich, Señor?«

Der Alte lehnte die Gitarre an die Mauer hinter seinem Stuhl, stand mühsam auf, schlurfte ins Haus und verschwand in der Dämmerung hinter der aufgebahrten toten Frau.

Milan wartete. Der alte Mann kam schon nach wenigen Minuten wieder, mit einem halben Laib Brot in der einen und einer Schüssel mit Speck und Ziegenkäse in der anderen Hand. Er stellte beides auf die Sitzbank an der Hausmauer, verschwand wieder im Haus, blieb diesmal etwas länger, brachte schließlich einen Krug Wein, stellte ihn neben das Brot, nickte Milan auffordernd zu, setzte sich auf seinen Stuhl, nahm die Gitarre auf, zupfte an den Saiten und sagte noch immer kein Wort.

Milan setzte sich auf die Bank und begann zu essen.

Er gab sich Mühe, es nicht allzu gierig zu tun. Das Brot war alt, schon recht trocken, schmeckte leicht säuerlich – Milan war es, als hätte er nie ein besseres Brot gegessen. Dazu schnitt er mit seinem Klappmesser kleine Stücke Speck ab, kaute ausgiebig, dann etwas Käse, wieder Speck. Von Zeit zu Zeit spülte er die Bissen mit einem kräftigen Schluck Wein hinunter. Der Wein war herb, schmeckte säuerlich und trank sich so leicht wie Wasser. Milan merkte schon bald, daß er ihm zu Kopfe stieg, aber das machte ihm nichts aus – es war angenehm. Er aß und trank, der Alte zupfte auf seiner Gitarre und nickte ihm immer, wenn Milan ihn ansah, auffordernd zu, wie um ihm zu sagen: Recht so. Iß und trink, so viel du willst. Als ihm Milan zwischendurch den Krug reichte, trank auch er. Dabei hüpfte sein Adamsapfel unter der runzeligen Haut wie ein Tierchen auf und ab. Danach trank wieder Milan, wieder der Alte – und es dauerte nicht lange, bis der Krug leer war, der Alte damit im Haus verschwand und mit einem frisch aufgefüllten wiederkam.

»Wer war das?« fragte Milan, nachdem er getrunken hatte mit schwerer Zunge. Dabei machte er mit dem Messer eine weit ausholende Gebärde über den Dorfplatz.

Der Alte antwortete nicht.

»Ich meine – wer hat das angerichtet?«

Der Alte sagte noch immer nichts. Er schlug zwei, drei laut tönende Akkorde, hob das Gesicht gen Himmel, spielte weiter.

»Sie sprechen nicht mit mir, Señor, na gut! Verzeihen Sie mir, es macht nichts«, sagte Milan, den alten Mann anstarrend, der sich plötzlich verdoppelte. Er reichte den zwei Alten zwei Weinkrüge und wartete in dieser Haltung so lange, bis es die Alten merkten, die Krüge entgegennahmen, tranken, sie zurückgaben und wieder zu spielen begannen. Auch Milan trank, schaute dabei über den Rand des Kruges die alten Männer an, gab sich Mühe, sie zusammenzufügen, was ihm auch gelang, doch nicht für lange. Sie verdoppelten sich aufs neue, und was sie spielten, hatte Milan schon gehört. Er kannte es. Er kannte es seit weiß Gott wie lange schon. Eigentlich schon immer. Flamenco. Es klang wild und traurig, jauchzend und klagend – es klang genau so wie damals im Steinbruch an der Extremadura-Front. Milan hörte zu, und er sah sie wieder, die Tänzer und die Tänzerin, die Tänzerin in ihrem farbenprächtigen, oben eng anliegenden und von der Hüfte weit ausschwingenden Kleid, mit den verschleierten und schwarz aufblitzenden Augen, den straff gescheitelten, wie mit Lack überzogenen Haaren, er sah die fließend anmutigen Bewegungen ihrer Arme, der Hände, hörte das harte Stakkato der wirbelnden Füße auf dem Bretterboden der improvisierten Bühne, und er stellte den Weinkrug auf die Bank, stand auf, stampfte auf den Boden, hob die Arme über den Kopf, so wie er es damals gesehen hatte, begann zu tanzen.

»Olé, soldado, olé!« rief der alte Mann.

»Olé!« rief Milan.

So spielte der alte Mann auf seiner Gitarre, sang dazu mit hoher, kehliger Stimme. Milan tanzte mit schnellen, kleine Staubwolken aufwirbelnden, auf den Boden stampfenden Füßen, tanzte sich außer Atem, tanzte und tanzte, bis er unwillkürlich einen Blick an dem Alten vorbei durch die Haustür in den Flur warf, wo die tote Frau zwischen den flackernden Kerzen lag und ihm die von seinem Tanz bewegte Luft ihren Gestank zutrug. Ihm wurde übel. Er taumelte zu der Bank, setzte sich, starrte den zerstörten Kirchturm an, bis dieser zu kreisen aufhörte und sich, wiederum verdoppelnd, beruhigte.

Der alte Mann ging ins Haus und kam wieder mit einem Kanten Brot, einem Stück Speck, Käse und Zeitungspapier. Er wickelte Brot, Speck und Käse in das Zeitungspapier und legte das Paket auf Milans Knie.

»Für mich? Danke, Señor«, sagte Milan und schaute den Alten nicht an, als er das Paket in seinem Brotbeutel verstaute. Er wollte nicht, daß er die Tränen in seinen Augen sah. Was er jetzt bekommen hatte, würde für drei oder vier Tage reichen – lange genug, um die portugiesische Grenze zu erreichen. Und dann über die Grenze und weiter, weiter, ans Meer und in einen Hafen…

Er hatte es plötzlich eilig weiterzukommen. Doch der alte Mann vertrat ihm den Weg, hielt ihm den noch fast vollen Weinkrug hin und sprach – und das waren die einzigen Worte, die er an Milan richtete:

»Nimm den Wein mit, soldado. Trink unterwegs. Und geh mit Gott!«

Dann setzte er sich wieder, nahm die Gitarre, hob das Gesicht, schloß die Augen, begann an den Saiten zu zupfen, schlug einen Akkord, und alles war genau so wie vorhin, als Milan gekommen war. Nun ging er. Doch hielt er nach wenigen Schritten an, drehte sich noch einmal um, hob den Krug und rief:

»Danke, Vater! Ich werde immer an dich denken!«

Ein letzter Schluck, ein letzter Blick auf den selbstvergessen spielenden alten Mann und dessen tote Frau im Kerzenschein dahinter (bestimmt war es seine Frau, wozu sonst die Bahre, die Kerzen?), dann ging Milan endgültig. Es war ihm gelungen, der Übelkeit Herr zu werden, den Brechreiz von vorhin zu unterdrücken, das kostbare Essen bei sich zu behalten. Er gab sich Mühe, geradeaus zu gehen, nicht zu schwanken, die sich immerfort verdoppelnde Straße zusammenzufügen. Es gelang ihm nicht ganz. Er schlug die Richtung ein, die er für die westliche hielt, der Dorfplatz und die Gitarrenklänge blieben zurück, und vor ihm lag Portugal.

Alle Vorsicht außer acht lassend hielt sich Milan mitten auf der Straße. Er war satt, zufrieden und so guter Dinge, daß ihm nach Singen zumute war. Olé! Ab und an blieb er stehen und nahm einen Schluck Wein aus dem Krug. Irgendwo draußen in der Macchia würde er ein sicheres Versteck suchen, den Krug leer trinken und den Rausch ausschlafen! Den ganzen Tag schlafen, bis in die Nacht hinein. Und dann – weiter! Wie weit war es nach Portugal? Und wie weit war es von dort nach Vaters Land?

So in seine Gedanken vertieft, überhörte Milan eine Stimme, die zwar nicht laut, jedoch eigentlich unüberhörbar, weil schneidend scharf rief:

»He, du!«

Erst als sie es zum zweitenmal, diesmal lauter und noch schärfer tat, blieb Milan stehen, nahm einen Schluck aus seinem Krug und sah sich, noch nichts Böses ahnend, nach der Stimme oder dem Rufer um.

Etwas zurückgesetzt, im Schatten von Pflaumenbäumen, standen neben der Straße drei oder vier olivbraune Geländewagen. Ihre Besatzungen, Soldaten in fremdartig anmutenden, gleichfalls olivbraunen Uniformen, standen und saßen daneben, einige lagen im Schatten unter den Bäumen, und sie alle schauten Milan neugierig und, fast schien es so, belustigt an. Eigentlich ein friedliches Bild, von dem nichts Drohendes auszugehen schien.

Der Soldat, der gerufen hatte, sprang vom Vordersitz des Geländewagens, trat einen Schritt näher und sagte:

»Komm her!«

Er hatte ein rundes, von der Sonne rot verbranntes Gesicht, trug zwei goldene Streifen auf der Mütze und auf der linken Seite des Uniformrockes, und er sprach deutsch.

Nun dämmerte es Milan langsam. Die Bilder dieser Uniformen hatte man beim politischen Unterricht der Kompanie durch die Reihen gehen lassen. Legion Condor. Zwei Streifen auf der Mütze und dem Waffenrock bedeuteten Unteroffizier. Korporal. Der rotgesichtige Mann, der da einen halben Kopf kleiner als Milan vor seinem Geländewagen stand und ihn mit zusammengekniffenen Augen musterte, war ein Unteroffizier der Legion Condor.

Milan trat näher. Er bemühte sich, die doppelt vor ihm stehenden Unteroffiziere zusammenzufügen, lächelte dabei hilflos, hielt dem nun einzeln vor ihm stehenden Unteroffizier den Krug einladend entgegen und sagte, vielmehr, es sagte sich von selbst:

»Guten Tag. Auch einen Schluck?«

Eine hilflose, überaus anrührende Gebärde, die, wie erwartet, nicht an die richtige Adresse kam. Der Unteroffizier schlug ihm mit einer blitzschnellen Bewegung den Krug aus der Hand. Wein verspritzend, beschrieb der einen hohen Bogen durch die Luft und zerschellte auf der Straße. Unter den Scherben breitete sich eine dunkelrote Pfütze aus, versickerte im Straßenstaub.

»Du findest das wohl witzig, was?« fragte der Unteroffizier.

»Nein, nein, ich wollte nur…«

»Der spricht ja deutsch«, sagte ein Soldat von hinten.

»Er spricht deutsch und trägt Klamotten wie die Brüder von der anderen Seite«, sprach der Unteroffizier. »Antworte, bist du ein Kommunistenschwein von drüben, oder täusche ich mich?«

»Kommt direkt von Stalin, sternhagelvoll besoffen.« Der Soldat von hinten lachte.

»Ein deutsches Kommunistenschwein von drüben«, sagte der Unteroffizier. »Solche haben wir besonders gern. Wir lieben sie. Welche Brigade? Thälmann? Oder Bataillon Tschapaiew? Na, wird's bald?«

Milan sagte noch immer nichts.

»Er will nicht, schau an, er will nicht«, sprach der Unteroffizier über die Schulter zu den anderen, wobei er weiter Milan ansah. Dann schlug er genauso überraschend und blitzartig schnell wie vorhin nach dem Krug mit dem Handrücken in Milans Gesicht.

Vor Milans Augen schien die Sonne zu explodieren, seine Beine gaben nach, er taumelte, stolperte, sank zu Boden, ohne etwas dagegen tun zu können. Auf der Straße kniend fuhr er sich mit der Hand über das Gesicht, wie um den Schmerz fortzuwischen, der sich darin festsetzte. Durch farbige Nebelschleier, die seinen Blick trübten, sah er nach und nach die Beine des Unteroffiziers in olivbraunen Hosenbeinen und braunen Schaftstiefeln klarer werden. Die Hosen hatten scharfe Bügelfalten, und die Stiefel waren nur am Schuh etwas staubig, sonst aber so blank gewienert, daß sich die Sonne darin spiegelte. Jetzt trat ein zweites Paar Beine hinzu, auch sie in blank geputzten Schaftstiefeln und Bügelfalten.

»Wo kommst du her?« fragte eine neue Stimme, die offenbar zu dem zweiten Beinpaar gehörte. »Bist du denen drüben verlorengegangen? Welche Brigade? Los, los, antworte schon!«

Milan schaute seine Handfläche an. Sie war blutig. Dann hob er den Blick zu dem Mann neben dem Unteroffizier. Er war größer, trug eine Maschinenpistole und hatte an der Mütze und dem Waffenrock drei goldene Streifen. Ein Feldwebel.

»Ist doch egal. An die Wand stellen und erschießen, das Kommunistenschwein«, sagte der Unteroffizier.

»Das sowieso«, sagte der Feldwebel.

»Aber erst nüchtern werden lassen, daß er's auch merkt«, sprach einer aus der Gruppe, lachte, und auch ein paar andere fielen in das Lachen ein.

»Also, welche Brigade?« fragte der Feldwebel.

Und der Unteroffizier: »Soll ich ihn zum Reden bringen?«

»'S ist auch egal«, sagte der Feldwebel.

»Dann können wir ihn auch gleich an die Wand stellen und Schluß.« Der Unteroffizier hob das rechte Knie und den Fuß etwas, als wollte er Milan ins Gesicht treten.

»Ich melde mich freiwillig zum Kommando«, sagte wieder einer der Soldaten.

»Fünf Mann – Freiwillige vortreten!« rief ein anderer.

Nun sah Milan alles um sich überdeutlich scharf. Die zwei Beinpaare in blanken Schaftstiefeln und Bügelfalten in den Hosen, zu denen jetzt noch andere hinzutraten, bis um ihn herum nur Beine zu sehen waren, und als er den Blick hob, Waffenröcke, Koppelschlösser, Bajonette, Feldspaten (mit einem solchen Spaten hatte er sich, von der Bombe verschüttet, aus dem Keller herausgebuddelt), Gesichter unter Feldmützen, Augen, die ihn anstarrten, überdeutlich, überscharf – die Geländewagen, die flimmernden Lichtreflexe darauf und auch auf den Gesichtern und der schwarz angesengten Hauswand, wohin der Unteroffizier mit dem Daumen wies.

»Das erledigen wir gleich hier, an Ort und Stelle«, sprach er. »Steh auf, Kommunistenschwein, los, steh auf!« Und über die Schulter zu den anderen: »Freiwillige für das Erschießungskommando vortreten!«

Zwei oder drei Soldaten traten vor.

Der Feldwebel sagte: »Nein – wir werden ihn den Moros übergeben – das Erschießen ist nicht unser Bier. Die Moros, die können dann mit ihm machen, was sie wollen.«

»Verflucht, steh endlich auf, Kommunistenschwein!« schrie der Unteroffizier zornig, sein Stiefel schoß nun tatsächlich vor und traf Milan mit einer solchen Wucht, daß er hintenüber geschleudert wurde und ihm der Schmerz die Luft abschnürte.

## 28. Kapitel

Oberstleutnant Friedrich von Prettwitz – nach wie vor in Zivil – war auf dem Weg ins Hinterland; wenn nichts dazwischenkam, wollte er schon am nächsten oder übernächsten Tag die Heimreise antreten. Die Schlacht von Brunete war geschlagen worden (Brunete, die kleine Stadt, nach der die Schlacht benannt worden war, hatten sie zunächst eingenommen und dann wieder verloren). Sie hatte den Republikanern nur geringe Geländegewinne gebracht, sie 25 000 und die Nationalisten 10 000 Tote und Verwundete gekostet, wurde von *beiden* Seiten als siegreich geschlagen erklärt und entsprechend bejubelt. An der Front vor Madrid war wieder der Alltag eingekehrt, und Friedrich von Prettwitz konnte seine Mission als beendet betrachten.

Erfolgreich beendet.

Sein Ziel hatte er erreicht. Der »Ausflug« nach Spanien war mehr als nur befriedigend verlaufen. Der Oberstleutnant hatte seine eigenen militärtaktischen Überlegungen und die einiger Gleichgesinnter im deutschen Generalstab bestätigt gefunden und neue Erkenntnisse gewonnen. Nun galt es, sie durchzusetzen und in künftigen Konzepten und Planungen zu berücksichtigen und zu vervollständigen, wobei die Erfahrungen der Legion Condor-Bodentruppen und der Luftwaffe, die bei Francos Gegenoffensive mitgewirkt hatten, eine zentrale Rolle spielten.

Der gerade erst reaktivierte Oberstleutnant von Prettwitz wünschte weiß Gott keinen neuen Krieg herbei. Doch wenn … Wenn es dazu kam, durfte es keine Neuauflage der ungeheuren Tragödie von 1914/18 geben. Durfte sich auf keinen Fall wiederholen, was diesen vergangenen Krieg zu einer Schlachtbank gemacht hatte, mit zehn Millionen Toten und zwanzig Millionen Verwundeten. Keine Stunden, Tage, ja Wochen andauernden Artillerietrommelfeuer mehr, keine Sturmläufe der Infanterie, die sich nach wenigen Metern in den feindlichen Stacheldrähten und Grabensystemen verfingen, nie mehr Verdun, Somme, Flandern, Isonzo-Front, kein Grabenkrieg im Osten. Solch phantasielose, unerhört stupide Kriegsführung gehörte für immer der Vergangenheit an.

Sonst nur angenehm wärmende Sonnenstrahlen entwickeln eine zerstörerische Kraft, wenn sie, durch ein Brennglas gebündelt, auf einen bestimmten Punkt gerichtet werden. In eine neue Taktik der Kriegsführung übertragen, hieß das: Die gewaltige Kraft einer modern ausgerüsteten Armee wird nicht auf breiter Front verzettelt, sondern auf einen bestimmten Punkt ausgerichtet und dort massiv zum Einsatz gebracht. In die feindliche Abwehrfront wird gleichsam ein Loch gebrannt, durch das ungehindert eigene Kräfte strömen können. Selbständig operierende Panzereinheiten und motorisierte Artillerie durchbrechen, unterstützt von zielgenauen Bombenabwürfen der Luftwaffe, die feindliche Front. Panzer stoßen weit ins feindliche Hinterland, motorisierte Infanterie folgt, sichert die Durchbruchstelle und Flanken. Dies gleichzeitig durchgeführt an einer anderen Stelle der Front, treffen sich die beiden Spitzen, kesseln die feindlichen Armeen ein, zwingen sie zur Aufgabe. So könnte ein Krieg in wenigen Wochen, vielleicht auch nur Tagen beendet werden, trotz des massiven Einsatzes an modernster Waffentechnik und entsprechender Feuerkraft, doch mit einem Minimum an Verlusten! Jedenfalls einem Minimum, verglichen mit dem Massensterben auf den Schlachtfeldern des Krieges 1914/18, aber auch des Krieges hier in Spanien, wenn, oft genug, ein als strategisch wichtig deklariertes, doch in Wahrheit völlig bedeutungsloses Dorf, ein Hügel, ein Häuserblock tage- und wochenlang erbittert umkämpft wird.

Natürlich sagte sich Oberstleutnant von Prettwitz, daß auch die besten Konzepte zahllose ungeahnte und nicht vorhersehbare Schwierigkeiten bargen; der Weg zum Erfolg war mit Hindernissen jeder Art gepflastert. Die schönsten, bis ins Detail ausgearbeiteten Planungen konnten wegen Kleinigkeiten in Chaos und Niederlage enden. Doch die hier beobachteten Anfänge, in der Ausführung allzuoft mangelhaft, doch im Ansatz richtig, konnte man weiterdenken, ausbauen, auf kräftige Beine stellen, wachsen lassen, entwickeln ... Die Sturzkampfbomber Ju 87 zum Beispiel ... Eine Waffe mit verheerender, auch demoralisierender Wirkung, nicht nur wegen der Treffsicherheit der abgeworfenen Bomben. Das fürchterliche, durch

Mark und Bein gehende Geheul, mit dem sie sich auf ihre Ziele stürzen! Dann die zielgenau schießende, im Bodenkampf eingesetzte Fliegerabwehrkanone 8,8cm, die fast so schnell wie ein Maschinengewehr feuernde Vierlings-Flak, die motorisierte Artillerie ... Wenn die neuen Panzer II und III, und erst recht Panzer IV, den russischen ebenbürtig oder sogar überlegen sein würden ... Falls es weiterhin gelingen sollte, der Infanterie eine genügende Zahl von – möglicherweise gepanzerten – Mannschaftswagen zur Verfügung zu stellen, um sie schnellstmöglich dort einzusetzen, wo sie am nötigsten gebraucht wurden, um wiederum jede feindliche Aktivität möglichst sofort zu unterbinden, im Keime zu ersticken, den Funken ersticken, bevor er zur Flamme wird ...

Der Oberstleutnant schüttelte den Kopf, gähnte, streckte sich. Die Gedanken liefen ihm davon, er wäre beinahe eingenickt.

»Sagen Sie, Weber – kann es einen humanen Krieg geben, was meinen Sie?« fragte er nach vorne, wo neben dem Fahrer sein Begleiter, Oberleutnant Johannes Weber, saß.

»Einen humanen Krieg, Herr Oberstleutnant?« Weber schaute etwas irritiert von seiner Karte auf, die er schon eine geraume Weile studiert hatte. »Ist das nicht ein Widerspruch in sich? Oder meinen Sie einen human geführten Krieg?«

»Nein, nein, einen humanen Krieg. Einen Krieg, der, wenn er schon unbedingt stattfinden muß, in einer möglichst kurzen Zeit mit möglichst wenig Verlusten möglichst viel erreicht und dann sogleich beendet wird.«

»Wollte man das nicht schon immer? Clausewitz ...«

»Aber ja, aber ja, der gute alte Clausewitz.« Friedrich von Prettwitz, nun wieder ganz wach, lächelte amüsiert. Der junge Oberleutnant, den man ihm schon in Burgos zugeteilt und der ihn als eine Art Adjutant begleitet hatte, gefiel ihm, er mochte ihn gern. Ein Junge, der nicht nur verbissen an seine Karriere dachte, die Welt nicht nur mit militärischen Scheuklappen sah, ein bißchen leichtsinnig, abenteuerlustig, intelligent, Sinn für Humor ... Keine schlechte Mischung.

»Sie haben recht – es ist etwas verwegen, die Begriffe Krieg und human oder Humanität in einem Atemzug zu nennen. Aber sagen Sie – haben wir uns verfahren?«

»Ich fürchte ja, Herr Oberstleutnant.«

»Ich dachte, Sie kennen die Gegend.«

»Das dachte ich auch. Aber diese Berge und Täler ... Sie sehen alle gleich aus. Vielleicht sind wir auch richtig. Die Karten, die man uns zur Verfügung gestellt hat, sind – sagen wir – nicht sehr genau.«
»Solange es nach Westen oder Nordwesten geht, stimmt die Richtung. Immer der Sonne, dem Mond, den Sternen und der Nase nach.« Oberstleutnant von Prettwitz schaute versonnen durch das Wagenfenster. Dieses bucklige, mit schütteren Wäldchen und Macchia bewachsene Bergland, das langsam vorbeizog ... »Ein altes Land«, sagte er. »Wovon leben die Leute hier? Es muß nicht einfach sein. Erinnert mich ... An was erinnert es mich? Südserbien? Aber dort war es damals Winter.«
»Sie waren in Serbien, Herr Oberstleutnant?«
»1916, unter Mackensen.«
»Die Reiterei ... Daher die Sonne, der Mond, die Sterne und immer der Nase nach.« Der Oberleutnant lachte.
»Und wir kamen immer an. Na gut. Ich hoffe nur, daß wir diesmal mit dem Auto nicht bei den Freunden in Madrid, sondern doch in Villalba und weiter in Burgos landen.«
»Garantiert«, sagte der Oberleutnant.

Immer wieder aufgehalten und behindert durch Nachschubkolonnen, waren sie auf der Hauptstraße in Richtung Villalba nur langsam vorangekommen. Auf einer von einem umgestürzten Lastwagen blockierten Kreuzung hatte schließlich der Oberstleutnant nach einem Blick auf Webers Karte und wie einer plötzlichen Eingebung folgend entschieden, die Hauptstraße zu verlassen und links abzubiegen.
»Wir fahren quer über das Land. Vielleicht ist es ein paar Kilometer weiter, aber wir kommen wenigstens schneller voran.«
Die Straßen, manchmal nur holprige Schotterpisten, denen sie nun folgten, waren schmal, führten in zahllosen Kurven und Windungen durch das gebirgige Land der östlichen Sierra de Gredos. Hin und wieder begegnete ihnen ein Pferde- oder Ochsengespann, ein unter hoch aufgetürmter Last dahintrippelnder Esel, begleitet von deren bedächtig schreitenden Herren, die zur Seite traten und warteten, bis ihr eine lange Staubfahne nachziehendes Auto vorbeifuhr.
Nach einem kurzen, steilen Stück senkte sich die Straße und führte in weiten Windungen abwärts in einen Talkessel.

»Die Karte stimmt doch, Herr Oberstleutnant!« rief Weber nach hinten. »Sehen Sie dort unten hinter den Korkeichen das Dorf? Es ist hier eingezeichnet.«

Das Dorf lag weitab von der Front, aber es war trotzdem verwüstet, zerstört und niedergebrannt worden. Ein Bombenangriff? Dafür gab es keine Anzeichen. Wer war es dann? Anarchisten? Marodierende Banditen? Roquetes oder Falangisten? Vielleicht aber auch Moros oder eine andere Einheit der Franco-Armee, die hier ein Partisanennest ausgehoben hatte, meinte Oberleutnant Weber, als sie durch das zerstörte Dorf fuhren. Vorbei an ausgebrannten, teilweise zerschossenen oder gesprengten Häusern, umherliegenden Trümmern, einigen auf der Straße liegenden, stark aufgedunsenen Leichen ausweichend, bis sie auf den Dorfplatz mit der zerstörten Kirche links und einem überdachten Brunnen in der Mitte einbogen.
»Dort ist jemand!« Der Oberleutnant zeigte auf einen alten, weißhaarigen Mann, der mit einer Gitarre auf den Knien vor einem Hauseingang saß. »Soll ich ihn fragen, wer …« Der Oberleutnant sah plötzlich sehr blaß und hohlwangig aus.
»Wir fahren weiter«, sagte Oberstleutnant von Prettwitz.
Die Häuser wichen jetzt von der Straße zurück. Im Schatten eines Obstgartens hatte man Militärwagen abgestellt. Etwas abseits stand eine Gruppe Soldaten um etwas oder jemanden in ihrer Mitte.
»Das sind unsere, die Legion«, sagte der Oberleutnant erleichtert.
»Wir sind doch richtig gefahren.«
Der Oberstleutnant beugte sich vor, tippte dem Fahrer auf die Schulter. »Halten Sie an. Weber, gehen Sie hin, erkundigen Sie sich, wo wir genau sind. Dieser Karte traue ich doch nicht ganz.«
Der Wagen hielt an. Oberleutnant Weber stieg aus, dehnte und streckte die Glieder, setzte die Mütze gerade auf, zupfte den Uniformrock zurecht, ging zu den Soldaten unter den Zwetschgenbäumen. Sie fuhren herum, grüßten, einer von ihnen trat vor, machte Meldung. Ein Feldwebel, soweit man das aus dieser Entfernung erkennen konnte. Oberleutnant Weber fragte etwas, der Feldwebel antwortete. Dann trat der Oberleutnant vor, in die Mitte der Gruppe. Dort wurde ein Mann hochgerissen, und man mußte ihn offenbar stützen, damit er stehen konnte.
Oberstleutnant von Prettwitz lehnte den Kopf zurück und schloß

die Augen. Er wehrte sich gegen den Gedanken, der ihm einflüsterte, dorthin zu gehen und nachzusehen, worum es ging und wer dieser Mann war. Er wollte nicht. Er hatte viel zu oft seiner verfluchten Neugier nachgegeben, um dann zu sehen und zu erleben, was er besser nicht gesehen und erlebt hätte. Diesmal nicht! Das, was in diesem Land vorging, war schlimm genug. Ob man wollte oder nicht, wurde man Augenzeuge von Ereignissen, die einen zweifeln ließen, daß man sich im Europa des 20. Jahrhunderts befand und nicht irgendwo unter ... Unter Barbaren? Wo gab es denn Barbaren, die so miteinander umgingen, wie zur Zeit dieses alte, zivilisierte Kulturvolk der Spanier? Nein, nein, nicht nur die Spanier, sagte sich der Oberstleutnant unglücklich. Was geschieht in Deutschland? Was, um Himmels willen, geschieht zu Hause in Deutschland?

Er riß die Augen auf, verscheuchte mit aller Macht die sich ihm aufdrängenden, ihn wieder einmal überfallenden Gedanken. Er wollte es nicht wissen. Es war nicht seine Aufgabe, daran zu denken. Die Hitze, diese verdammte Hitze! Hoffentlich kam Weber bald wieder, damit sie weiterführen. Die Hitze war nur durch den kühlenden Fahrtwind zu ertragen. Ob der Mann drüben ein Gefangener war? Ein Guerilla oder Partisan?

Jetzt löste sich Oberleutnant Weber aus der Gruppe, kam eilig zurück zum Wagen, dreht sich auf halbem Weg noch einmal um und rief:

»Vollzug ist zu melden, Feldwebel!«

»Jawohl, Herr Oberleutnant, Vollzug melden«, rief der Feldwebel mit der Hand am Mützenrand grüßend zurück.

Der Oberleutnant setzte sich in den Wagen und schlug die Tür zu.

»Fahren Sie. Wir sind schon richtig.«

Der Fahrer startete den Motor, fuhr los.

»Dieses arme Schwein«, sagte Weber.

»Berichten Sie«, forderte ihn der Oberstleutnant auf.

Der Oberleutnant drehte sich zu ihm um, sein Gesicht war gerötet, seine Augen funkelten zornig. »Sie haben einen jungen Burschen aufgegriffen. Einen von drüben. Unbewaffnet, dazu noch ziemlich betrunken. Er lief ihnen direkt in die Arme. Und dann ... Tja.« Weber drehte sich wieder um, schaute durch die Windschutzscheibe nach vorn.

»Und dann?«

»Rabauken. Es gibt eine Menge Rabauken unter unseren Leuten, Herr Oberstleutnant«, sagte der Fahrer.

Der Oberleutnant: »Und auch welche, die meinen, politische Rechnungen von früher ausgerechnet hier in Spanien begleichen zu müssen. Oder die ihre niedrigsten Scheißinstinkte ausleben ... Verzeihen Sie, bitte. Jedenfalls haben sie den Jungen zusammengeschlagen und wollten ihn den Moros übergeben. Der Bursche ... Keine zwanzig Jahre alt.«

»Den Moros? Was heißt das?«

»Das wäre – es wäre ein verflucht grausames Ende, Herr Oberstleutnant. Ich habe Berichte gelesen, ein paar Fotos gesehen ...«

»Gute Soldaten, diese Afrikaner, aber ich möchte ihnen nicht in die Hände fallen«, mischte sich der Fahrer wieder ein, der sich bisher streng an die Regel gehalten hatte, daß ein Mannschaftsdienstgrad zu schweigen hat, wenn sich Vorgesetzte unterhalten, und nur dann redet, wenn er gefragt wird.

»Und weiter?« fragte Oberstleutnant von Prettwitz ungeduldig.

»Ich habe befohlen, daß man den Jungen in die nächst größere Stadt bringt und dort der Ortskommandantur übergibt. Der Vollzug ist der vorgesetzten Dienststelle zu melden.«

»Alles wie vorgeschrieben.«

»Jawohl, Herr Oberstleutnant, wie vorgeschrieben.«

»Jetzt sind wir wieder da, wo wir schon einmal waren«, sprach der Oberstleutnant mehr zu sich als zu dem jungen Offizier, der ihn mit großen, unglücklichen Augen ansah. »Humane Kriegsführung ... Glauben Sie denn, Weber, daß der Gefangene dort, wo man ihn hinbringt, human behandelt wird?«

Der Gefangene, um den es hier ging, war – wir wissen es alle – niemand anderer als Milan. Vater und Sohn waren nur ein paar Dutzend Meter voneinander entfernt gewesen; daß es sich tatsächlich um Vater und Sohn handelte, wäre leicht festzustellen gewesen, wenn man sie nebeneinander stehen gesehen hätte; ihre Ähnlichkeit war unverkennbar.

Was für ein Zufall!

Der eine kam aus Rumänien, der andere aus Deutschland, sie trafen – oder verfehlten sich um ein Haar – ausgerechnet in Spanien! Mit seiner Entscheidung, den Wagen anzuhalten und Oberleutnant Weber zu den Soldaten der Legion Condor zu schicken, um sie nach dem Weg zu befragen, hatte Oberstleutnant von Prettwitz seinen unbekannten Sohn (er wußte nicht einmal, daß er einen Sohn hatte!) vor einem fast sicheren, qualvollen Tod in den Händen der Kolonialsoldaten bewahrt.

Wirklich ein Zufall?

Darüber, was ein Zufall ist und ob es ihn tatsächlich gibt, ist seit urdenklichen Zeiten gerätselt worden. Die Menschen sahen sich außerstande, die Ursachen ihrer eigenen Existenz, des Seins, der Dinge und Geschehnisse zu ergründen. So entstand der Glaube an das unabwendbare Schicksal und die göttlichen Mächte, die in das irdische Geschehen eingreifen und es nach ihrem unerforschlichen Willen lenken. Demnach hätten auch in unserem Fall Götter und Schicksalsfeen unbemerkt eingegriffen und Milans Vater gerade zum richtigen Zeitpunkt an den richtigen Ort geführt.

Seitdem sich die Menschheit aufgeklärt glaubt, gibt man sich mit derlei Ansichten über den *blind waltenden Zufall* und die *dunklen Schicksalsmächte* nicht mehr zufrieden. Zahllos sind die Aufsätze und Bücher, die darüber verfaßt wurden, mit philosophischen, mathematischen, naturwissenschaftlichen, theologischen, kulturhistorischen und sonstigen Deutungen, Lehrsätzen, Theorien, Gegentheorien, Beweisen, Gegenbeweisen. Das alles hilft uns also nicht weiter, wenn wir über die Ursachen und Hintergründe, Zufall oder kein Zufall, der oben beschriebenen Ereignisse nachdenken. So lange wir keine Gewißheit haben, könnten wir uns der Ansicht Albert Einsteins anschließen, der sagte, es gäbe keinen Zufall. »Gott würfelt nicht.« Oder der eines anderen großen und weisen Mannes, Albert Schweitzer, der das gleiche mit seinem Ausspruch meinte, Zufall sei »der Name des lieben Gottes, wenn er inkognito bleiben möchte«.

So sind wir also doch wieder bei den zwei Sklaven der klassischen Philosophie angekommen, die sich *zufällig* am Brunnen treffen, ohne zu wissen, daß sie von ihren Herren zur gleichen Zeit dorthin geschickt wurden. Oder bei Marussja, für die es keine Frage war, daß Milans Schicksal von Göttern und Schicksalsfeen bestimmt wurde, die unbemerkt in das Geschehen eingriffen und es lenkten, wobei sie ihm selbst doch auch eine gewisse Freiheit der Entschei-

dung zubilligten. Hoffen wir also für ihn, daß sich die ihm wohlge-
sonnenen Vile Rodjenice, der Sonnengott und Gott des Herdfeuers
Svarog (jener, der nach Milans Geburt mit seinem Zeigefinger in
Form eines Sonnenstrahles dessen Stirn berührt hatte) gegen den
grimmigen Donner- und Kriegsgott Perun durchsetzen würden.
Im Augenblick sah es nicht danach aus.

## 29. KAPITEL

Im Bezirksgefängnis der nächsten Stadt, wohin Milan gebracht und wo er verhört worden war, wartete er zusammen mit Anarchisten, Republikanern und desertierten Faschisten auf die Aburteilung.

»Wenn ich was zu sagen hätte, dann würde man euch schon jetzt an die Wand stellen«, sagte der dicke Gefängniswärter, als zum Abendessen ein Kübel mit Linseneintopf und neun dünnen Scheiben Brot gebracht wurde. »Wir hätten das Essen gespart, und euch wäre die Nacht erspart geblieben. Die letzte Nacht ist immer die schlimmste. Ich möchte eine solche Nacht nicht durchmachen. Wenn schon an die Wand gestellt, dann lieber gleich.«

Er hob die Hände mit einem gedachten Gewehr an die Schulter, kniff zielend das linke Auge zu, krümmte den Zeigefinger und lachte.

»Aber nein! Unser Capitano ist einer von der alten Schule. Ein Aristokrat, der auf Tradition hält, wenn ihr wißt, was ich damit meine. Tradition ist alles. Erschossen wird immer bei Tagesanbruch, zum Beispiel. Das ist Tradition. Selbst bei Kommunisten und Anarchisten will er daran festhalten, obwohl sie keine richtigen Menschen sind, sondern nur so aussehen.«

Der Wärter lachte wieder. Er ließ seinen Blick über die Gefangenen gleiten und nickte jedem von ihnen wie einem alten Bekannten freundlich zu.

»Kannst du essen?« fragte er Milan, der mit geschwollenen und aufgeplatzten Lippen auf dem Boden unter dem vergitterten Fenster saß, das linke Auge schwarz-blau unterlaufen und fast ganz geschlossen.

»Ich hab' keinen Hunger«, antwortete Milan mühsam.

»Iß nur, mein Junge, iß nur. Du wirst Kraft brauchen auf der langen Reise«, sagte der Korporal und verließ mit seinen beiden Helfern die Zelle.

Ein gedrungener, bärtiger Mitgefangener, den man den »Schwarzen Professor« nannte, lachte dem Wärter höhnisch nach.

»Was hat er gesagt?« fragte Richard Blain, ein Engländer. Er war seit Oktober 1936 im Land, also schon bald ein Jahr, sprach aber noch immer so gut wie kein Wort Spanisch.

»Er sagte, daß wir uns satt essen sollen, bevor wir auf die lange Reise gehen«, übersetzte sein Nachbar Franz Matzek in einem wienerisch gefärbten Englisch.

»Reise? Bringen sie uns weg?« In den Augen des Engländers keimte ein Funke Hoffnung auf.

»Blödsinn«, sagte Bruno Straub, der Deutsche aus Schlesien.

»Auf die *letzte* Reise, ist doch klar«, sagte Matzek.

»Bullshit!« Der Hoffnungsfunke in Blains Augen erlosch. Er begann zu essen.

Zwischen den Linsen schwammen kleine Speckstückchen. Wohl eine letzte, Todeskandidaten gegönnte Vergünstigung. Für die meisten Gefangenen war es seit Tagen die erste Mahlzeit. Sie aßen mit Heißhunger, auch Milan, obwohl er zunächst geglaubt hatte, er würde keinen Bissen über die schmerzenden Lippen bringen, die er kaum öffnen konnte.

Neun Männer in einer kahlen Zelle des ehemaligen Bezirksgefängnisses. Sie saßen auf dem blanken Zementboden, mit dem Rücken an die Wand gelehnt, aufgereiht, einer neben dem anderen, die Beine ausgestreckt, hungrig die lauwarme Suppe löffelnd. Wahrhaftig eine bunt zusammengewürfelte, internationale Gesellschaft, wie sie dieses Bezirksgefängnis, wo man ansonsten Landstreicher, Trunkenbolde, Randalierer und kleine Diebe einsperrte, wohl noch nie gesehen hatte!

Nachdem sie gegessen hatten, wischte sich der Schwarze Professor umständlich den Mund ab, wendete sein häßliches Gesicht Milan zu, blickte ihn prüfend an und sagte:

»Es wurde wiederholt die lange Reise erwähnt, die uns bevorsteht. Auch von Traditionen wurde gesprochen. Nun denn, es gehört zu den lobenswerten Traditionen, daß man sich einander vorstellt. Die Not und das gemeinsame Schicksal macht uns zu Brüdern.«

Der Tür am nächsten saß Jesus Felipe Lafuente, etwa sechzig Jahre alt, ein Landarbeiter, wie man an seinem von harter Arbeit gebeugten Körper und von der Sonne gegerbten Gesicht unschwer erkennen konnte. Er soll in seiner Hütte Partisanen versteckt haben und ihnen auch mit Kurierdiensten behilflich gewesen sein. Dies bestritt er zwar nachdrücklich, beschwor bei allen Heiligen und selbst bei der Madonna von Guadalupe seine Unschuld, doch dürften die Beschuldigungen eher der Wahrheit entsprechen; unter Landarbeitern fanden die gegen Franco und dessen feudale Bundesgenossen kämpfenden Partisanen die bereitwilligste Unterstützung.

Der Professor stellte auch die anderen vor. »Es gehört sich so.«

Den Jungen daneben, Vincent Delgado, noch keine siebzehn, Landarbeiter auch er, hatte man als Partisanenkurier aufgegriffen. Er bestritt keinen Augenblick, daß er Guerillero war, auch habe er von Anfang an gewußt, daß man ihn dafür erschießen oder hängen würde, falls man seiner habhaft werden konnte. Leid tue ihm nur, daß er sich im Schlaf hatte übertölpeln und gefangennehmen lassen.

»Ich hatte drei Tage und Nächte nicht geschlafen. Wäre ich wach gewesen, hätten sie mich nie lebend erwischt, und drei oder vier von ihnen hätte ich garantiert mitgenommen, das dürft ihr mir glauben!«

Ob er sich mit solchen Sprüchen selbst Mut zuzusprechen und die Angst vor dem Erschießungstod am nächsten Morgen zu unterdrücken versuchte?

Der nächste in der Reihe war Franz Matzek, der Wiener. So wie er aussah, lang aufgeschossen, schmal, mit einem aristokratischen Gesicht unter den schon leicht ergrauten Haaren, melancholisch blickenden Augen und einem schmalen Bärtchen auf der Oberlippe, dazu die vornehme Selbstverständlichkeit, mit der er seine zerlumpte Kleidung trug, halb Zivil, halb Uniform, hätte er ein ehemaliger Offizier der k.u.k. österreich-ungarischen Armee sein können, durch unerforschliche Fügungen des Schicksals in diese Todeszelle der spanischen Nationalisten verschlagen. Dabei war er nur ein kleiner Sparkassenbeamter in Wien-Floridsdorf gewesen. Anfang November 1936 hatte er aus unerfindlichen, vielleicht nicht einmal ihm selbst bekannten Gründen von heute auf morgen seine Stellung aufgegeben und sich nach Spanien aufgemacht, sich als Angehöriger der XI. Internationalen Brigade vor Madrid ausgezeichnet, für Tapferkeit vor dem Feind zum Unteroffizier befördert, gefangengenommen als einziger Überlebender einer Patrouille, die hinter der Frontlinie gestellt und aufgerieben worden war.

Neben ihm saß der Engländer Richard Blain, ein dreißigjähriger Mann, rothaarig, sommersprossig, im Zivilberuf Lehrer. Er trug als einziger eine gut geschnittene, khakibraune, wenn auch von den Strapazen der vergangenen Tage sehr mitgenommene Uniform. Diese und die etwas dunkleren, von der Sonne noch nicht ausgebleichten Streifen an den Schultern und Ärmeln oberhalb der Handgelenke wiesen ihn als ehemaligen Offizier der Internationalen Brigaden aus. Nur seine nackten Füße steckten in Sandalen aus Bast mit Sohlen aus alten Autoreifen: die Beine eines Offiziers in maßgeschneiderten Breeches und die Füße eines jener Ärmsten der Armen, die sich nicht einmal ordentliche Sandalen leisten konnten.

Neben Blain saß Bruno Straß, Hafenarbeiter aus Hamburg, ehemaliger Gewerkschaftsfunktionär. Er war ein mürrischer, scharfgesichtiger Mann, seit Anfang 1933 unterwegs kreuz und quer durch Europa, in Spanien seit Oktober 1936, Funktionär in der politischen Abteilung der 3. Division, gefangengenommen, nachdem sich sein Fahrer auf dem Weg zur Front verirrt hatte und in Francos Hinterland geraten war. Der Fahrer hatte sich mit seiner Pistole gegen die Gefangennahme gewehrt und war dabei getötet worden.

Den bevorzugten Platz unter dem kleinen, eher einer vergitterten Schießscharte ähnlichen Fenster hatte man Milan, dem nächsten in der Reihe, überlassen, als er halb bewußtlos in die Zelle gestoßen worden war. Dies tat man für jeden neuen mißhandelten Gefangenen, weil er in der brütenden, stickigen Hitze, die in der Zelle herrschte, dort noch am ehesten etwas frische Luft bekam.

Der knochige Mann mit einem stillen, alterslos wirkenden Gesicht, der neben Milan saß, hieß Jonas, wie er, nach seinem Namen befragt, den Zellengenossen gesagt hatte. Nur Jonas, nichts weiter, Jonas als Vor- und Zuname; stimmt, genau wie der Prophet Jonas aus der Bibel. Mit einem grobgewebten Umhang bekleidet, wie ihn Schafhirten in den gebirgigen Gegenden Spaniens, aber auch im Apennin, auf dem Balkan, in den Karpaten und seit biblischen Zeiten in Palästina trugen, sah er tatsächlich aus, als sei er geradewegs der Bibel entstiegen. So vage wie sein Name und alles andere an diesem merkwürdigen Mann war auch die Auskunft, die er über sein Woher gegeben hatte.

»Woher ich komme? Ach, von da und dort, von überall her.«

»Und das ist alles?« hatte ihn der Schwarze Professor daraufhin gefragt.

»Das ist alles!«

Der Schwarze Professor gab sich mit dieser Auskunft zufrieden, obwohl seine Wißbegierde sonst nicht so leicht zu befriedigen war.

Nun wandte sich der Schwarze Professor an Milan:

»Nach den kläglichen Resten zu schließen, die du trägst und was einst eine Uniform war, gehörst oder gehörtest du der republikanischen Milizarmee an. Wie heißt du und woher kommst du?«

Milan sagte es, worauf der Schwarze Professor begeistert in die Hände klatschte und rief:

»Ein Rumäne und, auch wenn du es nicht sagen möchtest, Genosse aus den Internationalen Brigaden! Daß ich von diesen nicht viel halte, obwohl ich ihre Kampfkraft und ihre Verdienste im Kampf gegen den Faschismus schätze, tut nichts zur Sache. Wahrhaftig – diese Gefängniszelle symbolisiert ganz Spanien! Die Welt gibt sich hier ein Stelldichein! Geeint im gemeinsamen Kampf!« Der Schwarze Professor hustete, schlug sich keuchend und nach Luft ringend auf die Brust. »Im gemeinsamen Kampf und, wenn es denn sein muß, im gemeinsamen Tod.«

»Sprechen Sie nicht davon!« knurrte Bruno Straß.

Doch der Schwarze Professor beachtete ihn nicht.

»Nachdem wir nun wissen, wer unser neuer Gefährte ist, sollst auch du erfahren, wer ich bin. Ich bin Arturo Fernandez Gaya, werde in ganz Spanien Schwarzer Professor genannt und bin unter diesem Namen über Spanien hinaus bekannt. Bestimmt wirst auch du bereits von mir gehört haben.«

»Ich weiß nicht… Doch, ich glaube schon«, stammelte Milan.

Der »Schwarzer Professor« genannte und unter diesem Namen in ganz Spanien und darüber hinaus bekannte Mann hieß Arturo Fernandez Gaya und war Doktor der Zahnmedizin. Vor dem Bürgerkrieg hatte er in der Hafengegend von Barcelona eine Zahnarztpraxis, wo er, meist unentgeltlich, die dort in bitterster Armut lebenden Menschen behandelte. Schwarz nannte man ihn wohl in Anlehnung an die offizielle Farbe der Anarchisten und Professor, weil er sich als einer der führenden Köpfe der anarchistischen Bewegung hervorgetan hatte. Von zwergenhaftem Wuchs, fettleibig, kahlköpfig, mit Hängewangen, hervortretenden Froschaugen und einem schmallippigen, spöttisch verkniffenen Mund, war er die Häßlichkeit in Person. Doch im Gespräch vergaß man das schnell. Wenn er sprach, schien er sich zu strecken, zu wachsen, in seine abstoßenden Züge trat etwas Leuchtendes. Seine leise, brüchige, stets heisere Stimme zog die Zuhörer in ihren Bann, benebelte ihre Gehirne und drang in ihre Herzen ein. Der Kraft seiner Argumente mußte sich schließlich auch der hartnäckigste Widersacher beugen.

Was für ein großer Redner hätte dieser Doktor Arturo Fernandez Gaya sein können! Doch eine chronische, von quälenden Hustenanfällen begleitete Kehlkopfentzündung erlaubte ihm kaum, seine Stimme zu erheben oder länger als fünf Minuten zu sprechen, ohne eine Ruhepause einzulegen.

Der junge, bullige Mann zu seiner Rechten, der im Gegensatz zum redseligen Schwarzen Professor nur so viel sprach, wie unbedingt nötig, sich ansonsten aber stumm wie ein Fisch gab, hieß Grigorij Schewtschuk. Nach der russischen Revolution war er, damals noch ein Kind, mit der Mutter aus der Ukraine auf verschlungenen Wegen nach Barcelona geflüchtet.

Bald nach der Ankunft in Spanien war Grigorijs Mutter an Lungentuberkulose gestorben, und er war bei dem Schwarzen Professor geblieben, dem er mit unverbrüchlicher Treue und Hingabe zugetan war und fortan als Begleiter, Diener und Leibwächter diente.

Vor einigen Tagen hatte er sich im Gefängnis gemeldet, wo man den Schwarzen Professor gefangenhielt, um dessen Schicksal freiwillig zu teilen, und sei es der Tod. Oder hatte dies noch etwas anderes zu bedeuten?

Der Schwarze Professor war mit seiner Vorstellung der Mitgefangenen gerade fertig, als es draußen im Gang laut wurde. Man hörte Türenschlagen, polternde Schritte, fluchende Männer und gleich darauf eine schrill kreischende Frauenstimme. Schlüssel rasselten im Türschloß, dann wurde die Tür aufgerissen und eine Frau so heftig in die Zelle gestoßen, daß sie auf den Zellenboden fiel. Doch sie sprang erstaunlich behende wieder auf, wandte sich der Tür zu und hob drohend die Fäuste gegen den Gefängniswärter.

»Das wirst du mir bezahlen, du Hurensohn!« schrie sie.

»Dafür schneide ich dir die Kehle durch!«

»Hauptsache, du läßt mir meinen Schwanz dran«, sagte der dicke Wärter breit grinsend, schlug die Tür zu und schloß sie ab.

Mit ihrem spitzen Gesicht und den großen vorstehenden Zähnen, die sie auch bei geschlossenem Mund zeigte, ähnelte die Frau einer Maus, im Augenblick einer sehr wütenden und zum äußersten entschlossenen Maus.

»Hat einer von euch einen Knopf und Nähzeug dabei?« fragte sie.

Diese ungewöhnliche und unerwartete Frage kam so überraschend, daß keiner der anderen darauf etwas erwidern konnte.

»Schaut nicht so blöd!« fauchte sie. »Das dicke Schwein hat mir alle Knöpfe abgerissen und jetzt... Ach, hol euch der Teufel!«

Sie sah sich nach einem freien Platz um, rümpfte beim Anblick des Eimers in der Ecke die Nase und ging in die gegenüberliegende Ecke, wo sie sich zwischen Bruno Straß und Richard Blain niederließ, die bereitwillig Platz machten.

»Die Not und das gemeinsame Schicksal macht uns zu Brüdern und Schwestern«, begann der Schwarze Professor mit denselben Worten wie vorhin. »Man will wissen, mit wem man es unter den gegebenen Umständen zu tun tat – du pflichtest mir doch bei, Bürgerin?«

»Halten Sie den Mund, Professor. Wer Sie sind, weiß ich. Wer die anderen sind, interessiert mich nicht! Und wer ich bin und woher ich komme, geht Sie einen feuchten Dreck an.«

»Ich weiß, wer du bist«, sagte daraufhin Vincent Delgado, der junge Landarbeiter. »Ich habe dich bei einer Versammlung in unserem Dorf gesehen. Das war damals, als wir das Land zugeteilt bekamen. Du hast eine Rede gehalten.«

»Und – hat dir die Rede gefallen?« fragte die Frau mit neu erwachendem Interesse und schon bedeutend freundlicher.

»Mit solchen Reden hat das Unglück angefangen«, sagte Jesus Felipe Lafuente, der ältere Bauer. »Ich war auch dort, und ich erinnere mich an deinen Namen. Du heißt Maria Antonia Romero und gesprochen hast du für die PCE.*

»Du hast es den anderen ordentlich gegeben«, sagte der Vincent Delgado mit leuchtenden Augen. »Und ich war danach auch dabei, als wir zur Finca des Oligarchen gezogen sind und ihn... Na, du

---

PCE – »Partido Comunista Español«, Kommunistische Partei Spaniens.

weißt schon.« Er machte mit der Handfläche eine bezeichnende Gebärde vor dem Hals.

»Was heißt da Unglück?« fragte die Frau. Ihre Augen funkelten den Alten zornig an.

Der Alte erwiderte: »Das Unglück! Solche Leute wie du kamen aus der Stadt, wiegelten die Leute auf dem Land auf. Ein paar von ihnen zogen zu Fincas oder sonstwohin, knüpften Oligarchen, ihre Verwalter oder Gendarmen auf, und dafür müssen jetzt alle büßen.«

»Ein *paar* von ihnen hätten das nie fertiggebracht. Es müssen schon mehrere gewesen sein. Das Volk!« sagte die Frau. »Und das Unglück war ein anderes.«

»Sie machen mich neugierig«, sagte der Schwarze Professor.

»Das Unglück war, daß zu wenige aufgeknüpft wurden. Da und dort ein Fincabesitzer, der den Tod hundertfach verdient hat, oder sein Verwalter. Da und dort ein verfluchter Gendarm, der in seinem Leben nichts anderes getan hat, als auf die Elenden einzuprügeln. Und selbst, wenn mehrere haben daran glauben müssen – es waren viel zu wenige! Das war das Unglück. Hier hat die Revolution versagt. Wir hätten *richtig* aufräumen müssen! Dann wärst du jetzt nicht hier, Alter. Alle Falangisten, Großgrundbesitzer, alle Kulaken, alle Generäle – das ganze faschistische Gesindel hätte man liquidieren müssen! Das haben wir versäumt. Und deshalb…«

Die junge Frau hatte sich in Rage geredet. Sie war aufgesprungen und stand nun mitten in der Zelle und sprach weiter, als hielte sie wieder eine ihrer feurigen Reden, von denen Vincent Delgado gesprochen hatte und für die Maria Antonia Romero, führendes Mitglied der PCE, berühmt war. Dabei vergaß sie die fehlenden Knöpfe ihrer Bluse…

»Alle, die den Generälen nicht folgen wollten, wurden ermordet. Alle Offiziere, die der Republik treu blieben, auf die sie den Eid geleistet haben, wurden erschossen! Alle Funktionäre der Gewerkschaften, Arbeiterparteien und anderer Institutionen der Republik, erschossen, gehenkt, umgebracht! Weil es in den Gefängnissen zu wenig Platz gab, machte man kurzen Prozeß mit ihnen. Der Erzbischof von Toledo rief offen zum Mord auf. General Queipo de Llano forderte seine Söldner öffentlich auf, die Frauen der Roten zu schänden. Berge von Leichen überall im Land, wohin die Faschisten kamen. Alte Männer, Frauen, Kinder. Hatte er, der tausendmal verfluchte oberste Henker, General Franco, nicht selbst gesagt, er sei bereit, wenn nötig, halb Spanien zu erschießen? Terror und Ströme von Blut in Andalusien, Extremadura, in Kastilien, überall, wo die faschistischen Mörder auftauchten. Und ihr Anarchisten wollt nur überall hinscheißen, wohin es euch gerade gefällt! Jawohl! Das ist der Unterschied zwischen euch und uns. Wir wollen ein schönes, sauberes Haus, in dem sich die große Familie des arbeitenden Volkes wohl fühlt, während ihr das Chaos verkündet!«

So ging es weiter. Milan, der anfangs aufmerksam zugehört und versucht hatte, möglichst viel von der hitzigen Rede zu verstehen, döste allmählich ein. Er hörte weiterhin die Stimmen des Schwarzen Professors und seiner politischen Gegnerin. In sich zurückgezogen, richteten sich seine Gedanken allmählich auf den zu erwartenden Tod – Erschießung im Morgengrauen.

Ein Geräusch, das nicht hierher gehörte, weckte ihn und holte ihn in die Gegenwart zurück.

Draußen fielen Schüsse. Stimmengewirr. Polternde Schritte näherten sich. Die Tür wurde aufgeschlossen. Zwei bärtige Männer blickten in die Zelle. Dann schob sich zwischen sie das hübsche Gesicht einer jungen Frau.

»Da bist du ja, Onkelchen«, rief sie, hob die Hand, in der sie eine Pistole hielt und winkte damit dem Professor, ihr zu folgen. »Komm schon, wir müssen uns beeilen.«

»Na endlich!« rief der Schwarze Professor.

Der Schwarze Professor watschelte in Richtung Tür, drehte sich noch einmal um, hustete und sprach:

»Schnell, schnell, Freunde! Wer will, kann mitkommen. Auch Sie, hochverehrte Bürgerin Maria Antonia Romero! Oder verschmähen Sie die Freiheit, wenn sie Ihnen von den verachteten Anarchisten geschenkt wird?«

Beim Überfall auf die Gefängnisstation wurden mehrere Angehörige der Guardia civil, Falangisten und drei diensttuende Gefängniswächter getötet, darunter auch der dicke Korporal. Seine Leiche lag in einer Blutlache im Vorraum. Wenn man hinaus wollte, mußte man über sie hinwegsteigen. Maria Antonia Romero versetzte ihr dabei einen heftigen Fußtritt, mit den Worten:

»Ich hätte diesem Kerl gern selbst die Kehle durchgeschnitten!«

Das anarchistische Befreiungskommando »Schwarzer Professor«, wie es sich nannte, zählte 17 Männer und 5 Frauen, eine abenteuerlich aussehende Gruppe. Bärtige Männer und halbwüchsige Burschen, die ebenso wie die Frauen teils zivil oder nur teilweise uniformiert gekleidet waren und die unterschiedlichsten Waffen, Gewehre und Pistolen der verschiedensten Fabrikate und Kaliber bei sich trugen, organisiert und erbeutet bei ihren militärischen Aktionen.

Der Überfall, die Befreiung der Gefangenen sowie der Rückzug in die Berge nordöstlich der Stadt wurde mit einer bei spanischen Anarchisten selten beobachteten Präzision durchgeführt. Sie hatten keine Verluste erlitten – nur zwei von ihnen waren leicht verwundet worden, doch nur leicht, so daß sie sich mit den anderen zurückziehen konnten. Das war der Verdienst von Kommandeur Sanchez, der seine Leute bei militärischen Aktionen mit eiserner Disziplin führte und keinen Widerspruch duldete.

Die Sonne stand bereits hoch am Himmel, als Kommandeur Sanchez in einer Schlucht der wild zerklüfteten Hänge der Sierra de Gredos Halt befahl.

Der Schwarze Professor kletterte ächzend vom Rücken des Maultieres, das man extra für ihn mitgebracht hatte, setzte sich unter einen Baum und döste sogleich ein. Kommandeur Sanchez, ein vielleicht dreißig, vielleicht aber auch schon vierzig Jahre alter Mann mit einem scharf geschnittenen, finsteren Gesicht und tiefliegenden Augen unter schweren schwarzen Augenbrauen wandte sich an die Gefangenen:

»Ihr seid frei, jeder kann gehen, wohin er will«, sagte Sanchez ohne Umschweife. »Jetzt gleich oder später, wenn wir drüben auf unserer Seite, auf republikanischem Gebiet sind. Bis dahin werden wir ungefähr vier Tage unterwegs sein – wenn nichts dazwischen kommt.« Er klopfte mit flacher Hand auf das Lederhalfter mit dem schweren Trommelrevolver, nickte den Gefangenen zu, drehte sich um, ging zum Schwarzen Professor und setzte sich neben ihn.

»Was hat er gesagt?« fragte Blain, der Engländer. Auf seinen Sandalen aus Bast und Autoreifen war er auf den steinigen Pfaden nur mühsam vorangekommen. Jetzt saß er am Wegesrand und untersuchte seine zerschundenen Füße.

Milan übersetzte ihm die kurze Ansprache von Sanchez.

Bis auf Jesus Felipe Lafuente, den alten Tagelöhner, der gleich in sein Dorf und zu seiner Familie zurück wollte, beschlossen alle übrigen, sogar die Kommunistin Maria Antonia Romero, sich zunächst den Anarchisten anzuschließen.

»Und du, was machst du?« wurde Milan von der jungen Anarchistin gefragt, die als erste in die Gefängniszelle getreten war. Nun hockte sie an einen Felsen gelehnt, aß ein Stück Brot und trank hin und wieder einen Schluck Wasser aus ihrer Feldflasche.

Milan zuckte mit den Schultern. Er wußte es tatsächlich nicht. Sollte er versuchen, westlich weiterzukommen, in der Hoffnung, irgendwann die portugiesische Grenze erreichen und überschreiten zu können? Doch hörte man, daß die Portugiesen Flüchtlinge wieder zurück nach Spanien schickten und sie dort den Falangisten auslieferten. Zurück in die Reihen der Brigade? Würde man ihn dort nicht als Deserteur behandeln und an die Wand stellen?

Sie bot Milan ein Stück von ihrem Brot an und sagte mitten in seine Überlegungen:

»Du kannst ja mitkommen, wenn du willst. Wie heißt du?«

»Milan.«

»Gut, Milan. Und ich heiße Peggy.« Sie hatte ein hübsches, sommersprossiges Gesicht, und ihre dunklen Augen unter dem verwegen schief sitzenden schwarzen Barett blinzelten in die Sonne.

»Peggy? Ist das nicht ein englischer Name? Bist du Engländerin?« fragte Milan, in dem sie die Erinnerung an Gwendolyn weckte.

»Nein, keine Engländerin, wo denkst hin«, sagte Peggy lachend.

»Also, kommst du mit?«

Milan nickte.

»Na gut. Halte dich an mich, dann passiert dir nichts«, sagte Peggy. Gleich darauf befahl Kommandant Sanchez den Aufbruch.

Nach der Rast und der kurzen Ansprache von Kommandant Sanchez, marschierte die Gruppe noch viele Stunden durch das unwegsame, meist der prallen Sonne ausgesetzte Gelände der südlichen Sierra de Gredos. Es begegneten ihnen einige Schafhirten und Landarbeiter, sie waren aber sicher, von ihnen nicht an die Franquisten verraten zu werden.

»Die sind alle auf unserer Seite«, sagte Peggy.

Während des weiteren Marsches wurde im Osten immer deutlicher das ferne Grummeln der Front vor Madrid hörbar. Man darf sich diese Front allerdings nicht als eine ununterbrochene Linie von

Schützengräben und Bunkern vorstellen, wie man sie aus dem Ersten Weltkrieg kannte. Zwischen den einzelnen Abschnitten, an denen gekämpft wurde, gab es lange Strecken, wo außer gelegentlichen Patrouillen kein Soldat zu sehen war. Hier ging das Leben fast seinen normalen Gang. Hirten hüteten ihre Herden, Bauern bestellten das Land ihrer Grundbesitzer, Hausierer und Händler zogen mit ihren Waren von Dorf zu Dorf. In den Kleinstädten herrschte das gewohnte Leben wie eh und je. Wer also von der einen Frontseite auf die andere wechseln wollte, mußte nur den Brennpunkten des Krieges ausweichen und achtgeben, daß er nicht von den Patrouillen überrascht wurde, die das Land durchstreiften.

Erst gegen Mitternacht befahl Kommandant Sanchez Halt, nachdem sie ein schnell fließendes Flüßchen durchwatet hatten. Die Leute ließen sich nieder, wo sie gerade standen, und schliefen augenblicklich ein – bis auf die eingeteilten Wachen und Peggy, die »Kleine Wespe«, wie sie von den Anarchisten genannt wurde.

Nicht nur wegen ihrer schmalen Taille hatte man Peggy den Bei- oder Kampfnamen »Kleine Wespe« gegeben. Zusätzlich zu der langläufigen Mauserpistole vom Kaliber 9 mm war sie stets mit einem Bajonett der alten russischen Armee bewaffnet, mit dem sie nicht nur im Nahkampf tödlich zustechen konnte, sondern sich auch allzu aufdringliche Bewunderer unter ihren Anarchisten-Mitkämpfern vom Leibe hielt. Sie allein wählte aus, wer sich ihr nähern und das Lager mit ihr teilen durften, und scheute sich auch nicht, dies offen zu zeigen.

Milan hatte sich unter einem Busch verkrochen und in der nächtlichen Kälte wie ein Hund zusammengerollt. Doch kaum eingeschlafen – so schien es ihm wenigstens –, wurde er geweckt. Eine Hand schüttelte ihn an der Schulter, etwas Warmes, Weiches berührte seine Wange, ein sanfter Atemzug streifte sein Ohr, und eine Stimme flüsterte:

»Hey, Milan, hörst du mich? Frierst du auch so sehr?«

»Und wie!« antwortete er mit vor Kälte zitternder Stimme, wobei ihm um das plötzlich schnell pochende Herz augenblicklich wärmer wurde. In der Dunkelheit waren die Umrisse des Kopfes, der sich über ihn beugte, kaum zu sehen, aber Milan wußte es sogleich. Die Stimme gehörte Peggy.

»Dann komm mit, zu zweit wird's uns wärmer«, sagte sie.

Sie nahm ihn an der Hand und führte ihn tiefer in die Büsche, wo sie sich in einer Mulde ein Nest gerichtet hatte.

»Komm unter die Decke, schnell, sonst holst du dir noch einen Schnupfen.« Dabei lachte sie kaum hörbar – jenes unbeschreibbare, aus der Tiefe des Bauches oder, noch tiefer, aus dem Schoß kommende Frauenlachen.

Milan ließ es sich nicht zweimal sagen. Er schlüpfte unter die einladend gelüpfte Decke und drückte sich eng an Peggy.

»Deine Hose – die ist ja ganz naß und kalt!« flüsterte sie. »Mit der wird uns nie warm.«

Also nestelte Milan an seinem Hosengürtel und zog mit Peggys Hilfe die Hose aus.

Bei dem Gedanken, die anderen der Gruppe und vor allem Peggys Kampfgenossen würden ihn hier unter ihrer Decke sehen, war ihm doch etwas unbehaglich zumute. Andererseits, sie mußte wissen, was sie tat.

»Was gehen uns die anderen an? Laß sie es sehen«, murmelte sie und schlief im nächsten Augenblick ein.

Die anderen wußten natürlich, daß Peggy, die »Kleine Wespe«, Milan unter ihre Decke geholt und sich von ihm wiederholt hatte stechen lassen. Doch keiner sagte etwas. Man sah ihn am anderen Morgen nur anders an als noch tags zuvor, aufmerksamer, als wolle man ergründen, was er für einer sei, daß er sich schon in der ersten Nacht der Gunst der »Kleinen Wespe« erfreuen durfte.

Beim ersten Tageslicht brach man wieder auf. Der Weg führte weiter bergauf und bergab durch Macchia, auf schmalen, steinigen Wegen, über Lichtungen mit dürrem wilden Gras und durch kleine Wäldchen. Von einer Hügelkuppe aus sah man in der Ferne aufsteigenden Rauch und unten im Tal eine langsam ostwärts kriechende Nachschubkolonne.

Vorn verschärfte man das Tempo, und die weit auseinandergezogene Gruppe mit den befreiten Gefangenen und den Gepäckmulis an deren Ende hatte Mühe nachzukommen. Befehle nach hinten wurden nur noch im Flüsterton weitergegeben, wiederholt hieß es, keinen Lärm zu machen.

Der Schwarze Professor wußte natürlich auch von Milans Bevorzugung durch die »Kleine Wespe«. Während einer Marschpause hatte er sich neben Milan gesetzt und meinte:

»Bald werden wir auf republikanischem Gebiet sein, und du mußt dich entscheiden, ob du mit uns zur *Nueva Esperanza*, »Neuen Hoffnung«, kommen und vielleicht bei uns bleiben willst. Überleg es dir gut – eigentlich hast du bei uns, in diesem verfluchten Spanien nichts verloren. Ein junger Mann wie du, der, wie ich nun weiß, einige Sprachen spricht, schlägt sich überall durch und findet einen Platz, wo das Leben angenehmer ist als hier. Und noch etwas will ich dir sagen: Verliere dein Herz nicht an die ›Kleine Wespe‹! Sie ist eine großartige, tapfere junge Frau mit einem großen Herzen, in dem viele Männer Platz haben – Aber natürlich mußt du selbst entscheiden.«

Das Ziel des Anarchistenkommandos war ein Seitental des Flusses Guadalope im Süden des einstigen Königreiches, in der heutigen spanischen Region Aragonien. Dort, auf einem requirierten und »ins Volkseigentum zurückgeführten« Großgrundbesitz würde sich der zentrale Stützpunkt einer Kolonne der »Federation Anarquista Iberica« befinden, erfuhr Milan unterwegs.

Zu Mittag machte man nur eine kurze Pause an einem Bachlauf. Das Rumoren der Front war nun mehr aus südlicher Richtung zu hören. Unter der Führung eines ortskundigen Bauern ging es danach hart ostwärts weiter, auf verborgenen, durch dichte Macchia führenden Pfaden und oft auch querfeldein über kahle, mit struppigem Gras und Disteln bewachsene Hügel. Obwohl die Front ganz nah war, sah man keine Soldaten.

»Wir werden republikanisches Gebiet noch vor Anbruch der Nacht erreichen«, sagte Peggy. »Dort trennen sich unsere Wege – oder nicht?«

Am späten Nachmittag stieß man auf eine südwärts führende Bahnlinie. Sicherheitshalber wurde sie in kleinen Gruppen überquert. In Deckung eines Wäldchens auf der anderen Seite beriet Kommandant Sanchez mit dem Führer, ob man den Marsch gleich fortsetzen oder lieber die Nacht abwarten wolle. Das Land war hier dichter besiedelt, es gäbe weniger Möglichkeiten, ungesehen zwischen den Dörfern hindurchzukommen, in denen es überall franquistische Kommandos gäbe. Bis jetzt habe man zwar Glück gehabt, solle es aber nicht herausfordern. Die Wahrscheinlichkeit, daß man auf der letzten Wegstrecke entdeckt würde, sei sehr groß.

Obwohl die meisten Anarchisten der Meinung waren, weiterzumarschieren und – wenn nötig – feindliche Patrouillen zu stellen und Stützpunkte einfach zu überrennen, falls man auf sie stieße, befahl Kommandant Sanchez haltzumachen. Murrend und protestierend fügten sich die Anarchisten – fast so etwas wie ein Wunder, wie der Schwarze Professor meinte.

Der Professor hüstelte, spuckte und sprach weiter: »Am Anfang, da wußte keiner, wer trinkt und wer zahlt, ein fürchterliches Durcheinander. Man kämpfte und marschierte, schlief, aß – oder auch nichts von alledem, wie es gerade kam und einem jeden gefiel. Ein schöpferisches Chaos. Es war wunderbar!«

»Hätte man den Kampf weiter auf diese anarchistische Art geführt, würden die Faschisten längst ihre Füße im Mittelmeer baden«, meinte daraufhin Maria Antonia Romero, was wiederum den Schwarzen Professor zur Bemerkung veranlaßte, daß man es den Anarchisten – Chaos hin oder her – zumindest in Katalonien, aber bekanntlich auch anderswo, ihrem Mut, ihrer Todesverachtung und ihrer unbeugsamen Freiheitsliebe zu verdanken hatte, daß der Kampf gegen die putschenden Generäle *überhaupt* aufgenommen wurde.

»Ohne unsere Art zu kämpfen, würden die Faschisten erst recht ihre Füße im Mittelmeer baden, und Sie, meine teure Maria Antonia, würden in einem winzigen Zimmer des Hotel Lux in Moskau sitzen oder in einem sibirischen Arbeitslager Steine klopfen.«

Damit begann wieder eines der Streitgespräche, die der Schwarze Professor und Maria Antonia Romero bei jeder sich bietenden Gelegenheit aufnahmen, ja selbst während des Marsches, der Schwarze Professor auf seinem Maultier sitzend und von oben auf die daneben laufende, mit wund aufgeriebenen Füßen stolpernde, tapfer die Zähne zusammenbeißende – und wenn es sie das Leben gekostet hätte –, nie aufgebende Maria Antonia Romero herabblickend.

Bei aller Gegensätzlichkeit, ja Unvereinbarkeit ihrer beiden Meinungen, Ansichten und Überzeugungen hatten gewissermaßen – beide recht. Hörte man Maria Antonia Romero zu, mußte man ihr recht geben, ebenso aber auch dem Schwarzen Professor. Im kleinen wie im großen, dachte Milan verwirrt. Sollte man deswegen *nicht* nach dem Recht des einen und dem Recht des anderen fragen, sondern nach der Wahrheit? Wie sollte man den richtigen Weg finden? Wem sollte oder durfte er glauben? Wo war die Wahrheit? Oder sollte er nicht lange danach fragen, sondern sich für die Seite entscheiden, wo er seines Lebens sicherer war? Sollte er einfach tun, wonach ihm der Sinn stand, nämlich mit Peggy weiterzuziehen und dabei möglichst oft unter ihre Decke zu schlüpfen?

Nach der von Sanchez angeordneten ausgiebigen Rast hatte man sich nach Einbruch der Dunkelheit aus dem Schutz des Wäldchens wieder auf den Marsch begeben.

Nach Mitternacht wurde wieder Halt befohlen. Im Süden wetterleuchtete die Front, im Licht des zunehmenden Mondes waren die Umrisse eines nahen Dorfes zu erkennen. Eine gewisse Unruhe verbreitete sich unter den Anarchisten, Stimmen wurden laut und plötzlich ein befreiender Hurra-Ruf, dem sich alle anderen anschlossen. Kommandant Sanchez hatte nach hinten weitergeben lassen: Wir sind drüben!

Kommandant Sanchez wiederholte seine kurze Ansprache vom Anfang ihrer Flucht: »Jeder kann gehen, wohin er will.«

»Die Stunde des Abschieds ist also gekommen, teuerste Maria Antonia Romero«, sprach der Schwarze Professor vom Rücken seines Mulis. »Und falls wir uns wieder einmal sehen sollten ...«

»Das hoffe ich nicht!«

## 30. Kapitel

An der Eisenbahnstation Alcala gelang es Kommandant Sanchez, zwei Waggons aufzutreiben und sie an den ersten Zug nach Madrid ankoppeln zu lassen. Vor Madrid koppelte man die Waggons des Kommandos ab und an einen Zug in Richtung Quenca an. Die Fahrt dorthin dauerte fast einen ganzen Tag. Weitere vier Tage brauchte man für den Fußmarsch über Schotterstraßen und Pfade zum Stützpunkt nordöstlich von Teruel, bis sie die steilen Südhänge der Sierra de Gudar vor sich hatten.

»Wir müssen nur noch über diese Berge, dann sind wir zu Hause«, sagte Peggy aufgeräumt. »Das dauert keinen ganzen Tag mehr.«

»Zu Hause?« fragte Milan zweifelnd. Konnte man einen militärischen Stützpunkt als sein Zuhause bezeichnen?

»Zu Hause! Ich habe kein anderes.«

Im einstigen Herrenhaus war die Kommandozentrale von *Nueva Esperanza* untergebracht, und Milan wurde noch am Abend seiner Ankunft von Kommandeur Stenka empfangen.

Der mächtige, hoch aufgeschossene Mann musterte Milan vielleicht eine halbe Minute lang schweigend, bevor er mit einer tiefen, vollen Stimme fragte:

»Du kommst also aus Rumänien? Man sagte mir, du sprichst deutsch. Kommst du aus Siebenbürgen?«

»Aus Craiova«, sagte Milan.

»Sieh da, aus der Walachei. Ein Walache. Und du sprichst deutsch, und wie ich höre, verstehst du auch spanisch. Kannst du auch spanisch sprechen?«

»Nicht sehr gut.«

»Doch, er spricht es fast fließend«, ließ sich da der Schwarze Professor aus dem Hintergrund vernehmen, kaum sichtbar in der einfallenden Dämmerung.

»Und russisch, kannst du auch russisch?« fragte Stenka nun auf russisch.

»Ich spreche es für den Hausgebrauch«, sagte Milan, gleichfalls auf russisch.

»Schön, sehr schön!« rief der Riese dröhnend. »Du sprichst also rumänisch nehme ich an, deutsch, spanisch, russisch für den Hausgebrauch – was noch? Französisch? Englisch?«

»Was man so in der Schule lernt«, sagte Milan, nun auf französisch.

»Du warst in einer Internationalen Brigade? In welcher?«

»In der dreizehnten, Bataillon Tschapaiew.«

»Sieh da, sieh da, Bataillon Tschapaiew! Kommandant Brunner! Ich kannte ihn – ein tapferer Mann, besser als die meisten anderen! Schade, daß er ...! Nietschewo! Zu deiner Brigade zurück könntest du nicht mehr – das ist klar?« Der Riese ging mit erstaunlich weichen, lautlos federnden Schritten zu dem Tisch im Hintergrund, nahm einen Krug Wein, trank in langen durstigen Zügen, winkte Milan herbei, reichte ihm den Krug: »Trink Milan, trink«, und sagte weiter: »Du könntest bei uns bleiben – wenn du möchtest.«

»Wenn es möglich ist ...«

Der Wein schmeckte herb, nach Erde und viel Sonne. In Erinnerung an das letzte Mal, als er Wein getrunken hatte, zuviel getrunken hatte, der ihn leichtsinnig gemacht und in die Arme der deutschen Legionäre geführt hatte, nahm er nur einen kleinen Schluck, obwohl er durstig war und ihm der Wein wohltuend kühl durch die Kehle rann.

»Schau an – ein nüchterner junger Mann! Du kannst nicht mehr zu deinem Bataillon zurück«, wiederholte er. »Dein Bataillon besteht nicht mehr. Die Brigade wurde aufgelöst. Wegen Feigheit.«

»Wegen Feigheit?« fragte Milan verständnislos.

Der Schwarze Professor antwortete erklärend: »Irgend etwas hat den Herren Kommunisten in der Zentrale nicht gepaßt, und sie haben beschlossen, die Brigade wegen Feigheit aufzulösen. Basta! Bestimmt hat ihnen euer Kommandeur, Kriegger hieß er, nicht mehr gefallen, und ebenso ist es Brunner ergangen, der wohl vors Kriegsgericht zitiert wird, wenn er mit dem Leben davon kommt.«

»Laß dir etwas zu essen geben und suche dir ein Quartier. Morgen kannst du dich genauer bei uns umschauen. Ich habe das Gefühl, daß du dich bei uns wohl fühlen wirst – wenn du dich entschieden hast.«

Wohlwollend wurde Milan entlassen.

Die Finca *Nueva Esperanza* war nur eines jener vielen Kollektive, die während der Revolution in den Anfangsmonaten des spanischen Bürgerkrieges gegründet wurden. Wie auch hier, hatte man überall im Land die großen Güter besetzt und die Eigentümer und Verwalter verjagt oder, schlimmer, erschossen oder aufgehängt. Entgegen den Behauptungen der Politkommissare und Delegaten bei den Internationalen Brigaden, die in diesen Kollektiven einen Hort des chaotischen Terrors sahen, war hier keine Spur von Chaos und Terror zu finden. Man lebte tatsächlich wie in einer großen Familie zusammen, in der es zuweilen Streit und Auseinandersetzungen gab, Neid, Eifersucht und Mißgunst, doch stellten alle Konflikte das Gefühl und das Wissen um ihre Zusammengehörigkeit nie in Frage; in diesem Sinne wurden sie auch stets wirksam beigelegt – wie genau das funktionierte, nach welchen Regeln und Gesetzen, fand Milan nie heraus. Alles war ihm fremd und neu – er hätte, wie die meisten hier, in diese Art Leben hineinwachsen müssen und vor allem ihre Überzeugung, die anarchistische Idee, teilen müssen.

Die Arbeiten auf den Feldern und bei den Schafherden, in den Werkstätten, darunter auch einer »Waffenschmiede«, in Scheunen, Ställen und in der Gemeinschaftsküche wurden erledigt, obwohl man erstaunlich viele Menschen sah, die scheinbar nichts taten. Sie saßen im Schatten der drei Eichen im Vorhof, unterhielten sich, erörterten die Kriegslage, führten endlose Gespräche über die Theorie und den Sinn der anarchistischen Bewegung, hörten auch den improvisierten Vorträgen zu, gingen aber, wenn es ihnen zu lang wurde. Hier schien man alles dem Zufall, der augenblicklichen Laune zu überlassen und der Einsicht, daß einige Arbeiten einfach erledigt werden müssen. Das war der große Gegensatz zu dem Leben bei den Internationalen Brigaden, bei denen alles mit strengen, fanatischen Vorschriften geregelt wurde.

Das Führungskomitee setzte sich aus Männern und Frauen zusammen, die seit vielen Jahren der anarchistischen Utopie einer freien Gesellschaft ohne staatlichen Zwang nacheiferten und hier endlich ihren Traum verwirklicht sahen. Bei den wöchentlichen Versamm-

lungen wurden immer wieder neue Mitglieder in das Komitee gewählt und andere abberufen. Nur wenige gehörten ihm als ständige
Mitglieder an, doch nicht, weil dies etwaige Statuten festlegten –
solche kannte man nicht –, sondern dank ihrer Verdienste für die
Idee des Anarchismus. Zu ihnen gehörte als »erster Vorsitzender«
der Russe Stenka, mit seiner Löwenmähne und dem roten wilden
Bart sah er dem russischen Schriftsteller Nikolajewitsch Tolstoij
ähnlich.

Milan machte sich nützlich und arbeitete überall mit. Die Ernte von
den Feldern im Norden der über tausend Hektar großen *Nueva Esperanza* war eingebracht worden, nun mußten die Felder für die Win-
tersaat vorbereitet werden. Die Hirten brauchten Hilfe bei der
Schafschur, in den Werkstätten gab es alle Hände voll zu tun, außerdem wurde Milan hin und wieder in das einstige Herrenhaus, jetzt
»Villa Bakunin« genannt, gerufen, wenn ausländische Besucher kamen, meist Journalisten, die sich über die spanischen Anarchisten
informieren und berichten wollten und seine Sprachkenntnisse er-
forderlich waren.

Beim Besuch eines Amerikaners und unter der Wirkung des aus diesem Anlaß immer reichlich fließenden Alkohols, den Stenka an diesem Abend genossen hatte, erfuhr der Besucher – und Milan – Sten-
kas Geschichte:

In der Schlacht bei Tannenberg in Ostpreußen war er 1914 in deutsche Kriegsgefangenschaft geraten, hatte sich nach dem dritten
Fluchtversuch in die Schweiz durchgeschlagen, dort Lenin kennengelernt und war als dessen Begleiter in dem ominösen plombierten
Zug gewesen, mit dem Lenin im April 1917 quer durch Deutschland nach Petersburg gebracht worden war, um dort nach den Plä-
nen der deutschen Heeresleitung die russische Revolution voranzu-
treiben. Nachdem er in der Gefangenschaft und in der Schweiz
Schriften anarchistischer Theoretiker wie Stirner, Bakunin, des Fürsten Kropotkin und anderer gelesen hatte, schloß er sich den Kommunisten in der irrigen Meinung an, die Revolution wäre der erste
Schritt zu einer Gesellschaft, die jegliche Herrschaft von Menschen
über Menschen und jede gesetzliche Zwangsordnung des Staates,
und somit den Staat selbst, beseitigen würde.

»Ich war ein leichtgläubiger Narr! Was Lenin mit seinen Genossen
errichtete, war nicht die Diktatur des Proletariats, sondern die des

Parteiapparates. Gegen sie war die Herrschaft des Zaren wie ein milder Frühlingswind gegen den eisigen sibirischen Buran.« Stenka hatte sich dann Petersburger Anarchisten angeschlossen, was ihn fast das Leben gekostet hätte: Dserschinskijs Tscheka* hatte unter den politischen Gegnern erbarmungslos aufgeräumt und mit den meisten kurzen Prozeß gemacht.

»Genickschuß. Aus. Er hätte auch mich um ein Haar erwischt. Ich kannte ihn gut. Ein geborener Killer, wie ihr Amerikaner sagt. 1926 ist der Bluthund krepiert. Heute stellt man für ihn überall Denkmäler auf!«

Das war natürlich etwas ganz anderes, als die verherrlichenden Worte über Lenin und seinen verdienten Mitkämpfer Dserschinskij, die Milan beim Politunterricht in der XIII. Internationalen Brigade über die Geschichte der KPdSU gehörte hatte. Was würde wohl Janko Petersic dazu sagen, Cornelius Kveder oder der geheimnisvolle Montenegriner, der hohe Komintern-Funktionär und Offizier der republikanischen Armee?

Nach diesem »Petersburger Intermezzo«, wie Stenka es selbst nannte, war er nach Finnland geflohen, danach nach Deutschland, Ungarn, Österreich, wieder nach Deutschland, Frankreich und schließlich nach Spanien. Das ruhelose, gefährliche Leben eines anarchistischen Berufsrevolutionärs, bis er unter Gesinnungsgenossen in Barcelona endlich so etwas wie ein Zuhause gefunden hatte: Arbeit in der Bibliothek der CNT, eine kleine Wohnung, gut zu Essen und zu Trinken. »Bis diese hundertmal verdammten Generäle zu putschen begannen und ich wieder den Pistolengürtel umschnallen und gegen sie antreten mußte.«

Als ein Mitbegründer der iberischen anarchistischen Föderation, als einer der wenigen, der etwas vom Kriegshandwerk verstand, kämpfte Stenka von der ersten Stunde an in vorderster Linie als Kommandant vor Madrid, bei Guadalajara und zuletzt in der Schlacht bei Brunete.

»Dort haben wir durch die Legion Condor große Verluste erlitten. So schließt sich der Kreis. 1914 mußte ich bei Tannenberg gegen die

---

* Abkürzung für »Außerordentliche Kommission zum Kampf gegen Konterrevolution und Sabotage«, von Lenin 1917 ins Leben gerufen, von Felix Dserschinskij geleitet; wurde 1922 in GPU umbenannt.

Deutschen antreten und jetzt wieder bei Brunete. Dabei habe ich in Berlin, Dresden und Hamburg wunderbare Tage verlebt und gute Freunde gefunden. Welcher Teufel reitet sie plötzlich, ihre Leute hierher nach Spanien zu Franco zu schicken? Alleine, ohne die Deutschen, Italiener und Russen, hätten wir Franco und seine Offiziersclique längst unschädlich gemacht! So aber wird sich der spanische Bürgerkrieg über ganz Europa ausweiten! Schreiben Sie das, wenn Sie über den Besuch auf *Nueva Espanza* berichten. Das sagt Nikolai Astapowitsch Rudenko, genannt Stenka, der sich auskennt!«

Das Leben bei den Anarchisten gefiel Milan, er fühlte sich wohl, wie seit langer Zeit nicht mehr. Er hatte keine Pflichten, außer jenen, die er sich selbst auferlegte und die ihm nie zum Zwang wurden, obwohl er tagsüber, mitunter bis in den späten Abend hinein, hart arbeitete. Der Krieg schien in weite Ferne gerückt zu sein, obwohl die Front nur einige zehn Kilometer weit entfernt war. Teruel, die hinter dem fast greifbar nahe scheinenden Hauptkamm der Sierra de Gudar lag, war in den Händen der Franquisten. In diesem Herbst aber, spätestens bis Weihnachten wollte man sie den Faschisten entreißen!

Am liebsten waren ihm die Abende, eine Vorliebe, die er mit den meisten anderen teilte. Nach dem Abendessen versammelte man sich unter den drei Eichen im Vorhof und genoß an aufgestellten Tischen und Bänken die Abende, wenn nach der selbst jetzt im Frühherbst tagsüber erbarmungslos niederbrennenden Sonne ein leichter Wind aufkam und im grünen Blätterdach der mächtigen Bäume raschelte.

Milan konnte sich immer mehr vorstellen, in dieser Gemeinschaft für immer zu leben. Seine Gedanken an Vaters Land rückten mehr und mehr in den Hintergrund. Nur noch selten dachte er daran. Als Peggy ihm in diesen Herbsttagen eines Abends sagte, daß sie ein Kind bekommt, schien das Schicksal einen weiteren Schritt in die von ihm denkbare Zukunft zu gehen. Er würde nicht mehr allein sein, Verantwortung übernehmen und für Peggy und sein Kind sorgen!

Am nächsten Tag hatte Milan Wachdienst auf dem nahegelegenen alten Festungsturm. Im Gegensatz zu den meisten anderen, die den Wachdienst für überflüssig hielten und langweilig fanden, saß er gern dort oben auf dem Hügel mit dem weiten Blick über die braungelbe, zerklüftete Landschaft des Ebro-Beckens. Gleich unterhalb des Hügels mit dem halb verfallenen Wachturm schlängelte sich das Flüßchen Guadalope durch sein tief ausgewaschenes Bett, daneben das helle Band der Schotterstraße, grüne Farbtupfer der Wälder, die weißen Flecken der wenigen Dörfer und einsam gelegenen Fincas … Eine grandiose, scheinbar menschenleere Landschaft unter dem wolkenlosen Himmel voll Friede und Ruhe.

An diesem Tag dachte Milan zum erstenmal seit langer Zeit wieder an Vaters Land. Aber der ehedem so verzehrende Wunsch, möglichst bald seine Reise dorthin aufzunehmen, war nunmehr wie einer jener Wunschträume, von denen wir wissen, daß sie nie in Erfüllung gehen würden. Er mußte jetzt hier bleiben, er hatte Verantwortung zu tragen und ihn erfüllte zum erstenmal ein nie gekanntes zärtliches Gefühl … Ja, er wollte sich dieser Verantwortung stellen, Peggy heiraten und mit seiner kleinen Familie in *Nueva Esperanza* bleiben!

»Na, du bist mir ein aufmerksamer Wächter!« Der Schwarze Professor war unbemerkt näher gekommen und setzte sich auf die Steinbank neben Milan.

»Was Neues? Tut sich da unten etwas?« Der Schwarze Professor beschrieb mit dem derben Stock, auf den er sich beim Gehen stützte, einen Halbkreis vor dem weiten Horizont.

»Nichts Besonders«, sagte Milan.

»Ihr müßt die Augen offen halten, ich fürchte, es wird nicht mehr lange so ruhig bleiben.« Der Professor hüstelte. »Früher bin ich oft hierher gekommen, es ist schön hier oben … Und wie geht es bei Dir? Wie gefällt es dir bei uns? Wie funktioniert es mit der ›Kleinen Wespe‹?«

»Gut. Sehr gut.« Milan lächelte dem Schwarzen Professor zu.

»Das überrascht mich ein wenig. Doch vielleicht bist du der richtige für sie. Könntest du dir vorstellen, für immer hier zu bleiben und in unserer Gemeinschaft zu leben?«

Milan nickte – und es war ihm ernst damit.

»Du willst also deine Zukunft an die unsere binden. Und deine Vergangenheit?«

»Ich habe keine Familie. Meine Mutter ist tot, und einen Vater habe ich nicht«, sagte Milan widerstrebend.

»Ich bin nicht sicher, ob es richtig ist, dein Schicksal so eng an uns zu binden ... Unsere Zukunft – eines Tages, oder besser eines Nachts, wird sie auf dieser Straße zu uns kommen. *Nuvea Esperanza* – wir sind ein Ärgernis für die Kommunisten, Franquisten, Faschisten – eine ständige Provokation ...«

Am Nachmittag beobachteten sie Bomber, die in südöstlicher Richtung flogen. »Sie fliegen zur Küste«, meinte Peggy, die heraufgekommen war und Milan Brot und Speck gebracht hatte. »In Castellon landen russische Dampfer mit Waffen und Munition.«
Milan wollte nicht an den anscheinend wieder näher rückenden Krieg denken. Er war gefangen in dem Gedanken an eine friedliche Zukunft mit Peggy und ihrem Kind. »Wir werden heiraten – ich bleibe hier«, sagte Milan entschlossen und so bestimmt, wie er meinte, daß es sich für einen Mann, nun Ernährer und Vorstand einer Familie, geziemte. Nun war es heraus, einen Weg zurück gab es nicht mehr.
»Du willst einer von uns sein? Du hast nichts begriffen! Ich werde nie heiraten! Weder dich noch sonst jemanden! Ich habe bis jetzt keine Ehe gesehen, von der man sagen könnte, daß sie gut war. Aber das ist es nicht allein. Ob ich ein Kind habe oder nicht, ich will die Freiheit haben zu gehen, wenn es mir paßt, oder zu leben, mit wem ich will!«
Peggys Blick wandte sich trotzig von Milan ab und sagte:
»Wir bekommen Besuch. Wer kann das sein?«
In einer dichten Staubwolke näherten sich langsam drei Personenwagen.
Die Wagen gehörten einer Kommission von hohen Offizieren und Mitgliedern der Zentralregierung. Sie kamen, um die Kommune zu zwingen, sich endlich unter den Oberbefehl der republikanischen Milizarmee zu stellen, und dies auch offiziell zu bekunden. Die Nähe der Front, Truppenansammlungen der Franquisten im Raum Teruel, die auf eine baldige Offensive in Richtung Küste schließen ließen, erforderten eine einheitliche, straffe Führung künftiger militärischer Operationen und machten diese Maßnahme unumgänglich. Die Finca der Neuen Hoffnung könnte weiterhin als Stützpunkt in der Hand der Anarchisten bleiben, müßte sich allerdings unter die Leitung eines Regierungskommissars stellen.

Nachdem der Leiter der Kommission, ein kleiner Mann mit Brille, Bart und Bürstenhaarschnitt dies Kommandanten Stenka, dem Schwarzen Professor und noch einigen anderen Anarchisten eröffnet hatte, meinte er, im Laufe des Abends könne man noch über alle offenen Fragen sprechen, der Generalstab der Armee stünde bereit, um »einvernehmlich und in kameradschaftlicher Art und Weise die notwendigen Maßnahmen der Reorganisation zu erörtern«.

Doch dazu kam es nicht. Kommandant Stenka, der bisher schweigend und mit versteinertem Gesicht zugehört hatte, sprang auf, brüllte einen russischen Fluch, packte den Regierungskommissar am Rever, hob ihn mühelos hoch und schüttelte ihn wild, bevor er ihn wie einen leeren Sack fallen ließ. Die anderen Angehörigen der Kommission, die dem armen Kommissionsleiter zur Hilfe kommen wollten, sahen sich plötzlich Revolvern und Gewehrmündungen gegenüber.

»Bleiben Sie uns zukünftig mit solchen Anträgen vom Leibe, sonst könnte es für Sie noch schlimmer werden! Lassen Sie sich bei uns nie wieder blicken!«

Von diesem Vorfall erfuhr Milan durch seine Ablösung in den späten Abendstunden. Das Gespräch mit dem Schwarzen Professor und dessen düstere Prophezeiung kam ihm wieder in den Sinn. Kündigte sich das Ende der anarchistischen Kommune *Nueva Esperanza* mit diesem Vorfall bereits an?

Bei der einberufenen Vollversammlung am nächsten Morgen unter den drei Eichen, zu der sich fast alle Männer und Frauen der Kommune versammelt hatten, wurde über die Forderung der Kommission gesprochen und bei der anschließend stattfindenden Abstimmung der »Abbruch der Verhandlungen und die Zurückweisung des Ultimatums« einstimmig beschlossen.

»Wir können uns in den nächsten Tagen und Wochen auf allerlei gefaßt machen. Es ist durchaus möglich, daß man mit Waffengewalt gegen uns vorgehen wird! Seid also bereit, Brüder und Schwestern! Bereit, für unsere Freiheit zu kämpfen – wenn es sein muß, bis zum Tod!«

Der Ernst der Worte und der Tonfall, in dem sie gesprochen wurden, dämpfte die euphorische Stimmung. »Sie werden sich bei uns blutige Köpfe holen und eine grausame Abfuhr erleben, die sie schließlich zur Vernunft bringen wird. Der hier vorgelebte Anarchismus wird weiterleben!«

Nach dem aufbrausenden Beifall, der diesen Worten folgte, sprach er kurz und nüchtern über die zu treffenden Maßnahmen. Noch in dieser Nacht wolle man Boten an die Front südlich von Zaragoza schicken, um die zwei dort eingesetzten Centurien der Kolonne zurückzurufen. Sie könnten in vier bis fünf Tagen eintreffen. Weitere Boten sollten mit einem Aufruf des Schwarzen Professors nach Barcelona, Tarragona und Madrid aufbrechen. Darin würden die dortigen Anarchistenführer über die Ereignisse auf *Nueva Esperanza* und die geplanten Maßnahmen der Regierung informiert und aufgerufen werden, mit allen ihnen zur Verfügung stehenden Mitteln der gefährdeten Kommune beizustehen.

»Wir haben überall Freunde!« rief Stenka aus. »Die Generäle in Valencia und Barcelona sollen sich nicht täuschen!«

Milan hatte Peggy den ganzen Nachmittag nicht mehr gesehen, seit sie ihn oben am Wachturm verlassen hatte. Unruhig unterdrückte er die aufkeimende Eifersucht. Auch erinnerte er sich an die Warnung des Schwarzen Professors, sein Herz nicht an dieses Mädchen zu verlieren, um sich schweren Kummer zu ersparen. Er machte sich auf die Suche nach ihr, doch Peggy war nirgends zu finden, auch nicht in ihrer gemeinsamen Unterkunft. Milan stand in der winzigen Kammer und starrte auf das leere Bett. Wo könnte sie sein?

Müde legte sich Milan schließlich schlafen. Durch seine Träume klangen von draußen weiter die Melodien der Gitarren, der Gesang und das Stimmengewirr.

»Wach auf, Milan, wach auf!« Milan fuhr hoch. Peggy kniete neben ihm. Sie rüttelte ihn heftig an der Schulter und rief immer wieder: »Wach auf, Milan, wach endlich auf!« In dem ungewissen Licht zwischen Nacht und Morgen sah er Peggys Silhouette neben sich.

Von draußen hörte er aufgeregte Stimmen und immer wieder den Ruf: »Alarm! Alarm!« Eine Sirene begann durchdringend zu heulen.

Noch immer benommen, sah er Peggy, wie sie mit ihrer Pistole und dem Bajonett bewaffnet nach draußen stürmte. Die Augen weit aufgerissen, nur Wut und tödliche Entschlossenheit im blassen Gesicht, der wirre Schopf der kurzgeschnittenen blonden Haare in der roten

Dämmerung eines nahen Brandes ... Das war das vorletzte Bild, das Milan von Peggy in Erinnerung behielt.

Die Soldaten kamen ungesehen am Wachturm vorbei. Aufgrund der uneinsichtigen Haltung der Anarchisten und über deren »Heftigkeit überrascht, erschüttert und in ihrem Entschluß bestärkt« hatte die Regierungskommission beschlossen, den Widerstand »umgehend und nachhaltig zu brechen«, die Finca noch während der Nacht zu besetzen und die Anarchisten beim »Aufwachen vor vollendete Tatsachen zu stellen«.

Die Behauptung im Bericht über diesen Einsatz an die Regierung in Valencia, »man habe das Feuer eröffnet und erst zu schießen begonnen, nachdem die Anarchisten Widerstand geleistet hätten«, traf nicht zu. Es war im Gegenteil ein Überfall auf die schlafende Finca, wobei man sich die Ahnungslosigkeit der Anarchisten zunutze gemacht hatte, die mit einer Aktion der Milizionäre nicht so schnell gerechnet hatte.

Die Soldaten warfen Handgranaten durch die Fenster ins Innere und schossen auf jeden, der aus den Gebäuden lief, egal, ob er sich ergeben oder Widerstand leisten wollte.

Kommandant Stenka, der als erster hinausgelaufen war, um Widerstand zu leisten, wurde von mehreren Kugeln getroffen. Auch der Schwarze Professor und sein treuer Leibwächter fanden den Tod. Kommandeur Sanchez verteidigte mit einer kleinen Gruppe das Hauptgebäude von *Nueva Esperanza*, wurde aber im Feuer eingeschlossen. Niemand aus diesem Haus überlebte.

Milan lief hinaus, unbewaffnet. Die Unterkünfte für fünfzig oder sechzig Leute brannten lichterloh, davor lagen einige reglose Körper. Pferde galoppierten herbei, angreifende Soldaten schossen blindlings auf die sich zu verteidigen versuchenden Anarchisten. Dann sah er Peggy, auf halbem Weg zum Versammlungsplatz unter den drei Eichen lag sie am Boden, unter dem seltsam verrenkten Körper breitete sich eine Blutlache aus, ihre Hand suchte vergebens nach der verlorenen Waffe.

Er lief hin, ohne sich um die peitschenden Schüsse und das entsetzliche Geschrei aus den brennenden Gebäuden zu kümmern. Peggys Bajonett steckte im Körper eines Soldaten nicht weit von ihr. Milan kniete nieder, beugte sich über Peggy. Sie starrte ihn an, schien ihn jedoch nicht zu erkennen. Oder doch? Ihre Lippen bewegten sich und durch den Lärm um sie herum hörte Milan ihre flüsternde Stimme:

»Diese Schweine – diese verfluchten Schweine …«

Dann bewegten sich ihre Lippen lautlos, ihre Augen blickten ins Leere, sie bäumte sich ein letztes Mal auf, streckte sich zitternd und erschlaffte.

Peggy, die »Kleine Wespe«, war tot.

Nur langsam begreifend starrte Milan auf die Tote, als ein furchtbarer Schlag zunächst seine Schulter, dann seinen Kopf traf. In der kurzen Zeitspanne, bevor er in die Dunkelheit versank, dachte er ohne jede Angst und auf eine merkwürdig gleichgültige Art, ob er *drüben* nun Peggy und Mama – Mama und Peggy – treffen würde oder ob es nun auf ewige Zeiten aus sei …?

## 31. KAPITEL

Am Morgen nach dem Überfall wurde Milan mit anderen Verwundeten unsanft auf die offene Ladefläche eines Lastwagens verfrachtet und in ein Feldlazarett in Castellon gebracht. Mit den verwundeten Anarchisten, viele mit schwersten Brandwunden, gab man sich keine große Mühe; je mehr von ihnen auf dem Transport starben, desto weniger Arbeit hatte man später. Die lange, bis in die Abendstunden dauernde Fahrt über die schlechten Bergstraßen überlebten tatsächlich einige nicht, so zum Beispiel Milans Nachbar, der nach einem Bauchschuß und großen Schmerzen gegen Mittag starb.

Milan hörte das Wimmern und die Schmerzensschreie der anderen wie aus weiter Ferne. Auch er hatte Schmerzen, ohne sie genau lokalisieren zu können, so daß er sich nach kurzen halbwachen Phasen dankbar wieder in die wohltuende Bewußtlosigkeit sinken ließ.

Im Feldlazarett wurde er von einem russischen Arzt versorgt. Eine Kugel hatte seine rechte Brustseite glatt durchschlagen, das rechte Schlüsselbein war vom Hieb mit einem Gewehrkolben gebrochen, sein ganzer Körper hatte Quetschwunden, und an der rechten Schläfe verlief eine stark blutende Wunde von einem Streifschuß.

Nachdem sich herausgestellt hatte, daß Milan mit den Schwestern und dem Arzt russisch sprechen konnte, kümmerten sie sich bevorzugt um ihn, was seiner Genesung sehr zugute kam. Schon nach drei Wochen konnte er ins Militärgefängnis der Festung Tortosa an der Küstenstraße nach Barcelona gebracht werden. Dort sollte er als Angehöriger der Internationalen Brigaden auf eine Kriegsgerichtsverhandlung wegen Desertion oder auf die Überstellung nach Albacete warten. Da aber die Zuständigkeit in Milans Fall, was nun mit ihm geschehen sollte, nicht ganz geklärt war, ließ die Entscheidung auf sich warten.

Hätten sie ihn doch nur wie alle anderen Verwundeten behandelt –

sich nicht bevorzugt um ihn gekümmert! Er wäre nicht so schnell aus dem Paradies vertrieben worden, als welches ihm schon bald das russische Lazarett erscheinen sollte.

Nach dem Umzug des Generalkriegskommissariats der Internationalen Brigaden von Valencia nach Barcelona mahlten die Mühlen der Bürokratie mit Stockungen, standen sogar zeitweise still. Eher aber als die Mühlen der Bürokratie könnte man den Lauf der Erde um die Sonne stoppen!

Das Kriegsglück schien sich mehr und mehr den Franco-Truppen zuzuneigen. Die Schlacht im Norden war für die Republikaner endgültig verlorengegangen, der letzte Widerstand im blutigen Terror erstickt. Die Sommeroffensive bei Belchite, mit dem Ziel, Aragoniens Hauptstadt Zaragoza zu erobern, war nach anfänglichen Erfolgen gescheitert, ebenso die späteren Versuche von General Lister, doch noch nach Zaragoza zu gelangen und die Stadt zu nehmen.

Die ersten Herbststürme in diesem Jahr kündigten mit Temperaturstürzen und heftigem Schneetreiben in höheren Lagen früher als sonst einen langen, harten Winter an. Unter der Kälte hatten alle zu leiden: die Soldaten an der Front, die Bevölkerung im Hinterland und besonders die Gefangenen in den eisigen Verließen der Festung Tortosa.

Milan, wie die meisten anderen auch, nur mit Sommersachen bekleidet, fror erbärmlich, die unzureichende Ernährung war kaum imstande, den Wärmeverlust auszugleichen. Es gab die ersten Todesfälle durch Unterkühlung. Das sichere Anzeichen für eine Krisis und den anschließenden Tod waren das Nachlassen des heftigen Frierens und Zitterns. Wen es traf, der lag nur noch teilnahmslos und erstarrt da, begann zu träumen und schien sich glücklich zu fühlen. Wenn man den Unglücklichen jetzt nicht aus seinen Träumen riß und ihn zwang, sich zu bewegen, so schmerzhaft dies auch sein mochte, war er verloren.

Es wurde etwas besser, als sich die schmale, fünf mal zwei Meter große Zelle zu Winterbeginn so füllte, daß die Gefangenen kaum noch Platz hatten, um liegend zu schlafen. Die Kälte machte ihnen nun nicht mehr so sehr zu schaffen, dafür wurde die Luft so stickig, daß sie kaum noch atmen konnten. Über die meterdicken Mauern mit dem winzigen Fenster unter der gewölbten Decke lief das

Schwitzwasser. Die mangelnde Luft in Bodennähe ließ die Gefangenen nachts immer wieder aufstehen, um etwas freier atmen zu können.

Die größte Gruppe unter den Gefangenen waren die Anarchisten, die sich – wie Kommandant Stenka und seine Kolonne – nicht den Anordnungen des militärischen Oberkommandos und der Regierung beugen wollten, dagegen opponiert oder ihre Stellungen aus Protest einfach verlassen hatten. Viele Spanier konnten sich nicht mit den oft demütigenden, ihrem Stolz widersprechenden Gesetzen und Regeln des militärischen Dienstbetriebes abfinden. Befehlsverweigerung und offener Aufruhr waren an der Tagesordnung. Nach dem Kriegsrecht war das Meuterei, auch wenn die Kommandeure die Soldaten oft provozierten. Und auf Meuterei gab es nur ein Urteil: Tod durch Erschießen.

Verhört wurde Milan nur einmal. Der Untersuchungsrichter war ein schmächtiger Mann mit dunklen, leeren Augen hinter runden Brillengläsern, der sich weder freundlich noch unfreundlich zunächst danach erkundigte, ob das Verhör in spanisch, französisch oder rumänisch stattfinden solle. Milan entschied sich für spanisch, was der Untersuchungsrichter gleichgültig nickend zur Kenntnis nahm. Diese als Sachlichkeit kaschierte Gleichgültigkeit bestimmte das ganze Verhör. Das war es: die Gleichgültigkeit. Diesem Mann waren alle, die ihm zum Verhör vorgeführt wurden, völlig gleichgültig. Auch Milan war für ihn nur ein Vorgang, den es abzuhaken galt, nachdem bestimmt Fragen gestellt und er die erwarteten Antworten bekommen hatte. Niemals hielt er sich länger als unbedingt notwendig bei einer Frage auf; bekam er nicht gleich die Antwort, die er erwartete, fragte er noch ein zweites, selten ein drittes Mal, jedoch niemals fragte er öfter. Auf die Antwort kam es eigentlich gar nicht an, sie war gleichgültig. Jede Antwort war gleichgültig; denn das, was mit den weitaus meisten der Männer geschehen und wie der Richterspruch ausfallen würde, stand ohnehin fest.

So dauerte auch Milans Befragung nur kurze Zeit: Woher kommst du, wie heißen deine Eltern, wie und wann kamst du zu den Internationalen Brigaden, welche Einheit, wo zuerst und wo zuletzt eingesetzt, wann Entfernung von der Einheit, weshalb nicht wieder zurück, wo danach gewesen … So ging es weiter, Frage, Antwort, abgehakt. Gründe für diese oder jene Handlung? Unwichtig. Frage und Antwort abgehakt. Verhör beendet, Protokoll der Vernehmung weitergereicht.

Am 15. Dezember 1937 trat die republikanische Milizarmee mit Unterstützung der Internationalen Brigaden zu ihrer Entlastungsoffensive an – die Schlacht um Teruel begann. Am gleichen Tag wurde Milan aus der Zelle geholt, unter die Dusche geschickt, rasiert und geschoren. Anstelle seiner Lumpen bekam er zwar gebrauchte, jedoch frische Kleidung. Er fühlte sich wie neu geboren, als man ihn durch lange Gänge mit von den Luftangriffen meist zerbrochenen Fensterreihen in einen anderen Trakt führte und mit weiteren, gleichfalls frisch gekleideten, rasierten, geschorenen Gefangenen in einen Warteraum brachte. Ihm war zwar bang zumute, doch Angst hatte er keine. Warum auch? Er fühlte sich nicht als Deserteur. Er war verschüttet worden, hatte sich freigegraben, war danach verwirrt umhergeirrt, bis ihn faschistische Soldaten aufgegriffen hatten, worauf er erschossen werden sollte. Die Anarchisten hatten ihn befreit, und immer noch nicht fähig, klar zu denken, hatte er sich ihnen angeschlossen mit der Absicht, sich sobald wie möglich bei irgendeinem Kommando der Internationalen Brigaden zu melden. Doch dazu hatte er bis zum Überfall des Sicherheitsbataillons keine Gelegenheit bekommen.

Er hatte dies alles dem Untersuchungsrichter gesagt, dies war seine Geschichte, so hatte es sich abgespielt – er war kein Deserteur.

Jeder der Männer hier bastelte wohl an einer ähnlichen Geschichte, die beweisen sollte, daß sie nur Opfer widriger Umstände waren und mitnichten als Deserteure oder Aufrührer gesehen – und also auch nicht als solche verurteilt werden dürften. Sie sprachen nicht miteinander. Im Raum herrschte bedrücktes Schweigen, unterbrochen nur von den harten Schritten der genagelten Schuhe der Wachen.

Es dauerte über zwei Stunden, bis Milan an der Reihe war. Von zwei Milizsoldaten wurde er aus dem Warteraum in ein Vorzimmer und von dort durch eine Doppeltür in den Gerichtssaal geführt.

Links stand der Tisch des Anklägers, rechts an den Fenstern mit den teilweise zerbrochenen und durch Pappe ersetzten Scheiben der Verteidiger. Während der Richter, die Beisitzer, der Schreiber und der Ankläger in ihren Papieren blätterten, schaute der Verteidiger als einziger Milan entgegen und nickte ihm freundlich zu, als er zu dem einzeln stehenden Stuhl vor dem Richtertisch geführt wurde.

Doch Milan nahm seine Umgebung nur undeutlich war. Seine Aufmerksamkeit galt einzig und allein dem Mann, der rechts vom Richter saß, und sein Herz klopfte laut vor freudiger Überraschung. Nun hatte er wirklich nichts mehr zu befürchten! Dieser Mann, ein Oberstleutnant, hatte vermutlich sein Leben Mama zu verdanken! Und nicht nur das! Seinetwegen war Mama verhaftet und von den Schergen der Eisernen Garde ermordet worden, seinetwegen hatte man auch ihn verfolgt! Der Montenegriner! Der montenegrinische Fürst, wie Mama erzählt hatte, nach den Worten von Cornelius Kveder ein besonders wichtiger Parteigenosse.

Die Papiere, in denen er jetzt blätterte, gehörten sicher zu seiner Akte, enthielten alle Angaben über ihn: Name, Herkunft, Eltern – er mußte sich an ihn erinnern, ihn jetzt erkennen!

Tatsächlich sah der Montenegriner auf, sein Blick begegnete dem drängenden, um Erkennen und Hilfe bittenden Blick Milans, er nickte ihm zu, und fast schien es, als würden sich seine Mundwinkel unter dem schwarzen, mit grauen Strähnen durchzogenen Schnurrbart zu einem Lächeln des Erkennens verziehen. Nun, sagte sich Milan, nun konnte ihm nichts mehr passieren! Der Montenegriner, Genosse Crni, wie ihn Cornelius Kveder genannt hatte, crni – für schwarz, hatte ihn erkannt!

Die Gerichtsverhandlung gegen Milan dauerte nur zehn Minuten. Der vorsitzende Richter verlas Milans Angaben zur Person. Danach stand der Ankläger auf, las die Anklage vor, wonach Milan die erste sich bietende Gelegenheit ergriffen haben soll, Fahnenflucht zu begehen. Bei den Anarchisten habe er den höchst willkommenen Unterschlupf gefunden, und dort wäre er wohl heute noch, wenn man dieses »Nest und Brutstätte der Insubordination subversiver Tätigkeit und verräterischer Aktivitäten« nicht liquidiert und unter Aufsicht der Volksregierung gestellt hätte. Für diesen klaren Fall von Desertion könne es nur ein Urteil geben: Aberkennung aller bürgerlichen Rechte, Beschlagnahme des Besitzes, Tod durch Erschießen.

Der Pflichtverteidiger plädierte in einem routiniert vorgetragenen Plädoyer um Verständnis für den blutjungen und wohl unerfahrenen Soldaten der Internationalen Brigaden Milan Draganescu. Auch sollte man in Betracht ziehen, daß er sich freiwillig gemeldet habe, um gegen den Faschismus zu kämpfen, also ein für junge Leute rund um die Welt beispielhaftes und nachahmenswertes Verhalten. In Anbetracht dieser mildernden Umstände bitte er auch um ein mildes Urteil.

Nun wurde Milan aufgefordert, das Wort zu ergreifen, wenn er noch etwas zu sagen habe. »Aber nicht zu lang, wir haben noch einiges zu tun heute.«

Milan war zutiefst verwirrt und verunsichert. Alles, was da vorgetragen wurde, stimmte – und irgendwie, irgendwie stimmte es auch nicht. So stotterte er nur, daß er bestimmt nicht desertieren wollte, wie leid es ihm tue, daß er sich freiwillig gemeldet habe, weil er gegen den Faschismus... Und das wolle er nach wie vor... Jetzt erst recht, und er wolle beweisen, daß er...

»Schon gut, schon gut, wir glauben dir, wir glauben dir alles.«

Milan verstummte. War das ein gutes Zeichen? Ein schlechtes? Warum sagte der Montenegriner nichts? Warum erwähnte er nicht, daß er ihn, Milan, kannte und was damals geschehen war?

Nun wandte sich der Vorsitzende an den Montenegriner, sagte etwas, der Montenegriner nickte, der Vorsitzende beugte sich zum Beisitzer, auch dieser nickte, danach forderte er alle Anwesenden auf, sich zu erheben und verkündete nach den üblichen Präliminarien das Urteil: Der Fahnenflucht für schuldig befunden, Aberkennung aller bürgerlichen und soldatischen Ehrenrechte, Tod durch Erschießen. Das Urteil ist sofort zu vollstrecken.

Während des Urteilspruches und auch danach, wich der Montenegriner Milans zunächst verständnislosem, dann verstörtem und schließlich verzweifelt um Hilfe bittendem Blick nicht aus. Er erwiderte ihn mit regloser, versteinerter Miene.

## 32. Kapitel

Die Gegend um die Provinzhauptstadt Teruel wird in Spanien gern als »spanisches Sibirien« bezeichnet; tatsächlich werden hier im Winter die niedrigsten Temperaturen und die am längsten andauernden Fröste gemessen. Dabei liegt Teruel nur etwas über hundert Kilometer von Valencia mit seinem mediterranen Klima, den Oliven-, Zitronen- und Orangenhainen entfernt.

Die am Zusammenfluß von Guadakviar und Alfambra gelegene und von meist kahlen Gebirgszügen umgebene Stadt wird nicht nur als kalt, sondern auch als finster bezeichnet, abweisend und finster, von abweisenden und finsteren Menschen bewohnt. Diesen Eindruck vermittelt die auf einem Hügel liegende, von festungsartigen Mauern umringte, grau-braun wie die umliegenden Berge, aus dunklen Fensterhöhlen argwöhnisch ins Tal spähende Stadt, von welcher Seite man sich ihr auch nähert.

Teruel sollte von den Franquisten unter allen Umständen gehalten werden, die stark befestigte Stadt war ihr östlichster, dem Golf von Valencia am nächsten gelegener Stützpunkt. Zu gegebener Zeit sollte er als Ausgangsstellung für die Offensive zur Küste dienen. So wurde in Teruel eine starke Garnison von rund 6000 Soldaten unter dem Kommando des Oberst Rey d'Harcourt stationiert, ihre Aufgabe war, die Stadt unter allen Umständen, wenn nötig »bis zum letzten Blutstropfen« zu verteidigen.

Diesmal kamen die Angreifer von Osten und nicht von Norden oder Süden wie sonst in der Vergangenheit. Am Vortag, dem 14. Dezember, hatten dunkle Wolken die umliegenden Berge eingehüllt. Nach dem frühen Kälteeinbruch hatte es in der Nacht zu schneien begonnen. Im Schutz des dichten Schneetreibens konnten die republikanischen Divisionen die Front im Norden und Süden durchbrechen und Teruel einschließen. Der Widerstand war schnell gebrochen.

Am Abend des 15. Dezember war die nun tief eingeschneite Stadt eingekreist, der Angriff konnte beginnen.

An diesem und auch am nächsten Tag schneite es an der Teruel-Front aus tief hängenden Wolken weiter, so daß an einen Einsatz der angeforderten deutschen Flugzeuge wegen mangelnder Sicht nicht zu denken war. Die Franquisten in der eingeschlossenen Stadt verteidigten sich in diesen Tagen verbissen gegen die anrennenden Republikaner.

Am fünften Tag der Offensive war es schließlich soweit. Nachts hatte es zu schneien aufgehört, die Wolkendicke über dem Kampfgebiet riß da und dort auf, Kälte bis unter zehn Grad minus wurde angesagt.

Gegen elf Uhr vormittags starteten auf dem Feldflugplatz bei Soria die Maschinen der Legion Condor »bis unter die Halskrause« vollbeladen mit Bomben zur Luftunterstützung in Richtung Teruel. Die Entfernung betrug rund 200 km Luftlinie. Bei einer Fluggeschwindigkeit von etwas über 300 Stundenkilometern würde man die Front noch vor Ablauf einer Stunde erreichen.

Bis Calamocha, rund 70 km nordnordwestlich von Teruel gelegen, verlief alles nach Plan. Der Bomberverband flog in einer Höhe von gut 4000 m, die Sicht war gut, der Himmel klarte weiter auf. Etwas hinter dem Bomberverband und einige hundert Meter höher hingen zwei Ketten von Me 109 als Begleitjäger im tiefen Blau des Himmels; es war gut, diese neuen, allen anderen weit überlegenen Jagdflugzeuge in der Nähe zu wissen.

Vor dem 1500 m hohen Bergzug des Pena Palomera wechselte die Farbe des Bodens von gelb, braun und grau in weiß: Schnee. Die Sicht war noch immer gut, so daß man unten jede Einzelheit erkennen konnte: das Flüßchen Cella, die Eisenbahnlinie, daneben die Straße mit den Nachschubkolonnen der Franquisten, da und dort ein kleines Dorf.

Noch vor Teruel änderte sich die Szenerie jedoch schlagartig. Eine weiße, in den unteren Schichten grauschwarze, scharf abgegrenzte Wolkendecke nahm den Flugbesatzungen alle Sicht nach unten. Die Wolkendecke riß auch nicht auf, als sich die Flugzeuge etwas später über Teruel befinden mußten; unter diesen Umständen kam alsbald der erwartete Befehl des Verbandsführers, wegen der schlechten Wetterlage weiterzufliegen und die vereinbarten Ersatzziele, die

Stadt Segorba an der Eisenbahnstrecke nach Valencia oder die Hafenanlagen bei Castellon mit den dort liegenden sowjetischen Frachtschiffen zu bombardieren.

»Unsere Meteorologen können sich begraben lassen«, sagte der Flugzeugführer, Oberleutnant Pritsch, zu seinem Funker, Feldwebel Mühlhauser, über die Schulter. »Sie hatten uns klare Sicht versprochen. Wo kommen diese Wolken nur so plötzlich her?«

»Die Götter des Krieges sind diesmal den Roten freundlich gesonnen«, sagte der Funker.

Wer hätte auch daran denken können, daß vielleicht gewisse Kräfte die Hand im Spiel hatten, an die kein vernünftiger Mensch glaubte? Wollten die Vilen Milan aus seiner Bedrängnis helfen, aus der es nach *menschlichem* Ermessen keinen Ausweg, keine Rettung mehr gab, und hatten den slawischen Kriegsgott Perun schließlich um Hilfe gebeten?

Die Bomberflugzeuge hatten das unsichtbare Teruel längst überflogen und befanden sich etwa zwischen dem über 2000 m hohen Gipfel des Javalambre und der Sierra de Gudar, als die Wolkendecke genauso unvermutet, wie sie vorhin aufgetaucht war, wieder aufriß und die Sicht nach unten freigab. Weiße Schneelandschaft, die weiter vorn unvermittelt wieder grau und braun wurde, mit eingestreuten blaßgrünen Flecken der Olivenhaine. Sie näherten sich der Küste. Doch ihre Hoffnung, ihre Ersatzziele bei guter Sicht und von republikanischen Jagdflugzeugen unbehelligt bombardieren zu können, erfüllte sich nicht. Die Sicht war gut – gut allerdings auch für die republikanischen Jäger.

Als sich der Bomberverband teilte, um getrennt die Ersatzziele anzufliegen, griffen die kleinen, gedrungenen »Ratas«, wie die sowjetischen Jäger genannt wurden, wie ein Schwarm wütender Hummeln die Bomber an.

Bevor die Ratas ein zweites Mal gegen die Bombenflugzeuge anfliegen konnten, wurden sie von deren Begleitjägern angegriffen, und der Himmel war plötzlich voll von auf- und absteigenden, mit heulenden Motoren einander verfolgenden und beschießenden Flugzeugen, während die Bomber scheinbar unbeirrt ihre Bahn zur Küste weiterzogen.

»Wochenlang sieht man sie kaum, und dann sind sie plötzlich da«, sagte Oberleutnant von Pritsch in sein Mikrophon. Seiner Stimme merkte man die Anspannung an. Ihre Maschine war an der linken Tragfläche durch mehrere Treffer beschädigt worden. Zwei Maschinen aus ihrem Verband waren abgeschossen worden.

Sie flogen parallel zur Küste. Rechts von ihnen das Meer. Kurz vor ihrem Ziel, den ausgedehnten Anlagen des Hafens von Castellon, begann die Flugabwehr zu schießen. Grauweiße Wattebäuschchen wuchsen wie aus dem Nichts rings um die Bomber – sie waren plötzlich überall. Und dann griff, aus der Sonne kommend, eine neue Rata-Staffel an.

Bei den Ausweichmanövern vor dem Flak-Feuer und den angreifenden Ratas wurde die Maschine des Oberleutnants Pritsch vom Kurs abgedrängt und von den anderen getrennt. Von zwei Jägern verfolgt wäre sie vermutlich deren Opfer geworden, wenn vor ihr nicht wie aus dem Nichts eine Wolkenwand erschienen wäre, in die sie Schutz suchend eintauchte.

Die Wolke schien sehr groß zu sein. Es war absolut nichts mehr zu sehen, ein wesenloses Grauweiß hüllte sie ein. Oberleutnant Pritsch starrte verwirrt auf seine Instrumente, die verrückt spielten. Das Funkgerät sei ausgefallen, meldete der Funker, vermutlich durch einen Treffer.

Wohin flogen sie? Süden, Westen, Norden oder Osten? Wohin auch, es hieß Kurs zu halten, irgendwann und irgendwo mußten sie aus dem watteartigen Nebel herauskommen! Und als nach einem allen endlos scheinenden Flug der Nebel zu Ende war und sie wieder klare Sicht hatten, flogen sie parallel zur Küste. Rechts von ihnen das Meer, das hellblau und in der Sonne glitzernd in einem grauen Dunstschleier über dem Horizont mit dem Himmel verschmolz.

Ein Blick auf die Karte genügte: Sie waren dabei, das Ebro-Delta zu überfliegen. In diesem Augenblick meldete der MG-Schütze sechs Doppeldecker mit Kurs auf ihre Maschine.

»Denen fliegen wir davon«, meinte der Funker, doch sicher war er seiner Sache nicht.

Obwohl die He 111 ohne Last mit über 400 Stundenkilometern Spitzengeschwindigkeit bedeutend schneller war als die Jäger, nützte ihnen dieser Vorteil mit der noch vollen Bombenlast nichts – es war also höchste Zeit, die Bomben loszuwerden.

Oberleutnant Pritsch legte sein Flugzeug in eine leichte Linkskurve, nahm Kurs auf die graue Masse einer Stadt am Ebro, der hier in nord-südlicher Richtung verlief, und befahl, die Bombenschächte zu öffnen.

»Stadt und Festung Tortosa. Halte mitten rein!«

Der Bombenschütze löste die Haltevorrichtungen, die Bomben fielen aus den Schächten, schneller und schneller zur Erde. Die bereits unter Vollgas laufenden Motoren heulten laut auf, als die He 111 nach dem Bombenabwurf ihre Geschwindigkeit erhöhte. Die Jagdflugzeuge konnten jetzt nicht mehr mithalten, der Bordschütze hörte zu feuern auf. Über Bordfunk kam die triumphierende Stimme des Schützen aus der Bodenwanne: »Alle Bomben abgeworfen und mitten im Ziel gelandet.«

»Das war auch keine Kunst. Das Ziel war groß genug«, sagte Oberleutnant Pritsch und nahm Kurs auf Soria. Wenn nichts dazwischen kam, würden sie vor Ablauf einer Stunde dort wieder landen können.

## 33. KAPITAL

Nach der Gerichtsverhandlung wurde Milan nicht mehr in die alte Zelle gebracht. Die neue, in die man ihn jetzt führte, befand sich in einem Seitentrakt und war nach dem finsteren Loch, in dem er bis dahin untergebracht war, luxuriös. Die Zelle war hell, hatte einen Holzboden und an der Wand eine lange Holzpritsche, das Fenster war verglast, und der Notdurfteimer in der Ecke hatte einen Deckel. Doch hatte Milan für all diese Annehmlichkeiten keinen Blick übrig.

Seine Überraschung hätte nicht größer sein können, als er einen der fünf Zelleninsassen auf den ersten Blick erkannte. Es war niemand anderer als sein slowenischer Genosse, und fast könnte man sagen Freund, aus der XIII. Internationalen Brigade, Janko Brem.

Korporal Janko Brem, der jetzt allerdings die etwas zerschlissene und verschmutzte Uniform eines einfachen Soldaten trug, machte im Gegensatz zu früher einen vergrämten, verbitterten Eindruck. Doch schien er keineswegs niedergeschlagen oder ängstlich zu sein, obwohl er, wie alle hier, dazu allen Grund gehabt hätte.

Janko Brem schien Milans plötzliches Auftauchen eher peinlich zu sein, und so fiel die Begrüßung etwas mürrisch aus. Aber während des kargen Abendessens – Brot und dünne Suppe, in der einige Bohnen schwammen – taute Janko Brem doch etwas auf, und im Laufe der Nacht erfuhr Milan, wie Janko Brem, ein der Revolution mehr als nur ergebener Mann, Mitglied der allmächtigen kommunistischen Partei, in diesem republikanischen Gefängnis gelandet und ebenso wie Milan zum Tode durch Erschießen verurteilt worden war. Er erzählte Milan die traurige Geschichte des Kommunisten Janko Brem, der in den Wirren des Spanischen Bürgerkriegs vom verdienten, ergebenen Parteigenossen, kampferprobt, zum Zugführer ernannt, dann durch die Beschuldigung, ein Ustascha-Agent,

Spion und Saboteur zu sein, ruhmlos aus der Partei ausgeschlossen und zum Tode durch Erschießen verurteilt worden war.

Erschossen wird immer im Morgengrauen ... Ob sich auch die Republikaner an diese Tradition hielten, von der auf der anderen Seite der Gefängniswärter gesprochen hatte?

Wie eine Antwort auf diese Frage, näherten sich draußen Schritte, die Zellentür wurde aufgeschlossen, ein Sergeant der Milizarmee in Begleitung dreier Soldaten trat ein, blickte die Insassen der Reihe nach schweigend an, klappte einen Aktendeckel auf, räusperte sich und verlas drei Namen – darunter auch den des Janko Brem.

Milan, dessen Herzschlag stockte, atmete erleichtert auf: Sein Name wurde nicht verlesen.

Entgegen den beiden Mitgefangenen, die verzweifelt, schreiend und schluchzend von den Soldaten aus der Zelle gezerrt werden mußten, stakste Janko Brem mit steifen Beinen kerzengerade aufgerichtet und schweigend zur Tür, drehte sich dort noch einmal um und sprach mit einer Stimme, wie sie Milan bei ihm noch nie gehört hatte:

»Wir sterben in Würde! Es lebe die Revolution! Es lebe ihr Führer, Genosse Stalin.«

Zehn Minuten später hörte man eine Gewehrsalve und ein paar einzelne Schüsse. Danach sprach einer der Verurteilten, die in der Zelle zurückgeblieben waren:

»Amen. Gott sei ihren Seelen gnädig.«

Während des Vormittages wurden wieder zwei Häftlinge in die Zelle gebracht. Einer von ihnen, ein unscheinbarer junger Bursche, grinste breit, als er Milan sah.

»Dich kenne ich«, sagte er. »So trifft man sich wieder. Erinnerst du dich nicht? *Nueva Esperanza*. Ich bin Juan. Ich habe dort die Schafe gehütet.«

Nun erinnerte sich Milan, den Jungen auf der Finca *Nueva Esperanza* gesehen zu haben.

»Warum bist du hier?«

»Als sie kamen ... Zwei von ihnen habe ich umgelegt.«

Als kurz nach dem Mittagessen drei weitere Delinquenten gebracht wurden, auch sie zum Tode verurteilt, war die Zelle voll besetzt.

In der Morgendämmerung des nächsten Tages waren keine Schritte zu hören, der Sergeant mit seinem Aktendeckel blieb aus. Heute würden also vermutlich keine Erschießungen stattfinden. Und morgen, fragte sich Milan. Morgen in aller Frühe?

Nach den vorangegangenen kalten und regnerisch düsteren Tagen war dieser Tag wieder freundlicher, der Himmel klarte auf. Gegen Mittag gaben Sirenen Fliegeralarm. Doch die nationalistischen Bombenflugzeuge überflogen Tortosa in großer Höhe. Nach der Entwarnung kam der Aufseher und sagte, jeder, der dies wolle, könne für eine halbe Stunde auf den Gefängnishof gehen, um Luft zu schnappen und ein paar Sonnenstrahlen einzufangen. Er war ein schon etwas älterer und offensichtlich einsichtiger Mann; den Zusatz »vermutlich zum letzten Mal« verkniff er sich.

Nur einer der Insassen lehnte mit einem Fluch das Angebot ab und blieb finster vor sich hinstarrend in seiner Ecke sitzen; das war sein endgültiges Todesurteil.

Die Gefangenen wurden auf einen kaum zehn mal zehn Meter großen, von hohen Mauern umgebenen Seitenhof geführt. Es war kalt, doch die hochstehende Sonne schickte angenehm wärmende Strahlen in das kahle Geviert. Die Häftlinge durften umhergehen oder an der der Sonne zugewandten Seite der Mauer stehenbleiben, um die Wärme zu genießen; nur sprechen durften sie nicht miteinander. So also stand jeder für sich allein in der Sonne oder ging umher, zwölf Schritte in jeder Richtung.

Die Außenmauern, ungefähr vier Meter hoch, trugen oben nach innen geneigte Stacheldrahthindernisse, um ein Überklettern unmöglich zu machen. Doch daran dachte ohnehin niemand. Es gäbe nur eine einzige Möglichkeit, hier und jetzt hinauszukommen, sagte sich Milan, während er sehnsüchtig die Kronen zweier mächtiger Platanen jenseits der Mauer ansah. Das Motorengeräusch eines Flugzeuges näherte sich, aber es gab keinen Fliegeralarm.

Man müßte fliegen können! Wie manchmal im Traum, sich einfach abstoßen, höher und höher, schneller und immer schneller davonschweben und verschwinden, noch bevor die Wachsoldaten schießen könnten. Davonfliegen in dem flimmernden Sonnenlicht, über die Mauer schweben zu dem schönen Zaubergesicht zwischen den Zweigen.

Milan wußte, daß er sich das zwischen den Platanenzweigen schwebende Feengesicht nur einbildete und daß es im nächsten Augenblick verschwinden, sich in Nichts auflösen würde. Während das

Flugzeuggeräusch näher kam, ging er weiter auf die Ecke zu, wo die Außenmauern zusammentrafen, den Blick nach oben, dem Gesicht zwischen den Zweigen zugewandt.

Vertieft in den Anblick des im Sonnenlicht gaukelnden Gesichts, prallte er mit dem jungen Schafhirten zusammen, der an die Mauer gelehnt, die Hände in den Hosentaschen, in den Himmel blinzelte. »Das ist ein Deutscher«, sagte er. »Eine Heinkel oder so was.«

Milan folgte seinem Blick und sah zu dem Flugzeug hinauf, das genau über ihnen das Gefängnis überflog. Er sah eine Reihe winziger Punkte herabschweben, schnell größer werdend, ein rauschendes Pfeifen übertönte das Motorengeräusch, dann krachte es auch schon hinter der Gefängnismauer.

Milan riß den mit offenem Mund emporstarrenden Juan mit und warf sich mit ihm in die Ecke. Das pfeifende Rauschen und die Detonationen des Reihenabwurfes näherten sich schnell – zwei – drei – vier, fünf, sechs zählte Milan automatisch mit. Dann der siebente, so laut, als würde der Himmel einstürzen und die Erde unter sich begraben. Steine, Erde, Äste prasselten herab, Milan verlor sekundenlang die Besinnung. Als er wieder zu sich kam, war alles still. Neben sich sah er Juans Gesicht mit einem festgefrorenen blöden Grinsen. Er schaute an Milan vorbei, sagte etwas, Milan folgte seinem Blick auf die nun plötzlich stumm gewordene Umgebung. Dort, wo eben noch der Gefängniswärter mit seinen zwei Wachsoldaten stand, klaffte hinter dem beißend stinkenden Rauchschleier ein Riesenloch in der Hauswand. Die Männer waren verschwunden. Die Bombe hatte auch in die Außenmauer gegenüber eine breite Bresche geschlagen.

Noch hatte Milan nicht ganz begriffen, was geschehen war, als ihn Juan ungeduldig an der Jacke zog. Durch das langsam nachlassende Klingeln in den Ohren konnte er jetzt auch seine Stimme hören: »Siehst du? Siehst du?« Juan rappelte sich auf. »Komm jetzt, komm, schnell!« Er sprang auf und lief unsicher schwankend zu der Bresche in der Außenmauer. Milan folgte ihm. Juan kletterte über die Trümmer, hielt oben an, schaute sich um, ob Milan ihm folgte, und rief wieder mit einem Grinsen im Gesicht: »Kommst du? Jetzt geht's nach Hause!«

In der Baumkrone hinter ihm, im Licht der Sonne, die nach wie vor von einem blauen Himmel strahlte, als sei nicht das Geringste geschehen, in den davonziehenden Rauchschwaden lächelte das Feengesicht von vorhin.

»Komm schon, komm!« rief Juan ungeduldig, verschwand hinter den Mauerresten – und verschwunden war auch das Elfengesicht, der Traum, die Vision ... was es auch immer sein mochte.

Ohne einen Blick zurückzuwerfen, kletterte Milan über das Geröll, sprang drüben über einen breiten, halb verschütteten Graben und folgte Juan.

## 34. Kapitel

Nach ihrer wundersamen Rettung aus dem Gefängnis machten sich Milan und Juan auf den Weg nach Barcelona. Nach Barcelona deshalb, weil er dort zu Hause sei und eine Menge guter Freunde habe, bei denen sie Unterschlupf finden würden, wie Juan ihm erzählte, als sie in einem aufgelassenen Steinbruch außerhalb der Stadt saßen. Hier hatten sie sich vorläufig versteckt, um nach Anbruch der Nacht weiterzuziehen. »Wir könnten, zum Beispiel, zu Madame Antonia gehen. Ach, Madame Antonia! Und erst ihre Mädchen, eine schöner als die andere!« Juan verdrehte verzückt die Augen. »Das ist die Idee – Madame Antonia. Sie hat ein Herz, so riesengroß, daß alle Menschen darin Platz haben.«
Milan war es recht. Wo sollte er sonst hingehen? Jeder Schritt nach Norden würde ihn näher zu Vaters Land bringen. Von Barcelona aus war es nicht mehr weit zur französischen Grenze, und wenn er erst einmal in Frankreich war, würde sich alles andere irgendwie finden.
Ob man nach ihnen suchte oder ob ihre Flucht zunächst in der Aufregung nach dem Angriff untergegangen war, wußten Milan und Juan nicht. Auch nach dem Verbleib der anderen Mitgefangenen fragten Milan und Juan nicht. Vielleicht waren sie von der Bombe getötet worden, vielleicht hatte man sie zurück in die Zelle gebracht, vielleicht war auch ihnen die Flucht geglückt … Ihre Wege hatten sich in dem Augenblick vermutlich für immer getrennt. Eine Bombe, die diesmal nicht nur Tod und Verderben gebracht, sondern ihr Leben gerettet hatte. Zunächst war allein das wichtig: Sie lebten!
Das Glück oder das Schicksal oder auch die Gunst der Vile Rodjenice, wie man es auch nennen mag, blieb ihnen weiterhin hold. Von Tortosa nach Barcelona waren es rund 100 Kilometer Luftlinie und fast doppelt so weit der Weg über die Berge im Hinterland; sie ent-

schieden sich jedoch für den beschwerlicheren, weiteren, vermutlich sichereren Weg, als den kürzeren küstennahen zu nehmen, auf dem sie eher den Patrouillen in die Hände laufen würden. So umgingen sie die größeren Städten Reus, Tarragona und Villafranca. Sie litten unterwegs keinen Hunger und Durst, und nachts fanden sie stets ein Dach über dem Kopf. Dafür sorgte Juan. Sahen sie unterwegs eine einsam stehende Finca oder ein kleines Dorf, beobachtete er es lange und ausgiebig und schnüffelte dabei in die Luft wie ein Hund, der Witterung aufnimmt. Er könne auf tausend Meter riechen, ob die Leute dort zuverlässig und gutherzig seien oder auf Verrat sannen, sobald sie junge Männer zu Gesicht bekamen, die um Essen und Obdach baten. Vielleicht konnte er das wirklich; jedenfalls kam er von seinen Streifzügen nie mit leeren Händen zurück. Hin und wieder und wenn sich Gelegenheit dazu bot, ließ er auch etwas mitgehen, ohne erst zu fragen; so besorgte er ihnen warme Unterwäsche, Schuhe, für sich einen fast neuen Wintermantel und für Milan einen dicken Pullover wie ihn die Hirten unter den Regenumhängen trugen. Milan ließ er stets zurück. »Du brauchst gar nicht erst den Mund aufzumachen, damit man dich als Ausländer erkennt.«

Am späten Nachmittag des Vorweihnachtstages erreichten sie Barcelonas westliche Vorstädte. Unter der Anhöhe, auf der sie standen, erstreckte sich bis zum bleiernen, mit dem Horizont verschmelzenden Mittelmeer ein graues Häusermeer. Kirchtürme und in den Himmel ragende Fabrikschlote, aus denen der kalte Westwind schwarze Rauchfahnen hinaus aufs Meer trieb, der Hafen mit der hochaufragenden Kolumbussäule und den Kränen und Schiffen, das schwarzgraue Dächerwirrwar der Altstadt.
»Na endlich!« rief Juan mit leuchtenden Augen. »Jetzt sind wir zu Hause. Siehst du? Die schönste Stadt der Welt! Was sagst du nun?«
Milan sagte gar nichts. Er nickte nur. Für Juan mochte diese riesige graue Häuseransammlung mit ihren Fabriken und dem Hafen die schönste Stadt der Welt und sein Zuhause sein, für ihn war sie wieder nur eine Station auf dem Weg in Vaters Land.
Auf Seitenstraßen, durch Gassen, Gäßchen und Hinterhöfe gelangten sie in das Hafenviertel. Juan kannte sich in seiner Stadt offenbar wirklich so gut aus, wie er behauptete, er zögerte nie, wenn eine

neue Richtung einzuschlagen war – und während der ganzen Zeit war ihnen kein Gendarm, keine der zahlreichen Patrouillen der Volksarmee begegnet, die in Barcelona besonders zahlreich sein sollten.

»Als Bespizorny« – Juan gebrauchte das russische Wort für eines jener Kinder, die ohne Familie auf der Straße aufwachsen – »mußt du die Uniformen schon drei Gassen vorher riechen«, erklärte er Milan, als er einmal stehenblieb und seine Nase in die Luft hielt. »Wir werden einen kleinen Umweg machen ...«

So erreichten sie ungefährdet das Hafenviertel und hier das äußerlich unscheinbare, im Innern jedoch unerwartet luxuriös ausgestattete Haus der Madame Antonia.

Nach einer gebührenden Wartezeit empfing Madame Antonia Juan und Milan in ihrem Salon. Sie saß auf einer seidenbezogenen Chaiselongue, an der Wand hinter ihr ein farbenprächtiger Gobelin mit einer nackten, verführerischen Schönheit. Wie alt Madame war, konnte man schwer schätzen. Ihr Gesicht unter den tiefschwarzen, glatt zurückgekämmten Haaren blieb im Schatten der Stehlampe, ihr üppiger Körper schien für ihre reiferen Jahre jedoch überraschend straff.

»Sieh mal an, wer da kommt!« rief sie den Eintretenden entgegen. »Ich traue meinen Augen nicht! Juanito! Du hast dich lange nicht blicken lassen. Wo hast du gesteckt?«

»Ich habe etwas Krieg geführt, Madame«, antwortete Juan vor Wiedersehensfreude übers ganze Gesicht strahlend.

»Krieg? Jeder führt heutzutage Krieg! Und wen hast du da mitgebracht?«

Madame Antonia beugt sich etwas nach vorn und schaute Milan an. Ihre Augen waren weder groß noch besonders ausdrucksvoll, jedoch von einem intensiven Blau, wie Milan es noch nie gesehen hatte.

»Das ist Milan, mein, also, mein Freund«, sagte Juan.

»Milan? Das ist kein spanischer Name. Woher kommst du, Milan?«

»Aus Rumänien ... Ursprünglich.«

»Ursprünglich? Ich verstehe. Rumänien ... Bukarest? Eine schöne Stadt. Ich war vor noch gar nicht so langer Zeit zwei oder dreimal in Bukarest. Paris des Balkans nennt man es. Ein bißchen verrückt und sehr, sehr elegant. Milan also.« Sie nahm aus einer silbernen

Dose vom Tischchen neben ihr eine Praline, steckte sie in den Mund, nahm zwei weitere heraus und warf sie zielsicher durch das Zimmer zu den jungen Männern an der Tür. Beide fingen sie auf. Juan steckte seine sogleich in den Mund, während Milan sie unentschlossen in der Hand behielt.

Madame Antonia lachte. »Du reagierst schnell, Milan. Hast du auch Krieg geführt?«

Sie winkte die beiden jungen Männer zu sich und ließ sich berichten. Am Ende der Unterhaltung klingelte Madame Antonia ihrer Haushälterin Bozena, einer ehemals sicher schönen, doch nun längst verblühten Tschechin, und befahl ihr, ihnen Essen und Trinken zu geben und ihnen ein Zimmer im Hinterhaus herzurichten. »Zimmer fünf, du weißt schon. Sie bleiben vorerst hier, zwei oder drei Tage, bis ich … Wir werden sehen.« Sie sollten jetzt erst einmal ein Bad nehmen, dann wieder zu ihr kommen. »Dann werden wir überlegen, wie wir die Probleme lösen. Juanito werden wir in zwei oder drei Tagen unterbringen. Bei dir, Milan, wird es schwieriger. Wir müssen also überlegen.«

Wie ihm Juan bei ihrem Kommen anzüglich grinsend prophezeit hatte, empfing Madame Antonia, angetan mit einem seidenen Schlafrock, der ihre Formen sowohl verhüllte als auch enthüllte, Milan in ihrem Schlafzimmer – schon in der ersten Nacht. Das weiche, gedämpft gehaltene Licht verbarg zwar nicht ganz die schon vorhandenen Fältchen in ihrem Gesicht und auf dem Hals, doch ihre tiefschwarzen Haare und die strahlend blauen Augen ließen sie noch recht jugendlich erscheinen. Ohne große Umschweife klopfte sie mit der flachen Hand auf ihr breites Bett und hieß Milan, sich zu ihr zu setzen. Über sein Problem wurde zunächst allerdings nicht gesprochen. Während sie ihn dies und jenes fragte und wissen wollte, ob er schon gewisse Erfahrungen mit Frauen hätte, »– du weißt schon, was ich damit meine«, begann sie, ihm die Jacke aufzuknöpfen …

In dieser Nacht erhielt Milan die erste Lektion in der höheren Kunst der Liebe, der noch viele folgen sollten. In Madame Antonia fand er eine so erfahrene und meisterliche Lehrerin, wie man sie jedem jungen Mann nur wünschen konnte, damit er die Höhen des sinnlichen Rausches und Liebesglücks erfahre.

Madame Antonia war eine nicht nur in ihren Kreisen bekannte und geachtete Persönlichkeit. Als junges Mädchen war sie aus den nördlich gelegenen Bergen gekommen, mit nichts anderem im Gepäck als ihrer eigenwilligen, etwas kantig wirkenden Schönheit, einem festen, wohlgestalten Körper auf kräftigen, etwas kurz geratenen Beinen und einem eisernen Willen, es in der Stadt zu etwas zu bringen, um der drückenden Armut zu entkommen, in der sie ihre Kindheit verbracht hatte. Zunächst brachte sie es allerdings statt zum Leben im Überfluß zu täglicher Prügel durch einen Zuhälter. Doch Antonia war aus einem anderen Holz als die Frauen, mit denen es ihr Verführer und »Meister« – so hatte er sich selbst genannt – sonst zu tun gehabt hatte. Sie lernte schnell. Und eines Morgens fand man seine Leiche im Hafenbecken; für die Polizei ein Fall von Rivalitätskämpfen im Milieu, der alsbald und ohne große Nachforschungen zu den Akten gelegt wurde. Antonia blieb auf dem Strich. Es gefiel ihr. Und weil es ihr gefiel und sie die Männer gern mochte, hatte sie zunächst als Hafenhure und schon bald als »Mädchen für bessere Herren« großen Erfolg. Unter den Zuhältern, die sich ihr zuweilen als Beschützer andienten, verschaffte sie sich bald Respekt. Es sei mit Antonia, bald schon Madame Antonia, nicht gut Kirschen essen. Sie könne sich nicht nur selbst ihrer Haut wehren, sondern hätte auch mächtige und einflußreiche Freunde, die jederzeit gern bereit wären, ihr zu Diensten zu sein.

Vor der Weltwirtschaftskrise Ende der Zwanziger Jahre besaß Madame Antonia drei Etablissements. Eines für die laufende Kundschaft wie Matrosen und Soldaten, in dem es wie in einem Bienenhaus zuging, eines für die Kunden aus den Kreisen des gehobenen Bürgertums und das dritte für die Angehörigen und Reichen des Geburts- und Geldadels, einflußreiche Politiker, Industrielle, reiche Väter und dessen Söhne, kurzum für die allerersten Kreise.

Die ausbrechende Weltwirtschaftkrise konnte ihr nichts anhaben; die Kunden, die ihr Vermögen verloren und ausblieben, wurden durch andere ersetzt, die gelernt hatten, im trüben zu fischen und in unsicheren Zeiten ihr Schäfchen ins trockene zu bringen.

Die Mädchen, die bei Madame Antonia arbeiteten, ach, diese Mädchen hatten es in sich! Sie kamen von überall her, Europa, Afrika, Asien, Südamerika … Für den ständigen Nachschub an Mädchen sorgte Madame Antonia selbst. Die Suche führte sie in alle europäischen Großstädte, dies war auch der Grund ihrer Reisen nach Bukarest, von denen sie Milan erzählte. Mit einem untrüglichen Instinkt wählte sie nur jene aus, die, wie sie selbst, Spaß an ihrer Arbeit mit den Männern hatten.

Madame Antonia und ihre Mädchen ... Keine Frage, sie hatten es bei ihr gut getroffen. Während der Revolution im Sommer 1936, die in Barcelona am weitesten gediehen war und vorübergehend die Anarchisten an die Macht gebracht hatte, wurden alle Bordelle – und es gab nicht wenige in dieser Stadt! – geschlossen. Madame Antonias Mädchen wurden in alle Winde zerstreut, die meisten taten allerdings anderswo weiter das, was sie bisher getan hatten, nur unter weitaus ungünstigeren Umständen; aus Freudenmädchen wurden wieder Huren.

Nach drei beglückenden wie auch anstrengenden Nächten eröffnete Madame Antonia Milan, daß sie nunmehr entschieden habe, wie es mit ihm weitergehen solle. »Hier kannst du nicht bleiben. Die Stadt wird immer unsicherer, die Regierung geht immer brutaler vor, ganze Straßenzüge werden nach Deserteuren durchkämmt. Früher oder später würden sie dich selbst bei mir finden. Meine alten Freunde in wichtigen Positionen sind verschwunden, und die neuen Machthaber wollen sich damit brüsten, wie rigoros sie gegen alle Feinde der Republik vorgehen. Kurzum, ich habe beschlossen, dich auf mein Gut in den Pyrenäen zu bringen. Dort kannst du in Sicherheit abwarten, bis ich die notwendigen Papiere für dich besorgt habe, mit denen du ausreisen kannst. Du wolltest nach Deutschland? Ausgerechnet! Kämpft in den Interbrigaden, lebt bei den Anarchisten und dann Deutschland! Was willst du denn dort?«

Milan überlegte, ob er Madame Antonia die Geschichte von seinem unbekannten Vater erzählen sollte, ließ es jedoch bleiben. Er habe dort entfernte Verwandte, die ihn immer wieder einmal eingeladen hätten, erklärte er ihr nicht ganz wahrheitsgemäß. Und wohin sollte er sonst gehen? Zurück nach Rumänien? – Unmöglich. In Spanien bleiben? Niemals! Überall würde er verfolgt – auf ein neues Wunder könne er nicht hoffe.

»Da kannst du recht haben«, seufzte Madame Antonia. »Man darf das Schicksal nicht herausfordern. Auf meinem Gut wirst du sicher sein. Meine Leute halten dicht. Dort könntest du bleiben, bis ...

Also, es wird eine Weile dauern, bis ich dir die Papiere besorgt habe, mit denen du einigermaßen sicher reisen kannst. Und es wird nicht billig sein.«

Daran hatte Milan bis jetzt noch keine Gedanken verschwendet. Er wäre dankbar, wenn sie ihm das Geld vorstrecken oder leihen würde, er könnte es ja irgendwie abarbeiten, vielleicht abarbeiten auf dem Gut, er wäre bereit, sozusagen Tag und Nacht...

Madame Antonia winkte ab: »Dann schon lieber nachts«, sagte sie lachend.

»Ich meinte arbeiten. Richtig arbeiten, auf dem Feld, in einer Werkstatt...«

»Schon gut, mein Lieber, ich habe auch so verstanden. Heute abend fahren wir los.«

Auf Nebenstraßen verließen sie Barcelona und später über unbefestigte Wege, um die zahlreichen Kontrollen zu umgehen. Madame Antonias Chauffeur, ein dicker, kohlrabenschwarzer Mann aus der spanischen Kolonie Rio Muni kannte sich offensichtlich genau aus, und Madame Antonia hatte vorgesorgt. Milan trug so etwas wie eine Uniform und Mütze und reiste als ihr Diener und Leibwächter. Außer der Kontrolle an einer Brücke in der Stadt Manresa nördlich von Barcelona reisten sie unbehelligt.

Vor den Wirren der Revolution wich Madame Antonia immer öfter auf ihr Gut in den südlichen Pyrenäen aus; sie hatte es nach der Weltwirtschaftskrise gekauft. – Es war jenes Gut, auf dem ihre Eltern und alle ihre Vorfahren ein rechtloses Leben als leibeigene Landarbeiter verbracht hatten. Dieses Schicksal wäre auch ihr bestimmt gewesen, wenn sie nicht den Mut gehabt hätte, dieses in die eigene Hand zu nehmen und bei Nacht und Nebel nach Barcelona zu fliehen. Als der hochverschuldete Padron das Gut dann versteigern lassen mußte, hatte sie es durch einen Strohmann erworben und konnte ihre Genugtuung darüber nicht verhehlen.

Auf Gut Siete Fuentes, was so viel wie sieben Quellen heißt, verbrachte Milan mehr als ein ganzes Jahr. Dieses nach den überstandenen Gefahren und Entbehrungen für ihn eher geruhsame Jahr, in dem ihm das Schicksal eine Atempause gönnte, um ihn für die folgenden Jahre neue Kräfte sammeln zu lassen, in denen es nach der Prophezeiung der Vile Rodjenice weitere Gefahren für Leib und Leben auf dem Weg in Vaters Land zu überstehen gab, war für Europa ein Schicksalsjahr, das die endgültige Wende in die finsteren Abgründe des allergrößten Krieges der an Kriegen wahrhaft reichen Geschichte der Menschheit brachte.

Anfang Januar gelang es den Republikanern, Teruel zu nehmen, doch ihre Verluste bei den blutigen Kämpfen waren so groß, daß ihnen – wie schon in Brunete – die Kraft für den Vorstoß nach Westen fehlte. Die Franquisten traten zur Gegenoffensive an und eroberten Ende Februar Teruel zurück, stießen danach weiter vor und erreichten Mitte April das Mittelmeer. Das republikanische Territorium war damit in zwei Teile getrennt worden, eine Verbindung war nur noch über den Seeweg möglich. Das Ende des spanischen Bürgerkrieges schien sich abzuzeichnen. Den mit letzter Verzweiflung geführten Gegenoffensiven der Republikaner am Ebro gelang es, den Vormarsch der Nationalisten vorübergehend aufzuhalten Die Kämpfe wurden mit äußerster Erbitterung und Grausamkeit geführt.

Die Legion Condor und die italienische Luftwaffe hatten endgültig die Luftherrschaft über Spanien errungen. Sie begannen mit systematischen Angriffen die Städte Barcelona, Valencia, Alicante und Albacete zu bombardieren.

Gegen die Auflösung der Interbrigaden hatten auch die Sowjets nichts einzuwenden. Im Gegenteil. Stalin buhlte zu dieser Zeit um die Freundschaft seines Erzfeindes Hitler. Dieser stand auf dem Höhepunkt seiner Karriere als Führer des Deutschen Reiches und machte sich auf den Weg, die Welt zu erobern.

Am Anfang seiner »Verbannung« auf Gut Sieben Quellen war er immer wieder enttäuscht, wenn Madame Antonia nach der Rückkehr von ihren Aufenthalten in Barcelona die ihm versprochenen Papiere nicht besorgt hatte.

Es gab Augenblicke, in denen sich Milan wie ein Gefangener vorkam. Erfand Madame Antonia alle Schwierigkeiten bei der Beschaffung von Papieren, um ihn hierzubehalten? Wollte sie ihn in Wirklichkeit gar nicht gehen lassen, brachte immer wieder neue Vorwände, um ihn auf der Hazienda zu halten? War ihre selbstlose, großherzige Hilfe, die Großzügigkeit, die er hier in ihrem Hause genoß, nicht nur Selbstsucht und der Wunsch, sich auf diese bequeme Art einen Liebhaber zu halten?

Ein häßlicher Verdacht, schalt sich Milan selbst. Häßlich und undankbar! Ohne Madame Antonia wäre er bestimmt wieder gefangengenommen und eingesperrt, wenn nicht gar erschossen worden – schon längst tot und begraben? Dennoch ... Sollte er nicht trotz aller Gefahren versuchen ...

Bei Anbruch des Frühjahrs hatte Milan immer öfter mit dem Gedanken an die Flucht aus seinem goldenen Käfig gespielt. Weiterziehen. Die in der Ferne violette Barriere der Pyrenäen überwinden, sich irgendwie über die Grenze nach Frankreich durchschlagen, versuchen weiterzukommen, in Vaters Land. Selbst wenn ihn die Franzosen unterwegs aufgriffen, sie würden ihn nicht an die Spanier ausliefern. Auch in einem Gefängnis wäre er bei ihnen sicher. Sie sind ein Kulturvolk – würden ihm schließlich Asyl gewähren oder ihn weiterziehen lassen. In solche Gedanken versunken, die angenehm wärmenden Sonnenstrahlen der Frühlingssonne genießend, saß Milan am offenen Fenster der Bibliothek, als Madame Antonia unhörbar hinter ihn trat, die Hände auf seine Schultern legte und sich an ihn lehnte, so daß er die harten, vermutlich mit Fischstäbchen versteiften Nähte ihres Korsetts spürte.

»Wie schön, die Sonne! Ich hasse den Winter! Hier oben (Madame Antonia sprach immer von »hier oben« wenn sie die Hazienda meinte) spürt man viel deutlicher, wenn der Frühling kommt, als in der Stadt. Dort gibt es nur gutes oder schlechtes Wetter, mal sind die Bäume kahl, mal sind sie belaubt, mal ist es kalt, dann wieder heiß, meistens zu heiß. Aber die Jahreszeiten merkst du nicht. Woran denkst du, Milanchito?« Milanchito nannte sie ihn, Milanchito! Am Anfang hatte er es ganz gern gehört, wenn sie ihn so nannte, zärtlich flüsternd Milanchito. Doch jetzt konnte er es kaum ertragen, so genannt zu werden.

»Ich denke an dies und das – ich lese und denke«, sagte er unbestimmt und klopfte auf das offene Buch auf seinen Knien, in dem er allerdings seit geraumer Zeit nicht mehr gelesen hatte.

»Ich weiß, woran du denkst, Milanchito. Du denkst: Wenn ich doch endlich über diese verfluchten Berge, aus diesem siebenmal verfluchten Land könnte! Das denkst du.«

»Aber ...«

»Sprich nicht!« Madame Antonia legte ihm die Hand auf den Mund. Dabei spürte er die Fischstäbchen ihres Mieders noch heftiger. »Ich weiß immer, oder fast immer, was Männer denken. Weißt du das nicht? Ich kann Gedanken lesen und die Zukunft voraussagen. Glaubst du das nicht? Und ich weiß auch genau, was dich dort draußen erwartet. Du kannst gehen, jederzeit, du bist kein Gefangener, Milanchito. Du kann jederzeit gehen, aber du kommst nicht weit. Nicht einmal ganz über diesen nächsten Berg. Sie fangen dich ab… Du könntest vielleicht mit einem alten Schmuggler gehen, aber das kostet eine Menge Geld, und das Risiko ist zu groß. Dieses Risiko gehe ich nicht ein. Dafür mag ich dich zu sehr, Milanchito. Es ist zu gefährlich, Milan, vergiß die Berge, vergiß die Grenze, genieße den Tag. Und erst recht die Nacht.«

Mit diesen Worten ging sie. Milan nahm das Buch wieder auf und versuchte zu lesen. Madame Antonia hatte recht, es war zu gefährlich. Genieße den Tag, Milan, sagte er sich. Den Winter über ging Milan so gut wie nie aus dem Haus. Es sei besser, wenn so wenige Leute wie möglich von seiner Anwesenheit auf der Hazienda wüßten, meinte Madame Antonia. Ihre Leute seien zwar zuverlässig und, wenn es darauf ankam, verschwiegen wie ein Grab, doch die Hand ins Feuer legen würde sie für niemanden.

Im Leben eines jeden von uns hängt alles mit allem zusammen, nichts geschieht von ungefähr, und was geschieht, betrifft jeden von uns, mag es noch so entfernt sein und unwichtig erscheinen. Wir sind in einem riesigen, alles umfassenden Netz eingesponnen und durch unsichtbare Fäden selbst mit Menschen und deren Schicksalen verbunden, von denen wir nicht das Geringste wissen, ja nicht einmal etwas ahnen.

Als Milan im Sommer 1938 in der Bibliothek von Madame Antonia diese Zeilen in dem Buch eines spanischen Philosophen las, gefielen sie ihm zwar gut, doch er konnte nicht viel damit anfangen. Inmitten eines der blutigsten Kriege in der Geschichte der Iberischen Halbinsel, am Vorabend des größten Weltenbrandes aller Zeiten, dessen Vorbereitungen nur ein Blinder übersehen, die Unheil verkündenden dunklen Trommelwirbel nur ein Tauber überhören konnte, lebte Milan auf der Hazienda der Madame Antonia wie auf einer Insel des Friedens. Was jenseits der unsichtbaren Grenze um diese Insel geschah, ging ihn nichts an. Seine im Laufe des vergangenen Winters und Frühjahrs gefaßte Meinung, sich mit der Suche nach einem Weg in Vaters Land Zeit zu lassen und in Sicherheit abzuwarten, bis sich die Lage etwas beruhigt und die hochgehenden Wogen der internationalen Krisenstimmung sich geglättet hatten, wurde bestärkt.

Unter denen, die von Milans Dasein auf dem Gut wissen durften, waren Madame Antonias Nichten Florence und Estrellita, beide zwischen sechzehn und achtzehn Jahre alt. Ihre Eltern, Antonias Bruder und dessen Frau, wurden zu Beginn des Bürgerkrieges von den Falangisten erschossen. »Ich habe für sie in Zaragoza das Internat bezahlt, und wenn der Krieg vorbei ist, werden sie wieder zur Schule gehen, aber bis dahin... Ich meine, so lange du hier bist, könntest du sie in Fremdsprachen unterrichten oder auch in anderen Fächern... Doch ich warne dich! Sie haben Hummeln unter den Röcken und werden alles mögliche versuchen, dir den Kopf zu verdrehen.«

Florence und Estrellita konnten ihre Verwandtschaft zu Madame Antonia nicht verleugnen, wohlgeformt und kernig, ein federnder Gang, anmutige Bewegungen und ein feuriges Temperament.

Diese zwei Mädchen sollte Milan in seiner neuen Rolle als Hauslehrer unterrichten, ihnen Bildung und Lebensart beibringen oder zumindest dort ansetzen, wo die berufenen Lehrer in Zaragoza aufgehört hatten. Mindestens zwei Stunden täglich, hatte Madame Antonia gefordert.

Diese Unterrichtsstunden nutzten nicht nur den Mädchen, sondern auch ihm; durch das Vorlesen oder Hören der spanischen Klassiker lernte er gleichsam nebenbei ein anderes Spanisch als das der Soldaten, Anarchisten und Bauern, das er bisher gesprochen hatte – er bekam eine Ahnung von dem poetischen Reichtum dieser klangvollen Sprache.

Was Milan Vergnügen bereitete, langweilte allerdings seine Schülerinnen. Der Abenteuer des Ritters Don Quijote und seines Dieners Sancho Pansa überdrüssig, machten sie Milan den Vorschlag, sie lieber die spanische Übersetzung des Decamerone lesen zu lassen. Eines Tages brachten sie ihm eine reich bebilderte französische Ausgabe des Kamasutra und baten ihn mit Unschuldsmienen, doch verdächtig glänzenden Augen, dieses Buch in der Französischstunde durchzunehmen. Milan gab sich Mühe, zweideutige Bemerkungen, derlei Vorschläge und Angebote zu überhören. Das fiel ihm allerdings zunehmend schwerer, und er fragte sich besorgt, doch andererseits auch nicht abgeneigt, wie lange er diesen Attacken von Florence und Estrellita noch standhalten würde. Wenn Madame Antonia auf der Hazienda der sieben Quellen weilte, hielten sich Florence und Estrellita natürlich wohlweislich zurück, kannten sie doch ihre Tante Antonia zur Genüge und wußten, wie schrecklich ihr Zorn sein konnte.

Nachdem die Bordelle der Madame Antonia geschlossen, ihre Mädchen in alle Winde zerstreut worden waren, hatte sich Madame Antonia anderen Geschäften zugewendet. Um welche Geschäfte es sich dabei handelte, sagte sie nicht, doch mußten sie ziemlich einträglich sein und nahmen viel Zeit in Anspruch, so daß sie immer öfter längere Zeit in Barcelona verbrachte und Florence und Estrellita ohne Aufsicht blieben.

Wenn er das Haus nicht verließ und kein Unterricht mit Florence und Estrellita stattfand, verbrachte Milan die meiste Zeit in der Bibliothek. Er las. Die ehemaligen Besitzer hatten offenbar großen Wert auf eine reiche Ausstattung der Bibliothek gelegt Was ihm früher beim Unterricht lästige Pflicht gewesen war, wurde ihm jetzt zur Lust und Erbauung. Während keine zweihundert Kilometer entfernt an der Ebro-Front blutige Kämpfe tobten und die Front von Tag zu Tag näher kam, während über dem Himmel auf- und abschwellend brummend die deutschen und italienischen Bomber mit ihrer tödlichen Last nach Barcelona und anderen Mittelmeerhäfen flogen, während Europa mit selbstmörderischem Eifer seinen Untergang vorbereitete, saß Milan in seiner Ecke, knabberte Kekse und Konfekt, trank hin und wieder ein Gläschen Likör, vergaß lesend alles um sich herum, las und las.

Für Milan wäre es ein leichtes gewesen, die Hazienda zu verlassen, zumal bei Madame Antonias längeren Abwesenheiten, und zu versuchen, versorgt mit heimlich beschafftem Proviant für einige Tage, durch die bewaldeten Hänge weiter zu gehen und die französische Grenze auf dem Hauptkamm der Pyrenäen zu erreichen.

Doch nicht nur die kursierenden Berichte über aufgegriffene und dann gleich liquidierte Deserteure, die Madame Antonias Warnungen zu bestätigen schienen, hielten ihn davon ab. Je länger er auf der Hazienda weilte, desto besser gefiel es ihm hier, die Gedanken an eine Flucht verblaßten.

In diesem Sommer kamen zu der meist unerträglichen Hitze in Barcelona auch noch die ständigen Luftangriffe der Franco-Luftwaffe hinzu. Einem solchen fiel auch Madame Antonias Etablissement für Matrosen, Soldaten und sonstige Laufkundschaft zum Opfer; es brannte bis auf die Grundmauern nieder. Doch schien das Madame Antonia nichts auszumachen.

»Nach dem Krieg baue ich ein neues Haus, ein Haus wie ...« Sie schnippte mit den Fingern, schnalzte mit der Zunge: »... wie ein Grand Hotel. Ein Tempel der Liebe. Etwas Vergleichbares wird's nirgends geben. Kunden aus der ganzen Welt werden zu mir kommen. Und Mädchen aus allen Ländern der Erde werden sie erwarten.«

Für Madame Antonia gab es keinen Zweifel, daß es nach dem Krieg wieder Bordelle – sie sprach allerdings immer von »Freudenhäusern« und »Freudenmädchen« – geben würde.

»Egal, wer den Krieg gewinnt. Der Trieb ist stärker als' jede Ideologie oder Religion.«

Als die schlimmste Hitze vorbei war und die Nachricht eintraf, daß auch das zweite Etablissement – jenes für das gehobene Bürgertum – von einer Bombe getroffen und teilweise zerstört worden war, reiste Madame Antonia wieder nach Barcelona. Dort würde sie diesmal trotz ständiger Bombenangriffe länger bleiben, sagte sie Milan. Sie müsse sich um ihre Häuser und die laufenden Geschäfte kümmern. Außerdem gelte es, sich langsam umzustellen, neue Verbindungen anzuknüpfen. Das Ende der Republik sei abzusehen.

»Bis dahin muß ich aber weg sein«, meinte Milan.

»Bis dahin werde ich dir auch Papiere besorgt haben, mit denen du reisen kannst, wohin du willst«, versprach Madame Antonia. »Die Regierung hat ihren Sitz von Valencia nach Barcelona verlegt, jetzt wird vieles leichter. Ich kenne ein paar Leute, die ich an gewisse Gefälligkeiten erinnern werde ...«

# 35. Kapitel

An manchen Tagen im Herbst verließ Milan trotz Madame Antonias an ein Verbot grenzender Warnung das Haus, ging in den Garten, stieg auf den höchsten Punkt, von wo er eine weite Aussicht über das Tal, die gegenüberliegenden bewaldeten Höhen der Sierra de Sant Julia del Mont mit den grauen Steinmassen des alten Castell de Mont Palau zur Linken hatte.

Auf der Straße unten im Tal zogen seit einiger Zeit immer dichter und länger werdende Flüchtlingskolonnen, vereinzelte Sanitätsfahrzeuge und Reste der geschlagenen Ejercito popular in Richtung Figuera.

Der Tag war sonnig und kalt, von der schneebedeckten Bergkette der Pyrenäen im Rücken wehte ein eisiger Wind. Doch Milan spürte die Kälte nicht, die durch seine Jacke drang. In ihm ging etwas vor, wofür es keine Worte gab, eine zur Entscheidung drängende Unruhe – wir kennen diesen Zustand der Unrast wohl alle, mit dem sich manchmal uns selbst überraschende Entschlüsse ankündigen, die dann zuweilen auch von einem Augenblick zum anderen gefaßt und in die Tat umgesetzt werden.

So stand er lange da, bis ihm der kalte Wind doch zu sehr zusetzte und ihn ins Haus trieb. Dort las er, aß mit Florence und Estrellita zu Abend, tat so, als hörte er die Anspielungen und Ankündigungen bevorstehender nächtlicher Freuden nicht, nahm sich wieder einmal vor, nicht darauf einzugehen.

Milans Gedanken waren bei den Flüchtlingen auf der Straße im Tal. In seiner Erinnerung tauchten Bilder auf, die er fast vergessen hatte. Gwendolyn – es wäre möglich, daß ihre Sanitätseinheit…

Seine Phantasie brachte ihn zurück zu ihrer letzten Begegnung.

Milan packte eine Leinentasche mit den nötigsten Dingen und verließ das Haus durch den Ausgang zum Garten, als würde er, wie er es schon hin und wieder getan hatte, nur in den nahen Wald gehen.

So ausgerüstet verließ Milan den Garten, schlug den Weg in den Wald ein und wendete sich dort ostwärts. Oberhalb der Straße legte er einige Kilometer zurück, bis er in der Nähe des Ortes Sant Jume, nun ganz sicher, daß man ihn nicht mehr beobachten konnte, die Hauptstraße betrat, um sich dort der langen Kolonne von Flüchtlingen anzuschließen, die alle das gleiche Ziel vor Augen hatten: Frankreich.

In Sant Jume, wo sonst kaum Verkehr herrschte, war die Hauptstraße so voll, daß es kaum ein Durchkommen gab. Der Marktplatz glich einem Heerlager. Militärlaster, mit allerlei Hausrat beladene Pferdefuhrwerke, Ochsen- und Eselskarren, Handwagen, um offenes Feuer lagernde Kinder, Frauen, alte Männer, neben ordentlich aufgestellten Gewehrpyramiden eine Abteilung der Ejercito popular. In diesem wimmelnden Durcheinander von Flüchtlingen und Soldaten der geschlagenen republikanischen Armee fiel einer wie er kaum auf, hoffte Milan. Darauf vertrauend, ging er weiter und passierte eine Kolonne von einem halben Dutzend Fahrzeugen mit aufgemalten roten Kreuzen – ähnliche Fahrzeuge hatte das englische Hilfslazarett, in dem er Gwendolyn kennengelernt hatte. Wenn es die gleichen wären – vielleicht wäre auch Gwendolyn ...?

Ob ihn ein Traumbild narrte oder ob es tatsächlich Gwendolyn war, die in einem zu großen Militärmantel um die Schultern, auf dem Kopf das Häubchen mit dem Roten Kreuz, aus dem Bäckerladen kam?

Er schaute genauer hin, trat ihr einige Schritte entgegen, sein Herz begann schneller zu schlagen.

Nein. Es war kein Traumbild. Keine Vision. Auch keine nur für ihn sichtbare Vile Rodjenice. Es war Gwendolyn wirklich und wahrhaftig. Als hätte sie seine Blicke gespürt, schaute sie sich suchend um. Ihre Blicke begegneten sich, und sie erkannte ihn sogleich. Ein Lächeln der Begrüßung breitete sich auf ihrem sommersprossigen Gesicht aus, lächelnd trat sie ihm einen Schritt entgegen und sagte:

»Milan? Tatsächlich – du bist es!«

Milan schloß sich der englischen Sanitätskolonne an. Der Führer der Kolonne, ein Feldwebel, zu dem Gwendolyn Milan brachte, erinnerte sich noch an ihn aus der Zeit des Einsatzes vor Brunete.

»Versprengt?« fragte er

»Versprengt«, antwortete Milan.

Damit gab sich der Feldwebel zufrieden, froh, jemanden zu haben, von dem er wußte, daß er bei den Verwundeten nützliche Arbeit leisten konnte. Milan bekam eine weiße Binde mit rotem Kreuz, trat damit aus der Illegalität eines Fahnenflüchtigen wieder in die Legalität eines Angehörigen der Freiwilligen Kämpfer im Verband der Ejercito popular und fühlte sich sogleich viel sicherer.

Für die Weiterfahrt bekam er einen Platz im Mannschaftswagen zugewiesen; Platz gab es darin genug, die Ausfälle an Sanitätspersonal waren während der Kämpfe an der Ebro-Front und des mehr und mehr einer Flucht ähnelnden Rückzuges hoch gewesen. Am härtesten hätte es die Kolonne bei einem Feuerüberfall durch die nationalistische Artillerie auf der Hauptstraße zwischen Zaragoza und Lerdida getroffen. Die durchgebrochenen Franquisten und Einheiten der deutschen Legion Condor hätten von einer Anhöhe aus die zurückflutenden Kolonnen der Ejercito popular und die zivilen Flüchtlinge mit leichten und schweren Fliegerabwehrkanonen beschossen.

»Für die war das ein Sport«, erzählte ein Sanitäter, der bei diesem Feuerüberfall verwundet worden war. »Mit ihren 8,8- und 2-cm-Kanonen ballerten sie im direkten Beschuß in die Kolonnen hinein, bis ihnen die Munition ausging, denke ich. Das hat uns den Rest gegeben.«

Bei diesem Massaker hätte die englische Sanitätskolonne die Hälfte ihrer Leute und Fahrzeuge eingebüßt. Unter den Toten wären zwei Ärzte gewesen, einer davon der junge Doktor, dessen Eifersucht es Milan zu verdanken hatte, daß er zurück an die Front geschickt worden war.

Jetzt sei man endgültig auf dem Weg nach Frankreich und von dort nach Hause, das spanische Abenteuer sei zu Ende, adios España!

Allerdings war es noch lange nicht so weit. Bis zur Grenze hatte man noch 60 oder 70 km zu bewältigen, und es konnte Tage dauern, bis man dort war. Auf der schmalen, von Flüchtlingen verstopften Straße kam man zuweilen nur im Schrittempo voran.

Gegen Mittag passierte man das Städtchen Besalu mit der berühmten Kathedrale und dem großen alten Kloster. Danach ging es etwas flotter weiter. Vor dem Dörfchen Queixas gab es wegen ineinander gefahrener Armeelastwagen wieder einen längeren Aufenthalt.

»Hoffentlich kommen die Freunde dort oben nicht auf die Idee, uns ein paar Grüße hinunterzuschicken«, sagte der Sanitäter mit dem verbundenen Arm, während er durch das Wagenfenster mit der zerschossenen Scheibe hinauf zum wolkenlosen Himmel blickte. Dort flogen franquistische Bomber in Begleitung von Jagdflugzeugen unangefochten ostwärts, Richtung Küste oder Barcelona, um dort die Verteidigungs- und Hafenanlagen zu bombardieren.

Barcelona sei gefallen, die Franco-Armee befinde sich entlang der Küste auf dem Vormarsch nach Norden, um die Grenzübergänge zu sperren und den Resten der Ejercito popular den Weg abzuschneiden, hieß es in Queixas. Wenn dies nicht nur ein Gerücht war, mußte man sich also beeilen, um noch vor Francos Truppen, dem Vernehmen nach Panzer und berittene Abteilungen der berüchtigten Moros, den Grenzübergang zu erreichen.

Daß diese Nachricht nicht nur ein Gerücht war, schienen drei Limousinen mit einem vorausfahrenden Panzerspähwagen zu bestätigen, die sich in aller Eile den Weg nach Figuera zu bahnen versuchten. Der gepanzerte Wagen drängte rücksichtslos alle anderen beiseite, schob Pferdefuhrwerke und Eselskarren in den Straßengraben, rammte da und dort ein Auto, das ihm nicht schnell genug auswich. Dabei streifte er auch den Mannschaftswagen der englischen Sanitätsabteilung, in dem Milan mitfuhr.

Im Vorbeifahren gelang es Milan, einen Blick in die Limousinen zu werfen, die dem Panzerwagen dichtauf folgten. Milan konnte einen Blick auf Offiziersmützen und schemenhafte Gesichter hinter den Scheiben erhaschen, dann war der Spuk vorbei.

»Das sind die Genossen, für die wir unsere Haut zu Markte tragen«, sagte ein Sanitäter aus dem Hintergrund, als sich der Mannschaftswagen schüttelnd und rüttelnd wieder in Bewegung setzte.

»Freiwillig, also beschwer dich nicht«, sagte ein anderer.

Milan beteiligte sich kaum an den Gesprächen, die alle um die »Heimfahrt« kreisten. Er dachte an Gwendolyn, die im ersten Wagen saß, welch ein glücklicher Zufall – und war glücklich.

Eine ohrenbetäubende Explosion, Splittern und Krachen. Der Mannschaftswagen wurde regelrecht in die Luft gehoben, neigte sich dabei zur Seite und kippte langsam um. Der Sanitäter mit dem verbundenen Arm rief etwas, seufzte, lehnte sich schwer an Milan und rührte sich nicht mehr. Ein faustgroßer Splitter hatte ihn am

Hals getroffen und ihm die Schlagader aufgerissen. Verständnislos sah Milan über sich die Fensteröffnung, streckte sich, zwängte sich hindurch, stemmte sich hinaus und fiel draußen kopfüber auf die Straße, wo er zunächst reglos liegenblieb.

Das alles geschah in völliger Stille. Betäubt und vorübergehend taub von der ersten Explosion hörte Milan erst nach und nach weitere Detonationen, dann Rufe, das schrille Schmerzensgeschrei eines getroffenen Pferdes, eine rufende Frauenstimme.

Das brachte ihn schlagartig wieder zu sich. Gwendolyn!

Sie war mit anderen Schwestern im vordersten Mannschaftswagen gefahren. Milan stand auf, wankte auf weichen Knien und noch immer halb taub nach vorn, wobei er sich Mühe gab, die schrecklichen Bilder, die sich ihm darboten, nicht zu sehen und in sein Bewußtsein dringen zu lassen.

Der erste Mannschaftswagen stand zwar etwas schief, sonst aber wie abgestellt am Straßenrand. Unter der halb abgerissenen Motorhaube qualmte und knisterte es, der Fahrer hing mit dem Oberkörper aus dem Fenster, versuchte mit den Händen nach etwas zu greifen. Auch die hintere Tür des Wagens war offen, und im Innern bewegte sich etwas, schmutzigweiß, rot, dann kroch eine Schwester auf allen vieren heraus, fiel zu Boden, blieb dort sitzen und starrte Milan verständnislos an. Danach kam eine zweite Schwester aus dem Wageninnern, richtete sich auf, sprang ganz normal auf die Straße, sah sich um, sagte etwas, schüttelte den Kopf und ging weg – ging einfach weg.

Jetzt war Milan an der Tür. Er beugte sich ins Innere und sah Gwendolyn. Sie lag auf dem Wagenboden, den Kopf zur Seite gedreht, die Wange in einer Blutlache, die sich langsam unter ihr ausbreitete und in einem dünnen Rinnsal über den Boden lief. Milan berührte ihr blutverschmiertes Haar, die Wange – wie blaß, wie entsetzlich blaß sie war! Dann richtete er sich langsam auf, sah zum Himmel, breitete die Arme aus, schüttelte die Fäuste und schrie den franquistischen Flugzeugen wilde Verwünschungen entgegen, die zum zweiten Angriff ansetzten, nachdem sie weiter vorn eine steile Schleife beschrieben hatten.

Während Milan auf der Straße den Flugzeugen entgegenblickte, die nach vollzogener Schleife wieder auf ihn zuflogen, fiel sein Blick auf den gepanzerten Lastwagen mit dem auf der Ladefläche montierten Maschinengewehr, der sie vorhin mit den Personenwagen im Gefolge überholt hatte. Querstehend und scheinbar unbeschädigt versperrte der Wagen die ganze Straße; das Maschinengewehr zeigte mit dem Lauf schräg nach unten, von der Besatzung war nichts zu sehen. Warum schossen sie nicht?

Milan schaute das Maschinengewehr an, sah die vorderste Maschine im direkten Anflug, sah wie aus den unteren Tragflächen kleine Flämmchen zu schlagen begannen und rannte los. Seine Wut, die ihn bis jetzt nur ohnmächtig mit den Fäusten hatte drohen lassen, fand jetzt ein Ziel. Gwendolyn! Sie hatten Gwendolyn getötet. Gwendolyn war tot.

Während die wieder anfliegenden Flugzeuge zu feuern begannen und die schreienden und wehklagenden Menschen Deckung suchten, lief Milan zu dem Lastwagen und sprang auf die Ladefläche. So kam es ihm vor: Jetzt noch hier, dreißig oder vierzig Schritte und im nächsten Augenblick schon hinter dem Maschinengewehr, das auf einer drehbaren Lafette montiert war. Eine Garbe fetzte Löcher in die Fahrerkabine, Querschläger sirrten, die Flugzeugmotoren röhrten ohrenbetäubend, Milan hörte es kaum. Ein deutsches Maschinengewehr 34, damit kannte er sich aus! Das konnte er im Schlaf bedienen. Die große Visiereinrichtung für die Bekämpfung von tieffliegenden Flugzeugen. Der Patronengurt war eingelegt. Milan entriegelte die Arretierungsvorrichtung auf dem Drehkranz – das MG ließ sich ganz leicht bewegen –, spannte den Verschluß und drehte den Lauf in die Abflugrichtung der vier Flugzeuge.

Er sah sie nur noch als kleine Punkte im hellen Blau des Himmels, knapp über braun-grünen Höhenrücken im Westen. Dreht um, kommt, kommt wieder, dachte er. Gwendolyn. Sie haben Gwendolyn getötet. Kommt, dreht um. Kommt!

Und sie kamen.

Sie beschrieben wie das erste Mal eine steile Schleife nach oben und flogen wieder an.

Milan wartete. Er hatte die erste Maschine im Visier, den Finger am Abzug, aber er wartete. Schieß erst, wenn du sicher bist, daß du mit dem ersten Schuß triffst. Sobald du schießt, beginnt das MG zu tanzen, und du landest nur noch Glückstreffer. Auf die ersten Schüsse kommt es an.

Jetzt war die erste Maschine so nahe, daß er deutlich den Kopf des Piloten hinter dem wirbelnden Propeller sah, die Verstrebungen zwischen den Tragflächen, die verkleideten Räder des Fahrwerkes und jetzt auch die aus den Tragflächen herausschießenden Flämmchen des Mündungsfeuers.

Milan kam es gar nicht zum Bewußtsein, daß der gepanzerte Lastwagen mit dem montierten Maschinengewehr möglicherweise ein lohnendes Ziel für den Piloten war. Doch selbst wenn, nichts auf der Welt hätte ihn jetzt aus der Ruhe gebracht. Seine Wut war so groß, daß sie kein anderes Gefühl zuließ als das der Rache.

Jetzt!

Kurz bevor der Pilot seine Maschine wieder hochzog, schoß Milan. Das Maschinengewehr rüttelte an seiner Schulter, das Flugzeug tanzte im Visier und verschwand gleich darauf nach oben. Milan wußte: Er hatte getroffen. Er wußte es so genau, als hätte er die Kugeln der Garbe gesehen und sie bis in ihr Ziel verfolgt. Das Gefühl eines grimmigen Triumphes durchdrang ihn. Er hatte getroffen. Jetzt der nächste, dachte er. Der nächste!

Während ihn das zweite Flugzeug zu schnell überflog, bekam Milan das dritte ganz gut ins Visier, doch nach wenigen Schüssen klemmte das Maschinengewehr, und bevor er durchlud und wieder zielen konnte, war auch die vierte Maschine vorbei. Milan schwenkte das MG – und sah, wie das erste Flugzeug, schon in einer Entfernung von anderthalb oder zwei Kilometern, plötzlich hochstieg und dabei eine dünne Rauchfahne nach sich zog, langsamer wurde, auf dem Höhepunkt des Steigfluges sekundenlang in der Luft zu stehen schien, abschmierte und trudelnd zur Erde stürzte.

Die anderen drei schien dies nicht zu beeindrucken. Wieder zogen sie ihre Schleife und kamen zurück, und wieder nahm Milan die erste Maschine ins Visier, wartete, wartete und schoß, als er sie nahe genug glaubte. Und wieder begleitete er die Garbe ins Ziel und wieder wußte er, daß er getroffen hatte.

»Der nächste! Wo bleibt der nächste!« schrie Milan jetzt laut und triumphierend, legte einen neuen Munitionsgurt ein. Er war bereit. Gwendolyn war tot. Mochten sie kommen.

Aber sie kamen nicht. Die zwei übrigen Maschinen zogen in die Höhe und verschwanden.

Im Kommuniqué des nächsten Tages hieß es, daß es gelungen sei, zwei feindliche Maschinen abzuschießen, die »auf gewohnt barbarische Weise der faschistischen Aggressoren« zivile Ziele angegriffen hätten. Auch dies sei ein Beweis dafür, daß der Kampfgeist der Ejercito popular ungebrochen sei.

Man könnte meinen, daß der Mann, der mutterseelenallein auf der Plattform des gepanzerten Lastwagens mit dem MG zwei angreifende, Tod und Verderben speiende Flugzeuge abgeschossen hatte, zumindest von den Augenzeugen gebührende Anerkennung erhielt. Doch schienen in dem blutigen und lärmerfüllten Schrecken dieser Minuten nur wenige beobachtet zu haben, was sich da abgespielt hatte. Der Mann, es war ein Korporal der Ejercito popular, der gleich nach Abflug der restlichen zwei Maschinen auf die Plattform des Wagens stieg und Milan mißtrauisch anschaute und fragte, was er, ein Sanitäter, hier zu suchen habe.

»Ich habe damit geschossen« – Milan schlug auf das MG – »und zwei von den Mistkerlen abgeschossen«, sagt er.

»So, du hast damit geschossen. Und wer hat dir die Erlaubnis dazu gegeben?« fragte der Korporal.

»Erlaubnis?« Milan sah den anderen verständnislos an. Der Korporal trug einen Stahlhelm, eine dicke Lammfelljacke, eine neue, nur an den Knien etwas verdreckte Uniformhose und sauber geputzte Schnürschuhe. Seine Augen waren unter dem Stahlhelmrand gerade noch zu sehen, und sie blickten Milan unheilverkündend an.

»Erlaubnis?« fragte Milan noch einmal, und der Korporal bestätigte:

»Du hast richtig verstanden – Erlaubnis.«

Nun merkte Milan, wie die Wut erneut in ihm hochkam, stieg und weiter stieg und überlief. Er begann zu sprechen, langsam, Wort für Wort, auf richtige Aussprache und Betonung bedacht, einen Satz an den anderen reihend, und je mehr er sprach, desto freier fühlte er sich. Frei, ja frei, und wäre bei allem Grimm, der ihn erfüllte in diesen Augenblicken, auch glücklich gewesen, wenn das Wissen um Gwendolyns Tod nicht gewesen wäre

»Erlaubnis, sagst du. Bei dir vielleicht? Und wo warst du, als die Faschisten kamen? Du hättest hier sein müssen, hier« – Milan schlug so heftig auf das MG, daß es ihn schmerzte – und sagte auf deutsch, weil er den richtigen spanischen Ausdruck nicht fand: »Du

Scheißer! Du …«, verfiel in seinem Zorn ins Russische »– du stinkst, du Scheißer!« und schleuderte die schrecklichsten Flüche und Verwünschungen hinterher, ohne an die eventuellen Folgen wegen Insubordination und Disziplinlosigkeit zu denken. »Geh mir aus dem Weg!«

Solange ihn Milan spanisch beschimpft hatte, war der Korporal nicht im mindesten beeindruckt gewesen, und ein gewisser Triumph war ihm anzusehen: Nun hatte er Grund, gegen diesen Mann vorzugehen und ihn zur Rede zu stellen und der Militärgerichtsbarkeit zu übergeben. Doch sobald er russisch hörte (wie diese Sprache der Genossen aus der großen Sowjetunion klang, wußte jedes Kind), bekam sein finsteres Gesicht einen unterwürfigen Ausdruck:

»Ich wußte nicht, Genosse, ich dachte nur – und ich gratuliere …«

»Durak!« sagte Milan auf russisch. Dann beeilte er sich, zurück zu der Sanitätskolonne zu kommen. Er kam nicht weit. Schon nach wenigen Schritten hörte er seinen Namen rufen.

»Milane, dodje vamo!«

Der Mann, der ihn rief, stand an einen der Wagen gelehnt, die vorhin die Sanitätskolonne überholt hatten. Das Fahrzeug lag umgestürzt neben der Straße, von den beiden anderen Wagen waren nur noch zerfetzte Blechteile zu sehen. Der Mann war groß, schmal, trug eine blutverschmierte Offiziersuniform, und Milan erkannte ihn und seine Stimme sofort.

»Milane, dodje vamo!« wiederholte der Mann auf serbisch. Milan, komm her.

Milan sah den Mann an und rührte sich nicht vom Fleck.

»Dodje vamo, ne boj se«, sprach der Mann. Komm her, hab keine Angst.

»Ich habe keine Angst«, sagte Milan.

Milan hatte seine Überraschung überwunden und wandte sich zum Gehen. Er wollte mit diesem Mann nichts zu tun haben. Das blasse Raubvogelgesicht unter den dichten, grau durchsetzten Haaren, das in der Halle der Villa Ilona zu ihm aufgesehen und dieselbe Stimme, die zu ihm gesprochen hatte: *Grüß deine Frau Mama – und alles bleibt unter uns, klar?* Crni. Der Montenegriner. Wie Cornelius Kveder sagte: *Ein führender Genosse.* Mama hatte diesem führenden Genossen Crni damals vermutlich das Leben gerettet. Seinetwegen hatte man sie verhaftet, im Gefängnis umgebracht. Seinetwegen hatte er, Milan, Rumänien verlassen müssen, und alles was danach folgte, geschah seinetwegen. Und dann, während der Verhandlung, kein Wort zu seiner Verteidigung, nicht einmal ein Zeichen des Erkennens.

»Milane – die anderen sind tot«, hörte Milan den Montenegriner sagen. »Ich bin verwundet und brauche Hilfe.«

»Ich werde Hilfe holen«, sagte Milan, ohne ihn anzusehen.

Merkwürdig und nachdenkenswert fand Milan, was sich in diesen Tagen ereignete – fast so, als hätten tatsächlich höhere Kräfte und Mächte ihre Hände im Spiel gehabt und Marussja mit ihrer Behauptung doch recht gehabt, daß einem Menschen stets nur widerfahre, was bei der Geburt in sein Schicksalsbuch eingetragen worden war. Er hatte Gwendolyn gefunden und sogleich wieder – wie er meinte – für immer verloren, das Wiedersehen mit dem Montenegriner – war das alles Zufall?

Er ging zurück zu der englischen Sanitätskolonne und fand zu seiner unbeschreiblichen Freude Gwendolyn mit verbundenem Kopf und noch etwas benommen, sonst aber in Ordnung am Straßenrand sitzen. Ein Splitter hatte ihr eine nicht sehr tiefe, doch stark blutende Wunde zugefügt, und was Milan für den Tod gehalten hatte, war nur eine tiefe Bewußtlosigkeit gewesen.

Den Rest des Tages und die darauffolgende Nacht verbrachte man mit der notdürftigsten Versorgung der vielen Opfer des Flugzeugangriffes. Milan half, wo er konnte, organisierte den Transport der Verwundeten mit Pferde- und Ochsenkarren in das gut zehn Kilometer entfernte Hilfslazarett bei Figueras.

Von den Offizieren in den drei Limousinen hatten außer dem Montenegriner Crni noch zwei weitere den Luftangriff überlebt. Beide starben, noch bevor sie nach Figueras gebracht werden konnte. Der unverletzte Korporal mit dem Stahlhelm war verschwunden. Crni hatte nach der notdürftigen Versorgung seiner Wunden einen Transport nach Figueras abgelehnt. Milan sollte bald erfahren, weshalb.

Die Sanitätskolonne verfügte nur noch über zwei fahrtüchtige Wagen, und man beschloß, daß die Schwestern und einige Verletzte noch vor Tagesanbruch über die Grenze nach Frankreich gebracht werden.

»Wie lange der Übergang nach Frankreich noch offen ist, weiß niemand. Es ist damit zu rechnen, daß Francos Leute die Grenze demnächst besetzen werden«, sagte der Sanitätsfeldwebel.

In der ersten zögerlichen Morgendämmerung fuhren die Sanitätswagen mit den Schwestern los und bahnten sich schaukelnd über die notdürftig freigemachte, von Kratern und Hindernissen blockierte, nur schwer zu befahrende Straße den Weg in Richtung Grenze.

»Wir sehen uns in Frankreich«, hatte Gwendolyn zum Abschied gesagt. »Du wirst uns finden.«

Gwendolyn, kaum gefunden, schon wieder verloren, schon wieder zu einem Bild der Erinnerung geworden.

# 36. Kapitel

»Ich werde versuchen, Sie ins Lazarett nach Figueras bringen zu lassen. Dort wird man Ihnen die Splitter herausoperieren.«
»Nein. Morgen oder übermorgen sind die Faschisten in Figueras.«
Er lag auf einer Decke neben der Straße.
»Wohin sonst?« fragte Milan.
»Nach Frankreich.«
»Nach Frankreich – und wie kommen Sie nach Frankreich?«
»Du bringst mich hin«, sagte Crni, als wäre dies die selbstverständlichste Sache der Welt, dazu auf eine Art, die Milan zunächst verstummen ließ und ihm die Zornesröte ins Gesicht trieb.
Crni wandte sein immer mehr einem Raubvogel ähnelndes Gesicht zu Milan und musterte ihn mit seinen dunklen Augen – war darin nicht so etwas wie ein spöttisches Lächeln zu sehen?
»Ich weiß, was du denkst«, sagte er, »aber du bist kein Dummkopf. Es wimmelt von Militärstreifen. Bei den englischen Sanitätern warst du einigermaßen sicher, aber allein …?«
Nun lächelte er tatsächlich, wenn auch nur flüchtig – und es war kein gutes Lächeln, keines, in dem man das kleinste Fünkchen Zuneigung und Verständnis hätte entdecken können.
»Und wie bringe ich Sie nach Frankreich?« fragte Milan schließlich.
»Du wirst versuchen, ein Fahrzeug zu organisieren, ein Fuhrwerk oder einen Eselskarren … Ich gebe dir Geld …« Er sprach nun mit geschlossenen Augen und langen Pausen zwischen den Worten.
»Und wenn das nicht geht, Milane, trägst du mich auf dem Rücken. Glaub mir, ich kenne das. Auf dem Rücken – wenn es sein muß – tagelang.«
Besaß der Montenegriner prophetische Gaben, oder kannte er sich mit solchen Situationen so gut aus, daß er im voraus wußte, wie es kommen würde?
Mit einem umgeschnallten Militärrevolver und einer Mütze der

Ejercito popular auf dem Kopf, die ihn militärischer aussehen ließen und, so hoffte er, respektiert werden würde, gelang es Milan, einen Konvoi zu stoppen. Dabei mußte er allerdings feststellen, daß die republikanischen Soldaten kaum noch Respekt vor einem höheren Offiziersrang hatten; sie gingen mit dem verwundeten Oberstleutnant Crni recht rauh um, als sie Milan halfen, ihn auf die Ladefläche zu heben.

»Ein Ausländer?«, fragte einer der Soldaten während der Fahrt, seinem Dialekt nach ein Südspanier. »Sicher ein Kommunist. Den Kommunisten haben wir diesen ganzen Schlamassel zu verdanken! Stimmt's?«

Die Einheit war auf dem Weg zur Front, um gegen die vordringenden Franquisten eingesetzt zu werden. Nach einigen längeren und kürzeren Aufenthalten blieb der Konvoi vor La Jonquera, kaum zehn Kilometer vor der Grenze, endgültig stecken. An Nachschub war nicht mehr zu denken, einige Fahrzeuge mußten zurückgelassen werden.

»Die Fahrt ist für euch zu Ende, ihr müßt sehen, wie ihr weiterkommt. Wie man hört, ist der Paß von den Faschisten besetzt.«

Der verwundete Montenegriner saß am Straßenrand. Sein Zustand hatte sich während der Fahrt in den letzten Stunden verschlechtert. Er war blaß, sein Raubvogelgesicht noch schärfer als sonst, und seine Augen lagen in tiefen Höhlen und glänzten fiebrig.

Sollte der Weg hier zu Ende sein, zehn Kilometer vor der rettenden Grenze? Der Weg in Vaters Land! Gab es für Milan eine Möglichkeit weiterzukommen – allein?

»Ich habe noch Geld – besorge einen Pferdewagen oder nur zwei Pferde oder Mulis. Wir müssen hier weg. Es ist nicht mehr weit…«

Jetzt begann Milan zu begreifen, was diesen Mann vor allen anderen auszeichnete und weshalb es ihm möglich gewesen war, die vielen Jahre in der Illegalität zu überstehen. Neben der rücksichtslosen Härte gegen sich selbst und andere – wie jetzt gegen ihn, Milan –, Kühnheit, kühles Abwägen von Möglichkeiten, Phantasie, einen Ausweg zu finden, mochte die Chance noch so gering sein, und der Wille, das Blatt zu wenden.

Der Montenegriner hatte eine Karte aus seinem Gepäck geholt und sie eingehend betrachtet:

»Knappe zwei Kilometer südlich von hier zweigt eine Straße ab. Danach geht es nach Agullan in südwestlicher Richtung. Von dort führt ein Forstweg nach Nordwesten zu einem kleinen Grenzübergang, der wahrscheinlich noch nicht besetzt ist. Aber wir werden kein Risiko eingehen und vor dem Dorf La Vajol durch bewaldetes Gelände in nördliche Richtung abzweigen. Die Grenze verläuft auf dem Bergkamm zwischen Pic des Salines und Pic Calmeille. Auf der französischen Seite stoßen wir auf die Straße nach Maureillas und Le Boulou. Dort wird man uns erwarten.«

Milan schämte sich, auch nur einen Augenblick in Erwägung gezogen zu haben, Crni zurückzulassen, um alleine den Weg in die Freiheit zu gehen.

Ohne Widerspruch, von einer unerklärbaren Zuversicht beseelt, an der Seite dieses Mannes alle Schwierigkeiten des bevorstehenden Grenzganges in der ihnen fremden Umgebung und bei den widrigen Wetterbedingungen zu bewältigen, machte sich Milan auf den Weg, einen Maulesel, einen Karren, wenn möglich etwas Proviant aufzutreiben.

Für Pesetas ist auch in Kriegswirren fast alles zu haben – in diesem Fall ein zweirädriger Karren, der zur Zeit des großen El Cid vielleicht neu gewesen war, und ein ausgezehrter Maulesel. Proviant zu besorgen gelang Milan allerdings nicht, zu viele Menschen waren auf der Flucht und hatten Hunger.

In den abseits gelegenen Dörfern würde es eher gelingen, Eßbares zu besorgen, meinte Crni gleichgültig, notfalls könne man tagelang ohne Essen auskommen, und in längstens zwei Tagen sind wir in Frankreich – wir werden frei sein und essen und trinken…

Milan half dem Verwundeten auf den Karren, lud auch dessen Gepäck – einen schweren Rucksack, auf, nahm den Maulesel am Zügel und reihte sich wieder ein unter die Flüchtlinge auf dem Weg zur Grenze. Sie waren nicht die einzigen, die versuchen wollten, über Col de Lly nach Frankreich zu gelangen. Nach Agullana wurden es allerdings immer weniger, und als sie gegen Abend von dem in der Karte eingezeichneten Weg auf einen steil bergaufführenden Pfad abbogen, waren sie plötzlich alleine.

Der Tag war trüb gewesen, der Himmel von tief hängenden Wolken bedeckt. Kein Flugwetter für die Luftwaffe, gegnerische Flugzeuge waren nicht zu sehen. Gegen Abend begann es zu regnen und, als sie höher kamen, bald schon zu schneien. Der Weg wurde schmaler, mit dem Wagen war kein Weiterkommen. Crni, der in den letzten Stunden schweigend auf dem Karren gesessen hatte, befahl Milan auszuspannen, er würde die restliche Strecke reiten. Wie weit ist es noch bis zur Grenze? Der Karte nach noch etwa fünf Kilometer. Die Dämmerung brach schon herein. Sie konnten es kaum wagen, bei Dunkelheit in dem unbekannten, zerklüfteten, mit Macchia bewachsenen Gelände weiterzugehen.

Milan spannte den Maulesel aus und half Crni aufzusitzen. Dabei hörte er ihn mit den Zähnen knirschen, ein schreckliches Geräusch in der dämmerigen Stille. Der Maulesel keilte aus, versuchte zu beißen und gab erst nach, als Milan auf ihn einschlug.

Es schneite immer dichter, der Weg führte steil bergauf und war schon bald kaum mehr zu erkennen. Milan trug keuchend und stolpernd den schweren Rucksack und zog den störrischen Maulesel an einem Seil hinter sich her. Crni begann zu singen. Eine merkwürdige traurig-wehmütige Halbtonmelodie. Es war die Geschichte eines Mädchens, das im Turmverlies auf ihren Retter, den Helden Marko, wartete, der sie befreien sollte, jedoch so lange, ach so lange nicht kam.

Plötzlich blieb der Maulesel stehen. Milan zog und zerrte am Zügel und versuchte vergeblich, das sich standhaft weigernde Tier zum Weitergehen zu bewegen. Erschöpft setzte sich Milan hin; auch er wollte eigentlich nicht mehr weitergehen, doch der Maulesel schien es sich anders überlegt zu haben. Milan merkte, daß das Tier einen anderen Weg einschlagen wollte als den bisherigen.

»Laß ihn gehen«, flüsterte Crni. »Er findet seinen Weg.«

Im dichten Schneetreiben folgte Milan dem vor ihm trottenden Maulesel mit der zusammengesunkenen und den schwankenden Bewegungen des Tieres nachgebenden, schneebedeckten Gestalt des Reiters.

Nach einiger Zeit schien der Weg nicht mehr weiterzugehen. Aber der Maulesel zögerte nicht und führte sie um den Felsvorsprung und auf ein kleines Felsplateau, an dessen Ende eine überhängende Wand in die Höhe ragte. Unter den Überhang geduckt, an den Felsen gelehnt stand eine Hütte, schwarz vor Alter, mit zwei kleinen, dunklen Fenstern, die ihnen wie Augen entgegenblickten.

Nur noch eine kurze Strecke, zwei Stunden, nicht mehr, trennten sie von ihrem Ziel.

»Morgen früh reiten wir weiter«, sagte Crni.

Seine Stimme erstarb, er kippte vom Maulesel, und Milan gelang es gerade noch, ihn aufzufangen.

Schmuggeln war von alters her eine einträgliche Nebenbeschäftigung der Bewohner in den abgelegenen Gegenden der Pyrenäen. Bis in die jüngste Zeit gab es ganze Dörfer, die davon lebten und es durch den unerlaubten und von der Staatsgewalt unnachsichtig verfolgten Warenverkehr an den Zollschranken vorbei von Nord nach Süd und umgekehrt zu einem bescheidenen Wohlstand gebracht hatten. Schwer beladen zogen die Männer auf versteckten Pfaden über die Bergkämme nach Frankreich oder von Frankreich nach Spanien, lieferten die Waren bei ihren Verbindungsleuten ab, luden andere auf und zogen genauso schwer beladen wieder zurück. So hielten es Großväter, Väter und Söhne durch Generationen, ungeachtet der unterwegs lauernden Gefahren wie Gewitter, Bergrutsche, Schneestürme und meterhohe Verwehungen, Lawinen und Grenzern mit ihrer Gewehren und Spürhunden.

Hüben wie drüben gab es versteckte Plätze und Hütten mit stets unverschlossenen Türen, wo man ausruhen, vor hereinbrechendem Wetter Schutz finden und sich vor verfolgenden Gendarmen verstecken konnte. Sie waren aus dicken Eichenbalken erbaut, die Fugen mit Stroh und Lehm verschmiert, mit winzigen Fenstern. Immer bestanden sie aus nur einem Raum, ausgestattet mit einem Tisch, Bänken, Schlafpritschen, einer Feuerstelle und ein paar wichtigen Gerätschaften.

Milan brachte den bewußtlosen Montenegriner in die Hütte, legte ihn auf eine der Pritschen und deckte ihn mit seinem Mantel zu.

Milan setzte sich an den Tisch, legte seinen Kopf auf die Arme und schlief augenblicklich ein.

Morgen früh reiten wir weiter... Über die Grenze nach Frankreich und weiter – in Vaters Land...

Am Beispiel der montenegrinischen Fürstensippe Bošković und der deutsch-österreichischen Diplomatenfamilie Meyster erfüllt sich im Inferno des Ersten Weltkriegs das Schicksal des alten Europa.

Im Zusammenbruch des Deutschen Kaiserreiches vollzieht sich auch der Niedergang der alten schlesischen Adelsfamilie von Prettwitz. Den Überlebenden gelingt es nach verzweifelten Kämpfen, ihre Heimat zu bewahren und sich einen Platz in der Nachkriegsgesellschaft zu sichern.

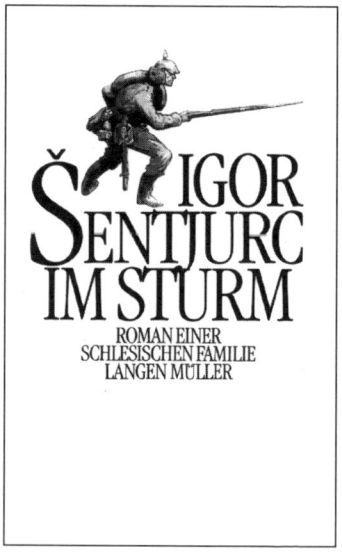